TENTARE DI NON AMARTI

Questo libro è opera di fantasia. Nomi, personaggi, luoghi e avvenimenti sono frutto dell'immaginazione dell'autore o utilizzati in modo fittizio. Qualsiasi somiglianza con fatti, luoghi o persone reali, vive o defunte, è puramente casuale.

Edizione italiana pubblicata da:
Amazon Publishing, Amazon Media EU S.à.r.l.
5 rue Plaetis, L-2338, Luxembourg
dicembre 2015

In copertina: © Cavan Images/Offset, © AKV/Shutterstock
Realizzazione a cura di: Thesis, Firenze
Progetto grafico a cura di: Pepe *nymi*, Milano
Impaginazione a cura di: Thesis, Firenze

Stampato da una delle seguenti società:
Amazon Distribution GmbH
Amazonstraße 1
04347 Leipzig
Germany

Amazon.co.uk, Ltd.
Marston Gate Distribution Centre, Badgers Rise
Ridgmont, Bedfordshire MK430ZA
UK

Amazon Fulfillment Poland Sp. z o.o.
Logistyczna 6, 5
5-040, Bielany, Wrocławskie
Polen

Si veda ultima pagina per l'indicazione della società

Prima edizione digitale 2015
ISBN: 9781503952515
www.apub.com

Il libro

Penelope ha ventidue anni ed è una ragazza romantica e coraggiosa con una ciocca di capelli rosa e le unghie decorate con disegni bizzarri. Orfana, vive con la nonna malata nella misera periferia di una città americana, e ha rinunciato al college per starle vicina. Di notte prepara cocktail in un locale e di giorno lavora in biblioteca. Aspetta l'amore da sempre, quello con la A maiuscola. Un giorno Marcus, il nuovo vicino, entra nella vita di Penny come un ciclone. È tutt'altro che l'eroe sognato: ha venticinque anni, è rude, coperto di tatuaggi, ha gli occhi grigio ghiaccio e un piglio minaccioso. È in libertà vigilata e fa il buttafuori in un club. Tra i due nasce subito ostilità e sospetto ma, conoscendosi meglio, scopriranno di avere entrambi un passato doloroso e violento, ricordi da cancellare e segreti da nascondere.

Una storia d'amore e rinascita, dolce e sensuale, tragica e catartica. L'incontro di due anime profondamente diverse darà vita a un amore che guarirà il dolore e l'odio del passato.

L'autrice

Amabile Giusti è calabrese. Fa l'avvocato ma non si sente avvocato. La sua vita è scrivere romanzi e, anche quando lavora, pensa a come concludere o iniziare una storia. Per farla felice, regalatele un saggio su Jane Austen, un ninnolo di ceramica blu, un manga giapponese, o una pianta grassa piena di spine. Spera di invecchiare lentamente (sembra sia l'unico modo per vivere a lungo) ma mai invecchiare dentro. Ascolta molto e parla poco, ma quando scrive non si ferma più...

Dal 2009 ha pubblicato numerosi romanzi: *Non c'è niente che fa male così*, *Cuore nero*, la serie di *Odyssea* (*Oltre il varco incantato*, *Oltre le catene dell'orgoglio*, *Oltre i confini del tempo*), *L'orgoglio dei Richmond*, e con Mondadori *Trent'anni e li dimostro* e *La donna perfetta*.

E ce ne saranno molti altri.

AMABILE GIUSTI

TENTARE DI NON AMARTI

amazon publishing

A un cuore in pezzi
Nessuno s'avvicini
Senza l'alto privilegio
Di avere sofferto altrettanto

Emily Dickinson, *Sillabe di seta*

Uno

Gli stivali di gomma nuotavano nelle pozzanghere: non c'era verso di evitarne una. Per giunta, tutte le volte che passava un'auto, si innalzavano certe onde oceaniche che le arrivavano fino agli occhi. Sotto il cappello – una cloche di lana rosa con un pompon sulla sommità – i suoi poveri capelli erano flosci come meduse morte.

Che notte di merda! E pensare che il tragitto dal locale era breve, due isolati, ma due isolati da incubo. Ogni notte, quei due isolati le rubavano anni di vita, e all'arrivo si sentiva come una che è riuscita ad attraversare un campo minato senza perdere neanche un'unghia. Una miracolata, un gran culo. La pioggia di quella sera era un'aggiunta, una zavorra affibbiatale dal destino per aggiungere la beffa al danno.

Si fermò a una certa distanza, sperando che lui non ci fosse. Non c'era sempre, appariva con irregolare insistenza: un giorno sì, uno no, uno no, e poi eccolo. Che lucida perfidia in quel gioco. Sapeva cosa fare e cosa non fare per evitare che lo denunciasse. Tanto, è risaputo che se non muori non hai diritto di rivolgerti alla polizia affinché il tuo ex la smetta di tormentarti. E se muori non ne hai la possibilità. Quindi sei fregata comunque.

Si fermò oltre il palo di un lampione che funzionava a intermittenza: luce accesa, luce spenta, uno sfrigolio come di pietre focaie e un buio da thriller. Perlomeno non sembrava davanti al portone. Tutto stava a capire se fosse dentro.

Emise un sospiro gorgogliante di pioggia, si addentò le labbra e si disse che non poteva rimanere lì fuori ancora a lungo.

Se non muoio perché mi accoltella, muoio di polmonite.

Accelerò il passo, stringendosi nelle spalle. Raggiunse l'ingresso sollevando schizzi su schizzi, neanche ballasse il tip tap vestita di giallo come Debbie Reynolds in *Singing in the Rain*.

Che brutto edificio! Uno di quei condomini disgraziati, cadenti, una tela scrostata per graffitari mediocri, un atrio spoglio ricoperto di carta da parati dal colore indistinto che pendeva scollata in più punti. Il posto ideale per tendere un agguato alla tua ex che non te l'ha voluta dare e devi fargliela pagare in qualche modo perché non sei del tutto normale.

Varcò la soglia del palazzo col cuore in gola.

Era completamente buio. L'interruttore della luce scattò a vuoto. La lampadina, che penzolava da un filo scoperto, rimase spenta. Quell'oscurità, concentrata come nebbia nera, le mozzò il respiro. Succedeva sempre.

Penelope, che le persone più care chiamavano Penny, aveva seri problemi col buio: perdeva il senso della realtà, rimaneva paralizzata e in preda al panico, finché si imponeva di respirare e pensare e contare fino a dieci. Allora tornava in sé, il sangue le affluiva nelle braccia e nelle gambe e riusciva di nuovo a muoversi. Ma era una tregua passeggera, giusto il tempo di ingannare per un attimo il cervello. Se non avesse trovato subito una fonte di luce si sarebbe messa a gridare.

Prese il cellulare dalla borsa e lo accese: il chiarore illuminò uno spazio grigio, desolato e deserto. Salì i gradini un pochino rincuorata.

Abitava al penultimo piano, e sperava che Grant non si fosse preso la briga di fare tante scale per attenderla acquattato in qualche angolo.

Aveva condiviso con lui sette giorni scarsi di stupida relazione fino a un mese prima. Si erano incontrati nel locale in cui Penny lavorava. Lui era entrato, bello come il sole, elegantemente trasandato e con un sorriso incantatore. Le aveva rivolto qualche parola mentre gli preparava un mojito, e infine l'aveva attesa fuori. Il tutto con astuta delicatezza, proponendosi come corteggiatore ma senza insistere. Davanti all'ingresso del Well Purple si erano messi a conversare con straordinaria facilità: nulla, in quella notte stellata, neppure il più debole indizio, le aveva fatto sospettare che tanta bellezza e tanta eleganza potessero essere un bluff. Ma già dal terzo incontro l'acume di Penny era stato costretto a darsi una mossa. Quel ragazzo dall'apparenza perfetta, il sogno di tutte le madri per le proprie figlie, era soltanto un viziato, complessato, violento stronzetto che godeva nel tentare di umiliare le donne. Perciò lo aveva mollato senza tanti discorsi. Lui non l'aveva perdonata: da allora aveva cominciato a tampinarla ovunque. Al momento si era limitato a incuterle paura, a osservarla con un sorrisetto ferino e a fare battute minacciose, ma sempre senza testimoni. In pubblico si comportava da autentico gentiluomo, lo stesso gentiluomo che l'aveva ammaliata con modi che sembravano venir fuori da una delle puntate più significative di *Downton Abbey*. Ma quando era certo che nessuno potesse sentirlo, faceva cadere la maschera e sottovoce le dava della puttana. La molestava con parole dal significato inequivocabile, le prometteva un male perverso.

Penny non aveva detto niente a sua nonna, non voleva spaventarla. Si era documentata su Internet, e aveva scoperto che, senza una vera e propria aggressione, dei lividi, una capatina al pronto soccorso e un paio di testimoni attendibili, difficilmente le avrebbero creduto. Grant era figlio di un avvocato, si era da poco laureato in legge, era ricco e si vestiva sempre come un modello di Abercrombie. Era anche bello come un modello di Abercrombie. Chi avrebbe mai immaginato che rappresentasse un pericolo?

Penny continuò a salire le scale. A un tratto il cellulare mandò il tipico trillo della batteria sull'orlo del collasso.

«Non adesso, non adesso, non adesso!» lo supplicò. Ma lo stronzo reperto sgangherato se ne fregò delle sue ragioni e si spense all'improvviso.

Rimase immersa nel buio più nero, a metà di una rampa di scale.

Non le restava che continuare a salire, sperando di non mettere un piede in fallo su quei gradini sbreccati. Sperando che il panico non tornasse. Ma, soprattutto, sperando che Grant non sbucasse dall'oscurità.

Trattenne il respiro inforcando le scale più in fretta che poteva.

Ancora tre piani, ancora tre piani. Resisti. Puoi farcela. Il buio è solo buio, non è un muro, non è un pozzo, non è il centro della terra.

A un tratto, udì un distinto rumore alle proprie spalle. Qualcuno saliva con passo rapido e pesante. Impossibile si trattasse di uno degli anziani abitanti del palazzo. Lei era l'unica inquilina giovane, in mezzo a un esercito di pensionati ultrasessantenni, di sicuro incapaci di muoversi in modo così agile e vigoroso. Impedire al cuore di battere fino a scoppiare divenne una missione impossibile. Le sembrava di avere nel petto una mandria di tori. Per un istante si fermò appoggiandosi al muro, con la sensazione di stare per svenire. Poi ordinò al coraggio di tornare nei ranghi.

Col cacchio che ti permetto di farmi la festa, brutto schifoso!

Accelerò di nuovo l'andatura, mentre un bagliore lattiginoso si condensava al piano inferiore. Lo stronzo aveva una torcia. Penny si mise proprio a correre, con la stessa foga caotica di un cervo ferito, e raggiunse il suo piano. Respirando a fatica, cercò le chiavi nella borsa. Dannate chiavi, presero a nascondersi come se fossero complici delle odiose intenzioni di Grant. Frugò e frugò, tastando una marea di cianfrusaglie – un libro tascabile, M&M's disseminate sul fondo, fazzolettini di carta, una boccetta di smalto, burrocacao al cacao, e tutto l'artistico casino che popolava la sua borsa da Mary Poppins sfigata – tranne quelle. Poi finalmente le sentì, fredde e ostili sotto il suo palmo. Le tirò fuori vittoriosa e andò a caccia della serratura coi polpastrelli.

Grant era vicinissimo ormai, la luce della sua torcia accesa stava per arrivarle addosso. In quel momento le chiavi le caddero a terra. Rintoccarono come monete sparpagliate.

«Razza di cogliona imbranata!» gridò a se stessa. «Sembri la cretina sprovveduta di un film dell'orrore. Quella che si infila in garage sotterranei, strade deserte e boschi selvaggi per sfuggire al suo inseguitore. Quasi quasi ti meriti quello che sta per succederti!»

Si inginocchiò sul pavimento, e sentì le lacrime affiorare, incon trollabili prove della sua paura. Trovò le chiavi nel momento esatto in cui il fascio di luce la centrò e la abbagliò.

Rimase a terra, scivolando all'indietro, il dorso di una mano davanti al viso. La torcia puntava esattamente lei, come l'occhio illuminato di un ciclope cattivo. Dietro di essa si intuiva la sagoma confusa di un uomo. Grant, di sicuro era Grant.

Un braccio si allungò nella sua direzione, mentre l'uomo si protendeva per sopraffarla.

«Ti stacco le palle a furia di calci, se mi tocchi!» esclamò Penny, e non fu facile nascondere il panico sotto strati di finta audacia. Era digiuna, ma avvertì un rigurgito, come se i pasti degli ultimi dieci anni stessero scalando il suo esofago per avvelenarle la bocca.

Mentre annaspava nell'indecisione – *cosa faccio? tento di colpirlo? scappo? grido? prego?* – una mano afferrò la sua e la tirò su, senza strattonarla né farle il male che si aspettava.

Penny rimase interdetta per qualche istante. L'uomo abbassò il fascio di luce, smettendo di accecarla, e nella penombra si accorse che non era Grant. Ciò che vide, tuttavia, la fece sentire come un pesce caduto da una padella tiepida in una brace ardente.

Vide una specie di gigante. Un uomo di circa venticinque anni, alto quanto una sequoia e robusto quanto una sequoia. Be', di sicuro la sua fantasia stava esagerando coi paragoni, ma non dubitava che raggiungesse i due metri di altezza. E non doveva pesare meno di cento chili. Non perché fosse grasso ma perché possedeva un sontuoso corredo di muscoli, evidenti anche attraverso i vestiti. Avrebbe potuto spezzarla con un solo avambraccio. Lo stesso con cui la stava aiutando ad alzarsi e sul quale, oltre una manica tirata su, risaltava un fitto intreccio di tatuaggi tribali nei toni del grigio e del nero. Aveva un polso solido come legno fossile, striato di vene che affioravano, nitide nonostante la semioscurità.

Dopo aver immaginato che si trattasse di Grant, il bellissimo Grant pazzo e crudele, le parve quasi che questo tipo vestito di nero, che somigliava a un peso massimo, coi capelli rasati come quelli di un soldato e due occhi chiari, forse azzurri o forse grigi, fosse una specie di spirito celeste.

«Mi hai spaventata» sussurrò Penny, continuando a domandarsi se, in fin dei conti, avesse ragione a sentirsi sollevata o se non si fosse imbattuta in un nuovo pericolo da affrontare, di sicuro meno facile di Grant da tenere a bada. Come avrebbe potuto buttarlo giù, questo qui?

Lui si fermò a fissarla, con due pupille che parevano schegge di vetro infilate nei bulbi oculari. Penny si sentì a disagio, percorsa da quell'occhiata glaciale. Eppure non abbassò le palpebre e, per una manciata di strani attimi, entrambi rimasero così, nella penombra, a osservarsi. Intorno imperava il silenzio, rotto solo dal respiro ancora ansante di Penny.

«Che ci fai qui?» gli domandò infine. Era senz'altro una domanda stupida da rivolgere a uno sconosciuto erculeo e accigliato che forse intendeva farle del male esattamente come Grant, ma non le venne niente di meglio da dire.

L'uomo indicò qualcosa, come se le mostrasse il cielo.

«Sei un angelo?» continuò lei, ben sapendo che era una considerazione demenziale.

Un angelo, con questo aspetto? Ha più l'aria del demonio incaricato di dare un'occhiata alla porta dell'inferno.

«Sto al piano di sopra» replicò l'uomo. Aveva una voce abbinata a quell'insieme poderoso. Una voce roca, profonda, imponente come il suo corpo.

Penny strizzò gli occhi, incredula. Al piano di sopra non stava proprio nessuno, che lei sapesse. C'era una specie di mansarda cadente, più una piccionaia che un appartamento, abitata da topi e vecchi mobili tarlati.

Lui, interpretando il suo evidente stupore, le specificò, senza che la sua voce perdesse quella totale assenza di inflessioni: «Sono un nuovo inquilino».

"Inquilino" non era una parola che gli si addiceva molto. Faceva pensare ad affittuari diligenti che portano in casa piante di ficus e divani di seta a righe, dipingono le pareti di giallo crema e comprano set di pentole per la cottura a vapore. Questo tizio, invece, faceva pensare a vecchie cantine dove la gente beve e si azzuffa, a ring pieni di sangue, sputi e sudore e a lenzuola umide di sesso sfrenato.

Paonazza fino alle orecchie, pensò che non fosse il caso di rimanere in compagnia di uno che forse era davvero un nuovo inquilino o forse era un pazzo pericoloso.

Allora gli domandò con più acredine: «Se abiti di sopra, perché non ci vai? Perché rimani qui?».

«Aspetto che entri in casa» le rispose.

«E perché mai?» gli domandò sospettosa.

«Per la faccia che avevi.»

«Che faccia?»

Lui tacque un istante e poi si palpò le tasche della giacca, come se andasse in cerca di qualcosa. Penny pensò che stesse per estrarre un coltello col quale l'avrebbe sgozzata sul pianerottolo. Invece tirò fuori solo un pacchetto di Chesterfield e un accendino di metallo. Si portò una sigaretta alle labbra e fece scattare la fiamma. Il viso gli si accese di luce rossastra, illuminando per un istante due occhi dal taglio deciso, un naso diritto e una bocca incredibilmente carnosa, solcata, di lato, da una piccola cicatrice. Diede un tiro alla sigaretta e disse: «Quando vedo una donna con quella faccia, anche se non mi ha chiesto niente e nemmeno la conosco, di solito mi fermo per accertarmi che non le facciano la festa».

«Nessuno vuole farmi la festa! È molto più probabile che voglia farmela tu!»

Lui inarcò un sopracciglio e la sua espressione impassibile tradì un cenno di fastidio e il principio di una risata mordace.

«Non faccio la festa alle donne, io, non nel senso che intendi. E in ogni caso, a te non la farei, non hai niente con cui festeggiare.»

Penelope strinse i denti, detestandolo intensamente. Era consapevole d'essere poco interessante: conviveva da più di vent'anni con un aspetto semplice, per non dire anonimo, che da adolescente le aveva inflitto non poche lacrime segrete. La sua scarsa avvenenza era stata la ragione principale per la quale si era buttata fra le braccia di Grant. Non le era parso vero che un ragazzo così interessante la notasse in mezzo alla gente. Ma che quello sconosciuto si permettesse di insultarla, le parve una provocazione insopportabile.

«Puoi toglierti dalle palle con la mia benedizione» gli disse.

Lui non se lo fece ripetere due volte, diresse il fascio di luce verso la rampa successiva e si allontanò senza una sillaba. Penny non poté fare a meno di seguirlo con gli occhi finché si dissolse nella scala tornata buia. Quindi, infilò rapidamente la chiave nella toppa ed entrò in casa. Richiuse la porta dietro di sé con grande attenzione, agganciando anche il chiavistello che la nonna lasciava giù per permetterle di entrare.

Solo allora si concesse un respiro normale.

La casa nella quale abitava con nonna Barbara, che gli amici chiamavano Barbie da sempre, era un piccolo appartamento senza pretese e con poche finestre. Due stanze, un bagno e un soggiorno che faceva anche da cucina, tutto in dimensioni ridotte. La nonna diceva sempre: «Io sono Barbie e questa è la casa di Barbie, per questo è piccola!».

Anche i sogni di Penny si erano rimpiccioliti come bambole. Avrebbe voluto iscriversi al college, ma non era riuscita a ottenere una borsa di studio. Meglio così, altrimenti sarebbe stata costretta a combattere una breve battaglia mentale e sentimentale per decidere il proprio destino. Breve perché alla fine si sarebbe data la stessa risposta: *resto con la nonna*.

In questo modo, invece, ogni possibilità di conflitto era azzerata. Barbie aveva comunque insistito affinché si trasferisse al campus e si cercasse un lavoro per mantenersi agli studi, ma Penny sapeva che la sua dolce nonnina, che si sentiva sempre giovane nonostante i settant'anni ampiamente passati, ne avrebbe sofferto in mille modi. Così era rimasta, e non si era pentita. Amava sua nonna più di qualsiasi altra persona sulla terra.

Accese la luce in cucina. Si svestì in quella stanza, lasciando cadere a terra gli abiti umidi: il cappotto grigio lungo fino ai polpacci, la T-shirt talmente stretch da fare concorrenza a una radiografia, la gonna cortissima tutta pieghettata, in stile "Sailor Moon un po' troia", i collant trasparenti con una giarrettiera rossa disegnata sulla coscia sinistra e gli stivaletti da pioggia che indossava prima di venire via dal locale, dove era costretta a portare dei tacchi vertiginosi, dodici centimetri di grattacieli pericolanti. Ciò che rimase, oltre quella buccia, fu il corpo di una ventiduenne magra e pallida, né bella né brutta. Occhi castani, naso uguale a mille altri nasi, labbra decenti: l'unica parte di sé che non detestasse. Capelli lisci, color rame bruciato, tagliati in un caschetto corto da una vicina che un tempo era stata parrucchiera per signora. Il risultato era tutt'altro che perfetto, asimmetrico, con effetto "ciotola da latte". Sulla fronte, un'unica ciocca tinta di rosa chiaro, quasi un lilla esausto, più lunga delle altre, le arrivava fino al naso. Portava un solo orecchino, dal lato sinistro: una crocetta d'argento che penzolava fino alla spalla. Lo sfilò e lo posò sul tavolo.

Entrò subito nella doccia e si tolse di dosso gli odori del locale, il cibo e il fumo e gli aromi dei cocktail che preparava.

Solo allora, profumata e senza strani decori tranne quella ciocca pastello, si affacciò alla porta della stanza in cui dormiva Barbie. La nonna non si era accorta di nulla, non aveva udito lo strano scambio di parole avvenuto sul pianerottolo con quel tipo. Dormiva come un peluche sotto le coltri. Era piccola e magra come lei, era una Penelope più antica e più tenera, più sognatrice e più bizzarra, con dei capelli fantasticamente lunghi, un tempo biondi, adesso argentati. Da giovane la chiamavano "la Barbie tascabile" per quanto era bella e per quelle chiome spettacolari. Penny la baciò sulla fronte stando attenta a non svegliarla. Poi raggiunse la propria stanza.

"Stanza" era un modo gentile per definire un buco. Aveva concesso alla nonna lo spazio maggiore e si era regalata quella specie di cassetto. Il letto ci entrava a stento, e non c'era posto per un armadio: si era dovuta accontentare di un appendiabiti a vista, al quale agganciava le sue poche cose. Però aveva una finestra che dava sulla scala antincendio e su una strada secondaria. Non un panorama da urlo, ma comunque uno spiraglio da cui filtrava la luce, al mattino, e l'aria frizzante, di sera, e talvolta il miagolio romantico dei gatti, che non la disturbava, anzi, le faceva da colonna sonora per addormentarsi. Dopo le chiacchiere stupide, ebbre, rissose e inutili, udite al locale, la voce semplice degli animali era purificatrice, era una ninna nanna materna.

Indossò il solito pigiama e si mise a letto.

Nel silenzio, poco prima di addormentarsi, non poté non ripensare a quel tipo tutto tatuato. Davvero abitava in mansarda? Ci entrava anche con la testa o doveva stare sempre chinato?

Immaginò quel colosso che si muoveva carponi per evitare di prendere le travi sulla fronte, e le venne da ridere. Chissà cosa ci faceva lì un uomo simile: era decisamente fuori posto, più stridente di un coro da stadio a un concerto di musica classica. Era misterioso, bello nello stesso modo in cui si considera bella una tigre, o un drago col fuoco in bocca, o una voragine letale oltre cui si spalanca un panorama mozzafiato.

Si addormentò ripensando ai suoi occhi chiari e freddi: aveva la sensazione che fossero capaci di osservare le proprie mani che uccidevano qualcuno senza concedersi la debolezza di battere neanche un ciglio.

Due
Marcus

Francisca esce di galera fra due mesi esatti. Appena viene fuori andiamo via da questa merda di posto. Non ci siamo visti per quattro anni, io rinchiuso da una parte e lei da un'altra. Cazzo quanto mi è mancata.

Intanto ho trovato un lavoro e una casa che non è una casa, è una topaia schifosa, quasi quasi la prigione era meglio. Ma chi se ne frega, dura poco, fra due mesi prendiamo tutto e ce la filiamo.

Ho avuto altre donne da quando sono fuori, mica dico di no, ma fottere è solo fottere. Lei è lei. Francisca ha qualcosa che le altre non hanno. Ha quegli occhi spietati, quei modi efferati, lei è me stesso con una fica tra le gambe.

Ma il tipo non lo abbiamo ammazzato apposta. È successo durante una scazzottata: quando picchi duro e gli altri picchiano duro, non è che ti metti a dosare la forza che hai. Se noti che uno stronzo tenta di sfregiare la tua donna con un coltello a serramanico, come fai a trattenere la voglia di spezzargli la schiena con un calcio?

Lo abbiamo ammazzato, sì, ma faceva parte della rissa. Loro – il bastardo e un suo amico che è finito all'ospedale perché non ho avuto il tempo di portare a termine il lavoro – ci hanno fortemente provocato. Per questo non ci siamo beccati l'ergastolo ma lei quattro anni e io sei, di cui due me li hanno abbuonati per condotta esemplare. Condotta esemplare io? Mai stato esemplare in niente. Ma in galera ho cercato di comportarmi bene. Ho rispettato le regole. Ho evitato le liti. Dopotutto è facile essere lasciato in pace se sei alto due metri e hai la faccia da strangolatore.

Non che io sia uno strangolatore. Io mi faccio i cazzi miei se gli altri si fanno i cazzi loro. Ma quelli che tentano di abbordare la tua donna mentre esce dal bagno di un locale, e le mettono le mani addosso puntandole una lama contro la faccia e intimandole di dargliela se non vuole morire, quelli non meritano di vivere. Francisca aveva già iniziato a pestarlo, quell'imbecille, prima che arrivassi. Non aveva idea, lo stronzo, di chi era andato a disturbare. Gli aveva già ridotto il naso a una poltiglia quando gli sono saltato addosso e ho cominciato a colpirlo fino alle ossa.

Per il momento lavoro come buttafuori in una discoteca. Mi hanno preso, nonostante i miei trascorsi, e dire che si sono informati. Anzi, pare che avere un ex galeotto come guardia del corpo sia figo. È un posto per figli di papà, i primi ad avere bisogno di essere messi a posto quando esagerano. 'Sti bambocci coi soldi si scolano una birra in più e diventano matti. E diventano stronzi con le donne. Ecco, ditemi tutto, puttanate ne ho fatte nella mia vita, ma dare fastidio a una donna mai. Mai presa una con la forza. E non li reggo questi che allungano le mani anche se le tipe dicono no. Non sono mica tutte come Francisca, che sa difendersi da sola. E allora intervengo io, e di solito basta che li guardi e si cagano nei pantaloni firmati.

Certo, 'sto lavoro ammazza, non torno mai a casa prima delle quattro e i soldi per comprarmi una macchina ancora non li ho. Se li avessi, non potrei guidare perché mi hanno pure ritirato la patente, per cui mi sposto a piedi, con qualsiasi tempo. Camminare mi piace: dopo quattro anni di spazi piccoli, muovermi è come rivivere.

Respiro tutta l'aria che voglio e, anche se il quartiere è una fogna e una noia, mi sembra che odori di fiori e di spiaggia.

Oggi pomeriggio mi sono trasferito nella nuova casa. Se si può definire "casa". È una stamberga all'ultimo piano di un palazzo merdoso, ma se mi metto a sistemarla ne viene fuori qualcosa di decente. Sono bravo con gli attrezzi, so aggiustare le cose. Intanto, ha una finestra sul soffitto e mentre provo ad addormentarmi posso sbirciare le stelle. Non per romanticismo – perfino la parola "romanticismo" mi fa venire da vomitare – ma per un semplice bisogno fisico. Dopo aver fissato un tetto di cemento per quarantotto mesi, sempre lo stesso – cambiavano solo le macchie di umidità e la posizione dei ragni – ho bisogno di guardare più cose possibili. Ammetto di avere scelto questo posto per la finestra.

Ha quello che serve: una stanza, un bagno, un fornello. I soffitti sono bassi e in un punto devo piegarmi per non farmi male, o per non farne al tetto. In un angolo metterò un sacco da allenamento. Mi diverto a tirare calci e pugni, lo faccio fino a sentire i muscoli che si disfano come liquirizia calda. Nel frattempo mi spacco di flessioni. Cento, trecento, cinquecento. Poi esco a correre e calpesto miglia di mondo sotto miglia di cielo. Poi mi sistemo: doccia, vestito d'ordinanza tutto nero – camicia, pantaloni, cappotto doppiopetto di pelle, messi a disposizione dal locale – e vado al lavoro.

C'è ressa ogni sera, ma nel fine settimana non si ragiona. Ogni tanto butto fuori qualcuno. Ogni tanto una tipa si offre di darmela, ma sul lavoro non posso. Allora aspetto di staccare e di solito me la faccio sulla sua bella auto. Alcune non so nemmeno come sono. Nel buio del locale sembrano tutte fighe, poi, all'aperto, dopo ore di fumo e sudore, si rivelano banali. Ma chi se ne frega, per una sveltina va bene tutto. Se sono ubriache marce però no, allora lascio perdere, anche se sono belle. Non voglio farmela con gli zombi, io.

Francisca capirebbe, non si è mai incazzata se ho scopato con altre. Lei dice: «Tranquillo, baby, è solo il tuo cazzo che si diverte, non tu».

Poi, all'alba, torno a casa.

Per fortuna la divisa del locale include anche una torcia, altrimenti in questo fottuto palazzo con le lampadine bruciate dovrei muovermi a tentoni. Percorro qualche rampa e sento un respiro soffocato e un gemito di paura.

Accelero e mi ritrovo davanti una ragazza. Mai vista prima. Terrorizzata. Ha la faccia delle donne che si divincolano quando qualcuno le soffoca. Ma non c'è nessuno, è sola, le sono cadute le chiavi, non vede un tubo e se non piange sta per farlo. È bassa e magrissima, coi capelli corti e il respiro corto. Aspetto che entri ma lei ha paura di me. Mica posso darle torto: a vedermi faccio paura, e se uno mi conosce faccio paura ancora di più. Ma non alle donne, lo ripeto. Le donne non le tocco mai. Se non sono sicuro che mi vogliono davvero, tengo i pantaloni abbottonati. Questa non la toccherei neppure se si inginocchiasse e mi implorasse. A tutto c'è un limite. Se non fosse per due gambe tollerabili che le consiglierei di non sbattere sotto il naso dei maschi se intende rientrare a casa a quest'ora, penserei che sia un uomo. Ha dei capelli assurdi, umidi e spettinati, un po' castani e un po' rosa, uno sguardo da cerbiatto impallinato e niente tette. Ma le gambe non mentono, io ne ho viste di cosce, e queste sono cosce da donna.

La lascio sulla porta di casa e vado su. Se non hai bisogno di me, ragazzina, io me la batto.

In casa mi aspetta un disordine d'inferno. Da domani si comincia a mettere a posto. Anche se mi fermerò poco, devo dare un'impressione di stabilità a chi mi tiene sotto controllo. Devo suggerire l'idea di uno che vuole diventare bravo e buono e lavorare e darsi una calmata e non di uno che non vede l'ora di battersela. Intanto mi spoglio, butto tutto su un divano mezzo sbrindellato, e rimango nudo. Doccia fredda, perché l'acqua calda non arriva, e mi corico bagnato. Poi mi addormento e non sogno un cazzo di niente.

Tre

La mattina, Penny si svegliava presto nonostante un sonno letargico. Doveva lavorare solo dopo pranzo, ma dormire era impossibile. Di solito si imbatteva nella devastazione: era come se un tornado fosse entrato in casa e avesse rimescolato tutto. Non per colpa dei ladri o del vento, ma di sua nonna. A causa di un'ischemia piuttosto grave, la dolce e sognante Barbie era stata colpita da una forma precoce di demenza senile. In quel periodo era fissata con la cucina: era tornata indietro nel tempo, a quando faceva la maestra di scuola elementare. Anche allora, dando sfogo alle sue due più grandi passioni – bambini e dolci – preparava per i suoi piccoli prelibatezze di ogni tipo. Li guidava lungo il viaggio della conoscenza senza né un rimprovero né una bacchettata, incoraggiandoli con squisite colate di cioccolata dentro stampini a forma di cuore, meringhe confezionate come caramelle e marmellate freschissime. Purtroppo di quel gustoso passato le era rimasto solo l'ardore, ma non la precisione nel seguire le ricette. Se decideva di infornare dei biscotti e non trovava la farina, c'era il rischio che usasse il talco se non addirittura il detersivo da bucato. Di sicuro sporcava ovunque, e Penny ogni mattina si alzava presto, metteva in ordine, fingeva di assaggiare i dolcetti e di regalarne qualcuno ai vicini, cucinava qualcosa di commestibile, aiutava la nonna a lavarsi, vestirsi, giocare. Come se fosse una bambina con un'altra bambina. Non c'era tempo per dormire, benché fosse andata a coricarsi alle cinque.

Nel pomeriggio, poi, l'attendeva il suo secondo impegno: lavorava in una biblioteca. A dispetto dei pregiudizi legati a quel quartiere malconcio, la biblioteca era sempre affollata. Vuoi perché c'erano i riscaldamenti accesi, perché si respirava un'aria quieta e amichevole, o per il puro piacere di leggere un buon libro in santa pace, fatto sta che era sempre piena di gente. Piccola ma elegante, pulita, tappezzata di boiserie e libri dai dorsi multicolori, era per Penny come il paese delle meraviglie per Alice. Non si sarebbe sorpresa se avesse scorto un coniglio bianco, munito di orologio da taschino, che si infilava fra gli scaffali. Dopo lo squallore del suo lavoro notturno, a preparare da bere per biker ubriaconi e tipe fumate fino alla radice dei capelli tinti, il tutto indossando obbligatoriamente una divisa da sgualdrina-che-la-dà-basta-chiedere, il mondo placido della biblioteca la faceva rinascere.

«Andiamo un po' fuori?» domandò Penny a sua nonna, dopo averle pettinato a lungo i capelli e averglieli spolverati di cipria al profumo di rosa, che Barbie adorava. «Mancano due ore alle tre. Facciamo una passeggiata?»

La nonna annuì tutta felice. Amava uscire, ma da sola non ce la faceva. Zoppicava e si stancava subito e c'era sempre il rischio che, colta da improvvisa confusione, non sapesse come rientrare.

Penny indossò il suo cappello di lana rosa ormai asciutto, il cappotto grigio, e prese sua nonna per mano. Non pioveva più, anche se l'aria era fresca. Cominciarono a scendere le scale, e Barbie sembrava proprio una bimba.

Mentre andavano giù, tuttavia, si presentò un ostacolo. Non in senso metaforico: un ostacolo vero e proprio. Un sacco da allenamento, di quelli che i pugili prendono a cazzotti e i kickboxer a calci. Penny non ebbe difficoltà a riconoscere, dietro quell'oggetto ingombrante, lo sconosciuto che aveva incontrato la sera prima.

Entrambi, sacco e uomo, occupavano per intero il pianerottolo tra due rampe. Scendere era impossibile, a meno di appiattirsi contro la parete rischiando di diventare frittelle tra il muro e la massa poderosa del corpo di quel tipo. Era più grosso lui del sacco, con la testa sfiorava quasi il soffitto.

«E adesso come passiamo?» gli domandò Penny, infastidita.

L'uomo posò a terra il sacco e lo spinse il più possibile contro il muro. Lei poté osservarlo meglio. Aveva due spalle larghe e marmoree. Gli avambracci tatuati sbucavano da un maglione nero con le maniche arrotolate. Indossava dei jeans scuri dentro stivaletti bassi lasciati senza stringhe. Intorno alla gola portava un laccio di cuoio da cui pendeva un anello a forma di animale, forse un serpente.

Penny avvertì un caldo rossore sulle guance e, in fondo allo stomaco, una specie di remoto palpito di farfalle. Gli occhi di lui erano straordinari, di un colore strano, un'insolita fusione di grigio e ceruleo. Quando lo sconosciuto la osservò a sua volta, Penny distolse lo sguardo.

Barbie disse all'orecchio di Penny, con l'intenzione di farglielo sapere in segreto ma usando un tono che arrivava comodamente fino al piano terra e anche oltre: «Che bel ragazzo, vero?».

La nonna, quando incontrava un tipo che le piaceva, lo ammetteva sempre con franchezza. Era schietta, diretta, a volte imbarazzante come tutti coloro che, colpiti da un certo male, non frenano le proprie inibizioni e dicono quello che pensano nel momento esatto in cui lo pensano. Anche suo marito era stato un maestro, un tipo mingherlino con gli occhiali rotondi e un fisico da sollevatore di piume, per cui si era portati a pensare che gli uomini che somigliavano a guerrieri greci immortali non dovessero incontrare i suoi gusti. In verità, il suo uomo ideale era stato un altro: prima del marito, nel suo passato ancora più remoto, la nonna aveva vissuto un amore indimenticabile. Aveva amato follemente un ragazzo rude, ribelle, uno di quelli che si sporcano le mani e hanno i calli alle dita e i muscoli modellati dalla fatica fisica. Era finita male, perché i genitori di lei li avevano osteggiati in ogni modo possibile, con l'invadenza familiare tipica dei tempi più antichi, in cui la figlia di un impiegato non poteva sposare un fattore. Ma la nonna, che spesso dimenticava cosa aveva fatto il giorno prima, conservava intatto il ricordo di quel giovane desiderio proibito. Si chiamava John, come John Wayne, e un po', stando ai suoi racconti, gli somigliava. Forse per questo, ogni volta che si imbatteva in un uomo con l'aspetto di un soldato, di un cowboy o di un pugile, gli sorrideva come una sedicenne.

Mentre la nonna prendeva la mano che l'uomo le porgeva e passava comodamente nell'esiguo spazio sul pianerottolo, Penny borbottò qualcosa di incomprensibile.

«Sei carino!» esclamò Barbie subito dopo. «Come ti chiami?»

Il ragazzo sorrise, e Penny pensò che era un sorriso tirato e insincero. Quei sorrisi nascondevano sempre dei segreti bastardi.

«Marcus» le rispose. Poi si rivolse a Penny e le disse con tono più risoluto: «Se ti decidi a passare, ci sbrighiamo tutti».

«Faccio coi miei tempi, mica mi posso spiaccicare perché tu hai fretta!» rispose lei, irritata. L'irritazione tuttavia, benché autentica, non riusciva a placare del tutto lo svolazzare di quello sciame di assurde farfalle dentro la pancia.

Dannati ormoni! Per quanto una studi e legga e pensi e si prepari alla civiltà, si ritrova a sentirsi in subbuglio per uno scimmione preistorico.

Siamo fondamentalmente animali? Che bastano due bicipiti da cavernicolo per far divampare l'istinto?

Si morse la lingua, non potendosi mordere il cervello. Detestava avere immaginato se stessa stretta fra quelle braccia che parevano capaci di infliggere più dolore che carezze.

Si apprestò a passare, intanto che la nonna attendeva al piano di sotto, ferma e felice come se il sole le riscaldasse la schiena. Marcus si spostò indietro più che poteva, ma lo spazio era quello che era. Inevitabilmente, lo sfiorò con il seno. Se lo ritrovò davanti, no, addosso. Quelle maledette farfalle primitive le affollarono la gola. Che profumo aveva? Nessun profumo in effetti. Odorava di uomo pulito e un poco, appena un poco, sudato. Era talmente immenso che avrebbe potuto proiettare un'ombra capace di avvolgerla completamente, come le querce in mezzo alla luce. Gli arrivava a stento allo sterno.

«Non preoccuparti che non ti tocco» le sussurrò, continuando con quel sorriso gelido.

Penny sgusciò via, ancora paonazza. Avrebbe voluto prendersi a sberle. Non per quel contatto fugace, ma perché il suo cervello malato continuava a domandarle in silenzio: *lo faresti, con questo qui?*

Mai e poi mai! Un pensiero è solo un pensiero!, si rispose. Odiava perfino i romanzi in cui donnicciole senza orgoglio perdevano la bussola all'istante, quasi il destino avesse premuto un pulsante, solo perché il figo di turno le sbirciava con aria sorniona.

Un pensiero è solo un pensiero. Era vero, era razionalmente vero. Lei non aveva mai perso la bussola. A dirla tutta, era ancora vergine. E lo era per scelta, non per mancanza di uomini disposti a farle compiere questo passo. Al lavoro li incontrava ogni notte quei tipi mezzi ubriachi con sguardi ammiccanti e chiare intenzioni. Ma Penny non voleva uno qualsiasi. Lei voleva un Amore con la A maiuscola, come quelli dei libri. Voleva essere come Jane Eyre. Non nel senso che intendeva trovare un uomo scorbutico con una moglie pazza rinchiusa in soffitta, ma un grande amore, un amore strano, indimenticabile. Un amore di quelli che ti sorprendono e, anche se finiscono male, ti lasciano dentro un segno indelebile. Aveva creduto che fosse Grant il predestinato, ma Grant era pazzo e violento.

Da allora, aveva promesso a se stessa che sarebbe stata ancora più attenta, attenta a non farsi intrappolare da inganni e altri demoni.

Demoni come Grant, che ti raggirano con modi eleganti, ma anche demoni come Marcus, che sembrano fatti per chiamare a raccolta la parte più antica di te, quella sepolta e segreta che nemmeno sai di avere.

Perciò si avvicinò alla nonna velocemente. E tuttavia non riuscì a evitare di guardarlo salire, di schiena, mentre imbracciava il sacco come se fosse una busta di iuta piena di petali. E di nuovo il suo cervello la riempì di domande ardite, che si impose di non ascoltare e alle quali non diede alcuna risposta.

L'atmosfera della biblioteca era sempre benefica. La aiutava a sentirsi pulita e nuova, qualsiasi cosa fosse accaduta fuori di lì. Aveva l'incarico di sistemare i volumi negli scaffali, mettere ordine sulle scrivanie e servire i lettori con richieste che implicavano il salire sulla scala, visto che la signorina Milligan, la bibliotecaria in capo, era anziana e instabile e a fare un solo gradino le venivano le vertigini.

E infatti Penny stava proprio cercando un libro posto in uno scaffale alto. Era da sola, sulla sua bella scala munita di rotelle, che scivolava tra le scansie come un monopattino ben oliato. A volte si divertiva ad andare avanti e indietro, canticchiando dentro di sé una canzone de *La Bella e la Bestia* di Disney. Trovò il volume e scese giù, contenta di fare contento il generale Aubrey, che desiderava quel raro libro di memorie da tempo.

E lì, la contentezza divenne non solo un ricordo, ma proprio un rimpianto. Ad aspettarla c'era Grant. Se ne stava a braccia conserte, con la schiena contro gli scaffali, quei capelli color miele d'arancio, gli occhi turchesi e un sorriso che seduceva le persone stupide, incapaci di vedere il broncio perfido che c'era oltre. Le persone stupide come lei, insomma.

«Ciao» le disse. «Da quanto non ci si vede?»

I pazzi vanno assecondati e non provocati, Penny lo sapeva, ma Grant tirava fuori tutta la sua smania di sfidarlo. Chissà che non si lasciasse andare in escandescenze in pubblico, davanti a testimoni, permettendole di denunciarlo senza che le forze dell'ordine la squadrassero come se fosse una mitomane che tenta un reato di lesa maestà.

«Ci vediamo quasi ogni giorno, Grant» gli rispose. «Ovunque mi giro, ti trovo.»

«Perché sono innamorato di te, bambina» commentò lui senza smettere di sorridere con quei dannatissimi denti perfetti, da apparecchio indossato per tutta l'infanzia.

«Il tuo è uno strano tipo di amore.»

«Il miglior tipo di amore, baby» le sussurrò lui, avvicinandosi. «Non riesco a fare a meno di te.»

«Questo tipo di amore include tentare di violentarmi?»

«Dai che ti piaceva, Penelope.» Si accostò al suo orecchio, e le viscere di Penny si strinsero come un boa intorno a una lucertola moribonda. «Tu sei un'angelica puttanella, tesoro.»

«Può darsi, ma mi fai schifo lo stesso» replicò lei coraggiosamente.

Su, su, brutto stronzo, picchiami, fammi qualcosa, così ti porto subito alla polizia e la finiamo con questi appostamenti che mi logorano la mente e la vita.

Grant la fissò con uno sguardo ringhioso.

«Verrà il momento, baby. Intanto ti faccio gustare l'attesa. Avrai sempre il mio fiato sul collo.»

«Ma perché? Perché non mi lasci in pace?» gli domandò, anche se lo sapeva perché. Con le ragazze del suo stesso ceto non si comportava così. Con loro rispettava il ruolo di bravo ragazzo, giovane avvocato e accompagnatore ufficiale della madre alle cene di beneficenza. Ma con quelle che considerava socialmente inferiori, scatenava il suo io malato. Le sceglieva, le illudeva con un paio di appuntamenti garbati e galanti, e poi mostrava il vero se stesso. Sesso violento. Sesso sporco. Sesso senza consenso. Parole pesanti, insulti, umiliazioni verbali. Perfino i suoi baci erano promesse di sopraffazione.

«Perché una nullità come te non può permettersi di dirmi di no.»

In quel momento, la signorina Milligan si affacciò dal corridoio centrale.

«Tutto ok, Penny?» le domandò. «Il generale aspetta il suo libro.»

Grant sfoderò uno dei suoi sorrisi più ingannatori.

«Ma certo, non ti rubo altro tempo. Vado via, ci si rivede amor mio.»

Si allontanò come un gran signore senza colpe. Penny porse il libro alla bibliotecaria, e allora si accorse di avere trattenuto il respiro per tutto il tempo. Mandò fuori il fiato in una volta sola, in un rantolo che pareva di pura agonia. Si guardò le mani e le vide tremare. Se Grant intendeva distruggerla psicologicamente, ancor prima che fisicamente, ci stava riuscendo.

Dannati cinquecento metri e rotti. Quella era la breve distanza dal Well Purple a casa, ma poteva accadere lo stesso di tutto. Ogni notte perdeva un anno di vita. Dopo l'avvertimento di Grant quel pomeriggio, era tesa come la corda di un arco pronto a scagliare una freccia. Non pioveva ma i lampioni illuminavano a fatica la strada. Si coprì il più possibile le gambe col cappotto, certa che sarebbe impazzita molto presto se non avesse risolto quel problema.

A un tratto udì dei passi vicini, come di qualcuno appostato nel vicolo alla sua destra. Non fece in tempo a domandarsi *chi*, *cosa*, *come*, che avvertì un tocco sul braccio. Gridò con tutto il fiato che aveva in gola.

Ma, ancora una volta, non era Grant. Era quel tipo, il nuovo vicino di casa. Quello che mandava in barella i suoi ormoni.

«Calmati, ragazza» la rassicurò, con un tono insopportabilmente pacato. «Non ti faccio niente.»

Penny si bloccò, le mani sul petto a tentare di fermare il cuore che le carambolava ovunque. Era pallida come un vecchio lenzuolo messo in naftalina. Mentre lei cercava il fiato, Marcus si accese una sigaretta. Lo vide tirare una boccata di fumo, guardarlo salire, e poi guardare lei.

«Che vuoi?» gli domandò con aria bellicosa.

«Niente. Ti ho vista arrivare e ti ho aspettata.»

«Mi hai aspettata? Perché?»

«Perché sembri sempre una lepre inseguita dai cani.»

Lei deglutì, guardandosi indietro, come se davvero un branco di lupi la pedinasse. Poi osservò lui, e il brivido di panico provato fino a quel momento per altre ragioni divenne un fremito di consapevolezza fisica e sospetto, come quello che si prova accanto a una belva forse addomesticata e forse no. Marcus era vestito sempre di nero, come la notte precedente.

Rimase ferma per un istante, mentre lui si incamminava. Dopo qualche metro si voltò e le scoccò un'occhiata perplessa.

«Se vuoi continuare da sola, mica ti prego, eh? Sono stanco e ho fretta. Ma non fare l'abitudine alla scorta. È un caso se ieri e oggi sono rientrato così presto, di solito faccio più tardi.»

«Ma chi se ne frega se...»

«Dunque posso allungare il passo e andarmene?»

«Vai pure!»

Lui fece una smorfia e scosse la testa come uno che ha appena udito una castroneria e non sa se smentirla in modo caustico o riderci su.

«Sbrigati, che è quasi l'alba» le disse, aspettandola. Lei sospirò di segreto sollievo. Non aveva senso sentirsi al sicuro accanto a un uomo con le braccia tatuate e un'espressione da farabutto assassino, ma era quello che provava esattamente.

«Dove lavori?» gli domandò, tanto per fare conversazione. Lui glielo disse. Era una discoteca a pochi isolati di distanza. Ci era stata una volta con Grant, quando ancora pensava fosse un ragazzo a posto. «Strano che non ti abbia mai visto...» mormorò, pensosa.

«Perché sono un tipo che si fa notare, intendi?» disse lui, trattenendo il fumo nei polmoni per qualche secondo.

«Be', in effetti...»

«Ci lavoro da poco» le spiegò Marcus, espirando. «Faccio il buttafuori.»

Senza che lui le avesse chiesto niente, Penny gli raccontò: «Io lavoro al Well Purple, un ristopub alla fine dell'isolato».

«Ora si spiega quella divisa» commentò Marcus indicando la sua gonna inguinale malcelata dal cappotto. «Fornite anche servizi accessori?»

Lei lo guardò malissimo.

«Solo perché una fa la cameriera in un locale di dubbio gusto ed è costretta a vestirsi come la ninfetta di un *hentai*, non significa che sia una troia.»

«Mai pensata una cosa del genere. Cercavo solo di capire come mai una che ha la faccia di una sedicenne appena sputata fuori da un convento di suore se ne va in giro di notte conciata come se andasse a battere. Ma sono, ovviamente, fatti tuoi.»

«Ovviamente.»

«Solo, non farti violentare mentre io sono nei paraggi, altrimenti mi tocca intervenire, e vorrei evitare casini.»

«Se dovesse succedere, ti autorizzo a non intervenire.»

«Ho molti difetti, ma non sono un vigliacco.»

Senza riuscire a controllarsi, lei gli domandò di getto: «Che difetti hai?».

Marcus emise una risata graffiante e fastidiosa.

«Faccio sempre questo effetto alle tipe candide. Non so perché.»

«Di che parli?»

«Si comincia con le domande: chi sei, cosa fai, qual è il tuo passato, forse io posso salvarti col mio amore. Ma sappi che non vado a letto con le ragazzine.»

Penny sgranò gli occhi e lo fissò sconcertata.

«Tu sei pazzo!»

«Ma anche no. Ce l'hai scritto in faccia, ormai ci ho fatto l'abitudine. Fatti una doccia fredda. Sotto i diciotto anni, non ti tocco nemmeno con un dito. Non voglio problemi.»

«Io ho ventidue anni!» rispose lei seccata, rendendosi subito conto che non era la replica giusta.

«Dici davvero? Non si direbbe. Comunque non ti tocco lo stesso.»

«Tu non sei normale! E mi fai pure un po' schifo! Ma come siamo finiti a parlare di questo?»

«È per mettere le cose in chiaro. Non voglio problemi, ripeto. Mi fermerò da queste parti solo per due mesi. Non intendo creare rapporti né inimicizie. Quindi, è proprio inutile che ci provi.»

«Ma chi ci vuole provare? Sei un po' spaccone, te lo hanno mai detto?»

«Sì, e di solito lo fanno prima di supplicarmi di scoparle fino allo sfinimento.»

«Ok, adesso smettila. Siamo quasi arrivati, puoi andartene, e magari evita di salutarmi se mi incontri.»

«Non avrò alcun problema a fingere che non esisti. Nemmeno so come ti chiami, e non mi interessa saperlo.»

«Non ho alcuna intenzione di dirtelo!»

«Molto bene. Se di solito rientri a quest'ora, vedrò di ritardare le prossime sere, in modo da non incontrarti.»

«Bravo, così liberi anche me da questa scocciatura.»

Lui si portò due dita alla fronte, in una sorta di saluto marziale, e si fermò per accendersi un'altra sigaretta. Penelope accelerò l'andatura e lo distanziò, infastidita, ferita, stanca, e desiderosa di non averci più a che fare neppure per sbaglio per il resto della vita.

Quando Penny era nervosa aveva due modi per recuperare il sorriso: il primo era respirare il profumo dei libri e il secondo farsi fare una vivace manicure. Quel pomeriggio, complice un insistente malumore, si ritrovò con dieci unghie verde tiffany decorate da musetti di panda. In più, si era comprata un mascara viola acceso che le conferiva un'aria bizzarra, vagamente fantasy e aliena. Ma nemmeno quei regali riuscirono a rasserenare il suo umore nebbioso. Era nervosa per colpa di Marcus e perché non sopportava di essere nervosa per colpa di Marcus. Come osava, quel tipo appena arrivato, cafone e arrogante, credersi irresistibile? Aveva dato per scontato che volesse andarci a letto! E si era pure permesso di darle un due di picche!

Non che non ci avesse pensato, a essere proprio sincere: sarebbe stata ipocrita a negarlo. Ci aveva pensato eccome. Ci pensava tutte le volte che lo vedeva. Ci pensava anche quando non lo vedeva e sperava di rivederlo. Si atteggiava a regina delle nevi ma lo sbirciava in preda alle smanie. E detestava sentirsi così: non sopportava di essere arrivata a quasi ventitré anni senza speciali tentazioni, per poi ritrovarsi, tutto in una volta, con quell'indecente chiodo fisso. In fin dei conti, però, ogni millimetro quadrato di Marcus pareva fatto apposta per fomentare il desiderio di commettere atti impuri. Aveva l'aspetto di uno uscito fuori da una copertina di *Men's Health*. Era come se il più attraente di quegli omaccioni muscolosi e tatuati in posa plastica sulla carta patinata della rivista avesse attraversato chissà quale varco tridimensionale e fosse apparso nel suo condominio. L'unica cosa che gli mancava era il sorriso dei tizi fotografati: Marcus, a differenza loro, si mostrava sempre incazzato. I suoi occhi color mare ghiacciato erano privi di luce. Aveva l'aria di uno che ha visto e fatto cose che gli hanno rubato l'anima. E lo voleva, ok, lo voleva. L'immaginazione di Penny aveva la luce rossa costantemente accesa. I suoi sensi soffrivano d'insonnia. Quando lo incontrava provava un tormento infuocato.

Ma non sopportava che lui lo desse così per scontato, e la paragonasse a tutte le tipe in calore che gli andavano dietro! E soprattutto, la umiliava che l'avesse respinta trattandola come una mocciosa senza alcuna attrattiva.

Con quei mille nodi di rabbia che le si attorcigliavano dentro nonostante le sue unghie allegre e le sue ciglia colorate, varcò il portone del palazzo e per poco non si scontrò con uno sconosciuto fermo all'ingresso. Era un tipo alto, in giacca e cravatta di poco pregio, con l'aria dell'impiegato statale sottopagato.

«Conosce Marcus Drake?» le domandò. «Si è trasferito in questo palazzo da qualche giorno.»

Penny annuì e gli fornì le indicazioni del caso.

«Come si comporta?» chiese ancora lo sconosciuto.

«In che senso, scusi?»

«Si comporta bene, dà fastidio a qualcuno?»

Dà fastidio a me, con quell'aria da bastardo che non nota nessuna al di sotto del metro e settanta.

Anche se non aveva la più pallida idea di chi fosse il tizio che le poneva quelle domande, avrebbe potuto raccontargli del rumore vibrante che giungeva a volte dalla mansarda, probabilmente mentre Marcus prendeva a calci il sacco di cuoio, e del fastidio delle sue sigarette sempre accese in un palazzo pieno di anziani con l'asma. Ma non lo fece.

«Non dà fastidio a nessuno» rispose, scrollando le spalle. «È un inquilino molto tranquillo.»

Non aveva ben chiaro il motivo per cui si stava schierando dalla parte di Marcus, qualunque fosse quella parte, ma le venne spontaneo un insensato istinto di protezione.

L'uomo annuì, e sorrise con una strana soddisfazione paterna, mentre scriveva qualcosa su un taccuino tirato fuori da una tasca. In quel momento, Marcus entrò dal portone. Stava per accendersi una sigaretta ma si fermò. Vide l'uomo e trasalì in modo visibile, smarrendo per un istante la sua facciata glaciale. Guardò lei e si accigliò, rendendosi conto che avevano parlato. Penny ne era certa: si stava chiedendo, con una punta di allarme, cosa potesse avergli riferito di lui.

«Ah, sei qui» disse l'uomo a Marcus, «dove possiamo andare a parlare?»

«Non pensavo venissi così presto» borbottò Marcus a mezza voce.

Tutti e tre si misero a salire le scale. Penny rimase indietro, e sentì l'uomo in giacca e cravatta che gli poneva delle domande sul suo lavoro, e Marcus che rispondeva con secchi monosillabi.

All'altezza dell'appartamento di Penny, Barbie apparve sulla soglia di casa. Aveva un vassoio con dei biscotti, gli stessi che stava preparando prima che la nipote uscisse. Appena vide Marcus si illuminò, mettendo su un'aria civettuola, come faceva sempre quando lo incontrava. Per quanto Penny avesse provato a dissuaderla dal dimostrargli quelle carinerie, sua nonna si sentiva eternamente giovane e propensa ad apprezzare la bellezza statuaria dei giovanotti. In un momento di particolare sentimentalismo, le aveva perfino consigliato di invitarlo a uscire.

«Non puoi negare che sia un bel ragazzo, tesoro mio. Se avessi la tua età gli chiederei di andare al cinema insieme o a mangiare qualcosa in un bel ristorante con le candele sul tavolo.»

«Ehm, sì, magari ci penso.» Le aveva concesso quella speranza solo per non contraddirla. Evitava di farlo se non era proprio costretta. Da quella volta, però, Barbie, per colpa o per grazia della sua mente che sfornava favole, si era convinta che fra sua nipote e quel gagliardo giovanotto dell'ultimo piano stesse lievitando una storia segreta.

«Il nostro Marcus!» esclamò la nonna tutta felice. «Ho preparato dei dolcetti. Volete favorire?»

«Vi conoscete?» domandò lo sconosciuto.

Allora, Barbie disse qualcosa che provocò in Penelope la voglia immediata di finire sepolta sotto una palata di terra. Disse, abbassando un po' la voce, in tono confidenziale: «Tra lui e la mia Penny c'è un piccolo amore. Un vero e proprio colpo di fulmine! Non è romantico?».

Marcus parve uno che ha appena ricevuto un calcio in un punto molto doloroso. Barcollò per un istante e rivolse a Penny un'occhiata che grondava ostilità.

«Lei è un parente di Marcus?» insisté la nonna. «Sappia che la mia Penelope è una brava ragazza. Ha ventidue anni, lavora in biblioteca e non ha grilli per la testa.»

«Molto bene!» dichiarò l'uomo, rivolgendo a Marcus un sorriso di esplicita approvazione. «Quindi suppongo che sappia tutto.»

Stavolta fu Penelope a sentirsi vacillare. *Sapere cosa?* Marcus, inaspettatamente, la precedette, prima che ponesse proprio quella domanda: «Certo che sa tutto» confermò serio, e le mise un braccio intorno alle spalle. La strinse con una forza eccessiva, come se con quel gesto volesse trasmetterle un messaggio subliminale: *non farti scappare una parola di troppo o ti stritolo.*

Penny per poco non stramazzò a terra per la sorpresa.

«Allora venga su con noi» la esortò ancora l'uomo.

In breve, senza capirci un'acca, Penelope si ritrovò a salire le scale dietro Marcus e il suo ignoto visitatore, sollecitata dalla nonna che gorgheggiava piena di gioia.

Marcus si voltò un istante e le scoccò uno sguardo impetuoso, che conteneva un ordine muto ma perentorio.

Entrarono in casa di Marcus, e Penny si costrinse a trattenere qualsiasi espressione di meraviglia. Doveva dare a intendere di essere già stata lì? Perciò, finse di non stupirsi per la trasformazione di quella che un tempo era stata una topaia in un appartamentino decente, molto maschile e privo di fronzoli, ma pulito. Sul divano c'era una coperta blu che ne copriva i buchi. Da un lato torreggiava il sacco da allenamento trasportato qualche giorno prima. Il pavimento di legno, pur usurato, era stato spazzato da poco. In un angolo c'era il letto, addossato al muro, proprio sotto la finestra obliqua sul tetto, ricoperto da un piumino verde petrolio. Sulle pareti era stata passata una mano di bianco e l'aria odorava di vernice ancora fresca.

Lo sconosciuto in giacca a cravatta osservò tutto con attenzione, annuendo ripetute volte e allentandosi di poco il nodo della cravatta. Infine si sedette sul divano e si voltò verso Penny.

«Allora, si comporta bene?» le domandò di nuovo. «Anche con lei, intendo. Per capire se Marcus ha deciso davvero di lasciarsi alle spalle il suo passato un po' burrascoso, devo considerare tante cose: non solo se lavora e riga dritto, ma anche come si comporta con le persone che gli stanno intorno quotidianamente, i suoi vicini, la sua ragazza.»

Penny deglutì a vuoto, imbarazzata come poche volte nella vita. Marcus la fissava, e i suoi occhi d'acciaio lucido le passavano attraverso, affollati di emozioni che lei non riusciva a indovinare. Sospetto? Paura? Rabbia? Anche l'uomo la fissava, con un pizzico di apprensione e un'aria da parroco che aspetta la confessione del suo fedele più mascalzone, al quale vuole comunque bene. Tutti aspettavano che parlasse.

«Gliel'ho già detto» disse infine lei, simulando una tranquilla sincerità. «Si comporta benissimo. Ha un sorriso per tutti. E con me è il garbo fatto persona.»

Ebbe paura di avere esagerato. Immaginare Marcus che sorrideva agli anziani abitanti del palazzo, lui che se ne andava in giro con il broncio incollato costantemente alla bocca, era una cosa troppo assurda da credere. Immaginarlo, poi, che agiva con garbo nei suoi confronti, quando la considerava meno degna di gentilezza di un microbo, era ancora più inverosimile. Ma l'uomo, che forse era stupido e forse era buono, parve cascarci.

«Molto bene» disse per l'ennesima volta, abbozzando un altro sorriso compiaciuto. «E tu, ragazzo mio, te ne prego, continua a frequentare la gente perbene e farai la cosa migliore per te stesso. Soprattutto, lascia perdere quella ragazza. Lei tira fuori il tuo lato peggiore e ti trascina in mille guai. Non è adatta a te. Non mi fa piacere sapere che hai scritto alla prigione per andare a trovarla. Penny, invece, mi sembra la persona giusta. Se so che ti comporti bene, mi vedrai meno spesso, ma se mi dicono che sei andato dalla signorina Lopez o se scopro che ti cacci in brutti giri, sarò costretto a riferirlo al magistrato di sorveglianza. Sei fuori sulla parola. Se sbagli, torni dentro e gli altri due anni te li fai tutti. Non è una minaccia, figliolo, è la legge: spero soltanto che tu agisca nel tuo interesse.»

Marcus annuì, ma Penelope intuì una rabbia repressa dietro quell'assenso. Diceva di sì, ma voleva rompere qualcosa. Lo vide stringere un pugno con tanta forza che le nocche divennero ceree e le vene sul polso intensamente blu. Se lo notava lei, che lo conosceva appena, come poteva non accorgersene quell'uomo, che aveva rapporti di sicuro più antichi e profondi? Eppure non capì, si fece bastare quell'avvertimento, annotò qualcos'altro, strinse la mano di entrambi e infine andò via, allentandosi ancora la cravatta con un gesto stanco e uno stanco flettersi del collo.

Penelope fece per seguirlo, ma Marcus la trattenne per un braccio.

«Rimani finché non va via del tutto. Di sicuro si fermerà da tua nonna per chiederle qualche altra cosa. Se te la svigni subito, sgama la balla. Se non ti sei pentita di avermi retto il gioco e vuoi dirgli la verità, s'intende.»

Senza capire perché, Penelope scosse la testa.

«Sei stato in prigione?» gli domandò subito dopo. Nel suo tono non c'era un'accusa e neanche un'eccessiva curiosità. Non voleva sapere per quale ragione e per quanto tempo. Era sicura che avesse ucciso qualcuno e preferiva non conoscere i dettagli.

«Sì, e a quanto pare la cosa non ti stupisce.»

«Più che altro non me ne frega niente.»

«Perché gli hai mentito, allora?»

«Perché è divertente a volte inventarsi una vita alternativa. Comunque stai tranquillo, non sono stata io a suggerire a mia nonna l'idea che stiamo insieme. È malata, vive in un mondo di sogni e ricordi deformati. Non vorrei avere una storia con te neppure se fossi l'ultimo uomo su un pianeta di robot. E non lo dico prima di implorarti di scoparmi fino allo sfinimento.»

Marcus, inaspettatamente, sorrise, e per la prima volta Penelope colse un sincero divertimento oltre la sua maschera aggressiva. Osservò la piega delle sue labbra e s'incantò come una bambina dinanzi a un arcobaleno. Con quel sorriso leggero a un angolo della bocca, almeno tre giorni di barba sulle guance e il corpo monumentale che la sovrastava nella piccola stanza, era uno spettacolo fin troppo piacevole. Penny si scosse e si morse la lingua e si infilò un'unghia in un palmo, sforzandosi di dimostrarsi distaccata, come se l'insolito crampo che aveva avvertito, caldo e umido e svolazzante, fra lo stomaco e le ginocchia, fosse meno di niente.

«Di sicuro si informerà su di voi, per scoprire se siete spacciatrici travestite e se avete precedenti penali» continuò Marcus. Andò in cerca della sigaretta che stava accendendo prima, appena entrato nel palazzo. La trovò in una tasca della giacca e se la portò, spenta, alle labbra.

«Mia nonna spaccia solo biscotti, e spesso e volentieri mette il sale al posto dello zucchero. Io nemmeno quelli. E nessuna di noi è mai stata in galera» commentò Penny scrollando le spalle. «Una volta la nonna ha rubato un paio di collant in un negozio, ma non l'ha fatto apposta. A volte non si rende bene conto di quello che fa. Si ricordava di averli pagati. Questo è l'unico reato che ha mai commesso, ma non se n'è accorto nessuno.»

«E tu?» le domandò Marcus. Lo vide far balenare la fiamma di un accendino e incendiare la punta della sigaretta. Poi, da dietro un evanescente sipario di fumo, la fissò con tanta di quella attenzione che Penelope sentì i suoi organi interni rimescolarsi come gli ingredienti di un cocktail nello shaker.

«Io sono d'una noia mortale. Il tuo supervisore, perché suppongo fosse quello, sarà molto soddisfatto di quello che scoprirà sul mio conto.»

«Di sicuro tornerà.»

«In tal caso dirò alla nonna di preparare altri biscotti.»

«Perché fai questo per me?»

«Mica lo faccio per te. Lo faccio per me, è divertente. Tutto qui.»

«E cosa vuoi in cambio?»

Penelope sorrise a sua volta, chinando la testa da un lato.

«Non sei abituato alla gente che fa le cose senza un tornaconto, vero? Deve essere dura vivere in un mondo in cui vali solo per quello che dai a chi ti dà. Ma tranquillo, continueremo a ignorarci, non ti chiederò strane cose, non dovrai fare finta di essere innamorato di me per compiacere mia nonna né sacrificarti donandomi il tuo corpo.»

Marcus emise una risatina beffarda intorno alla sigaretta.

«Potrebbe non essere un sacrificio dopotutto.»

Penny avvertì come un diapason che le vibrava fra le costole. Ma gli rispose in modo aspro, col tono di una che non è mai stata sfiorata da un pensiero simile: «Mi sa che non lo scoprirai mai. E adesso vado, penso che il tizio sia andato via».

Detto questo, sollevò una mano in segno di saluto e scese le scale. Solo allora si rese conto di tremare. Aveva trattenuto la voglia spasmodica di chiedergli chi fosse quella signorina Lopez dalla quale il supervisore lo aveva messo in guardia. Aveva la sensazione che, rispetto a lei e alla sua anonima vita, signorina Lopez fosse tutto tranne che una tipa d'una noia mortale.

Quattro
Marcus

Scegliere di abitare in un palazzo frequentato da vecchi è il modo peggiore per sperare di passare inosservato. Non avevo considerato questa complicazione. Ogni volta che sulle scale incontro qualcuno, mi chiede chi sono, cosa faccio, cosa voglio, se sono sposato e se ho animali domestici. È una rottura dare conto a tutti.

A un tratto, mentre porto su il mio sacco da allenamento, incontro la tipa di ieri notte. Indossa ancora quel ridicolo cappello rosa dal quale sbuca una ciocca di capelli dello stesso colore. Mi osserva con gli occhi sgranati, e la sgamo subito. Solita storia. Ecco l'ennesima stronzetta con la faccia da collegiale che mi romperà i coglioni. Non ho problemi con le donne che sanno quello che vogliono: ci incontriamo, scopiamo, ci salutiamo. Ma queste ragazzette dall'aria casta sono le peggiori fracassatrici di marroni della storia. Sarebbero capaci di strapparmi i pantaloni e poi chiedermi di sposarle. Per questo me ne sono sempre tenuto lontano e intendo continuare su questa strada.

Mi sa che devo anche organizzare diversamente i miei rientri a casa, per non incontrarla. Se do corda a 'sta tizia qui, mi metto nei casini. Una sfigata che vive con la nonna anziana... Già immagino le conseguenze di un'insignificante scopata. Arriverebbe pure il parroco a farmi un esorcismo.

Appena noto Malkovich, una mitragliata di imprecazioni mi esplode nella mente. Credevo aspettasse un altro po' prima di scovarmi e sottopormi a uno dei suoi soliti interrogatori. Non ha mai sopportato Francisca. Non fa che ripetermi che è colpa sua se è successo quello che è successo, e lo fa con quell'aria finta paterna che mi fa innervosire ancora di più. Se potessi gli spezzerei il collo, ma non posso. Non voglio tornare in galera. Però, uno che insinua che sia colpa di Francisca se ho ucciso quel tipo, perché una donna davvero innamorata mi avrebbe detto di smetterla di pestarlo a sangue invece di aizzarmi, non ha capito niente di noi. Io e Francisca siamo uguali, sembriamo tirati fuori dalla stessa costola da un dio malvagio. Ci capiamo al volo, pensiamo le stesse cose, abbiamo le stesse esigenze. Lo avrei ammazzato comunque, quel tipo lì.

Non mi dà fastidio solo che sia arrivato prima del previsto, ma anche che stia conversando con quella scema del penultimo piano. Cosa diamine gli starà dicendo? Non deve essere niente di grave, però, considerato che Malkovich mi osserva con aria soddisfatta, senza quell'orribile sopracciglio alzato che mi riserva quando ha pronta una delle sue solite prediche piene di *ragazzo mio*, *figliolo*, e *non rovinarti la vita.*

Certo, la vecchia poteva evitarsi quella sparata. Io e sua nipote che abbiamo una storia? Come le è venuta in mente una cazzata del genere? Non ho tempo di farmi troppe domande: la balla rischia di andare fuori controllo e diventare gigantesca. Malkovich è tutto contento, e io non posso dire la verità se non voglio rischiare che mi perseguiti e mi riporti dentro per altri due anni.

Appena va via, però, ammetto che la ragazza mi sorprende. Pensavo fosse la solita gattamorta che finge di non voler essere toccata e poi mi infila la mano nei pantaloni, invece pare che abbia più palle del previsto. Mentre parla, dura come una stronza, ma una stronza piacevole, di quelle che mi darebbero sul serio un calcio nei coglioni se mi avvicinassi, la guardo con più attenzione del previsto. Ok, è un tipo bizzarro, e lo dimostrano le sue unghie coi panda, i capelli rosa e le ciglia viola. Ma ha dei begli occhi, color cioccolato. Una bella bocca. E belle gambe, lo confermo: indossa una gonna, non corta come quella della notte, ma sufficiente a mostrare a un occhio esperto che le sue cosce valgono un pensiero. Ho il sospetto che abbia anche un bel culo. In altri tempi, e senza tutti questi casini, una ripassata gliel'avrei data volentieri. Se anche a letto dimostra tutta questa energia, la stessa che adopera per tenermi testa, deve essere una scopata notevole.

In tutto ciò, una cosa sola mi turba davvero, profondamente: mi toccherà evitare di andare a trovare Francisca. Non manca molto al suo rilascio, meglio non mettere pulci nelle orecchie di Malkovich: se vogliamo essere lasciati in pace dobbiamo agire con meno pancia e più testa.

Cinque

Il locale era affollato e rumoroso. Le cameriere servivano ai tavoli cibo e bevande, e Penny, che aveva dimostrato una singolare abilità nel preparare cocktail, affiancava Carlos, il barista, nelle serate gremite come quella, quando il pubblico degli assetati somigliava a una manica di zombi intorno a una carcassa.

Cinque minuti prima, Grant si era avvicinato al banco e le aveva ordinato qualcosa con voce flautata. Nel vederlo, Penny era rimasta bloccata per un istante, con lo shaker tra le mani e un serpente di sudore gelido lungo la schiena. Aveva sussurrato qualcosa all'orecchio di Carlos e si era rifugiata rapida nel piccolo spazio destinato al personale, in cui di solito si toglievano le scarpe e i cappotti.

La sua collega Debbie entrò proprio in quell'attimo per tirare fuori dalla sua borsa un'aspirina da ingollare senz'acqua, nella speranza che il dannato mal di testa le passasse, e la trovò lì, rintanata come un gatto in una scatola.

«Che fai qui dentro?» le domandò. «Di là c'è il casino, non è il momento per riposarsi.»

«Adesso vengo» mormorò Penny, ripensando allo sguardo sinistro di Grant.

«È successo qualcosa?»

«No, niente, tutto ok.»

«Allora sbrigati, che c'è il delirio.»

Penny annuì, rialzandosi. Fuggire era controproducente. Le prede fuggono. Lei non intendeva essere una preda né fargli capire che aveva paura. Ne aveva tantissima, invece, una paura strisciante e fluida, calda e salata, una paura che le rendeva pesanti le gambe e molli le braccia.

Perciò, uscì dallo stanzino e tornò al bar. Grant era ancora lì, non si era mosso di una virgola, nonostante lo assediasse una folla in preda alle scalmane. Il suo Bloody Mary, rosso come il sangue che desiderava cavare da lei, era intatto. Penny lo vide leccare voluttuosamente la cannuccia gialla e poi passarsi la lingua sulle labbra. Distolse gli occhi, stomacata.

Per un paio d'ore provò a ignorare la sua presenza. Grant si spostò dal bar, ma era sempre in sala, seduto a un tavolo a ordinare cose che – ne era sicura – non avrebbe mangiato, solo per giustificare la sua permanenza in quel luogo. Era da solo e si faceva notare, perché era bello, ben vestito, e non sembrava marcio come una mela coi vermi. Attaccò bottone con un paio di ragazze, ma Penny sapeva che era lì per lei. Rimase fino alla fine, fino a quando il locale cominciò a svuotarsi. A un tratto il bar si spopolò e Debbie, che comandava un po' la baracca grazie alla sua relazione col proprietario, ordinò a Penny di portare il conto a questo e a quel cliente.

«Non puoi andarci tu?» provò a chiederle Penny.

«Senti cocca, sto lavorando da sei ore anche se ho un mal di testa che non mi passa in nessun modo. Tu sei stata ferma dietro quel bancone. Ora sposta le chiappe e porta il conto a chi ti ho detto.»

«C'è una persona che mi dà fastidio...»

«Non dire stronzate. Me ne accorgo quando qualcuno rompe le palle a una delle ragazze. Nessuno ti ha dato fastidio. Sei paranoica.»

In effetti, cosa avrebbe potuto dirle? Che un tipo bellissimo l'aveva fissata per tutta la sera sorridendole? Quale reato aveva commesso?

Lei sapeva, sapeva che quel sorriso equivaleva a una laida promessa, era un modo silenzioso per dirle: "Appena esci ti faccio più male possibile". Ma era difficile spiegarlo agli altri.

Così, suo malgrado, portò il conto al bastardo. Grant continuò a sorriderle con sfacciata dolcezza.

«Eccoti qui, bambolina» le disse. «Ho speso un patrimonio per starti vicino, hai notato?»

«Paga e vattene» replicò lei freddamente.

«Pago, me ne vado, ma ti aspetto fuori. È tardi, sta per piovere e io ho la macchina. Ti accompagno a casa, così sarai perfettamente al sicuro. E visto che ti voglio bene, ti lascio anche una bella mancia, vedi?» Tirò fuori dal portafoglio una banconota da cinquanta dollari, oltre il saldo delle consumazioni che non aveva consumato. Quindi, abbassando la voce, in modo che potesse udirlo soltanto lei, sussurrò: «È un anticipo. Se vali di più, dopo te ne darò altri».

Penny prese il denaro ma lasciò i cinquanta dollari di mancia. Si allontanò sentendosi sudicia, come se qualcuno le avesse colato addosso un liquido fetido e vischioso. Era decisamente nei guai.

Non aveva stretto rapporti di amicizia, non poteva rivolgersi a nessuno per avere un passaggio, e i taxi non arrivavano fino a lì per poi fare cinquecento metri di strada. Doveva trovare una soluzione, un modo per evitare di rimanere da sola, in balìa delle intenzioni non troppo misteriose di Grant.

Nello stanzino si cambiò le scarpe e indossò il cappotto. Poi domandò a Carlos un'informazione, e lui gliela diede, commentando: «Non sei ancora stanca, tu?».

Quindi raggiunse l'uscita posteriore. Era una strada cieca, non portava da nessuna parte, un muro alto la separava dallo sbocco in un'altra via.

Dovette ingegnarsi. Si arrampicò su un bidone della spazzatura e, da lì, sopra la recinzione dotata di filo spinato che sormontava il muro. Non era agile per niente, ma la paura e il bisogno scatenarono la sua destrezza. Scavalcando il filo spinato, tuttavia, si strappò il collant. Accidenti, avrebbe dovuto ripagarlo coi suoi soldi.

Al momento pensa a tornare a casa sana e salva, alle calze ci pensi dopo.

Balzò oltre il muretto e nel farlo strappò anche l'altra gamba del collant. Si strinse meglio il cappotto addosso, inviando maledizioni mentali a Grant e tutta la sua famiglia.

Quando si affacciò sul vicolo laterale, lo vide. Era davanti al locale e la aspettava. Impossibile andare di là, l'avrebbe seguita con quell'aria da angelo incarnato, e nessuno avrebbe sospettato che covasse propositi pieni di sangue e di sperma.

Non le restava che fare ciò che aveva pensato di fare. Si spostò rapidamente a sinistra e poi svoltò oltre la curva. Da lì si mise a correre, domandandosi quanto mancasse. Nessun taxi da prendere al volo transitò in quei dieci minuti e nemmeno un disgraziato autobus.

Ogni tanto si voltava per capire se la stava seguendo. Non c'era, a meno che non si nascondesse.

Poi vide l'insegna colorata del Maraja. E Marcus, lì davanti, che fumava una sigaretta insieme a una tipa in jeans elasticizzati, stivali con tacco interminabile e un'oscena pelliccia tinta di verde, che fumava anche lei e rideva come se in una vita precedente fosse stata una pecora con la tosse.

Accelerando ancora il passo, li raggiunse. Lui era di schiena, quella dannata schiena che pareva un blocco di marmo scolpito da Michelangelo in persona. La ragazza, notandola, si sporse e le rivolse un'occhiata incuriosita. Solo allora Penny si rese conto dello stato in cui si trovava: le calze strappate e un'abrasione su un ginocchio, dalla quale colava una lunga lacrima di sangue sino alla scarpa da tennis bianca. Il sudore fin dentro le palpebre e il respiro affannoso.

Marcus si voltò in quel momento. I suoi occhi color mercurio fuso la fissarono per un istante come se non la riconoscessero. Infine, oltre il solito velo di fumo, le domandò: «E tu che vuoi?».

Lo sguardo di Marcus era uno stronzissimo punto interrogativo. Penny sollevò gli occhi al cielo, come se volesse chiedere perdono alla propria intelligenza per la scelta di rivolgersi a quell'uomo delle caverne. E poi li abbassò verso il marciapiede lastricato, nel tentativo di chiedere scusa anche alle proprie parti basse che, nonostante tutti i ragionamenti buoni e giusti, non volevano saperne di rimanere indifferenti dinanzi a quel richiamo preistorico. Niente da fare: quel tipo la attraeva al di là di ogni dubbio. Le bastava vederlo e il suo DNA, i suoi estrogeni, le sue molecole e i suoi atomi organizzavano una festa tropicale.

«Cos'hai combinato?» le domandò ancora Marcus, osservandole le gambe, il sangue e il cappotto con una vistosa patacca sul davanti.

«Niente, uno scontro con un cassonetto della spazzatura. Posso dirti una cosa, senza pubblico?» esclamò lei, puntando la tipa in tacchi e pelliccia, che continuava a fumare e a godersi lo spettacolo della barbona ferita appena arrivata. Lui si rivolse alla donna e quella, senza che le dicesse nulla, scrollò le spalle e buttò la sigaretta schiacciandola con la punta aguzza di uno stivale. Quindi rientrò nel locale.

Una volta rimasti da soli, sul marciapiede insolitamente deserto, Penny tornò all'attacco: «Ho cambiato idea» disse con aria decisa.

«Hai bevuto forse? Perché mica ti capisco» obiettò lui, scagliando a sua volta la sigaretta a terra e calciandola verso la strada.

Penny ripensò a Grant e alle sue minacce celate, e tirò fuori il fiato.

«Ti avevo detto di non volere nulla in cambio del favore che ti faccio a infinocchiare il tuo supervisore.»

Marcus sollevò un angolo delle labbra nel ghigno tipico di chi scopre di avere ragione su un argomento fondamentale.

«E hai cambiato idea? Chissà come mai, non mi sorprende. Ma a letto con te non ci vengo manco morto.»

«Perché pensi sempre che una ti debba chiedere favori di tipo sessuale?»

«Perché è quello che mi chiedono tutte. O forse volevi che ti risolvessi un'equazione matematica o ti facessi un ritratto ad acquerello?»

«Niente del genere. Però deve essere triste.»

«Cosa?»

«Pensare che tutto il mondo ruoti sempre e soltanto intorno al tuo... ehm... *coso*.»

«Il mondo ruota sempre e soltanto intorno al mio "ehm coso".»

«Non è vero! Io non lo voglio! Insomma... non voglio niente di materiale. Voglio solo fare un patto con te.»

Marcus si accese un'altra sigaretta. Quel gesto – le labbra strette, gli occhi strizzati, la fiamma accostata al filtro, la mano davanti a proteggerla dal vento – fece tornare all'arrembaggio l'intera adunata dei suoi ormoni. Un crampo remoto, basso, troppo basso per essere un colpo al cuore o perfino un attacco di colite, la indusse a chiedersi se, in fin dei conti, lui non avesse ragione. Aveva il terribile sospetto di volerlo eccome il suo *innominabile amico*. Marcus capovolgeva le sue idee antiche e romantiche: guardandolo, non riusciva a pensare a due innamorati che si tengono per mano al chiaro di luna e si promettono eterno amore. Guardandolo, voleva soltanto che le mettesse la lingua in bocca, eccetera eccetera. *Molto eccetera.* Ma era lì per proporgli una cosa diversa e, a dispetto del dannato falò che le si era acceso sotto la gonna negli ultimi dieci giorni, doveva mantenere la sua aria imperscrutabile.

«Voglio che di notte mi fai da guardia del corpo.»

«Cosa?»

«Sono solo cinquecento metri. Dal locale dove lavoro alla porta di casa mia. Non ti chiedo altro.»

«Lo dicevo che non avevi bisogno dei miei acquerelli» disse lui, continuando a ridere senza ridere. «Questa è la seconda cosa che mi chiedono di solito. Sesso e difesa personale. Non sei stata molto originale.»

«Non voglio essere originale» sbottò Penelope, «voglio essere viva!»

Forse Marcus notò la sua ansia sincera, perché smise di sorridere.

«Chi ti vuole morta?»

«Uno. Ma la storia non ti interessa.»

«C'è un tipo che vuole ucciderti?»

«Non uccidermi, ma... ehm... come dici tu, farmi la festa.»

«Non mi piacciono quei tipi. Non ci voglio avere a che fare. Se ne becco uno lo ammazzo di nuovo e non intendo tornare in galera.»

«Ne ero certa.»

«Di cosa?»

«Che non fossi stato dentro perché hai ucciso un angelo. Ero sicura che avevi tolto di mezzo un pezzo di merda. Comunque, non ti chiedo di uccidere nessuno. Devi solo... farmi compagnia. Se ci sei tu non si avvicina nemmeno. È un vigliacco.»

«Lo sono sempre.»

«Lui è un vigliacco sopra la media.»

«Di denunciarlo non se ne parla?»

«Non mi ha mai fatto nulla, tranne una volta che... insomma, nulla di grave. Solo minacce. Ma stasera era al locale in cui lavoro e... ammetto di avere perso un battito del cuore. Me la sono svignata dall'uscita posteriore, e guarda come mi sono conciata. Mia nonna ha solo me, non posso morire né cacciarmi in qualche guaio.»

«E io che ci guadagno?»

«Te l'ho detto, racconterò un mucchio di balle al signor *comesichiama*.»

«Il signor *comesichiama* me lo rigiro come voglio, so fingere da solo. Mi basterà non andare a trovare Francisca per un paio di mesi e fare casa e lavoro e basta.»

«Si chiama Francisca?»

«Eh?»

Quel nome le procurò uno strano disagio. Francisca Lopez. La immaginò bellissima, alta, bruna, con gambe e seni da urlo e due occhi spietati. Si capiva che era pazzo di lei. Chissà come ci si sentiva a essere amata da uno come Marcus.

Scacciò quel pensiero e tornò al motivo per cui era lì.

«Se Francisca avesse bisogno di aiuto, non saresti contento che ci fosse qualcuno a darle una mano?»

«Francisca è in grado di cavarsela da sola. Però capisco il tuo ragionamento. Ok, ma voglio qualcosa di più.»

«Non vorrei sembrare una che ripete le canzoni degli altri, ma la mia *cosa* non te la do.»

Marcus scoppiò a ridere, e stavolta parve divertito sul serio.

«Non per offenderti, ma non ci pensavo proprio a chiedertela. Pensavo a qualcosa di più utile.»

«Qualcosa tipo?»

«Soldi.»

«Dovrei pagarti?»

«Vuoi una guardia del corpo, no? È un servizio che si paga, di solito.»

«Non è che navigo nell'oro, io.»

«Non pretendo chissà cosa. Anche io sono abbastanza a secco e un dollaro in più è un dollaro in più. Facciamo un centone a settimana?»

«Tu sei pazzo! Dove li trovo? Ah, sì, potrei andare a prostituirmi con Grant, ma in tal caso non avrei più bisogno della tua assistenza. Trenta ti vanno bene?»

«Trenta? Non mi bastano neanche per le sigarette. Se vuoi un lavoro fatto bene, devi sganciare.»

«Un lavoro fatto bene? Che ti credi di fare? Devi soltanto camminare accanto a me per cinquecento metri!»

«È per gli straordinari.»

«Ti ho detto che *gli straordinari* non li voglio. Quaranta, prendere o lasciare.»

«Sessanta? Per questa somma ti prendo anche in braccio se c'è una pozzanghera.»

«Cinquanta e basta. E se c'è una pozzanghera vi tuffate tu e tua sorella, ok?»

Marcus rise scuotendo la testa. Gli atomi di Penny palpitarono tutti insieme. Si strinsero la mano, e quella di Marcus era grande, calda e un po' ruvida. Gli atomi di Penny ebbero un orgasmo segreto.

«Prima settimana anticipata» disse lui. «Mi paghi domani se stasera non li hai. Adesso aspetta, vado ad avvisare e ce ne andiamo subito.»

La notte stava per diventare alba. Mancava davvero poco al sorgere del sole. Penny aveva smesso di guardarsi attorno spaventata. Insieme a Marcus non aveva paura, e non aveva paura nemmeno *di* Marcus. Anche se era stato in prigione per avere ucciso un uomo, non mostrava un aspetto rassicurante e parlava in modo sboccato, con lui sapeva di essere al sicuro. Era mostruosamente alto. A stargli accanto si sentiva una briciola. Si domandò cosa si provasse a posargli la testa sul petto. I suoi atomi gridarono come gridavano le fan dei Beatles negli anni Sessanta. Tossicchiò, con l'assurda impressione che anche lui potesse udirli.

«Lo stronzo si chiama Grant?» le domandò Marcus a un certo punto.

«Sì, un nome perbene, non trovi?»

«Ma dove l'hai beccato un tipo simile?»

«L'ho incontrato al locale dove lavoro.»

«E non ti sei insospettita? Francamente, è un posto di merda. Come fai a lavorarci, non lo so.»

«È l'unico posto abbastanza vicino a casa in cui mi hanno assunta. Al tuo Maraja non mi hanno presa. Troppo poco decorativa.»

«In effetti lì ci sono solo strafighe alte un metro e ottanta.»

«Grazie per la gentilezza: è inclusa nel prezzo?»

«Non credevo di doverti fare anche dei complimenti.»

«Complimenti no, ma almeno non offendermi.»

«Non ti ho offesa. Sei bassa, ok? Mica ti eri convinta di essere una top model?»

«Punto primo, non sono io bassa, ma tu gigantesco. Punto secondo, sei uno zotico da paura.»

«Non ho detto che sei brutta. Hai un tuo perché, se a uno piacciono le...»

«Le...?»

«Le tipe come te.»

«Ho il sospetto che volessi dire altro, ma preferisco non approfondire. Comunque, Grant all'inizio sembrava un ragazzo normale. Perfino più educato della media. Il tipo da sportello aperto dell'auto, sedia spostata a tavola, fiori e cioccolatini.»

«Uno che fa così è di sicuro un pervertito. Ma voi donne vi fate fregare da queste stronzate. Io non mi sognerei mai di portare fiori, cioccolatini o cazzate del genere a nessuna.»

«Nemmeno a Francisca?»

«Mai fatta una boiata simile!»

«Ne parli come se ti dicessero di tagliarti i testicoli e donarglieli imbalsamati.»

Marcus scoppiò a ridere per l'ennesima volta in quella serata.

Non ti piaccio, ma almeno ti tiro su il morale. Mi piacerebbe tirarti su qualche altra cosa, ma mi sa che non ho speranze.

«Quasi!» esclamò lui, estraendo dalla tasca del giubbotto il pacchetto delle solite sigarette.

«Boh, per dirla a modo tuo, mi sono fatta fregare. Infatti, dopo un paio di appuntamenti tranquilli, una cena in un ristorante raffinato e una serata al cinema a vedere *The Avengers*, mi ha dimostrato una volta per tutte di non essere un supereroe. Ha cambiato registro all'improvviso.»

«Ti ha aggredita?»

«Eravamo in un posto molto romantico, frequentato da coppiette tutte in ghingheri, tipo collina col panorama del cielo e annessi e connessi, e lui, senza neanche per favore e prego, mi ha ordinato di... insomma... di...»

«Prenderglielo in bocca?»

«E tu come lo sai?»

«Be', in una situazione del genere, in mezzo ad altra gente, è più facile chiedere un pompino.»

«Lui non ha *chiesto*, per inciso. Comunque, tu non parli mai per metafore, vero? Sempre dritto al punto.»

«Io uso le parole che servono. Ti dà fastidio?»

«No... stranamente no. In un certo senso, anzi, mi sembra che usandole spesso, parlando liberamente, alcune parole perdano la loro potenza... come dire... sconvolgente.»

«Mica parlo così per sconvolgerti. È l'unico modo in cui so parlare.»

«Esistono anche i sinonimi e i contrari, a voler proprio spaccare il capello in quattro. Ma non importa.»

«Tornando all'impotente, come hai fatto a squagliartela?»

«Quella sera avevo i capelli legati con uno spillone di plastica. Gliel'ho infilato... ehm... lì... e sono scappata.»

«Cosa?» Marcus si fermò con la sigaretta a mezz'aria, fissandola come ammirato da tanta audacia.

«Purtroppo non gli ho fatto abbastanza male. Da allora ha cominciato a perseguitarmi. Solo minacce verbali, e mai in pubblico.»

«Ai tipi così non gli si drizza proprio, dammi retta. Ma sono pericolosi comunque, perché sarebbero capaci di tagliarti la gola per la rabbia che non gli viene duro.»

«Non parlare così ai vecchietti del palazzo, mi raccomando, che li fai morire in massa e il tuo supervisore ti accusa di strage aggravata!»

«Al momento parlo così solo con te. Anzi, parlo solo con te in assoluto.»

«Davvero?»

«Siamo arrivati.»

Penny si scosse e vide il palazzo dinanzi a sé. Il pensiero che parlasse solo con lei, sia pur usando un linguaggio colorito e diretto e privo di qualsiasi fronzolo sentimentale, la allarmò. Non era paura, tuttavia: era la sensazione di cominciare a provare per Marcus un interesse superiore a quello suggerito dall'istinto di conservazione. Non solo una comune attrazione sessuale: normale in qualsiasi donna con l'armamentario funzionante sebbene poco usato. Era qualcosa di confuso e indecifrabile che aveva a che fare con la cassa toracica, i battiti del cuore e la capacità di respirare. Non andava bene, non andava affatto bene. Prendersi una cotta coi fiocchi per uno che sembrava una statua di roccia e spandeva feromoni a ogni falcata, che amava una donna dal nome esotico e considerava lei l'equivalente poco meno intrigante di un nano da giardino, era il primo gradino verso un'abissale infelicità.

Sei
Marcus

Francisca si domanderà che fine ho fatto, e questa cosa mi rende furioso. Purtroppo è l'unico modo per distrarre quegli stronzi da noi: meglio se credono che non intendiamo più rivederci. Si sono fatti la stupida idea che insieme siamo un pericolo, ma noi siamo stati un pericolo anche da soli. Il nostro passato remoto è più tragico e violento di quello prossimo. Ci siamo conosciuti a sedici anni, ma prima di allora ci eravamo già dati da fare. Due sbandati senza domani e con troppo ieri. Lei passava di casa famiglia in casa famiglia, io ero stato tolto a mia madre. Mio padre non ho mai saputo chi fosse. Ci siamo guardati e abbiamo pensato: tu sei me, io sono te. Adesso non saremo più soli. Siamo rimasti insieme, a pendere dalle nostre labbra, in ogni senso, con le lingue incollate e le anime legate da un nodo, fino a quando quello stronzo ha provato a sfregiarle la faccia e lo abbiamo accoppato. Se non avessimo avuto *quel* passato, probabilmente ci avrebbero concesso la legittima difesa. Siamo stati attaccati e provocati. Ma quello che è successo ci marchierà a fuoco per sempre.

A un tratto, mentre fumo e questa baldracca mi fa proposte esplicite, per fortuna arriva Penny. Non so perché dico *per fortuna*, forse perché 'sta tipa mi fa schifo. Forse perché Penny, anche se non è un granché da guardare, mi diverte a parlarci. Forse perché ha due occhi che li guardi e pensi: *Ecco, questa ha davvero vent'anni, non si è già giocata tutte le carte nel primo quarto di secolo.* Non so niente di lei ma raramente mi sbaglio. E poi, è forte. Non abbassa mai le palpebre, anche se lo capisco che in certi momenti è a disagio, lo capisco da una punta di rosso che le colora la gola. Ma io mica lo faccio apposta, io sono così, io vivo a pane e birra e franchezza.

Facciamo un patto: la scorto fino a casa e lei mi paga. Pochi soldi ma tutto fa brodo. Penny è rilassante. Penny mi fa riposare i pensieri. Di solito macino robe che volano a seicento all'ora, voglia di fare, correre, agire, ricordi, ricordi, ricordi, anche quelli più lontani nel tempo che speravo si cancellassero crescendo. Di solito la mia testa sembra bombardata di anfetamine, anche se non l'ho mai presa quella merda. Penny spegne l'interruttore e rende buio il passato. Somiglia a un cartone animato di quelli che guardano i bambini le cui madri non fanno le puttane. Di quelli che non ho guardato mai.

In ogni caso, incluso nel prezzo, intendo proporle un omaggio. Se si fida, le darò qualche lezione di autodifesa. Mica può contare sempre su di me. Io me ne andrò fra due mesi, e quel maniaco sessuale potrebbe essere più testardo e continuare anche dopo. Qualche mossa strategica, qualche dritta su dove colpire più forte. A Francisca non ho mai insegnato niente, lei ha sempre saputo tutto.

Decisamente, i giudici sono dei deficienti a pensare che insieme siamo più pericolosi che da soli. Come si può affermare questo di una dodicenne che ha dato fuoco alla casa del patrigno dopo averlo colpito con una mazza da baseball, e di un ragazzino di quindici anni che ha infilato una forbice nella schiena dell'amante di sua madre?

Sette

Lo incontrò di ritorno dalla biblioteca. Scendeva le scale dalla sua soffitta: la beccò quasi sulla porta di casa, mentre infilava le chiavi nella toppa. Le arrivò prima il suo odore. Era sudato, indossava una maglietta bianca incollata alla pelle e i pantaloni di una vecchia tuta. Per poco Penny non lambì il pavimento di linoleum con la lingua. Dovette darsi una frullata ai pensieri e ai soliti atomi imbambolati dinanzi a tanta abbondanza. Deglutì e finse di non notare la scacchiera tridimensionale di muscoli sotto la T-shirt, e i polsi solcati da vene che parevano fiumi in piena.

«Senti un po'» esordì, e Penny arrotolò la lingua e la raccolse in bocca.

Il sospetto che intendesse violare il patto della sera prima, o che magari volesse alzare la posta, la spaventò.

«Più di cinquanta dollari non posso darti» mormorò, fissando la chiave e la punta delle proprie unghie. «Per me è già tantissimo.»

«Non voglio altri soldi, voglio farti un regalo.»

«Regalo? Che regalo?» domandò, avvampando.

Marcus rise e scosse la testa con fare beffardo.

«Poi dici che mi ripeto, ma se stai sempre a pensare alla stessa cosa! Non è il regalo che speri.»

«Non spero niente!»

«Ragazzina, non sei una grande attrice. Anche se dici di no, vuoi venire a letto con me, si è capito da un pezzo. Ma non succederà. Io. Con. Te. Non. Scopo. È abbastanza chiaro così?»

«Magari, se alzi un po' la voce, ti sentono anche quelli dell'altro isolato, non vorrei si sentissero esclusi.»

«Non sentirebbero neppure se glielo urlassi nell'orecchio, il più giovane ha settant'anni suonati. Ribadita 'sta cosa, pensavo di insegnarti un po' di mosse di autodifesa.»

«A me?»

«Non sei tu quella che viene tampinata da uno stronzo?»

«Lo faresti davvero?»

«Sì, iniziamo subito.»

«Adesso?»

«Non è mai troppo presto per imparare come colpire uno che vuole costringerti a fargli un pompino.»

«Va bene, avverto mia nonna che sono da te.»

«Dammi solo il tempo di farmi una doccia, ok?»

Penny annuì. Trattenne la tentazione di pregarlo di non cambiarsi, di rimanere così, sudato e barbarico. Da guardare ma non toccare. Doveva ripeterselo abbastanza a lungo da inchiodarselo in testa.

Entrò in casa. Barbie preparava i soliti biscotti canticchiando.

«Tesoro, vai a riposarti» le disse, mentre la nonna sparpagliava farina ovunque facendola filtrare attraverso un setaccio che aveva scambiato per un pentolino.

«Sì, penso che lo farò, ho cucinato tutto il giorno per quei piccoli, e mi hanno fatto ammattire. Adesso sono stanca.»

Penny avvertì un groppo in gola ma mantenne il sorriso.

«Vado un attimo da Marcus» le spiegò e pensò che forse non si sarebbe ricordata di lui, magari lo avrebbe scambiato per uno di quei bambini che le avevano dato del filo da torcere. Ma sua nonna la sorprese.

«Che bel ragazzo! Mi ricorda la mia giovinezza. Sono contenta che si sia trasferito qui e che vi frequentate. Quando pensate di sposarvi?»

«Non lo so ancora. Dobbiamo conoscerci meglio» glissò Penelope, girando per la cucina e mettendo un po' in ordine.

«Mi raccomando, fatti desiderare. Niente baci se prima non ti dà l'anello.»

«Va bene, questo te lo prometto.»

«Mi sembra un ragazzo infelice, vedi di farlo sorridere.»

«Ti sembra infelice?»

«Oh sì, ha il tipico sguardo di uno che non ha mai ricevuto carezze. Accarezzalo tu.»

«Farò del mio meglio.»

«Ho insegnato ai bambini per tanti anni, e certe cose le capisco. C'erano tipi che facevano i bulletti e rompevano le matite ai compagni di classe, ma avevano gli stessi occhi di Marcus. Non li ho mai maltrattati, io. Con le carezze ho sempre ottenuto molte più cose. E con le caramelle all'anice. I bambini amano molto le caramelle all'anice.»

«Lo riempirò di carezze e di caramelle allora.»

«Brava. Adesso portagli qualche biscotto.»

La nonna preparò un pacchetto con dentro i suoi dolci e Penny si vide costretta a uscire di casa con quel vassoio improvvisato per non mortificarla. Le fece giurare che sarebbe andata a dormire, e Barbie incrociò due dita sulle labbra come fanno i bambini che promettono di non rivelare un segreto.

Quindi salì la tortuosa scala a chiocciola che conduceva in soffitta, talmente stretta e leggera da domandarsi come facesse Marcus a passarci senza deformarla. Bussò, sentendosi agitata oltre ogni logica. Lui le aprì dopo dieci secondi. Era sempre bagnato, ma non più di sudore. Profumava di sapone, un sapone leggero con un vago sentore di menta e agrumi. Indossava una T-shirt pulita ed evidentemente usava vestirsi senza asciugarsi perché anche questa maglietta gli si era incollata alla pelle come una fodera. Sotto portava i pantaloni di un'altra tuta, ed era scalzo. Penny comandò alla sua lingua di non uscire fuori dal garage.

«Questi te li manda mia nonna, ma non mangiarli, ci ha messo dentro del detersivo in polvere, credo.»

Lui non fece commenti e le indicò il tavolo della cucina, soggiorno, studio, insomma l'unico tavolo presente in quel piccolo spazio. Aveva steso a terra un tappetino di gomma e spostato il divano.

Se Penny credeva che quell'invito celasse il segreto intento di farla sua, dovette resettare le proprie illusioni e venire a patti con quella che fu una vera e propria lezione di autodifesa. Per fortuna non lo credeva, non aveva abbastanza fantasia, e si fidava di lui. Si fidava di un ex galeotto che conosceva da due settimane scarse e che avrebbe potuto bloccarla usando tre dita. Gli permise di capovolgerla come una bambola senza temere neanche per un istante che potesse nuocerle. Lo ascoltò con attenzione. Imparò dei trucchi per muoversi, per divincolarsi, per allentare la presa, per colpire gli occhi, il naso, i testicoli e le caviglie di un potenziale aggressore.

A un tratto, durante una manovra, si ritrovò stesa sul materassino di gomma, con Marcus addosso. Non la toccava, almeno tre centimetri li dividevano, ma era più vicino di quanto fosse mai stato. In quella posizione si rese conto di essere davvero piccola, tremendamente fragile rispetto a lui. Una foglia leggera e vulnerabile rispetto a una quercia solida e antica.

«In questo caso devi sollevare un ginocchio» le spiegò, toccandole una gamba per mostrarle il movimento.

Penny si scoprì a coltivare pensieri infuocati. Arrossì, capendo, sapendo che, se glielo avesse proposto o se solo avesse compiuto un gesto eloquente nella sua direzione, avrebbe fatto l'amore con lui, subito. Era come se Marcus, limitandosi a esistere, l'avesse destata da un lunghissimo sonno. Non le pareva più un passaggio inverosimile, tipo scalare l'Everest innevato o buttarsi giù da un ponte con il bungee jumping. Per lungo tempo aveva pensato al sesso come un'abilità speciale, un talento che non possedeva, col quale si nasce o di cui si può fare a meno. Adesso le sembrava una cosa naturale, facile, necessaria.

In quell'istante esatto, la porta dell'appartamento si aprì. Il signor Malkovich apparve, col solito completo stazzonato, la cravatta lenta intorno al collo, gli occhiali sulla punta del naso e una penna fra le dita. Marcus balzò su, lesto come un ragno. Penny rimase stesa, mezza paralizzata per lo stupore.

«Sono soddisfatto» commentò il nuovo venuto con aria più che entusiasta, senza premettere nemmeno un saluto di circostanza. «Ammetto che dopo il nostro precedente incontro mi era rimasto il piccolo sospetto che fosse tutta scena. La storia fra di voi, intendo. Ma questa mia visita a sorpresa ha fugato ogni dubbio. So che hai smesso di scrivere alla signorina Lopez. Bravo. Ho raccolto informazioni su di lei, signorina Miller, e sono soddisfattissimo di ciò che ho appreso. Lei è la persona più adatta a ricondurre il nostro Marcus sulla retta via. Adesso vi lascio, potete continuare a fare quello che stavate facendo.»

Con quelle parole, senza lasciare ai suoi ospiti la possibilità di proferire una parola qualsiasi, uscì di casa. Marcus rimase in piedi a massaggiarsi il cuoio capelluto.

«Cazzo» disse.

«Ma è entrato davvero o è stata un'allucinazione?» gli domandò Penny, mettendosi a sedere.

«È meno cretino di quanto pensassi» mormorò Marcus fra sé.

«Ma adesso si sarà convinto che ci amiamo alla follia e facciamo sesso con regolarità.»

Marcus le rivolse un'occhiata sorridente, e Penny sentì una rosa sbocciarle fra le costole. Sorrideva così poco che, quando lo faceva, i pianeti spostavano le proprie orbite per contemplarlo, ne era certa.

«Tirati su.»

«Non sarebbe meglio se ci stendessimo di nuovo, non si sa mai decidesse di farci un'altra visita?»

«Non hai chiuso la porta quando sei entrata?»

«Non me lo ricordo.»

«Ok, regola principale dell'autodifesa: chiudere la cazzo di porta della cazzo di casa.»

«Scusa, sono stata superficiale. Avevo quel vassoio in braccio e...»

«La prossima volta stai più attenta.»

«Ci sarà una prossima volta?»

Lui aggrottò la fronte e smise di sorridere.

«Non lo so. Non so cosa si aspetta da me quel rompicoglioni. Devo fingere di non cercare più Francisca. Lei si domanderà cosa è successo. Questa cosa mi fa ribollire di rabbia.»

Penelope abbassò lentamente le palpebre sugli occhi.

«Posso farlo io» disse.

«Fare tu, cosa?»

«Andare da lei per avvisarla che non hai smesso di amarla, non hai smesso di pensarla, stai solo facendo finta.»

Marcus la fissò come se avesse la vista a raggi x e potesse passarle attraverso e vedere ciò che aveva dentro.

«Lo faresti davvero?»

«Sì.»

«Perché?»

«Quanti perché, ragazzo mio. Perché mi va.»

«Sei una strana persona. Mai conosciuta una come te.»

«Mi fai vedere una sua foto? Se devo incontrarla, voglio essere certa di stare parlando con la ragazza giusta.»

Lui annuì e si mise a frugare nella tasca di una giacca appesa alla maniglia dell'unica porta presente nella stanza, quella del bagno. Tirò fuori il cellulare e smanettò coi tasti.

Quindi le porse l'apparecchio. Penny trattenne il respiro, come se quel gesto fosse parte di un rito al quale era ammessa a partecipare per miracolo.

L'immagine era vecchia di qualche anno. Ritraeva un Marcus più giovane e meno palestrato insieme a una ragazza che definire bella sarebbe stato riduttivo. Era molto di più. Era la sosia pericolosa di Jessica Alba. Erano vicini, mezzi nudi, e la foto era stata scattata da loro stessi mentre erano a letto. Nessuno dei due rideva. Penelope si domandò se avessero fatto l'amore, e perché mostrassero all'obiettivo quelle facce serie, che sembravano consumate da una stanchezza secolare. Marcus aveva fra le dita la sua eterna sigaretta accesa. Francisca teneva il cellulare e accostava il proprio viso a quello del ragazzo, lo faceva con un languore che non pareva solo spossatezza da sesso selvaggio, ma un atteggiamento naturale.

«Non ama le fotografie» commentò Marcus, «ne ho pochissime di lei. Dice sempre che le foto le rubano l'anima.»

Penelope annuì e mormorò: «È molto bella».

«È la più bella» ci tenne a specificare Marcus.

«Sei romantico a tuo modo.»

«Non sono romantico, è un dato di fatto. Ma l'hai vista?»

«Sì, è splendida.»

«Sei davvero intenzionata a...»

«Dimmi quando vuoi che vada e ci vado.»

«Sei strana sul serio, Penny.»

«Sono la più strana.»

«Non sei male.»

«Se è un modo di blandirmi per convincermi, non è necessario: sono già convinta.»

«Non so nemmeno che significa "blandirmi". E non dico mai cose che non penso. Io sono così, te lo ripeto, quello che vedi e poco altro.»

«Quello che vedo è già molto.»

Lei si alzò in piedi. Aveva in fondo alla gola un nodo grande e spinoso. Non capiva bene perché. Perché l'immagine appena vista, e la consapevolezza di quell'amore misterioso che non rideva nella foto e trasmetteva una palpabile sensazione di guerra, la facesse stare così male. Non poteva essersi innamorata di Marcus. Erano solo ormoni. Erano i soliti atomi in subbuglio, niente che avesse a che fare con cose che coinvolgono i segreti dell'anima. Facile confondersi. Facile guardare Marcus e desiderare che quel batticuore stesse un gradino oltre la pura lussuria. Ma non era niente più di quello: il bisogno di una ventiduenne che non l'ha mai fatto di farsi aprire come una melagrana matura dall'uomo più sexy sul quale avesse mai posato lo sguardo.

Almeno lo sperava. Perché se c'era qualcosa di più, si stava scavando la fossa da sola.

Era meglio andare a casa. Voleva stendersi accanto a sua nonna e abbracciarla e piangere fra i suoi capelli, anche se piangere era una reazione tragica e sproporzionata e priva di senso.

«Ci vediamo, così mi spiegherai meglio come e dove andare e cosa dirle.»

«Ok... grazie» disse Marcus e Penny ebbe l'impressione che "grazie" fosse una parola che usava poco e forse non usava mai.

Un attimo prima di uscire, si allungò verso il suo viso, in punta di piedi, e gli sfiorò una guancia con due dita. La pelle di Marcus era fresca, appena irruvidita da un accenno di barba castana. Lui non indietreggiò, ma parve turbato da quel piccolo gesto.

Penny gli sorrise e gli spiegò con voce fragile: «La nonna ha detto che i bulli hanno bisogno di più carezze degli altri bambini» e scese le scale prima che potesse farle delle domande.

All'uscita dal Well Purple, Marcus era già lì. Appoggiato contro un muro, una gamba piegata e la sigaretta fra due dita accostate alla bocca. Il mondo minuscolo che abitava nel corpo di Penny fece una capriola talmente rapida che, per un attimo, pensò di essersi capovolta. Dopo quattro ore di aria chiusa e massima attenzione a chiunque le si avvicinasse, nel timore che Grant replicasse la prova della notte precedente, quel capogiro poteva essere solo un modo per scaricare l'adrenalina a contatto con l'aria notturna e l'odore della pioggia in arrivo. Penny, tuttavia, temeva che fosse proprio la presenza di Marcus a scuotere le sue fondamenta. E la scuoteva senza volerlo fare, la scuoteva ignorandola. Come si sarebbe sentita se avesse deciso di dedicarle delle attenzioni? Domanda superflua priva di risposte.

«Sei puntuale» gli disse, mentre lui spegneva la sigaretta ormai al filtro, castigandola con uno dei suoi stivali massicci di cuoio nero. Si incamminarono lungo la strada, sotto una pioggerella tanto leggera da diventare polvere prima di toccare il marciapiede.

«Mi piace fare bene qualsiasi lavoro. Tutto ok lì dentro?»

«Solita storia.»

«Lo stronzo si è fatto vivo?»

«Stasera no.»

«Che tipo è?»

«Pensa a un fighetto alto, magro, biondo e vestito all'ultima moda, ed è lui.»

«E ti sei fatta fregare da uno così?»

Lei si voltò e lo guardò con rabbia per un istante.

«Credevo non fossi uno di quelli che accusano le donne di essersela andata a cercare. Se mi sono sbagliata puoi toglierti dalle palle che torno a casa da sola.»

Marcus le sfiorò un gomito con la mano. La lasciò subito andare ma Penny ebbe l'impressione che quel gesto fugace esprimesse un'intenzione amichevole.

«Non sono uno di quelli» ammise Marcus. Prese un'altra sigaretta e se la mise in bocca. La tenne spenta e cercò l'accendino tastandosi il corpo.

Se vuoi ti aiuto io.

«L'abito non fa il monaco, altrimenti dovrei avere paura di te.»

«Dovresti avere paura di me, infatti.»

«L'ho avuta, all'inizio, ma solo per un istante, solo perché temevo fossi Grant. Avevo paura del buio più che di te.»

Marcus trovò l'accendino. La fiamma piccola e breve trasformò in una brace arancione l'estremità della sigaretta. Diede un'ampia tirata e poi, col fumo che gli decantava dentro, mormorò con voce incolore: «Fai male. Non sono il tipo che ti aggredirebbe mai, questo no, non devi avere paura di me in quel senso. Ma non cercare altro, non immaginare altro. Tu mi paghi e io ti scorto. Tu mi aiuti e io ti aiuto. È un accordo, punto e basta».

Penelope annuì, mentre frugava nelle tasche del proprio cappotto. Le parole di Marcus erano giuste, erano di sicuro preferibili a quelle di un altro uomo, uno qualunque, che arrivasse nella sua vita e si inventasse un milione di balle per carpirle la fiducia, come aveva fatto Grant. Preferiva quella sincerità, anche se era una sincerità che faceva male al cuore.

«Ecco qui» disse infine, tirando fuori cinque banconote da dieci dollari. «Questo è il tuo primo compenso.»

Marcus trasferì quel gruzzolo nella propria tasca. Non aveva esitato un attimo. Ulteriore dimostrazione della sua franchezza. Dare e avere, non c'era altro.

«Adesso dimmi cosa devo fare per andare a trovare Francisca.»

Lui tacque per qualche secondo. Poi le raccontò della prigione in cui era rinchiusa. Si trovava a circa duecento miglia di distanza. Il giorno migliore per le visite era la domenica: c'era più gente e i controlli erano meno minuziosi. Doveva prepararsi a una perquisizione corporale e a qualche domanda sul perché della visita.

«Quando Malkovich lo saprà potrebbe domandarsi il senso di questa cosa» disse Marcus quasi tra sé.

«Si vede che non hai uno spirito romantico. Pensi che ascoltino le conversazioni?»

«No. Non arrivano fino a questo punto. Non è mica una terrorista talebana.»

«Bene, allora gli dirò che sono andata per farle sapere che fra di voi la storia è conclusa. Che tu non avevi il coraggio di farlo. Ci crederà.»

«Ci crederà perché lui lo farebbe. Perché è un mediocre impiegato governativo che vorrebbe mollare la moglie racchia da chissà quanto tempo e non ha il coraggio, e sarebbe felice se qualcuno lo facesse al suo posto.»

«Oppure ci crederà perché sa quanto vuoi bene a Francisca, e sa che vedere i suoi occhi in lacrime ti ucciderebbe.»

«Francisca non piangerebbe mai per una stronzata del genere.»

«Essere lasciata dall'amore della sua vita è una stronzata?»

«Non puoi capire.»

«Cosa? Cosa non posso capire?»

Lui si voltò di scatto, con un movimento che aveva qualcosa di ferino.

«Cosa vuol dire sopravvivere. Chi ha pianto tutte le proprie lacrime a dodici anni, non ne verserà più nemmeno una. Lei ci tiene a me, ma se la mollassi ne verrebbe fuori più forte di prima. Non l'ho mai vista piangere, mai. E comunque è un ragionamento ipotetico, perché ho tutta l'intenzione di morire con lei.»

Penny non fece commenti. Era sempre stata convinta che l'amore fosse vivere con qualcuno, e non morire, ma non lo contraddisse. Per lui era così, per lui la vita era una lotta e l'amore un'arma. Stare insieme contro qualcosa, e non insieme e basta. Non aveva idea di quale fosse il passato di entrambi, cosa avessero dovuto subire e condividere, ma di sicuro quel tipo di amore era il massimo che potessero permettersi.

Di sicuro è più di quanto io avrò mai.

«Come ci vado?» gli domandò.

«Come ci andiamo.»

«Vieni anche tu?»

«Non ti lascio andare da sola. Non si sa mai. Non potrei, ma ci vengo lo stesso.»

«Vuoi essere sicuro che svolga bene la mia missione?»

«Mettiamola così.»

In quel momento la pioggia prese a cadere più forte. Tutta in una volta, come a secchiate. Marcus gettò via la sigaretta e prese Penny per mano, trascinandola verso il portone del loro palazzo. Lei si sentì come se avesse le gambe di argilla. Si bagnò più di un pulcino finito in una pozzanghera. Lui si passò una mano fra i capelli cortissimi, facendo volare una grandinata di gocce.

«Vai a cambiarti» la esortò Marcus, «che se ti ammali, domenica non possiamo andare da nessuna parte.»

«Come sei altruista.»

«Mi servi e voglio che tu rimanga sana, almeno fino a domenica.»

«Poi posso crepare?»

«Liberissima.»

Penny borbottò qualcosa e iniziò a salire. Mancava di nuovo la luce. Marcus tirò fuori la torcia che teneva in tasca, piccola ma potente. Un cerchio color caramello illuminò quasi a giorno le scale.

Stava per entrare in casa propria, quando si rese conto di una cosa non grave, tragica. La nonna aveva messo il chiavistello. La porta si apriva di tre o quattro centimetri ma poi si bloccava. Solo se fosse stata un foglio di carta sarebbe riuscita a entrare. Si paralizzò dinanzi a quello spiraglio che la respingeva. Marcus, che le stava alle spalle, disse: «Lo rompo in un attimo. Questi gingilli non servono a niente».

«È una cosa che può avvenire in silenzio?»

«Un po' di rumore lo farà, è un chiavistello di ferro, non un biscotto fatto col detersivo.»

«A mia nonna verrà un infarto per la paura. E la stessa cosa succederebbe se facessi squillare il telefono di casa.»

«Cosa conti di fare allora?»

Lei si voltò e gli rivolse un'occhiata spaventata. Spaventata da ciò che stava per dire.

«Facile. Vengo a dormire da te.»

Marcus ebbe un sussulto inappropriato per un uomo grande e grosso come lui.

«Te lo scordi.»

«Va bene. Allora rimarrò qui, mi verrà una polmonite e Francisca resterà col dubbio che tu sia uno stronzo.»

«Francisca lo sa già che sono uno stronzo. Non puoi chiedere ospitalità a qualche vicino?»

«Non conosco nessuno abbastanza bene da chiedere una cosa del genere.»

«Non conosci abbastanza bene neanche me eppure una cosa del genere me la chiedi lo stesso.»

Penelope piegò la testa da un lato fissandolo in modo provocatorio.

«Qual è il problema? Pensi che ti salterò addosso durante il sonno?»

Marcus fece una risatina beffarda e le si avvicinò col viso. Le parlò in un orecchio, e le loro guance umide si sfiorarono.

«Non scherzare col fuoco, scimmietta. Sei l'ultima ragazza al mondo che toccherei da sobrio, ma se mi saltassi addosso durante la notte potrei non essere all'altezza delle mie intenzioni. Sono un uomo con tutti gli ingranaggi che funzionano. Dunque, attenta a quello che dici.»

«Potrei essere d'accordo, che ne sai?»

«Con quella faccia lì? Non me la bevo. Hai voglia di essere scopata, senza dubbio. Ma se dopo ti trattassi come faccio di solito con chiunque non sia Francisca, moriresti di crepacuore.»

Penny provò un brivido, immaginando un epilogo del genere: Marcus che andava via o la allontanava senza alcuna tenerezza dopo aver fatto l'amore. Le parve un'atroce eventualità, perfino più atroce della certezza che non le sarebbe mai successo di finire a letto con lui.

Uno starnuto energico interruppe quei pensieri.

«Detto ciò, abbiamo raggiunto, come si dice, un'impasse» affermò. «Dove andrà a dormire Penny stanotte? Come senti, la polmonite arriva galoppando.»

Marcus emise un mugugno di collera sopita. Nel silenzio parve un rimbombo.

«Ok, vieni da me, ma ti comporti bene.»

«Che assurdità. Tu, che sembri l'immagine vivente della lussuria, dici a me di comportarmi bene?»

«Non ti è chiaro con chi hai a che fare, vero? Sto cercando di proteggerti. Ma se mi provochi ancora ti faccio capire cosa intendo.»

Penny fu quasi tentata di pregarlo di farglielo capire. Un altro starnuto la riportò alla realtà.

«Non sei il dono di Dio per tutte le donne, Marcus, non farti illusioni. Voglio solo un posto dove poter dormire. Detto questo, ci sbrighiamo che fra un po' è l'alba e sono stanchissima?»

«Tu dormi lì» le disse, indicandole il divano. «Il letto è mio. Adesso vai in bagno e ti cambi e poi ti corichi e stai zitta fino a domani.»

«Con cosa mi cambio, signor generale?»

«Ti do una maglietta delle mie.»

Penny si chiuse in bagno, si tolse i vestiti bagnati e indossò una T-shirt a maniche lunghe, che ciondolavano come lingue di Menelicche oltre la punta delle dita. Era talmente grande che le cadeva dalle spalle. Aveva il suo odore. Lo annusò come se fosse il profumo di un fiore.

Sono una pervertita.

Quando uscì, Marcus si era spogliato a sua volta. Indossava i pantaloni di una tuta di cotone grigio e niente altro.

Lo fai apposta, ragazzo? Di' la verità, tu vuoi che ti salti addosso.

Penny finse di ignorarlo e si stese sul divano. Si avvolse nella coperta blu e chiuse gli occhi.

Intorno a lei, Marcus fece ciò che faceva di solito. Lo sentì urinare in bagno. Sentì l'acqua che scorreva, la porta che si apriva e il letto che cigolava sotto il suo peso.

«Se avessi sete durante la notte?» gli domandò a un tratto.

«Te la tieni» fu la brusca risposta del suo poco gentile anfitrione.

«Se volessi sgranocchiare qualcosa?»

«Vorrei evitare di essere volgare, Penny. Quindi risparmiami 'ste domande.»

«Volgare? In che... ah, sì, ho capito.»

«Brava, quindi smettila.»

«È la prima volta che ospiti una donna senza...»

«Punto primo, non sei un'ospite, sei un'infiltrata ricattatrice. Punto secondo, a parte Francisca, io non *ospito*. Io fotto. Punto terzo, sono stanco, vorrei dormire. È possibile spegnerti in qualche modo?»

«Vorrei evitare di essere volgare, Marcus. Quindi risparmiami 'ste domande.»

Nel buio, fu certa che lui stesse ridendo in modo sommesso. La sua risata aveva qualcosa di rassicurante, assurdamente familiare. A dispetto dei modi ruvidi di Marcus, non si sentiva in alcun modo in pericolo in quella stanza, sotto quel tetto con un occhio nel mezzo. Pensò tante cose, cose perlopiù inverosimili, del genere di quei pensieri un po' vigili e un po' torpidi che si fanno prima di addormentarsi. Immaginò di baciarlo, di prendergli la mano, di toccarlo. Perse coscienza proprio sulla sua schiena.

Quando si risvegliò, era giorno fatto. Marcus dormiva ancora. Si alzò in punta di piedi e lo osservò. Allungò una mano, tentata da quella pelle, da quel granito foderato di seta dipinta, ma la tirò subito indietro. Le braccia e gran parte del torace erano ricoperte di tatuaggi maori in bianco e nero. Curve, spire, volute che si sfioravano come uccelli in uno stormo, segni che parevano fiamme, foglie, occhi, onde marine, pugnali e soli nascenti. E ancora delfini, maschere digrignanti e un'enorme manta sul petto. Un'unica eccezione a quell'apoteosi di selvagge e affascinanti visioni tribali: a sinistra, accanto alla manta, risaltava un cuore rosso che pareva palpitare, sembrava il cuore di Cristo che si vede in certe raffigurazioni sacre, trafitto da una corona di spine. Penny non ebbe dubbi, quel cuore simboleggiava Francisca. Ingoiò un senso di fastidio e dolore e fece qualche passo indietro. Era meglio andarsene, prima che si svegliasse.

Sarebbe stato meglio non venire proprio.

E se mi sto innamorando di lui?

Come faccio?

Scosse la testa, raccattò i propri vestiti ormai asciutti e si cambiò senza chiudersi in bagno. Marcus si mosse, si girò, ma continuò a dormire.

Mentre scendeva la scala a chiocciola, pensò che se il signor Malkovich fosse giunto in quell'attimo, non avrebbe più avuto alcun dubbio riguardo al loro legame. Sembrava una giovane amante appena sgusciata fuori da un letto caldo e odoroso di sesso, e non un'ospite sgradita – o un'infiltrata ricattatrice – che aveva dormito su un divano scomodissimo.

Per fortuna la nonna era già sveglia e aveva sganciato il chiavistello. Vedendola entrare non notò la stranezza dell'orario. Si limitò a chiederle se era scesa a buttare la spazzatura. Poi le domandò se voleva che le preparasse le crêpes.

«Te le preparo io, nonnina. Tu guarda un po' di TV. Danno quella telenovela che ti piace tanto.»

«Oh, sì, hai ragione. Oggi Gonzalo dirà a Hermosa che la ama. Non vedo l'ora. È così bello quando l'amore trionfa! Non credi?»

Lo credeva, sì. Ma aveva la terribile certezza che i sentimenti sensazionali di Gonzalo per Hermosa, espressi con mille parole un po' romantiche e un po' ridicole, sarebbero stati la cosa più vicina all'amore della sua piccola vita destinata, al massimo, a fare i conti con le offerte malate di quel pazzo di Grant.

Otto
Marcus

Quando Malkovich è entrato in casa, mentre insegnavo a Penny qualche mossa per maciullare le palle a uno che ti blocca, per poco non si è bloccato il mio di cuore. Diamine quanto è sospettoso. La tentazione più forte è stata quella di invitarlo a farsi i fatti suoi, di pensare a quella scopa avvizzita di sua moglie e non impicciarsi di chi amo e chi voglio, ma finché non sono del tutto libero devo fare buon viso a cattivo gioco. Penny, però, è stata brava. Ha continuato a recitare la sua parte. E si è pure offerta di andare a parlare con Francisca. Mi auguro non cambi idea. Voglio sapere come sta, cosa pensa, questo silenzio mi uccide. Non capisco perché Penny lo faccia, se spera che me la scopi per gratitudine, o se vuole soltanto essere gentile. La gentilezza per me è una cosa aliena. Non sono abituato, non credo nemmeno che esista. Quindi, di sicuro, vuole che me la scopi. Devo stare attento, può rovinarti più una santarellina di una puttana. E poi, in fin dei conti, non voglio che soffra. Insomma, sembra tirata fuori da un romanzo rosa, ha due occhi che ti guardano dentro, anche se dentro di me non c'è niente da guardare e i suoi tentativi sono sprecati, e a volte mi fissa come se fosse convinta, proprio convinta, che se mi ferisse troverebbe del sangue. Io invece, se ferito, produco una roba simile a fiele.

Di sicuro fa un mucchio di domande. Fa concorrenza a Malkovich quanto a invadenza. A qualcosa rispondo, mi serve, devo essere furbo. Ma non posso dirle proprio *tutto*.

Però, in definitiva, Penny mi piace. Non in senso sessuale, il che è straordinario per me. Di solito è quella la chiave di tutto. Una donna mi piace sessualmente o non mi piace sessualmente. In quest'ultimo caso non esiste. Invece Penny non voglio portarmela a letto, eppure la vedo, eppure esiste. Parlare con lei, a tratti, mi dà una scarica di adrenalina. Non so mai quello che dirà. Non è prevedibile. È una specie di piccolo, buffo mistero che mi intriga pericolosamente.

Non era previsto che dormisse qui. È l'ultima cosa al mondo che avrei voluto. Ma mica potevo lasciarla sul pianerottolo. E se si ammala, salta il viaggio di domenica. Sono un dannato opportunista, lo so.

Per fortuna, dopo un mucchio di chiacchiere, a un tratto si addormenta. Io invece non chiudo nemmeno un occhio. La sento respirare piano, ogni tanto emette un verso sottile, come un micio che miagola sottovoce.

Mi alzo, ho sete, apro il frigo e prendo dell'acqua. La bevo direttamente dalla bottiglia. Penny si muove, la coperta blu scivola sul pavimento. È rannicchiata proprio come un gatto, con la mia maglia grande tre volte lei. Da un orecchio le scivola giù una crocetta d'argento, adagiandosi sul collo. Ha una bocca bellissima, carnosa, color pesca. Mentre la osservo, per un istante ho una visione che mi paralizza. Le sue labbra sulla mia pelle. Mi scuoto subito, mi sgranchisco vigorosamente le spalle, mi do dell'idiota. Prendo la coperta da terra, gliela poso addosso e scappo a letto. Scappo? Scappo, sì. Maledizione. Penny e il sesso devono essere due cose distinte. Non devo più pensare a nulla del genere, neanche per scherzo.

Purtroppo, però, di mattina, dopo essermi addormentato a fatica, mi sveglio e me la ritrovo davanti. È di spalle, si sta cambiando, non si accorge che la guardo. Per un istante il suo corpo completamente nudo viene fuori dalla mia maglietta. È meno magra di quanto appare vestita. Ha una bella schiena, liscia, bianca come la crema di latte. Porta uno slip a pois rosa. Si gira a prendere i vestiti per cambiarsi e mostra il seno senza sapere di mostrarlo a uno che finge di dormire.

Mi sa che sono troppo in salute rispetto a certe cose. Perché, all'istante, la mia parte animale si scatena. È talmente evidente che sono costretto a voltarmi. Se mi osservasse, noterebbe una duna nel cavallo dei miei pantaloni. Ok, un uomo è soggetto a questi effetti quando si sveglia, ma preferisco tenermeli per me.

Ma la cosa più grave è un'altra. Vedere una donna nuda, più carina del previsto per giunta, ed eccitarsi di brutto non ha niente di strano.

La cosa strana accade dopo, quando va via. Perché ho la tragica tentazione di masturbarmi pensando a lei. Non esiste, non devo, non posso assecondare questa stronzata.

Così mi infilo sotto la doccia gelida, finché il *tipo* non crolla e la smetto di pensare alla mia lingua sui suoi capezzoli rotondi e innocenti.

Nove

Appena la nonna seppe del viaggio, telefonò al signor Donaldson che abitava al piano terra e aveva un'automobile. Il pensiero della sua piccola Penny su uno di quei sudici treni pieni di spifferi non l'avrebbe fatta dormire tranquilla. Se la immaginava bambina, in viaggio per una gita scolastica, coi compagni di classe che lanciavano palle di carta e tenevano aperti i finestrini col rischio di cadere giù e, allo stesso tempo, si era convinta che Marcus volesse portarla a conoscere i propri genitori prima di annunciare il fidanzamento ufficiale. In entrambi i casi, l'automobile le sembrava l'idea migliore.

Peccato che la macchina del signor Donaldson fosse una vecchia Bentley azzurro cielo, ingombrante e ridicola, una di quelle auto che consumano benzina come i cammelli consumano acqua quando hanno sete e non vanno a più di cinquanta miglia all'ora. Appena Penny la vide, pensò alla reazione di Marcus. Sarebbe rimasto a dir poco inorridito.

E Marcus rimase inorridito.

Era la mattina di domenica. La signora Leboski, che quel giorno non lavorava, si era presa l'impegno di fare compagnia a Barbie. Essendo quasi tutti pensionati un po' insonni, privi di distrazioni interessanti, rimasero incollati in massa alle finestre per assistere alla partenza della famigerata automobile.

Marcus esibiva un'espressione assassina. Guardava Penny come se intendesse prometterle che, una volta superato quell'assembramento di curiosi, le avrebbe strappato lo scalpo.

«Come ti è venuto in mente...» le sussurrò a denti stretti.

«Non è stata un'idea mia. Ha fatto tutto la nonna.»

«Anche vestirti così è stata un'idea di tua nonna?» esclamò lui, guardandola di sbieco.

Penny scrollò le spalle, come a minimizzare la sua reazione infastidita. Dentro di sé era consapevole che avesse ragione, sia per la macchina che per il suo abbigliamento. L'auto era una scomoda caffettiera e lei non era vestita in modo adatto a una visita in prigione. Ma quella mattina, guardandosi allo specchio, non ce l'aveva fatta a indossare i jeans e la felpa sistemati sulla sedia accanto al letto la sera precedente. In pratica, si era messa in ghingheri. Non per Marcus, non direttamente almeno. Lo aveva fatto per Francisca, con una tristezza e un'ingenuità di cui non era stata subito cosciente. Non voleva incontrarla – lei, la donna più bella del mondo, stando agli occhi del cuore di Marcus – e mostrarsi sciatta, brutta, patetica. Perciò, aveva indossato un vestito carino, l'unico nel suo guardaroba totalmente casual, acquistato diverso tempo prima in un negozio di abiti usati con l'intenzione di guardarlo e immaginarselo addosso in chissà quale occasione: un tubino di velluto verde bottiglia, molto corto e aderente, decisamente fuori luogo per la meta di quel giorno. Stivali col tacco, coi quali si muoveva a passi incerti, e giacchino di pelle rosso fiamma. Si era perfino truccata. Stava andando a ridare speranza a un amore contrastato – togliendo ogni speranza a se stessa – e non voleva farlo da perdente annunciata.

Marcus, nei suoi soliti jeans che non ce la facevano proprio a cadergli larghi perché li colmava con intrecci di muscoli, un maglione blu e una giacca sportiva, gettò alternativamente un'occhiata alla vettura e una al suo vestito.

«Non stiamo andando a una festa in discoteca» borbottò con l'aria di chi avesse posato lo sguardo su qualcosa di rivoltante.

«Così mi sono vestita e così resto.»

«Per giunta devi guidare tu. Io non posso farlo per almeno un altro anno. Se mi beccano mi creano un mucchio di casini.»

«Ci penso io, che problema c'è?»

«Da seduta, la gonna ti arriverà all'ombelico.»

«Tanto, tu mica mi guardi, no? E poi sei abituato alle lunghe gambe di Francisca, le mie non ti faranno effetto.»

«A me no, ma ricordati che molti dei secondini coi quali avrai a che fare sono maschi con gusti peggiori dei miei.»

«Quanto sei gentile. Comunque, chi se ne frega, oggi ci divertiamo.»

«Penny, non farmi incazzare più di quanto sono già incazzato. Dovevamo partire in sordina e c'è tutto il palazzo che ci saluta dalle finestre. Dovevamo prendere il treno, e mi ritrovo 'sto transatlantico che secondo me si disintegrerà tra due miglia. Dovevi passare inosservata, e sei vestita come una cazzo di cubista.»

«Fatti piacere il nuovo programma. Se vuoi andare da Francisca lo facciamo a modo mio.»

«Sei più stronza del previsto, sai?»

«Non è colpa mia, sei tu che hai fatto un errore di valutazione. Io sono sempre stata stronza.»

Penny non guidava da tanto e in principio fu tutto un gioco di sobbalzi e spegnimenti improvvisi. La radio non funzionava, il riscaldamento non funzionava, i finestrini posteriori non si chiudevano bene e il motore faceva un chiasso indiavolato.

Marcus le era seduto accanto, rigido e indispettito. Aveva due occhi brutali, fissi dinanzi a sé. Non le disse una sola parola per molte miglia.

«Non che sia una novità» commentò Penny a un tratto, inseguendo i propri pensieri.

Marcus la ignorò. Si accese una sigaretta e il fumo fu risucchiato dai finestrini aperti.

«Non che sia una novità!» ripeté Penny a voce più alta.

«Cazzo vuoi?» esclamò Marcus all'improvviso, emettendo una specie di ringhio.

«Dico, non è una novità che non mi parli. Sono tre giorni che mi tratti malissimo.»

«Non ti tratto in nessun modo.»

«Appunto. Che ti ho fatto? Ti ho forse contaminato il divano? Hai trovato le piattole? Se sì, non erano le mie. Non hai più voluto continuare neppure il corso di autodifesa.»

«Mi paghi solo per farti da scorta di notte, e non sono obbligato a parlare. Se vuoi continuare le lezioni di difesa personale devi sganciare. Solo la prima era omaggio.»

«Non ho più un dollaro.»

«Problemi tuoi.»

«No, davvero, che ti ho fatto? Se ti ho offeso in qualche modo...»

«La piattola sei tu. Guarda la strada! Tieni la corsia, ma dove hai imparato a guidare?»

«Dove tu hai imparato le buone maniere.»

«Riesci a stare zitta un istante? Concentrati su quello che dovrai dire a Francisca. È l'unica cosa che mi preme. Il resto è merda.»

Penny non fece commenti. Strinse forte il volante e sentì il cuore farsi piccolo quanto un bottone. Era vero che da tre giorni Marcus non le parlava più. Quando la accompagnava, di notte, dopo il lavoro, taceva come se gli avessero tagliato la lingua e rispondeva alle sue domande con scarni monosillabi. Forse con la mente era già a dopo. A quando sarebbe andato via con la donna del suo cuore. La scortava solo per i soldi, altrimenti l'avrebbe mandata solennemente affanculo, ne era certa. Il cuore di Penny divenne piccolo quanto un chicco di riso.

Dopo un paio d'ore, fatte soprattutto di silenzi scontrosi e arrovellamenti disperati, il motore cominciò a tossire. Era quasi finita la benzina. Dovettero fermarsi a una stazione di servizio.

«Vado a fare la pipì, mentre tu riempi il serbatoio» disse Penny a Marcus.

«Aspetta, cretina, ti accompagno» le rispose lui in tono sempre meno gentile.

«Non c'è bisogno, grazie.»

«Ma ci fai o ci sei? Siamo in mezzo a un'orda di maschi. Riesci a fare due più due una mezza volta?»

Non che avesse torto. Alcuni uomini, che sorseggiavano delle birre sulla porta del bar, la fissavano con un certo interesse, o meglio fissavano con un certo interesse il suo fondoschiena strizzato nella gonna cortissima. Penny si sentì esposta e fuori luogo, e per la prima volta durante quel viaggio pensò che avrebbe fatto meglio a mettersi in jeans. Marcus la prese per mano con fare brusco, scortandola davanti alla toilette.

«Piscia e sbrigati» le disse.

«Certo che un conte ti fa un baffo.»

«Penny, non scherzo, fai presto che devo pure controllare quella merda di auto e ho solo due occhi.»

Lei fece quello che doveva fare. All'uscita misero la benzina.

«Vorrei una bottiglia d'acqua» disse Penny. «È chiedere tanto?»

«Vado io, tu sali in macchina.»

Si sedette al posto di guida e vide Marcus che entrava nel bar. C'era un po' di ressa, soprattutto camionisti e perditempo.

A un certo punto, mentre aspettava, qualcuno picchiettò con due dita sul finestrino. Penny trasalì, notando un uomo di una trentina d'anni, coi capelli d'un biondo slavato e un'aria da motociclista anni Settanta. Non ebbe il tempo di capire cosa potesse volere che alle spalle dell'uomo si materializzò Marcus. Aveva una bottiglia d'acqua in una mano, e con l'altra stringeva la nuca dello sconosciuto, più basso di almeno due spanne, tirandolo all'indietro.

«Togliti dalle palle» gli intimò, con una voce apparentemente pacata che avrebbe fatto tremare Dracula in persona. Quindi lo lasciò andare e l'uomo, dapprima deciso a protestare per quel trattamento, quando vide Marcus che lo fissava con due occhi che parevano le braci del diavolo, balbettò qualche parola di scusa e si dileguò.

Marcus entrò nell'auto al posto del passeggero e scaraventò letteralmente la bottiglia tra i sedili.

«Non aveva fatto niente di male» protestò Penny. «Forse voleva solo sapere che ore sono.»

Marcus ignorò quel commento.

«Allora, stronzetta» la redarguì, furioso. «Voglio arrivare alla prigione. Siamo in ritardo. Mi sono rotto i coglioni. Da ora in avanti, se ti scappa te la fai addosso. Non ci fermiamo più, nemmeno se devi partorire uno scoglio. E quello non voleva sapere che ore erano. Aveva l'uccello fuori dalla cerniera dei pantaloni.»

Penelope avvampò mormorando: «Io non... non me ne... sono accorta...».

«Sono anche io favorevole al principio per cui una donna, se vuole andarsene in giro con la fica al vento, deve avere il diritto di andarsene in giro con la fica al vento senza che nessuno la tocchi. Questo, però, vale in un mondo perfetto. In questo mondo merdoso, finisce a gambe aperte contro un guardrail nel giro di dieci secondi. Non mi frega come ti vesti, sia chiaro, ma vorrei evitare di mettermi nei guai solo perché vuoi dimostrare che hai delle belle cosce.»

Penny annuì, frastornata. Di tutto quel discorso, la cosa che la colpì maggiormente fu il complimento implicito alle sue cosce.

Fu perquisita come aveva detto Marcus. Una donna poliziotto la palpò sbrigativamente, facendole sfilare la giacca che venne a sua volta ispezionata. Dovette lasciare i documenti, spiegare qual era la detenuta che intendeva incontrare e il motivo della visita.

Immaginava di essere introdotta in un parlatorio impersonale, di quelli in cui due persone comunicano fra loro attraverso una parete di vetro usando un interfono, ma si ritrovò dentro una stanza comune piena di tavoli sparpagliati, ai quali sedevano molti altri visitatori. Si trattava in massima parte di mariti, madri, sorelle, figli piccoli di qualcuno. Una stretta finestra faceva entrare la luce naturale. Sui tavoli c'erano bottiglie d'acqua e bicchieri di plastica.

Si accomodò e attese. Era spaventata. Non vedeva l'ora di incontrare Francisca e allo stesso tempo le bruciava dentro la voglia spasmodica di alzarsi e andarsene. Ma aveva fatto una promessa e, per quanto le costasse, dava un valore alla parola data.

Le prime detenute arrivarono, vide abbracci e sorrisi e un bambino piccolo che piangeva stringendo le gambe di sua madre. Un brusio cominciò a diffondersi nella sala, come a scuola durante l'intervallo.

Si era aspettata un'atmosfera più bellicosa, più mesta, e invece quelle persone chiacchieravano fra loro in modo normale, ridevano perfino, si facevano raccontare i successi scolastici dei bambini o il casino combinato da un vicino rompiscatole, come se nessuna delle prigioniere in giacca arancione, con la scritta PROPRIETÀ DELLO STATO DEL CONNECTICUT sui bottoni, avesse mai commesso nulla di più grave di dare calci a un barattolo.

Penny guardò il proprio orologio, e poi la finestra, e ancora l'ora. Infine guardò la porta della sala, e la riconobbe.

Francisca.

Capì subito perché Marcus fosse soggiogato da lei, dalla sua energia. Fu una sensazione immediata, un'intuizione istantanea.

Francisca aveva qualcosa di ipnotico, nel modo in cui guardava le altre persone entrando, nel modo in cui camminava e nel gesto risoluto col quale si sistemava una ciocca di capelli dietro un orecchio. Non era solo bella, bella d'una bellezza selvaggia, impetuosa, percepibile da chiunque avesse occhi per vedere. Era un cavallo di razza. Era una sirena armata. Era Marcus ma donna: alta, solida, muscolosa anche lei, ma anche femminile in modo travolgente e fatale. Di quelle bellezze per le quali gli uomini uccidono e si uccidono.

Portava i capelli meno lunghi che nella foto, ma non troppo: le arrivavano oltre il collo in morbide onde d'un nero lucente che nessuna prigione era riuscita a offuscare. Era bruna di carnagione, con certi occhi grandi, due nitide mandorle nere tempestate di pagliuzze d'oro nell'iride. Sotto le maniche della maglia arancione si intuivano dei tatuaggi tribali simili a quelli di Marcus.

Penny la guardò bene, e sentì il proprio cuore scivolare sul pavimento e morire in una pozza di lacrime.

Francisca guardò lei e si sedette sulla sedia di fronte alla sua.

«Ci conosciamo?» le domandò, senza troppo interesse nella voce dall'accento vagamente latinoamericano.

«Noi no, ma... sono un'amica di Marcus» le rispose. Si sentiva fragile come un uccello senza ali né piume.

Francisca sollevò un sopracciglio.

«Marcus non ha amiche» le fece notare, e la scrutò meglio, dalla testa ai piedi, in modo letterale.

«Adesso sì» rispose Penny. In fondo alla sala una donna spense una candela di compleanno su una torta. Qualcuno la applaudì, invitandola ad aprire dei pacchetti con grossi fiocchi gialli. Qualcun altro emise una risata stridula. Un uomo raccontò qualcosa alla moglie con tono accorato.

Penny si impose di sostenere quello sguardo agguerrito. Le spiegò che viveva nello stesso palazzo di Marcus, che erano diventati amici e che era lì per portarle un messaggio da parte sua. Non le disse che temeva di amarlo, che lo sognava tutte le notti, che solo a sfiorarlo, per caso o per sbaglio o facendo finta che fosse per caso o per sbaglio, sentiva un rogo nel petto. Non le disse che stare lì, a fingere d'essere un'ambasciatrice senza pena, era una pena per l'anima.

Francisca rimase in silenzio per qualche istante. Non sorrideva e non pareva neppure respirare. Osservava fuori, verso la finestra, verso lo scorcio di un cortile assolato.

Infine, tornando a guardare lei, disse qualcosa che Penny non si aspettava: «Mi dispiace per te, *chica*».

«Ti dispiace?»

«Mi dispiace per due cose: se ti sei innamorata di lui, e a lui non piaci, mi dispiace perché sarà come se qualcuno ti spaccasse le gambe. E se a lui piaci, appena esco le gambe te le spacco io. Non è una grande alternativa.»

«Non gli piaccio, puoi stare tranquilla» mormorò Penny, e per un attimo provò un brivido. Fra quelle due previsioni, quella che le faceva più paura, e anche la più realistica, era la prima.

«Te lo scopi?» sparò Francisca, diretta.

«No!»

«Se te lo scopi e basta, me ne frego. Divertitevi finché sono qui dentro, ma dopo scordatelo.» Nel dire ciò allungò un braccio nella sua direzione e le strinse una mano. Le falangi di Penny piagnucolarono in una stretta mordace. Allo stesso tempo, notò qualcosa sul polso di Francisca. Appena al di sotto del palmo, all'interno, c'era una cicatrice lunga cinque o sei centimetri, un po' frastagliata. Una vecchia ferita, sicuramente. La traccia inequivocabile di un colpo assestato con una lametta. Adesso era rosata come madreperla. Per essere così leggera, benché Francisca non dimostrasse più di venticinque anni, doveva essersela inferta molto tempo prima, quando era piccola. Il pensiero di una bambina che tenta il suicidio la paralizzò.

Francisca si accorse di quell'occhiata e tirò via le mani, rifugiandole lungo i propri fianchi. Quel gesto, quel pudore, da parte di una galeotta tutta tatuata che la stava chiaramente minacciando, le procurò un'inaspettata tenerezza.

«Marcus pensa sempre a te» le confidò Penny, con tono sincero.

«E tu che ne sai? Sei il suo confessore?»

«No, è solo che ogni tanto parliamo...»

«Parlate?»

«Sì.»

«E di cosa?»

«Non ho la lista dei nostri argomenti di conversazione. Sono venuta per farti sapere che non ti scrive solo per non avere rotture dal signor Malkovich, il suo supervisore. Ma non vede l'ora che tu esca e che possiate andare via insieme.»

«E 'ste cose le dice a te?»

«Perché ti sembra così strano?»

«Noi non ci fidiamo di nessuno.»

«Adesso invece vi fidate di me.»

«Non so neanche chi sei.»

Penny sorrise e si presentò con tono scherzosamente formale.

«Ciao, mi chiamo Penelope, ho ventidue anni, mi piace leggere e ho paura del buio. Io e Marcus ci siamo incontrati per caso. Ci capita di parlare ma non scopiamo. Se vuoi scrivere a me, gli darò le tue lettere, e ti spedirò le sue col mio mittente. Questo è il mio indirizzo. Fidati se ti va, se non ti va non posso costringerti.»

«Perché lo fai?»

«Tu e Marcus vi somigliate. Pure lui non fa che domandarmi perché faccio questo e quello. Non c'è una ragione. Una persona non può essere gentile senza nascondere un motivo sordido?»

«No. Chi è gentile vuole solo fotterti.»

«Non io.»

«Tu puoi fottermi più degli altri.»

«In che modo?»

«Hai una faccia da angelo del cazzo.»

«Non sono un angelo.»

«Scommetto che sei vergine.»

«A parte che sono affari miei, in ogni caso questo non farebbe di me un angelo. Vuoi che gli dica qualcosa da parte tua?»

«Digli che quando esco glielo succhio fino all'ultima goccia.»

Penny arrossì, e si mosse un po' sulla sedia, a disagio. Una guardia entrò nella sala e informò i presenti che l'orario di visita era finito. Francisca le scoccò un'occhiata ironica e rabbiosa allo stesso tempo.

«Non tentare nemmeno di prenderti il mio uomo» le intimò poco prima di alzarsi. Quindi andò via, bella e stronza com'era arrivata.

Marcus la aspettava nei paraggi della prigione, appoggiato alla Bentley che sembrava una grossa vasca da bagno azzurra. Era agitato come un bambino. Aveva fumato qualcosa come un miliardo di sigarette, che giacevano spente ai suoi piedi, in un carnevale di cicche morte. Appena la vide tornare, la interrogò con lo sguardo: i suoi occhi esprimevano una passione lacerante. Penny gli raccontò quasi tutto ciò che si erano dette. Tacque il suo messaggio finale a proposito del succhiarlo.

Subito dopo, si chiuse in un silenzio di tomba. Si sentiva infelice, di quell'infelicità che arriva all'improvviso, senza una ragione apparente, e ti stringe il cuore in una morsa. Era gelosa di Francisca. Probabilmente anche Francisca era gelosa di lei, ma non perché temesse sul serio di poter essere soppiantata: nessun uomo sano di mente avrebbe preferito la piccola Penny, con quei capelli da bambola strapazzata e le sue stupide teorie sull'amore, a una donna che spandeva odore di femmina a ogni passo. Francisca era solo contrariata dal fatto che Marcus avesse fatto proprio a lei qualche piccola confidenza. Che l'avesse fatta entrare, sia pure attraverso una porta stretta e destinata a richiudersi presto, nella sua vita, e di conseguenza nella loro. Ma, per natura, come un cane che urina per segnare un sentiero, aveva voluto farle capire che Marcus era territorio suo.

E lo era davvero. Quei due erano uniti da un legame inestricabile. La rete che li avvolgeva non aveva maglie allentate.

Ripartirono in fretta. Il pomeriggio avanzava lungo le vie di campagna. Le foglie degli alberi avevano il colore del sangue, e Penny si ritrovò a chiedersi se Francisca avesse un tatuaggio come quello di Marcus, quello col cuore trafitto. Era certa di sì. Li immaginò mentre se lo facevano incidere insieme, come bambini che feriscono la corteccia degli alberi per lasciare frasi d'amore.

A un tratto, Marcus le posò una mano su un braccio, facendola trasalire.

«Si può sapere che hai?» le domandò, tra due boccate di fumo.

«Se parlo troppo mi dici di stare zitta. Se sto zitta mi domandi come mai. Non ti va mai bene niente» gli rispose infastidita.

«Francisca ti ha sconvolta con qualche battuta? Sarebbe da lei.»

«Ma no, come ti viene in mente?»

«Le piace provocare» commentò lui, come se fosse orgoglioso di quella caratteristica.

«A dire la verità stavo badando ai fatti miei, mica sto tutto il tempo a pensare a te e alla tua bella.»

«Hai fame?»

«Eh?»

«Sono le due. Hai fame?» ripeté Marcus.

«Un po', ma siamo nel bel mezzo del nulla e non sono favorevole alla caccia.»

«Pensavo di mangiare un panino.»

«Non ho voglia di finire in un'altra stazione di servizio frequentata da tizi con l'uccello di fuori, grazie. Ammesso che ne troviamo un'altra. L'ultima l'abbiamo sorpassata da un pezzo.»

«Mentre eri dentro ho dato un'occhiata al bagagliaio. Tua nonna lo ha riempito di cibo. Quanto pensava che stessimo fuori?»

«Non ci farei affidamento. La nonna è un tesoro, ma non sono certa sia roba commestibile.»

«Proviamo a vedere se si salva qualcosa? Io ho fame, e quando ho fame non ragiono.»

Vuoi mangiare me?

«Ok, vediamo che ha preparato.»

Si fermarono in uno slargo sommerso di foglie secche. I panorami del Connecticut potevano essere meravigliosi, per uno spirito disposto ad ammirarli. Ma Penny, che di solito amava molto perdersi nella natura, inebriandosi della bellezza di ogni cosa non fosse stata creata dall'uomo, in quel momento non ne aveva voglia, e non si soffermò su un piccolo pendio punteggiato di alberi secchi, che digradava verso un fiumiciattolo.

Nel cofano dell'auto c'era effettivamente una borsa piena di roba da mangiare. Scartò subito i biscotti, odoravano di varichina. Ebbe paura di assaggiare il pasticcio di chissà cosa e la torta. Per fortuna il pane era pane, e il formaggio non sembrava sapone. Le mele erano indubbiamente commestibili.

«Be', almeno non moriremo di fame. Adesso, però, devo fare pipì.»

«Sei un rubinetto rotto. Mi fai ridere.»

«Quando invecchierai e avrai problemi di prostata riderò io.»

«Io non invecchierò.»

«Resterai sempre giovane?»

«Morirò prima.»

Penny si morse un labbro, pensando che sì, forse era vero, forse lui e Francisca non sarebbero arrivati ai trent'anni.

«Ti accompagno.»

«Che gentiluomo, ma no, non ne ho bisogno stavolta. Al massimo incontrerò qualche procione, ma escludo abbia intenzioni lussuriose.»

Si allontanò e fece pipì. Subito dopo, come se all'improvviso i suoi sensi fossero diventati più attenti, udì il fragore del fiume che scorreva a pochi metri. Scivolò lungo il declivio e si fermò a un passo dall'acqua che scrosciava vivace e ipnotica. A una certa distanza, il fiume si ingrandiva. Le due sponde opposte erano collegate da un suggestivo ponte di ferro, rosso come il cuore tatuato di Marcus. Cadde a sedere su un tappeto di croccanti foglie autunnali, pensando a quanto le sarebbe piaciuto vivere in un posto del genere, in mezzo alla natura, agli animali. Svegliarsi al mattino, quando il sole è ancora pigro. Seminare un orto e raccoglierne i frutti. Abbeverare animali liberi di correre in un grande spazio. Tagliare la legna e farla scintillare in un caminetto di pietra. Camminare per ore in mezzo al verde senza incontrare altro che quello. Bere i fiocchi di neve appena caduti. Pettinare i lunghi capelli di Barbie mentre tiene in braccio un gatto rosso. Amare qualcuno sotto le coperte, mentre fuori il vento tira di scherma contro le imposte. Sogni piccoli e grandi.

«Penny.» La voce di Marcus la riportò alla realtà. Si era calato lungo il declivio e la fissava con aria stranita. «Ma che fai? Scompari?»

«Non sono scomparsa, sono qui.»

«Mi hai fatto prendere un colpo, non tornavi.»

«Ti è preso un colpo per me?»

Marcus si incupì un attimo, e poi disse con tono sfottente: «Se muori, chi mi paga i cinquanta dollari della settimana?».

«E soprattutto, chi riceve le lettere di Francisca?»

«Soprattutto.»

«È bello essere importanti per qualcuno. Andiamo a mangiare, dai.»

Lui l'aiutò a sollevarsi. Tornarono all'auto e divorarono i panini e la frutta. Bevvero l'acqua freschissima del ruscello. Anche Marcus fece pipì, ma non andò dietro un albero, si mise di schiena e gliela mollò sotto il naso.

Poi, proprio mentre il sole stava per tramontare, salirono in auto per ripartire.

Ma il motore rimase morto. La chiave girava nel quadro ma nessun rumore infrangeva la quiete del bosco.

Penny e Marcus si guardarono un attimo prima che il tramonto inghiottisse ogni cosa.

Lui non aveva portato con sé la torcia. La strada non era illuminata. L'auto pareva un dinosauro morto. I cellulari non avevano segnale e, anche se lo avessero avuto, chi potevano chiamare? Se fosse stato giorno si sarebbero incamminati pazientemente verso l'ultima stazione di servizio che avevano avvistato, a una decina di miglia. Ma di notte era pericoloso, anzi, suicida.

«E adesso che facciamo?» domandò Penny con un tono non all'altezza della sua volontà di dimostrarsi sempre coraggiosa.

La voce di Marcus le rispose dal buio.

«Niente. Dormiamo qui.»

«Dormiamo qui?»

«Non abbiamo molta scelta.»

«Ma fa freddo, e chissà chi circola da queste parti!»

«Non hai detto che ci sono solo procioni?»

«Ho qualche problema col buio, Marcus» disse lei con una vocetta sottile, quasi atterrita. «Soprattutto quando è così totale.»

Inaspettatamente, lui le prese una mano. Nell'oscurità, Penny avvertì quel calore improvviso, ruvido e avvolgente, e il suo cuore fece un salto da equilibrista.

«Non è totale. Guarda in alto.»

Penny sollevò il viso e osservò il cielo. Non c'era la luna ma le stelle erano minuscoli occhi lontani. All'improvviso, come se qualcuno avesse acceso un milione di candeline di compleanno, smise di avere paura. Il suo respiro divenne meno ritmato, la sua ansia si fece più morbida.

«Andiamo dietro» le disse Marcus. «C'è più spazio.»

In quel momento, passato il timore del buio, un altro timore cominciò a farsi largo nei pensieri di Penny. Avrebbero dormito insieme sui sedili dell'auto? Gli stessi sedili dove generazioni di giovani, probabilmente anche il signor Donaldson da ragazzo, si erano donati amore e carezze? Quella consapevolezza le agguantò le viscere, e la febbre di cui soffriva da una ventina di giorni, da quando Marcus aveva preso in affitto quella dannata soffitta, la fece ardere in un angolo intimo e segreto.

Si spostarono dietro, insieme. Per fortuna l'auto era enorme, era una pista da ballo su ruote. Il sedile posteriore era grande quanto un letto. Fino a poco prima Penny aveva maledetto l'oscurità, ma adesso la ringraziava, altrimenti lui l'avrebbe vista arrossire.

Quando Marcus si tolse la giacca e il fruscio della lana parve quasi risuonare nel silenzio dell'abitacolo, Penny si domandò cosa stesse facendo.

«Mettila tu, che sei nuda» le disse.

Non se lo fece ripetere troppe volte. I collant trasparenti e gli stivali di pelle fredda non bastavano certo a riscaldarla. Non bastava nemmeno la giacca di Marcus, a dirla tutta, anche se le arrivava alle ginocchia.

«Adesso facciamo così» continuò lui. «Io mi stendo e tu vieni sopra di me.»

«Eh?»

«Vuoi morire congelata?»

No, ma non voglio neppure morire di crepacuore.

«Certo che no.»

«Allora stenditi insieme a me.»

«Però tu stai buono con le mani.»

Non stare buono, ti prego ti prego ti prego!

«Smettila di dire stronzate» la zittì lui, con tono irritato.

In breve, si ritrovarono abbracciati sul sedile posteriore della vecchia Bentley. Le gambe di Marcus erano troppo lunghe e dovette tenerle piegate. Penny trovò una strana, comoda posizione, in un anfratto fra il corpo di lui e lo schienale del sedile. Toccandolo, aggrappata al suo torace, provò una specie di ebbrezza, come se avesse bevuto uno dei cocktail più potenti che preparava di notte e non assaggiava mai. Come aveva immaginato, il suo petto pareva estratto dalla roccia. Era compatto e spazioso e tiepido.

Provò ad addormentarsi ma non era facile. Anzi, era quasi impossibile. Come poteva finire tra le braccia di Morfeo mentre stava rannicchiata tra le braccia di Marcus? Come poteva dormire, col battito del proprio cuore nelle orecchie, veloce, veloce, veloce, isterico come il grido di un pazzo? Ebbe perfino paura che lui potesse sentirlo e farsi beffe di lei, della sua emozione, delle sue guance avvampate di desiderio. Stava per dirgli qualcosa, qualsiasi cosa pur di mettere a tacere quel rimbombo che le pareva più assordante di una grancassa, quando all'improvviso Marcus le domandò: «Perché hai così paura del buio?». La sua voce le risuonò vicino all'orecchio. Un brivido le fece rizzare i capelli sulla nuca.

«Forse per via dell'incidente.»

«Che incidente?»

«Quello in cui sono morti i miei genitori.»

«Non sapevo che...»

«Come potevi? Comunque è successo tanto tempo fa. Avevo cinque anni, giravamo spesso il mondo col camper. Un giorno siamo finiti fuori strada per colpa di un pirata che poi è sparito. I miei sono morti sul colpo. Io sono rimasta sepolta sotto le lamiere per delle ore, finché non mi hanno ritrovata. Figurati che non me lo ricordo nemmeno, ma mi è rimasta una paura tremenda del buio.»

«Cazzo.»

«Eh sì, stavolta ci sta tutto.»

«Hai freddo?»

«No, adesso no.»

Ho fin troppo caldo, ragazzo.

«Grazie Marcus.»

«Grazie di cosa?» sbottò lui.

«Non lo so. Di tutto, penso.»

«Che vai farneticando? Sei strana forte, Penny.»

«Quando andrai via verrai a salutarmi?»

«Non credo proprio. Un giorno non mi vedrai più e *bye bye.*»

«E come farò senza di te?» le venne spontaneo domandare.

«Trovati un uomo decente, scopa bene e vedrai che la nostalgia ti passa.»

Penny ci pensò su per un attimo.

«Mi sa che farò così.»

«Ecco, brava.»

«Tu non dormi?»

«In mezzo al bosco?»

«Allora ammettilo, temi un agguato dei procioni.»

«No, temo un agguato degli stronzi. Probabilmente non succederà nulla, ma è meglio stare attenti.»

«Sembri sempre in guerra.»

«*Sono* sempre in guerra.»

«Si capisce anche dai tuoi tatuaggi. Mi piacciono molto.»

«Lo so.»

«Come fai a saperlo?»

«Piacciono a tutte. Non ce n'è una che mi dica che non le piacciono. E poi mi fanno un pompino che è una bellezza.»

«Lo fai apposta, vero? Vuoi imbarazzarmi per punirmi di qualcosa che non so, che non capisco.»

«È solo la verità. I migliori pompini della mia vita li ho avuti da ragazze che prima avevano apprezzato i miei tatuaggi.»

«Non in questo caso.»

«E allora smettila, oppure per riflesso condizionato mi viene voglia.»

«Tu sei malato.»

«Sono un uomo, con una tipa mezza nuda spalmata addosso. Ho il tuo seno che mi preme su una spalla e il tuo culo sotto una mano. Non è necessario che tu sia chissà quale figa stratosferica per provocarmi dei pensieri. Succede al corpo anche se la testa se ne frega.»

«Insomma ragioni solo con...»

«Non direi proprio. Se ragionassi solo con *quello*, non staremmo parlando. Saresti sotto di me, nuda. Invece sto qui a sorbirmi le tue stronzate, quindi la testa la uso eccome.»

Penny non disse più nulla. Non la lusingava la scoperta di non essere, tutto sommato, invisibile. La sconvolgeva che la sua testa se ne fregasse. Che corpo e mente percorressero due strade lontane. Ecco, Marcus sarebbe stato pure disposto a farsela, ma senza coinvolgere nel banchetto i suoi pensieri e il suo cuore trafitto da una corona di spine. Era una come tante, e avrebbe fatto bene a rendersene conto prima di farsi del male sul serio. Aveva visto Francisca, no? Impossibile gareggiare con lei. Doveva trovare una soluzione per venire fuori da quel guaio profondo.

La mattina dopo, miracolosamente, l'auto si mise in moto. Pareva quasi che lo avesse fatto apposta, come una vecchia ruffiana.

All'alba saltarono su, bevvero a piene mani dal ruscello e partirono. L'aria era gelida, i colori smorti, ma a mano a mano che il sole sorgeva, le foglie smettevano di sembrare di marmo per tornare simili a gocce coagulate di sangue.

Non si parlarono per tutto il viaggio, come se li separasse qualche segreto. Ognuno aveva i propri. Quando arrivarono a destinazione, Marcus la salutò sulle scale senza neppure guardarla.

«Mi raccomando, non soffocarmi con tutti questi grazie!» disse lei alla sua schiena che si allontanava. Lui non si voltò, sollevò un braccio mostrandole il dito medio e sparì dalla sua vista.

Dieci
Marcus

Non capisco se Penny sia ingenua o stupida. Appena la vedo vestita in quel modo, mi viene da bestemmiare. Mi trattengo perché ci sono dei vecchi lì intorno e perché ho giurato a me stesso di tenerla in considerazione il meno possibile. Dopo avere scoperto che le mie parti intime se la sbatterebbero volentieri, a dispetto di quello che dico e ridico, le ho rivolto a stento la parola. Meno parla e meno mi stresso. Quando parla mi viene da guardarle la bocca, e da lì si allarga un mare di pensieri osceni. Non faccio che ripetermi: non voglio scopare Penny, non voglio scopare Penny. Invece voglio scoparla eccome.

È una cosa strana e insolita per me, in genere non ci sto a pensare così tanto, una mi piace e me la faccio oppure la cancello e tanti saluti.

Stavolta non faccio che pensare a quello che le farei anche se non lo faccio. E non mi è ben chiaro perché non lo faccio. Insomma, che ci vuole? Ma soprattutto, che mi prende? Ne ho viste di donne nude io, anche più belle di lei. Perché allora, aver intravisto per tre minuti una tipa che si rivestiva senza alcuna sensualità, del tutto inconsapevole di essere spiata, mi fa sentire in perenne stato di eccitazione?

Che significa? Che mi basta pensare alla sua schiena, alla sua colonna vertebrale sottile, per sentire lo spazio nei pantaloni che si riduce, occupato da un'erezione incontenibile?

Se avessi tempo da perdere andrei da un medico, non sia mai che covo qualche malattia misteriosa, ma non ho tempo da perdere. Per cui, poca confidenza, stammi alla larga.

Certo, vorrei strangolarla per come si è vestita. Non solo per l'effetto che fa a me, ma per quello che temo possa fare agli altri. Mi rendo conto che, in un certo senso, è sotto la mia responsabilità, e se qualcuno esagera mi tocca intervenire, ma vorrei tanto evitarlo. La stupida non si rende conto d'essere fatta di carne e di avere due gambe che non passano inosservate, soprattutto se le metti in mostra sotto una gonna che a stento ti copre il culo. Ripeto: è ingenua, è stupida o è solo una puttanella provocatrice?

Di sicuro, il tipo che la sbircia dal finestrino dell'auto, con la cerniera abbassata, uno mezzo fumato, mezzo bevuto, e chissà che altro, vorrei prenderlo a calci. Ma mi trattengo. Devo stare calmo, devo stare calmo. Devo pensare a Francisca e alla necessità di arrivare presto da lei. Come dico sempre, tutto il resto è merda.

Quando esce dal portone della prigione, è pallida come una morta. Si muove barcollando, sembra una bambina che ha indossato le scarpe alte della madre. Devo trattenere l'assurdo impulso di sostenerla.

Mi racconta dell'incontro con Francisca e ha una voce fiacca, incolore. Poi rimane in silenzio, come se le sue pile fossero scariche. Dovrei esserne contento, e invece no. Vorrei tanto sapere cos'ha. Ma lei non risponde, ci gira intorno, mi tratta come un estraneo. Ok, sono un estraneo, ma penso di avere il diritto di sapere se Francisca ha tirato fuori le sue spade. Devo sapere tutto di Francisca e ho la sensazione che Penny mi nasconda qualcosa.

Fumo come un dannato e le chiedo se ha fame. Mangiamo. Beviamo. Pisciamo. Stiamo in silenzio per la maggior parte del tempo. Poi la macchina decide di crepare e tutto precipita.

Siamo costretti a dormire in auto. Il buio si può quasi tagliare. Scopro che ne ha il terrore, ha il respiro affannato come la prima volta che l'ho incontrata sulle scale. Non so perché continuo a sentirmi responsabile per lei. Cerco di consolarla a modo mio. Se guardi le stelle, non puoi avere paura.

Il peggio accade quando ci stendiamo dietro. Forse era meglio dividersi, ma è così infreddolita che rischia l'assideramento. Il problema è che, a stringerla, a sentirmela addosso, ad annusarla, il mio corpo torna a dichiarare guerra al buonsenso. La riempio di parole pesanti, beffarde, da stronzo. La verità è che vorrei riempirla in un altro modo. Appena torno devo trovare qualche tipa che me la dà: inutile comportarsi bene se poi devo esplodere in questo modo. Sono sicuro che, se scarico la tensione accumulata, questa follia passerà. Intanto deve passare la nottata. Devo ordinare al mio corpo di non fare ciò che vorrebbe fare. Devo ordinare ai miei pensieri di smetterla di immaginare Penny, dolce e selvatica, completamente nuda tranne per gli stivali col tacco alto, spalancata per me, su questo sedile.

Non vedo l'ora che sia l'alba per tentare di rimettere in moto 'sta merda di auto e rientrare a casa, scrivere a Francisca, aspettare la sua risposta, e tornare alla vita di prima in cui tutto aveva il solito senso.

La lascio sulle scale senza neanche ringraziarla. Dopotutto si è offerta lei, io non le ho chiesto niente. In casa mi spoglio e faccio una doccia. Nonostante l'acqua fredda e i buoni propositi, sono disperatamente eccitato. Con un braccio poggiato contro la parete piastrellata e l'acqua che mi sferza, mi domo da solo. È l'ultima volta che faccio una cosa del genere, che penso a quella ragazzetta in questi termini, che la immagino sotto questa stessa acqua, con le labbra socchiuse e un gemito in gola. Da domani – no, da stasera – si ricomincia a scopare con chi capita. Se la moderazione deve portare a questi risultati, preferisco darci dentro alla grande. Sono sicuro che anche Francisca approverebbe la mia decisione.

Undici

Da quando Grant si era fatto vivo in biblioteca, Penny era diventata guardinga. Se doveva andare a sistemare o prendere un libro su uno scaffale posto in una zona nascosta, lo faceva col cuore in gola, nel timore che il suo peggior incubo si materializzasse all'improvviso. Un pomeriggio, mentre era arrampicata sul gradino più alto della scala, sentì una voce apostrofarla dal basso, e per poco non cadde.

Scese giù lentamente, portandosi dietro un volume pesante, pronta a scaraventarglielo in faccia se fosse stato necessario, ma si accorse che non si trattava di Grant, e non era neppure un uomo. Era una ragazza che le sorrideva, e Penny si domandò dove l'avesse già vista. Era alta, magrissima, con un taglio di capelli all'ultima moda e i denti chiaramente incapsulati. Troppo bianchi e perfetti per essere veri.

«Penelope Miller, non ti ricordi di me?» le domandò la ragazza stringendole la mano.

La memoria di Penny mise ordine nella sua mente, mostrandole alcuni rapidi ricordi del passato: sedici anni, il liceo, la rabbia perché sua nonna aveva insistito a trasferirla in una scuola lontana dal proprio quartiere, una scuola costosa che le aveva prosciugato fino all'ultimo risparmio, molto buona ma piena di stronzi razzisti.

«Rebecca Day?» esclamò, quasi tentata di domandarle dove avesse lasciato l'altra metà di se stessa, visto che pesava sì e no quaranta chili. Penelope non era un colosso, ma la sua ex compagna di scuola aveva l'aria di una che non mangia da mesi. Il primo pensiero di Penny fu che fosse malata, ma quel sorriso, quegli abiti che costavano quanto sei dei suoi stipendi e l'aria trionfante, le dissero che Rebecca era solo l'ennesima aspirante modella mezza anoressica. Restava da capire cosa ci facesse lì, in una zona così fuori mano per lei, visto che abitava nei quartieri alti.

«Sono proprio io! Stavamo cercando te.»

«Tu e chi mi stavate cercando? E perché?»

Da dietro uno scaffale sbucò un nuovo personaggio. Stavolta Penny lo riconobbe subito. Era Igor, un altro compagno di scuola, il primo ragazzo per il quale avesse avuto una cotta. Era ancora molto carino, coi riccioli biondi e due occhi verde muschio. Non che fra loro ci fosse mai stata alcuna storia: si era limitata a sognarlo e a scrivere pensieri stucchevoli, rosa fino al midollo, su di lui e la remota possibilità che si sposassero una volta cresciuti, in un ridicolo diario con la copertina dello stesso colore delle sue speranze romantiche. Non si erano sposati e si erano a stento parlati, e dopo la fine della scuola si erano completamente persi di vista. Cosa diamine ci facevano lì, allora?

«Siamo stati a casa tua e tua nonna ha detto che lavoravi qui» le spiegò Rebecca, portandosi i capelli dietro un orecchio con mosse studiate. Aveva una manicure perfetta, su ogni unghia risaltava un brillantino di un colore diverso. La pelle delle sue mani era tipica di chi non ha mai svolto un lavoro manuale in tutta la sua vita, a parte passarsi una crema profumata.

Per un istante Penelope si sentì trascinare indietro da una forza crudele. Tornò ragazzina, sola, umiliata, rabbiosa come la Carrie di Stephen King ma senza poteri sovrannaturali coi quali difendersi da un branco di stronzi. Si era difesa lo stesso, ma non come avrebbe voluto. Non radendo tutto al suolo con il fuoco.

Quella sensazione opprimente, però, durò poco. Quasi subito tornò la nuova Penny, quella che se ne fregava, che diceva ciò che pensava e non permetteva a nessuno di camminarle sulla testa.

«Vi serve un libro?» domandò, guardandoli dall'alto in basso, come loro avevano guardato lei allora e come tentavano di fare anche adesso. Solo che adesso non la ferivano più. Igor si era conservato meglio di Rebecca: era un ventitreenne piuttosto alto, per quanto il concetto di altezza di Penny fosse mutato dopo aver conosciuto Marcus. Prima avrebbe detto che un ragazzo di un metro e ottanta era molto alto, adesso, invece, le pareva solo accettabile. Portava una giacca di tweed su semplici jeans, una leggera barbetta e un minuscolo orecchino a un lobo.

«Ci servi tu» rispose Igor, parlando per la prima volta.

Penny li osservò perdendo la pazienza.

«Volete dirmi di cosa si tratta o giochiamo agli indovinelli?»

Rebecca sorrise ancora e per poco Penny sentì il cigolio di quelle guance turgide come pomelli di ottone, costrette a simulare una falsa cordialità.

«Stiamo organizzando un incontro di ex studenti» la informò. «Cerchiamo di contattare tutti quelli del nostro corso. Sarà molto divertente! Scoprire come siamo diventati, quali successi abbiamo avuto...» aggiunse, con l'evidente intenzione di rivelare soprattutto i propri successi e sghignazzare sugli insuccessi degli altri. «Ad esempio» continuò, «io sto per sposarmi! Il mio fidanzato è un imprenditore.»

Allungò una mano, nel gesto tipico di una futura sposa che mostra al mondo un anello di tutto rispetto, sperando di suscitare invidie e gastriti. Penny vide un diamante grosso quanto una nocciola, circondato da una cornice di diamanti più piccoli, che risaltava in modo grottesco, come un bubbone, sul suo anulare ossuto.

«Complimenti» le disse, fregandosene altamente.

Allora si accorse che, dietro le spalle di Rebecca, Igor le strizzava un occhio facendo un gesto strano, come se volesse infilarsi due dita in gola per vomitare. Gli sorrise d'istinto e Rebecca credette che sorridesse a lei.

«Allora, vieni?» le domandò.

«Ehm... quando sarà?»

«Sabato prossimo, a casa del mio fidanzato. Ha messo a disposizione la sua villa per noi!»

Così tutti potremo renderci conto dal vivo di quanto è ricco.

«Mah... devo vedere se posso. Sabato lavoro.»

«Fammi sapere, questo è il mio numero di cellulare. Se vieni porti qualcuno?»

«Qualcuno? In che senso?»

Igor sbuffò, gonfiando le guance.

«Vuole sapere se sei spaiata come una calza con un buco sull'alluce o se hai uno straccio di fidanzato.»

«Ma no, dai!» replicò Rebecca con una vocina stridula. «Mica una deve essere fidanzata per forza! E poi, da quanto ricordo, i ragazzi non ti sono mai piaciuti molto, a scuola non frequentavi nessuno. Non preoccuparti, anche se sei sola, va bene lo stesso.» Il suo tono finto disinvolto, esprimeva un senso di comprensione pietosa e di segreto trionfo.

«Io non sono sola» disse Penelope, prima ancora di domandarsi che senso avesse mentire.

«Ah no? Sei fidanzata?»

«Sono fidanzata, sì.»

«Oh, bene, allora porta pure lui.»

«Te l'ho detto, non so se posso venire, per problemi di lavoro.»

«Ma certo!» esclamò Rebecca come se finalmente capisse l'arcano. Penny glielo lesse in faccia.

Non ci crede e pensa che non voglia andare alla festa per non ammettere che sono sola, sfigata, con un lavoro schifoso e un vestito ben lontano dall'ultima moda.

Il che era esattamente la verità.

E allora, poiché non voleva dargliela vinta, Penelope si ritrovò a dichiarare, a dispetto delle proteste della prudenza: «Faremo il possibile per venire. Così ve lo faccio conoscere. Si chiama Marcus».

Fingere con Rebecca era stato facile. Meno facile si sarebbe rivelato convincere Marcus. Al ritorno dalla biblioteca, Penny elaborò un piano.

Chiudendosi in camera, si mise a frugare nello scrigno dei suoi gioielli. "Scrigno" era una parola altisonante per definire una scatola di cartone che lei stessa aveva decorato a decoupage usando una carta con stampe di cuccioli, e "gioielli" era un termine non solo presuntuoso ma quasi blasfemo. In quel contenitore rettangolare c'erano soprattutto braccialetti con perle di plastica di quando era bambina, degli orecchini d'argento e zirconi, un anello di fimo a forma di torta di compleanno e la fibbia di una cintura con gli strass. Ma, in quell'accozzaglia di carabattole, c'era anche un ciondolo abbastanza prezioso da meritare d'essere conservato in un sacchetto di tulle, di quelli che contengono i confetti di nozze.

Penelope lo tirò fuori e lo ammirò alla luce. Era un cuore d'oro bianco al cui interno era incastonato un brillantino. Era suo, solo suo, un regalo lontano dei suoi genitori, dei quali non le era rimasto nulla se non la paura del buio come effetto dell'incidente in cui erano morti.

Per qualche minuto si interrogò sulle proprie intenzioni. Aveva senso mettere a rischio l'unico oggetto che la legasse alla sua famiglia scomparsa? E solo per far tacere la perfidia di Rebecca? Non era meglio fregarsene, lasciarla cuocere nel suo malefico brodino e augurarsi di non incontrarla mai più?

Era meglio, sì, ma i ricordi scolastici di Penny erano ancora troppo freschi, e quelli dei suoi genitori non lo erano abbastanza. Benché fosse andata avanti, crescendo nello spirito e nel coraggio, non poteva dimenticare le quotidiane angherie alle quali quella strega anoressica l'aveva sottoposta, creandole intorno una barriera di derisione, così che nessuno aveva mai avuto l'ardire di avvicinarsi per tentare di conoscerla. Compreso Igor. Igor che adesso le rideva alle spalle. Anche lui, sei anni prima, pendeva dalle labbra di Rebecca.

A loro non sarebbe bastata la sua noncuranza, non erano tipi così sottili: se non gli avesse dimostrato qualcosa di tangibile, avrebbero continuato a considerarla una perdente. Ed era una cosa che Penny non riusciva a sopportare.

Così, fece ciò che riteneva giusto o, comunque, necessario. Quello stesso giorno andò al banco dei pegni e consegnò il suo ciondolo. Ne ricavò meno del previsto, solo duecentocinquanta dollari e, chiedendo mentalmente perdono ai suoi genitori, promise che sarebbe tornata a riprenderlo.

La notte, dopo il lavoro, raggiunse Marcus direttamente al Maraja, senza aspettarlo davanti al Well Purple dove si incontravano di solito. Si aggirò un poco di fronte all'ingresso ma non lo vide. C'era un altro buttafuori, un tipo più grasso che imponente, che si raspava stancamente il cavallo dei pantaloni. Allora, Penny si fece coraggio e domandò a lui. L'uomo la squadrò dalla testa ai piedi e poi fece una risatina.

«Sempre femmine intorno al nostro Marcus, da quando c'è lui è tutto un avanti e indietro di fighe che gliela sbattono sotto il naso.»

Penny si chiese se intendesse alludere anche a lei come figa, ma preferì non indagare.

«Sai dirmi dov'è? È andato via?»

«Oh, no, è sul retro a fumarsi una sigaretta.»

«Dovrei dirgli una cosa importante...»

«Lo vedo, pare che hai la fregola pure tu. Ok, vai dietro, di là.»

Penny annuì e si infilò in una stradina stretta, resa ancora più angusta dalle scale antincendio del palazzo vicino, che si inerpicavano come serpenti metallici. C'era un forte tanfo di spazzatura, che esalava da un paio di bidoni scoperti addossati alla parete del locale. Li superò trattenendo il respiro e raggiunse il retro del Maraja.

E lì vide qualcosa che avrebbe preferito non vedere.

Marcus era appoggiato al muro, con il maglione sollevato sull'addome e i pantaloni scesi fino alle cosce muscolose. Su di lui, completamente sollevata da terra, sorretta dalle sue mani che le serravano i glutei, c'era una ragazza quasi nuda. Non stavano fumando alcuna sigaretta. Stavano facendo sesso.

Nessuno dei due si accorse della spettatrice. Si muovevano a un ritmo indiavolato, veloci, sempre più veloci, e si udiva l'osceno tonfo dei loro corpi che sbattevano l'uno contro l'altro. La ragazza, una biondina coi capelli lunghi e un sedere che pareva intagliato a forma di banjo, gemeva senza frenarsi. Marcus non emetteva parole o respiri, solo, a tratti, qualche ringhio sommesso.

Prima che Penny potesse fare un passo, i due raggiunsero l'orgasmo. Le loro voci appagate le parvero versi di aquile ferite. Quindi, lui si sfilò da lei e tirò fuori il suo membro avvolto in un preservativo mucoso. La fece scendere giù e la ragazza gli disse maliziosa: «Che animale che sei!». Marcus non disse nulla, si limitò a buttare a terra il preservativo.

Penny rimase immobile, sconvolta ma incapace di schiodarsi da lì. Aveva un nodo in gola e uno nello stomaco. Voleva scappare, voleva eliminare Marcus dai suoi pensieri, voleva urlargli quello che pensava di lui e del suo amore straordinario per Francisca, ma riusciva solo a tremare, a odiarlo nell'intimo della sua anima e a dire a se stessa che, se quello era il sesso, quella cosa schifosa e sudata, non lo avrebbe fatto mai.

In quel momento, Marcus la notò. Mentre la ragazza bionda si rivestiva, lui girò lo sguardo nella sua direzione e Penny ebbe almeno la soddisfazione di vederlo trasalire come uno che si vergogna di se stesso. Ma forse non era vergogna, forse era solo la rabbia di uno stronzo che vuole scoparsi in santa pace una troietta qualsiasi e non sopporta di avere qualcuno intorno che gli rompe le scatole e lo guarda pure male.

Perché lo guardò male, sì, molto male.

Quindi fece marcia indietro, ripercorse la stradina e tornò davanti al locale.

Il buttafuori grasso, vedendola, si mise a ridere.

«Hai visto che bella sigaretta che si è fatto?»

Penny lo ignorò e s'incamminò sul marciapiede, in direzione di casa. Quella sera sarebbe tornata da sola, non aveva bisogno di balie. Era talmente arrabbiata che se Grant fosse malauguratamente apparso, lo avrebbe fatto a pezzettini senza permettergli di dire nemmeno "ahi".

Non le era chiaro perché fosse tanto furiosa e disgustata e delusa e disperata e perfino un po' morta. Lo sapeva che Marcus faceva così, col permesso di Francisca per giunta, che non disapprovava le sue scappatelle puramente fisiche. Però si sentiva proprio in quel modo. Non c'era verso di riuscire a togliersi la scena dalla testa.

Dopo diversi minuti si accorse di quanto era andata veloce. Era quasi arrivata, sentiva i muscoli stanchi, e le veniva anche un po' da vomitare. E da piangere. *Stronze lacrime inutili.* Le asciugò con i palmi delle mani aperte. *Stupida cretina frignante.*

Salì le scale e si rifugiò in casa. Di Marcus nessuna traccia. Molto bene.

Meno lo vedo e meglio sto.

Fece le solite cose della notte e si mise a letto.

Fu allora che il cuore le schizzò in gola e rischiò di farla morire d'infarto.

Sulla scala antincendio c'era qualcuno. Una sagoma imponente le tolse la luce della luna. Balzò a sedere sul letto pensando a Grant che si arrampicava per arrivare alla sua finestra. Invece era Marcus.

Lo fissò attraverso il vetro. Lui la invitò a farlo entrare. Aveva un'espressione tirannica, come a dire: "Apri o spacco tutto". Lei scosse la testa facendogli un gesto, come a dire: "Sparisci". Allora Marcus infilò due dita lungo l'intelaiatura, smanettò per qualche istante e sollevò la finestra a ghigliottina.

Penny rimase a bocca spalancata per la sorpresa.

«Augurati che Grant sia meno bravo di me a forzare le serrature» le disse, scavalcando il davanzale ed entrando impunemente nella stanza.

«Togliti di torno, vorrei cercare di addormentarmi senza vomitare sul cuscino» gli intimò lei, coprendosi con il lenzuolo. Come se ce ne fosse bisogno: indossava un pigiama che nemmeno una suora.

Marcus rimase in piedi e la camera di Penny divenne piccolissima a causa della sua presenza scultorea.

«Che c'è? Ti sei scandalizzata? Tu non scopi molto, vero?»

Io non scopo mai.

«Quanto basta» mentì, «ma non con gente appena conosciuta e in quel modo schifoso. Eravate quasi in mezzo alla spazzatura.»

«Qualsiasi posto va bene quando ti viene voglia. Soprattutto con le tipe appena conosciute. Almeno non pretendono niente. Godono e si tolgono dai coglioni.»

«Lo fai sempre nei vicoli tu? Mai, che so, in un letto?»

«A letto c'è il rischio che ti chiedano di fermarsi per la notte. Nei vicoli no.»

«Contento tu.»

«Contentissimo. Piuttosto, che ci facevi sul retro del locale? Mi spiavi? Ti è piaciuto quello che hai visto?»

«Non ho visto niente!»

Marcus le lanciò un'occhiata sardonica.

«Hai visto *tutto*. Mi hai fissato con molta insistenza.»

«Più che altro ero paralizzata. Sai quando vedi una cosa orribile e non riesci a muoverti per la paura?»

«Sei una stronzetta bugiarda. Ma non importa. Certo che corri veloce, eh? Tempo di sistemarmi e arrivare sulla strada ed eri sparita. Non avevamo un patto? Come mai sei venuta tu stasera? Il tuo Grant ti ha fatto visita di nuovo?»

«No, volevo... volevo dirti una cosa. Una cosa che ti avrebbe permesso di guadagnare altri soldi. Ma ci ho ripensato, non importa. Puoi andartene.»

«Eh no, adesso mi dici tutto. Quando ci sono i soldi di mezzo divento molto curioso.»

Penny abbassò lo sguardo sul lenzuolo. Marcus si sedette sul letto e fece per accendersi una sigaretta. Lei lo fermò.

«No, in casa no. Alla nonna dà fastidio.»

Lui si avvicinò alla finestra e si mise a cavalcioni sul parapetto, fra l'interno della stanza e la scala. Accese comunque la sigaretta ma mandò il fumo verso fuori. Penny ci pensò un attimo, se dirglielo o non dirglielo, poi il ricordo di Rebecca la fece capitolare. Gli raccontò tutto, parlando a bassa voce.

Marcus scoppiò a ridere.

«E vorresti che io facessi finta di essere il tuo promesso sposo? Ti pare che ho l'aspetto del fidanzato?»

«Hai l'aspetto di uno selvaggio, bastardo e sexy, e questo mi basta. Se non li sconvolgo perché sono più ricca o più bella, li farò schiattare di invidia perché ho un uomo che tutte si vorrebbero fare.»

Si accorse tardi di essere stata troppo schietta. Marcus le rivolse un sorriso da canaglia.

«Lo devo prendere come un complimento?»

«Non lo so, se ti pare un complimento avere l'aria di uno che attira l'attenzione più per il suo pene che per l'intelligenza, allora sì. E adesso, vattene.»

«Dunque non vuoi più prendere in giro i tuoi amici?»

«Non sono amici, sono stronzi.»

«Quanto eri disposta a pagare?»

«Duecentocinquanta dollari.»

«Per una sola sera?»

«Sì.»

«Una bella somma. Dove l'hai trovata?»

«Fatti miei.»

«Lo voglio sapere. Magari sono soldi rubati e finisco di nuovo in gattabuia per riciclaggio.»

«Li ho guadagnati onestamente. Ho fatto un servizietto stratosferico a uno pieno di soldi, stanotte, uno fissato con le ragazze dall'aria candida, e mi ha pagato sull'unghia.»

Marcus rimase con la sigaretta sospesa fra le labbra.

«Non dire cazzate» mormorò.

«Tu puoi fare schifezze e io no?»

«Adesso basta.»

«E perché? Finché mi provochi e tenti di mettermi in imbarazzo tu, va bene, e io non posso giocare allo stesso modo?»

«Giochi male. Ti consiglio di non dire queste boiate in giro. Io sono bravo, ma un altro, aizzato così, ti sfonderebbe in due secondi e mezzo.»

«A te invece non passa nemmeno per la testa.»

«Mi passa eccome. Ma so controllarmi. Allora, che si fa?»

«Che si fa? Non si fa proprio niente!»

«Mi riferivo a quegli stronzi.»

«Ah... loro. Io... non lo so.»

«Che dovremmo fare a 'sta festa?»

«Niente di speciale. Dovresti solo fare finta di baciare la terra su cui cammino.»

Marcus tirò una boccata di fumo e scosse la testa.

«Non ci riuscirei neppure dopo aver frequentato un corso di recitazione.»

«Allora... potresti fingere di essere pazzo di me?»

«Mmh... non hai un piano C?»

«E che cacchio, guadagnateli i soldi! Se non pensi di riuscirci come si deve, non ci andiamo proprio. Meglio così, pietra sopra.»

«Vediamo un po'... potrei fingere che ti trovo provocante da morire, che se guardo la tua bocca ho voglia di baciarla fino a farla sanguinare, che sogno ogni notte di scoparti per ore, e che mi piace tutto di te, perfino quei ridicoli capelli e il tuo modo stronzo di tenermi testa e provocarmi. Ti basta?»

Penny dovette deglutire a vuoto prima di riuscire a parlare. Aveva la gola secca e si sentiva calda e molle e lievemente stordita, come dopo un lungo massaggio.

«Ehm... sì... suppongo che basti. Non so come conti di riuscirci, però. Pagamento a cose fatte, non si sa mai.»

«Penso di potermi fidare.»

«Bene, adesso togliti dai piedi.»

«Domani ti metto un fermo più solido alla finestra. Questo pare fatto di burro. Non è sicuro. Quando esco bloccalo bene.»

«Ti preoccupi per me?»

«Certo! Senza pagamento anticipato, se ti succede qualcosa rischio di non vedere un dollaro.»

«Ah, ecco, mi pareva.»

Marcus saltò fuori sulla scala antincendio e le rivolse un saluto ironico con la mano. Penny sollevò il dito medio, contraccambiandolo come lui faceva molto spesso. Lui rise, e sparì dalla sua vista. Penny rimase sola e si rifugiò sotto le coperte.

L'indomani, a mezzogiorno, Marcus era lì come annunciato, con alcuni attrezzi per sistemare il fermo della finestra. Aprendogli la porta, Penny pensò che doveva smetterla di sentirsi come appena uscita da una centrifuga ogni volta che lo incontrava.

La nonna manifestò la gioia di vederlo in modo meno segreto di lei, che si finse quasi infastidita dalla sua presenza.

«Oh, ma che meraviglia avere un così bel ragazzo per casa! Quanto sei gentile! Penny, devi contraccambiarlo in qualche modo.»

Penny arrossì senza ragione, e le tornò in mente la scena sul retro del Maraja. Lui, come se le avesse letto nel pensiero, le rivolse un sorrisetto bastardo.

«Sistema la finestra e vattene» gli ordinò, accompagnandolo nella propria camera.

Marcus trafficò con l'intelaiatura mentre Penny lo guardava lavorare dalla soglia della stanza. Indossava una maglietta a maniche lunghe, peccaminosamente stretta, che metteva in risalto ogni fascia muscolare delle sue spalle e delle sue braccia ricoperte di tatuaggi. Penny si morse le labbra e fissò il pavimento, detestandosi perché non era facile togliergli gli occhi di dosso: la tentazione di imbambolarsi era talmente forte da farla sentire ipnotizzata.

A un certo punto Marcus si fermò, tirò fuori qualcosa dalla tasca posteriore dei jeans e gliela porse.

«È una lettera per Francisca. Scrivi indirizzo e mittente e spediscila.»

«Un "per favore" sarebbe gradito.»

«Te lo sto già facendo un *favore*, aggiustandoti la finestra.»

«L'hai rotta tu! E comunque sei abbondantemente pagato.»

«Sono pagato per scortarti dal posto in cui lavori fino a qui, e sarò pagato per fingere di non aver voglia di annusare nessun'altra a parte te, ma non per fare il carpentiere.»

«Sei volgare e venale.»

«Sì, sono sempre state due mie caratteristiche. Le due *esse* fondamentali. *Sesso* e *soldi*.»

«Aggiungi una terza *esse*, allora, che sta per *schifo*. Solo uno schifoso potrebbe fare quello che hai fatto tu ieri sera e scrivere alla propria donna nella stessa nottata.»

«È stata una nottata proficua, in effetti. Comunque, smettila di farmi questi sermoni a proposito di Francisca. Il nostro rapporto è così, una cretina come te non può capire.»

Penny non disse più nulla: quando gli parlava di Francisca, Marcus perdeva la sua stronza gaiezza e diventava solo stronzo.

«Piuttosto» continuò lui dopo un po', «se devo spacciarmi per il tuo fidanzato, suppongo di dover conoscere qualche altra cosa sul tuo conto. Giusto per non dire cazzate. Che tipo eri a sedici anni? Anche se un po' me lo immagino.»

«Non è vero.»

«Dimmi se indovino. Eri solitaria, introversa ma non timida, solo disgustata da chi ti circondava. Anche se loro pensavano che fossi stupida e sottomessa, tu eri intelligente e piena di rabbia. Avresti voluto afferrare per i capelli quelle che passavano per fighe e ficcargli la testa nel water, come minimo. Ti piaceva qualche ragazzo che non ti si è mai filata. Mi sbaglio?»

Penny lo osservò con la bocca dischiusa.

Marcus aggrottò la fronte e tornò al suo lavoro.

Lei gli domandò: «Come... hai... fatto?».

Senza distogliere gli occhi da ciò che stava facendo, Marcus borbottò: «Sei abbastanza prevedibile».

In quel momento la nonna entrò nella stanza.

«Ti fermi a pranzo da noi, allora?» domandò a Marcus tutta contenta.

Penny e Marcus diedero simultaneamente due risposte diverse.

Lei disse: «No».

Lui disse: «Sì».

La nonna tornò in cucina saltellando come una bimba.

«Che intenzioni hai?» gli domandò Penny furiosa.

«Mangiare.»

«Vai a mangiare a casa tua.»

«Ho il frigo vuoto e ho fame. Quando ho fame non ragiono, lo sai. E poi devi ripagarmi per il lavoro che sto facendo, no? Dopo sistemo anche la finestra della stanza di tua nonna, e quel chiavistello merdoso che avete sulla porta. Per cui, o mi dai venti dollari o mi offri il pranzo.»

«Lo so perché lo fai. Così dopo potrai criticarmi anche per come cucino.»

«Cucini tu?»

«Certo. Se lo fa mia nonna, come minimo mette lo zucchero nei maccheroni al formaggio.»

«E allora muovi il culo. Vai a preparare qualcosa.»

«"Muovi il culo" dillo a tua sorella» furono le ultime parole che Penny pronunciò uscendo dalla stanza.

Avere Marcus a pranzo fu davvero strano. Tutta la casa sembrava più stretta con quel colosso che toccava i lampadari con la testa. Anche la nonna appariva rimpicciolita per contrasto.

Il cuore di Penny, invece, si ingigantiva a ogni suo passo, morso, parola o silenzio. Aveva sempre più paura di lui, non per le ragioni per le quali avrebbe dovuto averne, non perché era arrogante, antipatico, litigioso e animale. Aveva paura di essersi abituata troppo alla sua presenza, di cominciare a dipendere dal bisogno di vederlo. Troppe cose le stavano diventando familiari: il suo odore, una combinazione di sapone agrumato e tabacco, il modo in cui inarcava un sopracciglio o fumava, lasciando pendere la sigaretta, col fumo che filtrava intorno, e poi afferrandola bruscamente fra le dita, le sue braccia solide e dipinte, le sue spalle tanto maestose da sembrare in grado di sostenere la volta celeste.

Doveva darsi una regolata, almeno emotivamente. Doveva smetterla di permettere al cuore di andarsene dove voleva lui, a spasso nella cassa toracica come un ubriaco che sbatte contro i muri del mondo.

Al termine del pranzo, mentre la nonna si sistemava sul divano per guardare la sua telenovela preferita, Marcus osservò Penny e le disse: «Ammetto che sai cucinare».

«Ma che grande concessione!»

«No, dico sul serio, te la cavi. La prossima volta che prepari quella pasta, portamela su.»

«Ha altro da ordinare, signore?»

«Dopo pranzo ho sempre un languore di altro tipo, ma non sei la persona adatta a placarlo.»

«Sei un animale, lo dico e lo ripeto.»

«A che età l'hai fatto la prima volta?»

Penny ondeggiò come se qualcuno l'avesse spinta.

«Eh? E questo cosa ha a che fare col pranzo? Fatti gli affari tuoi, pervertito!»

«Allora?»

«Ma come le tiri fuori 'ste domande?»

«Mi vengono in mente e le dico.»

«Non si può dire sempre tutto quello che passa per la testa!»

«No, in effetti hai ragione. Non tutto. Ma questo sì, dai, è una domanda innocente e fa parte delle informazioni che un fidanzato dovrebbe avere. Quando? O forse non l'hai mai fatto e ti atteggi a donna vissuta?»

«L'ho fatto eccome, ma non voglio raccontarlo a te.»

Marcus fece per accendersi una sigaretta ma poi si fermò.

«Andiamo da me così posso fumare e mi racconti qualcuno dei tuoi vergognosi segreti?»

La risposta più sensata sarebbe stata un no colossale. Ma Penny ultimamente tendeva a seppellire la sensatezza come un cane seppellisce un osso. Così, facendosi guidare da quella parte di sé che non capiva più nulla e lasciava fare tutto al desiderio, annuì e lo seguì.

Si ritrovarono presto nella sua mansarda, e Marcus si accese la centesima fra le molte sigarette di quella giornata. Si mise seduto sul letto con la schiena contro il muro. Penny rimase distante, sul bracciolo del divano, a fare finta di non osservarlo e di non volerlo osservare. A un tratto tirò fuori il coraggio e gli propose l'ennesimo patto: «Rispondo alla tua domanda impicciona se anche tu mi riveli una cosa».

Marcus aggrottò la fronte.

«Prima rispondi tu.»

«Così, se non ti piace la mia domanda, ti rifiuti e intanto io ho risposto alla tua?»

«Mica scema la ragazzina.»

«L'hai detto che sono intelligente, no?»

«Sì, questo lo penso sul serio. Adesso raccontami tutto sulle tue scandalose esperienze. Se ti va, alla festa possiamo far trapelare la notizia che la prima volta l'hai fatto con me. Sono sicuro che alle tue ex amiche stronze piacerà molto questo dettaglio, nel caso chiedessero.»

«Solo *stronze*, non *amiche*, ripeto. Talmente stronze che sarebbero davvero capaci di chiederlo.»

«Intanto dimmi com'è andata veramente. Sono curiosissimo. Non riesco a immaginarti impegnata in un'attività lussuriosa.»

«L'amore non è *un'attività lussuriosa*. Lo è quello che fai tu, quel sesso schifoso e senza emozioni consumato con donne di passaggio. Ma quando ami qualcuno è diverso, è romantico, e dovresti saperlo, visto che hai Francisca.»

«Io sono sempre lussurioso, non sarò mai romantico a letto, e a Francisca la cosa va più che bene. Ma non hai ancora risposto alla mia domanda.»

Penny si morse il labbro inferiore, fissando un angolo del muro. Poteva inventare quello che voleva, no? Il merito delle bugie è che non hanno i confini poveri e angusti della verità. Allora, provò a immaginare la sua situazione ideale, quella che avrebbe desiderato davvero, e la tradusse nel film di una finta esperienza già avvenuta.

«Ero molto innamorata, moltissimo. Mi scoppiava il cuore solo a vederlo nella stanza. È stata una cosa naturale e bellissima. Lui era il mio uomo ideale. C'era una bella musica di sottofondo, candele profumate e petali di fiori sul letto. Non ci sono dettagli scandalosi, l'amore rende tutto innocente.»

Per un istante Marcus parve distratto, come se non la stesse neanche ascoltando. Poi la fissò come se fosse un'aliena alienata scesa da un disco volante.

«E che fine ha fatto 'sto tizio perfetto?»

«Lui è... ehm... è morto.»

«Morto?»

«Sì, era malato. Leucemia. Ma non voglio parlarne, soffro ancora se ci penso. Adesso è il mio turno.»

Lui fumò in silenzio per un po', guardando il cielo che lo guardava attraverso la finestra sul tetto.

«Sono deluso, speravo in qualcosa di più piccante.»

«Adesso è il mio turno» ripeté Penny.

«Vuoi sapere quando l'ho fatto io? Meglio di no, ragazzina, rovineremmo questa atmosfera romantica, piena di prìncipi azzurri e sospiri.»

«Non voglio sapere questo.»

«E cosa allora?»

«Di chi è l'anello che porti al collo?»

Si pentì subito di quella domanda, quando vide Marcus balzare su dal letto e scaraventare nervosamente a terra la sigaretta ancora accesa. Lo vide portarsi una mano al collo e infilare il cordoncino di cuoio, e l'anello a esso agganciato, all'interno della maglietta, con un gesto stizzito, per sottrarlo alla sua vista. Quindi si avvicinò a lei, tanto vicino, troppo vicino, stringendola contro una parete. Penny avvertì il caldo peso del suo corpo, una vera e propria coperta di muscoli.

«Non chiedermelo più» le ringhiò addosso, abbassandosi per mostrarle, faccia a faccia, la sua rabbia.

Per un istante si fronteggiarono in una guerra di sguardi, senza altre parole, perché bastavano quelle iridi d'argento e cielo nevoso per dire tutto ciò che c'era da dire. Nemmeno Penny fiatò, e non perché fosse intimorita da lui: era intimorita da ciò che provava. Desiderava baciarlo, desiderava che lui la baciasse. Per un istante, parve che Marcus stesse per realizzare quel bisogno taciuto, quasi le avesse letto nei pensieri, nelle labbra socchiuse, nel respiro spezzato. Penny sentì la sua lingua che le accarezzava i contorni della bocca come se avesse voglia di qualcosa di più. Per un istante, purtroppo. Dopo quel lampo di confusione, infatti, Marcus si scosse. Arretrò, la osservò con un'indefinita ostilità, la fronte corrugata, il respiro un po' spezzato a sua volta.

«È meglio se vai» le disse un attimo prima di voltarle le spalle per chiudersi in bagno.

Dodici
Marcus

Non è difficile trovare una tipa. Ho l'imbarazzo della scelta. Ci appartiamo sul retro del locale e me la scopo senza nemmeno un bacio. Non che mi basti, è uno sfogo fugace, non placa la fame e la sete e il bisogno primitivo che mi devasta. Ma è qualcosa.

A un tratto sento un rumore provenire dal vicolo. Mi volto e per poco non mi esce fuori una bestemmia. Penny. Che ci fa qui Penny?

Sta in piedi e mi fissa. Poi scappa come se io fossi un demonio che ruba l'anima degli innocenti.

Mi sistemo, avverto il capo, la cerco, la inseguo. Deve avere corso per distanziarmi tanto. Una voce interiore mi dice: "Ok, è arrivata, se non l'hai trovata morta su un marciapiede o stuprata dentro un vicolo, probabilmente è nel suo letto a fare un elenco delle ragioni per cui sei cittadino onorario del pianeta dei puttanieri schifosi".

Questo dovrei fare, andarmene a casa, farmi un doccia, dormire e fottermene di cosa pensa di me la signorina Penelope Miller.

E allora perché mi arrampico lungo la scala antincendio?

Non lo so, mica ho tutte le risposte, so solo che salgo fino al penultimo piano e le busso sul vetro.

E ci ho pure visto giusto, le accuse piovono come frecce avvelenate. Pervertito, animale, schifoso, e chissà quante ne pensa senza dirle.

Non che mi freghi, io sono io, non posso tenere il cazzo in apnea, io sono vivo, io respiro e pulso e voglio. Il fatto che desideri anche lei ne è la prova. Non sono attratto da qualche sua qualità particolare, non provo nulla di diverso da un'urgenza ferina. È una donna, non fa schifo, ha due gambe, una fica, un culo, una bocca. Provocarla mi diverte e mi eccita. Se questo mi rende bestiale, d'accordo, lo sono.

Di notte scrivo a Francisca. Scrivo e accartoccio il foglio e poi le scrivo ancora. Ripeto questo stanco esercizio per una mezza dozzina di volte almeno, prima di riuscire a buttare giù un paio di pensieri accettabili. Mai stato un letterato, ma stavolta il disagio non deriva dalla mia solita antipatia verso un foglio bianco e una penna.

Mi sento in colpa nei confronti della mia donna.

Per quale ragione essermi fottuto una troia qualsiasi dovrebbe farmi sentire in colpa? Sempre fatto, senza problemi né pentimenti. E allora, stavolta cosa c'è di diverso?

Solo quando firmo finalmente la lettera, un sospetto veloce mi fa aggrottare la fronte e sputare un'imprecazione. Dannazione.

Non mi sento in colpa per quella tipa di cui nemmeno so il nome.

Mi sento in colpa perché quando Penny mi ha proposto di accompagnarla alla festa della sua ex classe, offrendomi duecentocinquanta dollari, e le ho chiesto dove li aveva trovati, e mi ha dato a intendere di avere fatto un servizietto a un tizio, per un attimo ho pensato: “Dimmi chi è, così vado a ucciderlo”.

Stava scherzando, ma il punto non è questo.

Il punto è che, finché non me ne sono reso conto, una furia omicida mi ha scosso le viscere.

Che mi frega con chi se la fa questa qui? Basta che mi paghi, no?

Non ha senso, decisamente non ha senso. E le cose che non hanno senso mi rendono nervoso.

Riesco a sentirmi meglio solo quando prendo a calci il sacco per un'ora, colpi su colpi su colpi, e poi pugni fino a sentire le braccia bollenti, e la mansarda che sembra sul punto di esplodere sotto il peso della mia furia. Alla fine sono stremato ma lucido, e vado a dormire sudato ma senza più stronzi tormenti.

Accetto di accompagnarla a quella festa idiota. I soldi mi fanno comodo. Non penso a niente altro, non devo pensare a niente altro. Ciò che faccio per lei è solo un modo per tenere buona la fonte dei miei incassi extra. Assicurarmi che resti viva fino al prossimo mese, e poi si fotta in tutti i sensi.

Certo che lei e sua nonna sembrano tirate fuori da un film strappalacrime. Come si fa a vivere così, prigioniere di una vita sempre uguale? Come fa Penny a non avere voglia di darsela a gambe? Si occupa della vecchia come se la vecchia fosse sua figlia, e fa tutto, lo capisco dalle sue mani. Mani di chi ha sempre lavorato e continua a farlo. Ruvide, stanche, screpolate. Dove ha il tempo per vivere? Dorme, mangia, respira e lavora. E la vita?

D'accordo, detto da uno che ha trascorso gli ultimi quattro anni in galera potrebbe sembrare presuntuoso, ma io prima una vita l'ho avuta. Sbandata, contorta, fumata, violenta, ma piena. Ho visto cose, fatto cose, cambiato cose, rotto cose, ucciso cose. Ma non sono stato mai fermo.

Penny è in questa casa da secoli. E adesso accudisce pure una nonna mezza stordita. Non ha voglia di piantare tutto e vaffanculo?

Non so perché le chiedo di salire da me. Negli ultimi tempi le cose che non so e non capisco stanno diventando pericolosamente numerose. So solo che, mentre parliamo delle balle da rifilare ai suoi ex compagni di scuola, mi viene voglia di saperne di più di lei. In particolare, ho voglia di sapere com'è a letto. Il modo migliore per saperlo è farmela, ovvio. Ma questo non succederà mai: anche se ne ho una voglia dannata, non succederà. Così non mi resta che farle delle domande invadenti. Mentre mi racconta della sua prima volta, però, mi accorgo di non riuscire proprio a immaginarla con questo tipo qui, questo uomo perfetto, romantico fino alla nausea, talmente patetico da morire come il personaggio sfigato di un film. Non riesco a immaginarla semplicemente perché, mentre mi parla e seguo il movimento delle sue labbra, la vedo, sì, la vedo nuda con gli occhi della mente, ma sopra di lei ci sono io, dentro di lei ci sono io. Mi sa che è meglio non farle più domande di questo genere. Sono un coglione. Un coglione indisciplinato. Mi faccio la guerra da solo.

Poi mi chiede dell'anello che ho appeso al collo, e questa cosa mi fa incazzare. Mi succede sempre se qualcuno me lo chiede. Ci sono segreti, quelli più stronzi o più fragili, che preferisco tenere per me.

Ma, quando la stringo contro il muro, la sento tremare e la guardo, e i suoi occhi sono fuochi e le sue labbra sono fiori e il suo torace è un mantice e... non me ne importa più niente della collana e dei segreti. So solo che voglio baciarla. La lecco, sfioro quei petali freschi con la punta della lingua, e voglio entrarle dentro, voglio entrarle dentro. Maledizione, voglio entrarle dentro in tutti i sensi.

Non devo assecondare questa cosa. Questa cosa è insensata, è una reazione ubriaca, drogata, fottuta, anche se sono sobrio e non fumo niente di strano da anni e nessuno mi fotte, mai. Non posso provare a baciare una così e sentire le orecchie che fischiano e il pavimento che si spalanca e il cazzo che mi chiede mi supplica mi tortura e si trasforma in un mostro di pietra. Devo trovare una soluzione: o me ne vado o me la faccio. Dopo, forse, dopo averla scopata ed essermi tolto lo sfizio, tornerò a pensare a lei come a una fica senza volto e senza nome.

Tredici

Non le sarebbero bastati i soldi per acquistare anche un nuovo vestito, e non aveva più nulla da impegnare. Doveva ingegnarsi.

Per fortuna nell'armadio della nonna c'erano moltissimi vecchi abiti che poteva indossare. Stavano tornando di moda gli anni Cinquanta? Ebbene, avrebbe avuto un completo anni Cinquanta originale, non un'imitazione riveduta e corretta.

Per fortuna lei e Barbie portavano la stessa taglia e, quando provò un vestito davanti allo specchio, vide sua nonna da giovane, magra e bambina e monella, ma coi capelli più corti e strampalati e un sorriso meno spontaneo. L'abito era d'un giallo solare, stretto in vita e con una gonna larga, bombata, una campanula capovolta, e tre sottane di organza che facevano il solletico e promettevano fruscii nel caso qualcuno avesse provato a sollevarle. Quel pensiero morbido e rude le portò alla mente Marcus, il bacio-non-bacio che le aveva dato, più un sopruso che un bacio, una punizione per il suo peccato di curiosità. Cosa c'era di tanto segreto in quell'anello agganciato al cordoncino di cuoio?

Aveva la sottile impressione che cominciasse a detestarla, anche se non sapeva perché. Durante le notti successive, quelle che precedettero la sera della festa, nel riaccompagnarla a casa per guadagnarsi i suoi cinquanta dollari settimanali, Marcus mise in pratica la terapia della totale indifferenza. Lei non provò nemmeno a parlargli, così camminavano come statue mute, un po' incazzate, ognuno con le mani nelle proprie tasche, e Penny che, talvolta, usando la coda dell'occhio, lo osservava e si chiedeva se era stato con altre sul retro del locale, se aveva dato il suo corpo a un corpo di passaggio, e cosa provava mentre lo faceva, cosa provava il suo cuore in quei momenti. E poi si domandava cosa c'era scritto nella lettera per Francisca e se, leggendo le sue parole, la sua anima fosse tornata a palpitare e parlare, invece del silenzio odioso che riservava a lei.

Si poneva tutte quelle domande e si sentiva triste, scartata come un avanzo di pane vecchio che non hai mai provato neppure a mangiare perché il pane senza nulla non sa di nulla.

Mentre si preparava per uscire, le venne la tentazione di non uscire affatto. Che senso aveva? Marcus la ignorava, alla festa si sarebbe comportato malissimo, dimostrando che era tutta una patetica finzione, e il suo desiderio di risollevarsi sarebbe diventato un precipitare più a fondo.

Si guardò con attenzione. Il vestito le cadeva bene ed era grazioso. Aveva indossato un cerchietto di strass, anche quello della nonna, tutto vero, tutto vintage, portando indietro la ciocca di un rosa sempre più pallido. Era carina, non "una figa stratosferica", per dirla alla Marcus, ma nemmeno da far schifo. E tuttavia si sentiva avvilita.

Ho dovuto chiedere un permesso al lavoro per una stupida festa che di sicuro mi umilierà. Non vado da nessuna parte, tanto non credo che sentiranno la mia mancanza.

Ma quando uscì dalla stanza, su un paio di scarpe coi tacchi a quadretti bianchi e gialli, si ritrovò Marcus in casa, fatto entrare dalla nonna senza neanche avvertirla, e per poco non stramazzò a terra come un trampoliere da circo che prende una storta.

«Ma quanto sei bella, amore mio!» trillò la nonna con amore sincero.

Penny replicò a quel complimento con un sorriso pieno di uguale amore, certa che, se anche fosse venuta fuori dalla camera travestita da banana, Barbie l'avrebbe trovata bellissima. Marcus, al contrario, non pareva propenso a concederle alcun complimento e, a dirla tutta, alcuno sguardo. Lei lo guardò bene, invece. Impossibile non guardarlo e non sentire, da qualche parte in fondo a se stessa, un rocambolesco giro della morte del cuore.

Indossava dei jeans grigio scuro e un maglione color perla, di lana sottile, con lo scollo a V, che gli aderiva al corpo come una muta subacquea. Si intravedevano alcuni dei suoi tatuaggi, quelli che gli sfioravano la gola, conferendo a quel lembo di pelle un fascino feroce. Calzava stivali da biker neri, bassi, dall'aria intimidatoria. A completare l'insieme, un cappotto lungo di pelle, vissuto e selvaggio come i suoi occhi. Era sexy da morire, il bastardo. E lo sapeva. Le sue ex compagne potevano anche avere fidanzati dotati di grossi portafogli, ma era certa che, appena avessero notato Marcus, avrebbero pensato al modo migliore per strappargli i pantaloni.

Moriranno con la bava alla bocca, quelle cretine. Spero di non morire io prima di loro, però.

Gli sorrise d'istinto ma lui, dandole solo una rapida scorsa, replicò con un "andiamo" frettoloso e privo di garbo. Penny afferrò il suo cappotto preferito, quello rosa antico, di lana cotta, coi bottoni di panno a forma di fiore, e lo seguì preparandosi a una serata da dimenticare.

«Prendiamo un taxi» disse Marcus quando furono in strada.

«Non ho abbastanza soldi» replicò lei, infastidita.

«Allora diciamo che te lo offro io.»

«E da dove viene tutta questa generosità?»

«Odio prendere gli autobus. Basta già la rottura di accompagnarti.»

«Mica ti costringo. Se non vuoi venire, nemici come prima.»

«E privarmi del piacere di scortarti in mezzo a un branco di imbecilli? No, non posso proprio» commentò lui ironicamente.

Raggiunsero una strada più trafficata, vicino al Maraja. Pur senza dirle niente di gentile, anzi, pur senza dirle niente del tutto, Marcus le rimase vicino, non come di notte che a volte accelerava e la lasciava indietro e poi si frenava e la osservava come se fosse una lumaca un po' piattola. A un tratto fermarono un'auto. Diedero un indirizzo al tassista e quest'ultimo esclamò: «Quartieri alti, eh?».

Poi incrociò lo sguardo di Marcus attraverso lo specchietto e non esclamò più niente.

Rimasero zitti per tutto il viaggio. Marcus sembrava un killer tatuato, con quello sguardo ostile e la mascella rigida. Veniva spontaneo domandarsi se, sotto il cappotto, nascondesse una 357 a canna lunga.

Poco prima di arrivare, Penny si sentì talmente oppressa da quel silenzio che trattenne un attimo il fiato e poi gli parlò sottovoce, per non farsi sentire dall'autista: «Senti un po'. Non so bene cosa ti ho fatto. Se ti sei offeso perché ti ho chiesto di quell'anello, ok, scusami, non ti chiederò più nulla. Anzi, se proprio ti sto sulle scatole, facciamo che da domani nemmeno ci parliamo più. Ma stasera fai quello che ti dico. Se vuoi i duecentocinquanta dollari che abbiamo pattuito, devi guadagnarteli. Non voglio che tu appaia diverso, quindi mi va bene la tua aria da stronzo, ma con me devi essere gentile. Devono invidiarmi, immaginando che scopiamo alla grande e che, anche se loro hanno il fidanzato coi soldi, io ho quello con l'uccello più grosso, siamo d'accordo?».

Nel buio, gli occhi di Marcus brillarono come onici.

«Ce l'ho di sicuro l'uccello più grosso» disse freddamente, senza compiacimento, come se stesse soltanto affermando una verità conclamata.

«Lo so, l'ho visto, ma non è questo il punto. Il punto è che devi fingere di essere innamorato di me o, se questo è troppo fuori della tua portata, almeno fingere di essere attratto, capisci? Ci devono vedere insieme e pensare: "Beata lei, come la guarda quello lì...".»

Il taxi si fermò, erano arrivati a destinazione. Intorno a loro si estendeva un quartiere residenziale, con marciapiedi intonsi, ville in stile coloniale e ampie aree verdi. Tutto un altro pianeta rispetto a dove viveva Penny. Per un attimo ebbe paura di stare per fare la cosa sbagliata e che quel mondo così lontano da lei potesse in qualche modo contaminarla o, peggio, farla tornare indietro nel tempo, a quando era una sedicenne rabbiosa e infelice. Marcus pagò il taxi e scese dall'auto, mentre lei rimaneva dentro, quasi paralizzata sul sedile, nel suo stupido vestito dorato e usato.

Ma, a quel punto, Marcus si sporse verso l'interno dell'abitacolo e le sussurrò in un orecchio qualcosa che le infuse un inaspettato coraggio: «Sarai servita. Quelle stronze vorranno essere te».

La casa era effettivamente una reggia ed era già piena di gente. Da fuori si udiva la musica e un sottofondo di voci. Il cuore di Penny batteva, batteva e pareva scoppiare. Marcus la prese per mano. La mano di Penny si perse nella sua.

«Non hai più sedici anni. Mandali affanculo» disse lui con rabbia.

Penelope annuì, ma dentro non ci riusciva. Dentro, la paura e la rabbia si alternavano in ondate tremanti.

Alla porta venne ad aprire Rebecca insieme al tanto decantato fidanzato. Penny provò il primo senso di vittoria di quella serata, e di quella vita, verso la sua ex compagna di scuola e aguzzina.

Non solo lei era un'anoressica finta bellezza, tutta capelli biondi e ciglia nero catrame chiaramente sintetiche, ma anche il suo uomo era un trentenne finto bello vestito all'ultima moda, con due spallucce rachitiche e le orecchie a sventola. D'accordo, insieme emanavano odore di soldi dai capelli alle scarpe, ma erano solo due figure grottesche, mortali, tirate a lucido ma piene di niente.

Di sicuro, appena videro Marcus si inclinarono entrambi leggermente all'indietro, come dinanzi a un'esplosione. Rebecca sgranò gli occhi quasi fosse stata colpita da una luce violenta. Il suo ragazzo, il cui nome era Mordecai, trasalì impallidendo. Penelope si domandò se, in definitiva, da piccolo non fosse stato anche lui vittima di qualche prepotente. In ogni caso si ripresero subito, simularono due sorrisi abbinati, strinsero loro le mani e li fecero entrare.

Per Penny fu come un'immersione totale nel proprio passato. C'erano tutti, chi accoppiato e chi spaiato, ma ognuno ci teneva a raccontare i propri successi veri e presunti. C'era Gaya, l'intelligente, appena laureata a Yale; c'era Robert, il ribelle, che aveva smesso di ribellarsi e lavorava nell'azienda del padre; c'era Jessica, la puttana, quella che faceva pompini a tutti nei bagni, ora quasi avvocato; e c'era anche Igor, che le sorrise a distanza e fissò Marcus con malcelato sospetto.

Tutti fissavano Marcus, a dire il vero, con varie sfumature di curiosità. Lui parlava poco, come fa uno stronzo, ma non le liberava la mano, come fa un uomo che intende segnare i confini del proprio territorio. Sentirlo così vicino era piacevole ed eccitante. Interpretava il suo ruolo alla grande. Neanche Al Pacino ai tempi d'oro si sarebbe immedesimato allo stesso modo negli umori di un fervido innamorato. Nulla di eclatante o lontano dal suo vero essere: niente dolcezze né sorrisi, niente che stonasse col suo aspetto da spaccapietre. Ma, ad esempio, a un tratto, sul sottofondo di *Trying Not to Love You* dei Nickelback, mentre alcune coppie danzavano in una stanza dai caldi toni arancio, senza chiedere né dire niente le mise una mano intorno alla vita e la fece ballare. La strinse a sé al punto da farle percepire il suo corpo come se fosse un prolungamento del proprio. Penny scoprì in un istante il vero senso della parola "tormento". Se qualcuno dei suoi ex compagni l'avesse guardata con più attenzione, non ci sarebbero stati dubbi sulla passione divorante che provava nei confronti del suo accompagnatore. La divorava sul serio, la faceva sentire piccola e palpitante, inerme e guerriera, scandalosamente desiderosa e timidamente atterrita da quel desiderio.

«Evita di stritolarmi» gli sussurrò mentre ancora ballavano.

Marcus si chinò un poco e le parlò accanto a un orecchio: «Se vuoi che se la bevano, devi permettermi di toccarti. Io non recito poesie quando mi piace una. Io le metto le mani addosso».

«Sì, ok, però...»

«Se ti dà fastidio smetto.»

Non mi dà fastidio, il problema è che mi piace.

«Lo capisco, ma se continui così, fra nove mesi avremo quattro gemelli» replicò a denti stretti.

Lui fece una risatina da farabutto.

«Mi sa che dovrò farti un ripasso su come nascono i bambini.»

«Non voglio ripassi da te.»

«Ti suggerisco di fingere di volerli, perché la stronza si sta avvicinando.»

In quel momento, Penelope udì vicina la voce di Rebecca.

«Miei cari!» esclamò col tono condiscendente di una first lady che saluta gli operai di un'officina metalmeccanica a una conferenza stampa. «Qualcuno ha proposto di fare il vecchio stupidissimo gioco della bottiglia. Volete partecipare?»

In breve si ritrovarono quasi tutti seduti a terra, in cerchio, come tredicenni, con la differenza che la bottiglia che venne fatta girare fra loro non era di Coca Cola ma di Möet & Chandon. In quel girotondo, Marcus risaltava come un baobab tra i papaveri.

Le regole erano un po' diverse dalle solite. La persona indicata dal primo giro della bottiglia poteva fare una domanda o chiedere un pegno a chi fosse stato indicato dai giri successivi. Penny e Marcus si sedettero vicini e per un po' non vennero coinvolti. Assistettero a un turbinio di domande indiscrete e di pegni sotto forma di baci, palpate per capire se le tette erano vere o finte, pantaloni slacciati per mostrare se si indossavano boxer o slip e altre stupidaggini pruriginose. Poi, a un tratto, la bottiglia di champagne scelse Rebecca e, a seguire, Marcus. La stronza era troppo furba per supplicarlo di infilarle la lingua in bocca davanti a tutti, anche se era evidente che lo desiderava parecchio. Mordecai non partecipava al gioco, era sparito in un'altra stanza, ma Rebecca era comunque un'opportunista fin troppo scaltra per rischiare di offenderlo. Allora, con un sorriso all'apparenza mite e romantico, domandò a Marcus: «Cosa provi per Penny?».

Penelope tremò come la casetta di paglia durante il soffio del lupo. Marcus, invece, non fece una piega. Fissando Rebecca senza distogliere lo sguardo, disse con voce altrettanto ferma: «Sono pazzo di lei e vorrei farmela per ventiquattr'ore al giorno, ti basta?».

Le guance di Penelope divennero paonazze come quelle di Rebecca, sebbene per ragioni diverse. Penelope si sentiva sconvolta e stupita; Rebecca, dietro il suo sorriso inesauribile, appariva congestionata dalla collera.

Il gioco continuò con altre domande e altri pegni, fino a che, di nuovo, il caso non li coinvolse. La bottiglia scelse Igor e poi Penny.

Igor, che le stava proprio davanti e non aveva smesso di fissarla da tutta la sera, dichiarò con un'aria che pareva di sfida: «Voglio un bacio». Guardò anche Marcus che, seduto accanto a Penny e con una mano sul suo ginocchio, lo guardava a sua volta coi suoi occhi d'acciaio. I compagni applaudirono, tranne Rebecca che pareva sull'orlo di un attacco di nervi. Igor raggiunse Penelope carponi, attraversando il cerchio di amici che ridevano e lo spingevano con battute allusive.

«Ma solo se vuoi» le disse, quando fu abbastanza vicino.

Penelope ripensò a quando aveva sedici anni e avrebbe dato chissà cosa per un bacio da parte di Igor o, semplicemente, per un gesto di considerazione da parte sua. Notò che Rebecca era sempre più cupa, come se quella serata non stesse andando affatto come aveva previsto. Sentì dentro un brivido di euforia al pensiero di darle fastidio. Così, anche se le labbra di Igor non erano più invitanti come una volta, disse con decisione: «Va bene».

Lo sguardo di Igor scintillò come se nascondesse una teoria di candele.

Ma nessuno dei due aveva fatto i conti con l'oste.

Infatti, mentre Igor si piegava su di lei e Penny gli offriva la sua bocca inviolata, Marcus, senza neppure imprimere al gesto una particolare energia, lo spinse indietro con un braccio. E nello stesso momento, con l'altro braccio, strinse Penny a sé e la baciò.

Non fu un bacio superficiale né breve. Fu un tuffo profondo, un'invasione del suo palato, una battaglia con la sua lingua. Penny sentì il proprio corpo farsi di cotone soffice e lava rovente. Avvertiva, intorno a sé, un brusio di voci, ma era come se la vita si fosse interrotta su quella parentesi, e non riusciva a notare altro, a sentire altro, a volere altro, al punto che, per un istante, ebbe perfino il timore di essersi lasciata sfuggire un gemito davanti a tutti. Quel bacio non fu solo un bacio. La penetrò come un intenso atto d'amore.

Lo sapeva che non era amore. Lo sapeva benissimo che Marcus si stava solo dando arie da capobranco che non permette a un gregario qualsiasi di avvicinarsi alla sua femmina, pena l'umiliazione e la disfatta. Lo sapeva che se ne fregava altamente di lei e la baciava come aveva baciato un milione di altre, e che mai l'avrebbe baciata come di sicuro baciava Francisca, con la lingua e con il cuore. Ma andava comunque bene, per il momento.

Quando il baciò finì – perché finì purtroppo – Penny si rese conto che tutti, ma proprio tutti li fissavano, compreso Mordecai che era apparso da chissà dove, con uno sguardo sorridente e un po' ebete, come se avesse bevuto di brutto fino a quel momento.

Allora, Rebecca, non sopportando di non essere stata abbastanza al centro dell'attenzione, dichiarò finito il gioco. Penny fu l'ultima ad alzarsi. Era ancora stordita.

Marcus le porse un braccio per aiutarla a tirarsi su. Quando furono uno di fronte all'altra, sebbene a diverse altezze, lui disse con tono sferzante: «Me li sto sudando quei duecentocinquanta dollari, non credi?».

«Se ti costa tanta fatica, fanne a meno. Nessuno ti ha chiesto un'interpretazione così realistica.»

«Finché sei con me, evita di strusciarti contro quel tipo. La mia donna non si fa mettere la lingua in bocca da un altro.»

«Io non mi struscio contro nessuno! E non sono la tua donna!»

«Per loro lo sei. Per quel coglione coi capelli biondi lo sei. Nessuno tocca ciò che è mio, punto e basta. Se però vuoi che la smettiamo, se vuoi rivelare che è solo una recita, fai pure, così potrai andare a scoparti il tuo amico senza farmi sembrare un cornuto. È dall'inizio della serata che ti fissa come se volesse leccartela davanti a tutti.»

Penny sgranò gli occhi, allibita.

«Di cosa...» farfugliò. «Ma lo sai che sei...»

«Volgare? Rozzo? Maleducato?»

«Proprio così!»

«Non mi sono mai spacciato per un principino del cazzo. E comunque, ti è piaciuto da matti baciare questo volgare maleducato.»

«Non è vero! Ho solo dovuto... dovuto assecondarti per...»

Lui le si avvicinò e le sorrise come una tigre.

«Ti è piaciuto, Penelope, è inutile che inventi storie. Però, lasciamelo dire, baci come una che si è esercitata pochissimo con la lingua. Il tuo romantico fidanzato preferiva guardare la TV?»

Penny lo fissò con rabbia. Stava per replicare, per difendere l'ardore del suo ragazzo immaginario, quando Rebecca entrò nella stanza.

«Certo che non riuscite a stare separati, voi due!» esclamò con un tono falsamente divertito. «Il tuo ragazzo resisterà cinque minuti senza di te, vero?» domandò a Penny ad alta voce, con tono querulo. «Restiamo per un po' solo tra ragazze?»

La trascinò al piano di sopra, verso uno dei numerosi bagni di cui quella casa pareva dotata. Davanti agli specchi più grandi che Penny avesse mai visto, circondati da cornici di giada, la vecchia Rebecca si tolse la maschera.

«Mi spieghi chi è? Un gigolò a pagamento?»

Penny ordinò alle proprie guance di non incendiarsi e alla propria voce di mantenersi all'altezza. Non poteva crollare sul più bello, confessandole che sì, quel figo assoluto non era il suo fidanzato e, pur non essendo un gigolò in senso stretto, si faceva pagare per qualsiasi respiro.

«Ma come ti permetti?» replicò inorridita.

«Senti, non è possibile che uno così voglia te! Ma ti sei vista?»

«Perché non è possibile? Tra me e Marcus c'è un legame speciale, qualcosa che tu e quel deficiente di Mordecai non potete capire, perché vi lega solo il denaro.»

Rebecca rise con una vocetta nasale, sottilmente perfida.

«E voi cosa vi lega? Sentiamo...» la provocò.

Penny si eresse più che poteva, chiamando a raccolta tutto il suo coraggio. La spinse indietro e raggiunse la porta del bagno. Un attimo prima di uscire dichiarò con tono altezzoso: «Un Amore con la A maiuscola, un amore con radici profonde, quello che tu non proverai mai».

Per qualche minuto, uscita dal bagno, si chiuse in una qualsiasi delle stanze di quella casa. Doveva permettere al proprio respiro di tornare regolare. Il viso le scottava, le mani le tremavano e si sentiva le gambe di gomma. Rebecca era furba e arpia, avrebbe insinuato il suo stesso dubbio anche alle altre ragazze, avrebbero riso alle sue spalle e quell'incontro si sarebbe trasformato nell'ennesima sconfitta.

Si accorse di essere entrata in una camera da letto padronale, ampia e lussuosa, forse dei genitori di Mordecai. Si guardò in uno specchio ovale, sorretto da un piede leonino che non sembrava solo dorato ma proprio d'oro, e si vide a figura intera. Vide una ragazzina patetica, perseguitata per sei anni da uno stormo di streghe che al posto delle scope sfoggiavano setose code di cavallo, insultata perché umile, perché per arrivare a scuola prendeva l'autobus, indossava sempre le stesse scarpe e non era nemmeno particolarmente brava in qualcosa. Non eccelleva in nessuna materia, era una frana coi ragazzi, ma soprattutto non subiva le loro angherie stando zitta. Reagiva manifestando il proprio odio, li fissava tutti senza abbassare il mento e, quando poteva, metteva in pratica delle sottili vendette. Una volta l'avevano rinchiusa in uno stanzino buio, sperando di indurla a supplicarli, ma Penny non aveva gridato, non aveva chiesto aiuto, non si era messa a piangere. Aveva aspettato, in silenzio, che il custode la scovasse per caso e la facesse uscire, talmente tardi da avere perso l'ultimo autobus e da essere costretta a tornare a casa a piedi. Dio solo sapeva quanta paura avesse provato in quello spazio angusto e oscuro. Da vomitare. Da svenire. Da lasciarci la pelle. Ma non gli aveva dato la soddisfazione di vedere o sentire le sue lacrime e la sua disperazione. A distanza di qualche giorno, tuttavia, le divise da cheerleader delle ragazze erano state rubate e poi ritrovate in cortile, tutte tagliuzzate.

Le vendette l'avevano sempre fatta sentire meglio, ma non questa volta. In effetti, nessuno poteva credere che Marcus fosse il suo ragazzo. Era ovvio che doveva trattarsi di una penosa messinscena. Nel mondo normale queste cose non accadevano. Nel mondo normale i tipi come lui finivano con le tipe come

Francisca, e nel frattempo si scopavano la maggior parte delle altre tipe esistenti, compreso il tipo Rebecca, ma di sicuro non il tipo Penelope Miller.

Emise un sospiro, cadendo a sedere sul grande letto matrimoniale con un baldacchino di legno bianco perla e un copriletto di seta color bronzo.

In quel momento udì bussare alla porta della stanza. Nel timore che fosse la padrona di casa – anche se non avrebbe avuto ragione di bussare – balzò in piedi, ancora più paonazza e a disagio. Stava per imbastire una scusa qualsiasi, quando dalla porta entrò Igor.

Le sorrise dicendo: «Stavo cercando proprio te. Ti ho vista salire qui con la stronza e poi ho visto lei scendere da sola. Tutto ok?».

Lei annuì, macchinalmente, tornando a sedersi sul letto.

«Ti ha fatto piangere? Hai due occhi...» continuò Igor.

«Nessuno mi fa piangere.»

«Lo so, ti ho sempre ammirata per questo. Però mi sembri sconvolta.»

«Quando mai mi hai ammirata, tu?» esclamò Penelope con tono ironico.

«Quando andavamo a scuola insieme. Eri tosta. E, anche se non ne ho mai avuto le prove e non so neanche come diamine hai fatto, sono sicuro che sei stata tu a distruggere il nuovissimo cellulare di Rebecca, il giorno che arrivò a scuola con quel suo gioiellino esclusivo di cui si vantava tanto. Come hai fatto a portarglielo via e a infilarlo nel water del bagno dei ragazzi?»

Penny scosse la testa.

«Se fossi stata sul serio io, non verrei a raccontarlo a te che eri suo complice.»

«Non è vero. Io stavo solo a guardare, non ho mai partecipato alle sue cazzate.»

«Il fatto che definisci "cazzate" le sue cattiverie, dimostra che non hai mai capito niente. Non è una cazzata fare in modo che una fetta di torta alle arachidi vada a finire nel pasto di una persona allergica alle arachidi, costringendola ad andare al pronto soccorso. Non è una cazzata accusare ingiustamente qualcuno di avere copiato il compito o umiliarlo davanti a tutti perché ha una toppa nella camicia. E poi, chi non partecipa ma non fa niente per impedire il male è responsabile allo stesso modo. Anzi, è pure peggio.»

«Avevo solo sedici anni, Penny.»

«Anche Mengele ha avuto sedici anni, ma sono sicura che il buongiorno si vedesse dal mattino.»

Igor rise divertito.

«Mi paragoni a Mengele? Ok, ero un discreto stronzetto anche io, ma ti assicuro che non lo sono più.»

«E come mai? Ti sei convertito?»

«Sono solo cresciuto e ho capito la verità.»

«Ah sì? E quale sarebbe?»

«Che la maggior parte dei tipi là dentro sono mezze calzette. Sono ex reginette di bellezza del liceo sfiorite anzitempo, ex quarterback falliti, e figli di papà che si fanno di cocaina. Rebecca a trent'anni sembrerà tua nonna, vedrai.»

«Mia nonna è meglio di lei.»

«Mi è sempre piaciuta questa tua aria battagliera.»

«Grazie Igor, sei un bastardissimo bugiardo. Di' un po': Rebecca non è soddisfatta della piega che ha preso la serata, voleva vedermi arrivare con le pezze al culo e un fidanzato più brutto del suo, e siccome non c'è riuscita è passata al piano B?»

«Che piano B?»

«Che ne so, ad esempio convincerti a venire qui fingendo di stare dalla mia parte, per poi sferrare qualche attacco? Tipo portarmi a letto, e sul più bello scattare qualche foto da far finire su Twitter?»

«Non puoi pensare davvero una cosa del genere.»

«La penso eccome. Il frutto non cade lontano dall'albero. E ti invito a toglierti subito dalle palle. Se stai registrando la nostra conversazione, o se Rebecca è dietro la porta a farsi due risate, sappiate entrambi che...»

«Ascolta Penny» la interruppe lui con fermezza. «Tu mi piaci un casino, e mi piacevi anche al liceo. Mi hai incuriosito fin dal primo giorno, perché in mezzo a un branco di finti ribelli tu eri l'unica ribelle davvero. E poi eri carina. Ho sempre pensato che avessi gli occhi e le labbra più sexy del mondo. Prima, durante il gioco, avevo una dannata voglia di baciarti. Peccato che Marcus sia così possessivo. Per un attimo ho temuto che volesse uccidermi.»

«Piantala di dire stronzate. Non mi incanti.»

«Non voglio incantarti e non sono stronzate. È solo per spiegarti il motivo per cui non mi sono mai fatto avanti. Rebecca mi aveva confidato che eri lesbica.»

«Cosa?»

«In effetti eri un tipo singolare, te ne stavi molto sulle tue e non uscivi coi ragazzi. Non biasimarmi se le ho creduto.»

«Sai quanto me ne frega se le hai creduto. Per me potete andare a impiccarvi tutti e due con le vostre budella. E adesso me ne vado, questa festa è una merda.»

«Senza dubbio. Ma a proposito di Rebecca... su una cosa ci hai preso. Penso abbia davvero intenzione di passare al piano B perché non le hai dato la soddisfazione di umiliarti davanti a lei.»

«Ne ero certa. E adesso quale mossa farai?»

«Io nessuna. Sarà lei stessa a fare qualche mossa.»

«Figurati se temo quel palo di scopa. Che venga pure.»

«Io... ehm... al momento sarà già entrata in azione.»

«In azione? Che intendi?» domandò Penny guardandosi intorno, come se Rebecca potesse essere sul serio nascosta da qualche parte in quella grande stanza piena di stucchi.

«Non che mi abbia confidato le sue intenzioni, non siamo più buoni amici come una volta. Ma poco fa ha detto a Mordecai che sarebbe scesa in cantina a prendere un paio di bottiglie di vino buono.»

«Spero se la mangino i topi.»

Igor scosse la testa, osservando Penelope con rammarico.

«Ha chiesto a Marcus di accompagnarla.»

Penelope si alzò in piedi, rapida, un tumulto di cuori in tutto il corpo.

«E lui?» domandò, la voce rotta dall'affanno.

«E lui ha accettato.»

Igor continuò a dirle qualcosa, ne era certa, udiva la sua voce sulla schiena, ma non sarebbe stata capace di riferire cosa. Scese le scale con l'autonomia di pensiero di un automa e la stessa scioltezza di movimcnti. Rigida c dispcrata. Il dolorc cra comc una ncbbia entratale dentro attraverso le orecchie.

Al piano di sotto la festa continuava senza alcun interesse per i suoi problemi. Avevano messo su della musica, mangiavano, bevevano, ballavano, fumavano. Qualcuno si era tuffato in piscina completamente vestito. Qualcun altro sfogliava album di vecchie foto. Sembrava un ritrovo come tanti altri, un po' nostalgico e un po' cinico.

Tranne per il fatto che, in cantina, Rebecca e Marcus stavano di sicuro scopando. Non aveva dubbi.

La prima reazione fu quella di chiedere a Igor dove fosse quella stramaledetta cantina.

«Ti accompagno» le rispose lui. «Ma se ci vai, se dimostri che la cosa ti fa soffrire, gliela darai vinta, non credi?»

«Smettila di fare il consigliere, brutto stronzo» replicò Penny. Passando vicino al tavolo del buffet, afferrò al volo un bicchiere di Martini secco e lo trangugiò. Poi fissò Igor con tutto l'odio di cui era capace in quel momento; ed era tanto, anche se in massima parte indirizzato a Marcus. «Tanto l'ho capito che sei venuto su a distrarmi con tutte le tue chiacchiere, solo per dare il tempo a quella stronza di farmi lo sgambetto.»

«No, te lo giuro! Credimi!»

«Ma vaffanculo! Dimmi solo dov'è la cantina e sparisci.»

Lui glielo spiegò, e poi Penny gli ordinò di togliersi dalle scatole con tono talmente categorico che Igor si allontanò.

Scese un'altra rampa di scale. Individuò la porta di legno indicatale da Igor. Era chiusa dall'interno. Non ci sarebbe stata ragione di chiudersi dentro, se non avessero coltivato pessime intenzioni.

Si fermò davanti a quell'ostacolo e si accorse di essere in lacrime. Rabbia, frustrazione, delusione. Provava tutto, in un miscuglio caleidoscopico, e non riusciva a smettere di piangere.

Allora, si rese conto che entrare e fare una scenata sarebbe stato ridicolo.

Lui non è il tuo ragazzo.

E ancora non lo hai nemmeno pagato.

Scosse la testa, come se avesse di fronte qualcuno che poteva vederla e intuire da quel gesto che la sua risolutezza era passata. Diede le spalle alla porta e uscì fuori da quella casa senza voltarsi indietro nemmeno per sbaglio. Barcollava sulle sue scarpette a quadri, aveva lasciato il soprabito dentro e non intendeva tornare a prenderlo per tutto l'oro del mondo, faceva freddo da segare le costole e l'aria si era fatta umida di prossima pioggia, ma lei voleva solo trovare un mezzo, uno qualsiasi, e tornare a casa, anche a costo di arrivarci trasformata in stalagmite.

Domandò a un passante che portava a spasso il cane dove si trovava la fermata dell'autobus e dovette camminare ancora un po' per arrivarci. Nel frattempo, cominciò a piovere. Una pioggia aguzza, come se Dio sparasse sulla terra una scarica di chiodi.

Si sedette sotto la pensilina, su una panchina di plastica. A tratti, quei chiodi d'acqua filtravano e la colpivano sul viso, sui vestiti, sulle scarpe sopravvissute a mezzo secolo di noia e destinate a morire in una sola stupida nottata. Non aveva voglia neppure di sollevare lo sguardo, se ne stava ingobbita come un'afflitta bambola di pezza, con certe lacrime che sembravano fatte di crema tanto erano dense.

Non sentiva più il cuore, non come prima che era dappertutto: adesso non era più nemmeno dove doveva essere.

Si passò il palmo di una mano gelata sulle guance e si accorse che anche quelle lo erano.

Mi verrà una broncopolmonite. Spero che la paghiate tutti. Che a voi venga almeno l'ebola.

L'autobus arrivò proprio mentre batteva i denti, stringendosi nelle spalle. Si alzò per avvicinarsi all'entrata, zuppa e col mascara colato ovunque.

Fu allora che qualcuno le mise le mani addosso. Penny gridò, d'istinto, tentando di divincolarsi in quel mare di pioggia.

Dietro di sé, che incombeva letteralmente, c'era Marcus.

Quattordici
Marcus

Se si aspetta che le dica che è carina, si sbaglia di grosso. Ma forse non se lo aspetta, ha l'aria di una che non si considera carina da sé, figurarsi aspettarselo dagli altri. È nervosa e sbrigativa. Non vuole niente da me, a parte una buona recita al momento giusto. Non pretende stronzate di contorno, fiori da usare come braccialetti e fotografie in posa da dementi accecati dal flash. Vuole solo che andiamo, ci togliamo il pensiero, e vaffanculo per sempre anche ai ricordi di gioventù.

Prendiamo un taxi, lo pago io, o meglio lo paga lei visto che per due ore di sceneggiata mi becco duecentocinquanta dollari. In macchina trema come una foglia. Non sopporto quando fa così, la preferisco battagliera. Quando sembra fatta di vetro sottilissimo, mi viene istintivo tentare di afferrarla perché non cada. Dannazione Penny, non sono mica mostri dalle sette teste! Sono quattro imbecilli! Lo erano allora e lo sono anche adesso, puoi giurarci.

Quando arriviamo ne ho la conferma. Il fidanzato, quello con un nome da coglione, è un coglione. E si fa pure di qualcosa: non roba leggera, niente erba, a occhio e croce questo sniffa coca. La nemica di Penny, Rebecca, è una puttanella ben vestita, ma sempre una puttanella rimane. Se ha la sua stessa età la porta da schifo. Le darei almeno trent'anni. Non mi sembra conciata come quel nano del fidanzato, ma di sicuro ha cominciato anche lei a farsi di qualcosa. Appena mi vedono, hanno una reazione nella norma. Lui si sente minacciato, lei si eccita. Ci sono abituato. Niente di nuovo.

Quindi comincia la recita. Intreccio le dita a quelle di Penny: non sono mai rimasto tanto a lungo mano nella mano con qualcuno. A Francisca non frega di 'ste stronzate, anche perché, il più delle volte, le mani ci servono libere per spaccare il culo a qualcuno o impugnare un coltello. Per un istante, appena uno, neanche il tempo di abbassare una volta le palpebre, ho una strana sensazione, che mi fa pensare alla prima volta che bevvi dell'alcol, a dieci anni. La prima sorsata di birra. Freschezza, brivido e capogiro. Ma poi passò, e anche adesso passa.

Una cosa è certa su Penny: Rebecca la odia e quel tipo coi capelli ricci vuole farsela. Non ci molla un istante con gli occhi e mi guarda male quando pensa che non lo guardi.

Noto che Penny lo nota e arrossisce e questa cosa mi fa imbestialire.

Perché mi fa imbestialire?

Non ha senso.

Ok, resettiamo tutto, brivido da birra fresca e incazzatura.

Sono qui solo per guadagnarmi duecentocinquanta dollari e non per fare teorie su chi vuole farsi chi e su chi arrossisce perché vede chi.

Forse era il tipo che le piaceva al liceo e non se l'è mai filata. Magari, oltre a far infuriare Rebecca, Penny sperava di ottenere anche questo: una vendetta morale su quel cretino che l'ha snobbata. Perché l'ha snobbata a scuola non lo so, fatto sta che adesso la vuole e mi detesta.

Ballare con Penny è strano, non ho mai ballato con nessuno prima. Tranne una volta, da bambino, con mia madre. Ho un ricordo fulmineo e inaspettato di me a otto o nove anni, già più alto di lei, che le porgo la mano e faccio un inchino ridicolo. Lo avevo dimenticato. Eppure adesso quel ricordo torna tutto insieme. Rammento perfino le sue parole. Mi disse: «Un giorno inviterai la tua dama a ballare un valzer». È pazzesco quanto fosse sdolcinata nonostante tutto. Immaginava per me un futuro pieno di batticuori, danze viennesi e rose scarlatte per una donna unica e perfetta che sarebbe arrivata all'improvviso, come una Cenerentola scalza, sui gradini di un palazzo di cristallo. Credeva che l'amore esistesse, da qualche parte, oltre la sua stanza, oltre il suo corpo e la sua vita. Ce l'ha messa tutta per convincermi, ma non c'è mai riuscita. Mi piaceva ascoltarla, come a un malato senza speranza piace la menzogna di un medico pietoso, ma sapevo benissimo che era la bugia di un'aspirante principessa delusa dalla vita. L'amore per me era abbinato a una pila di banconote su un comodino, una sfilza di bestemmie, l'odore di sudore e l'odore del sangue.

Mentre ballo con Penny, però, sento solo il profumo dei suoi capelli. Sanno di fragola. La stringo, e avverto il suo corpo, rigido ed esitante. Mi domando se è infastidita da me o dalla situazione. Mi domando se, magari, vorrebbe ballare con quel cretino dai riccioli d'oro, e quest'ultima possibilità mi fa incazzare un'altra volta.

Così, quando giochiamo, seduti in circolo, come bambini deficienti, la bacio e stop. D'istinto, appena il cretino si avvicina, sento come una schiuma di follia che mi riempie i polmoni. *Tu non la tocchi, stronzo.* E mentre la bacio non penso a niente. Penso solo alla sua bocca, alla sua lingua, al suo respiro e ai suoi capelli che profumano di fragola di bosco. Se fossimo da soli, le solleverei la gonna e la prenderei con una spinta poderosa. Ma non siamo da soli, e presto il rumore di fondo torna a dominare la scena, e mi sento confuso e mi sento infuriato e mi sento cattivo.

Quando mi sento così, divento insultante. E con Penny mi riesce più facile, non so perché, comportarmi da merda. La verità è che vorrei davvero trascinarla dietro una porta, dietro una tenda, dietro un paravento qualsiasi, e infilarmi fra le sue cosce senza una sillaba di spiegazione. Ok, è assodato ormai, la ragazza mi attrae. Niente di misterioso, sono un uomo giovane che funziona bene. Me lo ripeto dieci volte, mentalmente, mentre le riverso addosso una tanica di cazzate. Sono solo un uomo.

A un tratto Rebecca la trascina via.

Le sto dietro, mi avvicino alla scala che porta su. Non la seguo ma rimango nei paraggi. Dopo un po' Rebecca scende e, appena mi nota, fa come fanno le troie. Bocca socchiusa, lingua affiorante, pupille dilatate, sorrisetto. Mi afferra per un braccio e mi dice che Penny scende subito, non è che intanto l'accompagnerei in cantina a prendere del vino?

Ma certo che ti accompagno, mia cara puttanella.

Il fidanzato con la faccia da coglione nemmeno se ne accorge, oppure è contento che ogni tanto qualcuno si sbatte la sua bella, perché sicuramente non gli si drizza con tutta la coca che manda su per il naso.

Andiamo di sotto, in un locale fresco, tutto legno e intonaco color ghiaccio, pieno di bottiglie allineate. Arriviamo fino alla parete in fondo, dove sono conservate le annate più rare e costose.

Rebecca comincia a far scorrere le mani sui colli delle bottiglie, e mi osserva, ne prende una e la accarezza in un modo significativo. Ha negli occhi una strana luce azzurrina, si avvicina e si struscia, è serpentina e carnale. Mi tocca le braccia, l'addome, la patta dei pantaloni. «Sei fatto molto bene, Marcus.»

«Io sì, e tu?»

«Io sono meglio di Penny.»

La ricambio con un sorrisetto obliquo.

«Ma davvero?»

«Sì.»

«Vediamo un po'. Spogliati.»

Rebecca ride e comincia ad abbassarsi la cerniera sul fianco. La fa scivolare giù con la lentezza propria delle intenzioni sensuali. Il vestito cade sul pavimento impolverato. Rimane in body di pizzo, strizzata come un'aringa nella cruna di un ago.

«Togliti tutto» le ordino.

La mia fermezza le piace, si lecca le labbra, ha il viso paonazzo. Rimane subito nuda, le tette piccole ma piene, il pube completamente depilato.

Scuoto la testa.

«No» dico, con una faccia da stronzo. «Non sei meglio di Penny.»

Lei sgrana gli occhi, sembra un coniglio centrato dai fari di un SUV.

«Ma cosa...»

«Mi dispiace, ma il mio cazzo non collabora» le dico. «Anzi, vedendo te mi è venuta più voglia di scoparmi Penny.»

«Quella stronza! Tanto sono sicura che ti ha pagato! Ma io ti do di più! Ho il libretto degli assegni di sopra, vanno bene duemila dollari?»

«Se mi facessi pagare, varrei molto di più di duemila dollari. Ma non è questione di soldi. È che mi fai schifo. Non ho voglia di infilarmi in una fogna.»

Detto questo, volto le spalle e me ne vado, lasciandola nuda e incazzata. Mi pare di udire una parolaccia, ma me ne importa troppo meno di niente per tentare di capire esattamente quale sia.

Non riesco a trovare Penny. Per un istante mi balena il pensiero che si sia infrattata da qualche parte con quel tipo, quello che la guardava come se fosse di cioccolato. Non riesco a impedire ai pugni di contrarsi.

Poi lo vedo e lo fermo.

«Lei dov'è?» gli domando, e la mia voce incazzata gli fa aggrottare la fronte.

«Se ti riferisci a Penny, è andata via. Se ti riferisci a Rebecca, dovresti saperlo tu meglio di me.»

«È andata via? Quando?»

«Più o meno dieci minuti fa, dopo aver scoperto che sei un farabutto.»

In un altro momento mi soffermerei di più sul suo commento, ma sono preoccupato per Penny, e il suo tono mi attraversa e mi lascia stranamente indifferente.

«Dov'è andata?»

«E che ne so? Non ha voluto che la accompagnassi.»

«Ha preso un taxi o cosa?»

«Non ha preso nemmeno il cappotto. È uscita e stop. Certo che sei un pezzo di merda. Con una come Penny, che te ne fai di Rebecca? Ma forse è vero che più uno ha muscoli, più gli si rimpicciolisce il cervello.»

Lo agguanto dal colletto della camicia.

«Augurati che non le sia successo nulla.»

«Auguratelo anche tu.»

Non ha torto. Mica è colpa sua. Io ero con Penny. Ero io che dovevo pensare a lei. Trattengo la voglia di prendergli a ginocchiate le palle, per il puro gusto di levargli dalla faccia quell'espressione accusatoria, ed esco da quella casa malefica.

Sta piovendo. Mi guardo intorno ma di lei non c'è traccia. Sento il cuore che va a mille.

Ok, datti una calmata. Non è una bambina. È adulta e vaccinata. È vero che siete venuti insieme, ma non avete mica stretto un patto di sangue. Se n'è andata? Fatti suoi.

Ma non riesco a crederci fino in fondo. Una parte di me si rende conto che sono un fottuto bugiardo. Ripenso alla sua espressione spaventata prima di arrivare, ai suoi occhi umidi e limpidi, e mi incazzo furiosamente con me stesso.

Provo a chiamarla sul cellulare ma squilla a vuoto. Pronuncio una caterva di parolacce.

Non aveva abbastanza denaro con sé, quindi non può aver preso un taxi. La metro è troppo distante da qui. Forse un autobus?

Domando dov'è la fermata più vicina a una coppia che passa veloce per rifugiarsi dall'acqua scrosciante. Mi metto a correre come un matto.

Poi la vedo, sotto una pensilina che non la ripara per niente. È seduta su una panchina, lo sguardo rivolto alla strada fangosa. L'autobus arriva, schizzando acqua dappertutto. Penny si alza per salire. Non capisco bene cosa faccio, ma soprattutto non capisco bene cosa provo: so soltanto che appena la abbraccio da dietro, stringendola forte, mi sento come se avessi conquistato qualcosa di fondamentale.

Quindici

Penny trasalì talmente, vedendolo, che il grido di pochi istanti prima divenne un singhiozzo strozzato.

«Stronzo!» gli disse, divincolandosi fino a creare uno spazio fra loro. Salì sull'autobus e Marcus la seguì.

C'era pochissima gente, qualche anima accasciata sui sedili davanti. Penelope si sedette in un posto a caso. I suoi capelli grondavano come un tubo pieno di buchi. Si mise a osservare fuori del finestrino con una grottesca ostentazione di indifferenza. Ai suoi piedi si era raccolta una pozza d'acqua piovana, e lei fissava la pioggia al di là del vetro come se ne volesse ancora e ancora, e la presenza di Marcus equivalesse a quella di un animale estinto e invisibile.

In realtà era tutta sottosopra. Tremava, un po' per il freddo e un po' per la rabbia. Stringeva i pugni come a mostrare la volontà di una guerra prossima, eterna.

«Dovevi aspettarmi» le disse Marcus.

Lei si voltò e gli lanciò uno sguardo che trasudava ferocia. Ma era una ferocia scoraggiata, che rischiava di finire in un mare di lacrime. Poi immaginò lui e Rebecca che facevano sesso nella cantina ridendo di lei, e la rabbia l'assalì di nuovo.

«Vattene» gli intimò. «Ogni accordo fra noi è interrotto. Vai a sederti da un'altra parte, qui non ti voglio. Mi fai schifo.»

«Smettila di dire stronzate» le rispose, con un tono glaciale che la irritò ancora di più.

Si alzò dal sedile, gli passò davanti con veemenza e rimase in piedi, accanto a una delle porte, aggrappata a una sbarra di metallo. Marcus la raggiunse con uguale rapidità. Rimasero così, in silenzio, lei fradicia e fragile, che tendeva a cadere a ogni frenata e a ogni curva, e le braccia di lui che la trattenevano sempre. Tutte le volte Penny gli intimava di non toccarla, e tutte le volte il suo cuore spiccava un salto, facendola sentire non solo infelice ma anche inerme.

A una delle tante fermate, Marcus la prese per mano.

«Scendiamo qui» disse, tirandola giù.

«No! Non sono ancora vicina a casa!»

Lui non diede segno di ascoltarla. Continuò a tenerla per mano, come se la portasse in una direzione precisa. La pioggia era diminuita ma faceva un freddo spietato.

Davanti a una tavola calda che pareva sputata fuori direttamente dagli anni dei pantaloni a zampa d'elefante e dei capelli a nido di rondine, Marcus si fermò. Superarono un portoncino di vetro incorniciato da una spessa intelaiatura di ottone lucido, sul quale campeggiava la scritta GOLD CAT. Marcus salutò con tono familiare una signora attempata dietro il bancone.

«Sherrie, ci dai un asciugamano?»

La donna, una sessantenne piccola e paffuta con una crestina giallo oro sui capelli d'un bianco troppo brillante per essere naturale, pettinata come Farrah Fawcett in *Charlie's Angels*, annuì prontamente. Nel locale, tutto nei toni del giallo, dal pavimento ai lampadari, c'erano tre o quattro clienti seduti ai tavoli, che divoravano montagne di purè annegato nel sugo e fette di torta coperte di glassa, e qualcuno era seduto al bancone, con gli occhi negli occhi di una vecchia TV accesa col volume bassissimo.

Marcus continuò a trascinarla, portandola nel bagno delle signore: un locale piccolo, privo degli stucchi della casa di Mordecai, ma pulito e senza vipere in circolazione. Entrò con lei, ignorando il simbolo stilizzato di una donna con la gonna sulla porta. Come se sapesse esattamente cosa fare, si diresse verso uno di quei distributori d'aria calda agganciati alle pareti e gli assestò un pugno sonoro. Quello si accese, sparando un getto di vento bollente che avrebbe sradicato una quercia.

«Vieni qui» le ordinò. «Asciugati i capelli. Ora arriva Sherrie.»

Penny lo osservò sconvolta.

«Ma dove siamo? Chi è Sherrie?»

La signora dai capelli bianchi come zucchero entrò proprio in quel momento.

«Sei tutta bagnata! Asciugati prima di prenderti un malanno! E tu esci di qui, mascalzone, che questo è il bagno delle signore.»

Marcus le sorrise, un sorriso senza malizia, e andò fuori seguito dalla donna. Penny rimase in compagnia di quel getto caldo sotto il quale si sentiva rinascere. Dopo un po' udì bussare alla porta.

«Posso entrare?» le domandò Marcus.

Penny si guardò allo specchio e vide l'immagine della tempesta prima della quiete. Aveva i capelli sparati verso il cielo, il trucco colato e il naso rosso come la buccia di una mela. Provò a pettinarsi con le dita, ma il risultato finale non le parve migliore del punto di partenza.

Chi se ne frega.

Lui entrò senza un permesso.

«Va meglio?» le domandò. «Vieni di là che mangiamo qualcosa.»

«Mangio a casa.»

«Mangi qui. Almeno una fetta di torta.»

«Tu non sei normale.»

«Mai detto di esserlo. Il vestito è asciutto?»

«Sì, ma...»

Lui si avvicinò al distributore d'aria calda e lo colpì nuovamente. Quello tacque come un leone assassinato.

«È l'unico modo per accenderlo e spegnerlo.»

«E quando non ci sei tu che ti intrufoli nel bagno delle donne, come fanno?» gli domandò ironicamente.

«Niente. Andiamo.»

«Smettila di trascinarmi ovunque come un pacco, mi dà fastidio.»

«Non voglio che scappi di nuovo.»

«Non sono mai scappata.»

«Sì, prima, dalla casa di quegli stronzi.»

«Non sono scappata. Sono andata via. E se voglio rifarlo, lo rifaccio.»

«Non ci provare.»

«Mi stai minacciando?»

«Voglio solo che mangi qualcosa, ti riposi due secondi e mi ascolti. Vieni di là che Sherrie ha già preparato del caffè caldo e un'ottima torta di mele.»

Suo malgrado, Penny aveva fame e non riuscì a resistere a quell'offerta. Nel giro di cinque minuti erano seduti a un tavolo addossato alla vetrina sulla quale, con un pennarello dorato, qualcuno aveva disegnato un gatto con lunghi baffi e un sorriso che faceva le fusa. Penny divorò la torta e bevve il caffè come se non ci fosse un domani.

«Ma quanto mangi? Pare che sei digiuna da un mese. Vuoi ancora caffè?»

«No, va bene così.»

«Adesso sei meno cretina di prima?»

«Io non sono mai cretina!»

«Prima sì, quando sei *scappata*. Ti degni di ascoltarmi?»

«No.»

Inaspettatamente, Marcus allungò un braccio sul tavolo e le prese la mano. Penny la tirò indietro come se le avesse trasmesso una scossa. Lui sbuffò e poi disse: «Non ho scopato con Rebecca».

«Sai quanto mi frega di quello che hai fatto!» esclamò lei. L'attimo immediatamente successivo, però, quasi le fosse giunto un pensiero lampeggiante in grado di ricordarle i suoi diritti in quella faccenda, sbottò: «Sai che ti dico? Mi frega eccome, invece! Avevamo un accordo economico! Quindi devi rendermi conto di quello che hai fatto durante tutto il tempo che hai lavorato alle mie dipendenze!».

«Non ti allargare, Penny. Io non sono alle dipendenze di nessuno. Però Rebecca non l'ho scopata. Contenta?»

«Uno può non scopare e però darsi da fare in molti altri modi» grugnì lei, infastidita, guardando fuori dalla vetrina.

«Non è successo niente.»

«Niente? E allora perché sei andato in cantina con lei?»

«Perché avevo capito quello che voleva da me. Volevo vedere fin dove arrivava e poi mandarla a cagare.»

«E...»

«E l'ho mandata a cagare.»

«Dici... davvero?»

«Perché ti stupisci? È un cesso spaziale ed è stronza come poche.»

«Tu trovi che... sia brutta?»

«Trovo che sia marcia, e questa cosa la sta facendo ammuffire anche fuori.»

«Ma come facevi a sapere che... che non ti sarebbe piaciuta? E se poi, mentre eri lì...»

«Non è successo. Mentre ero lì pensavo solo che quella fottuta cantina puzzava di umido.»

«Sei definitivamente anormale, Marcus.»

«Non scopo ogni cosa che ha un buco. Un minimo di selezione la faccio anche io.»

«Adesso mi odierà più di prima.»

«Ti importa?»

«Neanche un po'. Me la offri un'altra fetta di torta?»

«Tanto paghi tu.»

«Ho capito, mi arriverà un conto spese a parte.»

«Qualcosa del genere.»

«Che stronzo che sei. Non ho mai incontrato uno più attaccato al denaro.»

Lui fece un cenno a Sherrie che arrivò con altri dolci. Penny si accorse che la guardava e le sorrideva in modo affettuoso. Quando rimasero di nuovo soli gli domandò: «Chi è lei? Come la conosci?».

Marcus rimase zitto per qualche secondo, e Penny pensò che non glielo avrebbe detto, che quel silenzio significava "fatti gli affari tuoi". Invece, prodigiosamente, le rispose.

«Da bambino la chiamavo zia, anche se non è davvero mia zia.»

«Da bambino?» esclamò lei strabiliata. «Quindi conoscevi già qualcuno in questa città?»

«Sì. Mi sono fermato qui anche per questo, per sapere come stava. Niente di straordinario.»

«Io trovo che sia una cosa fantastica, invece. Avere qualcuno che ci ricorda l'infanzia. Se non fosse per mia nonna, anche io sarei senza patria.»

«Io la mia infanzia preferisco dimenticarla, invece. Ma a lei voglio bene comunque. Non è stata colpa sua.»

«Colpa sua?»

«Hai finito di ingozzarti?»

«Sì.»

«Ha smesso di piovere. Vediamo di arrivare a casa. Non è lontana.»

Poco prima di uscire, la buona Sherrie si avvicinò a Penelope e la abbracciò.

«Grazie» le disse, e Penny andò via col dubbio che, per qualche segreto motivo, la stesse prendendo in giro.

Perché mi sento così bene vicino a lui?

Se lo domandò decine di volte mentre camminavano insieme in un buio denso come melassa.

Scambiarono poche parole, e a un tratto Marcus le domandò: «Hai freddo?».

«Un po', ma siamo quasi arrivati.»

Senza aggiungere altro lui si sfilò il soprabito e glielo porse.

«Non importa, grazie» replicò Penny, respingendolo con un braccio.

«Mettiti questo cazzo di cappotto.»

«Le tue intenzioni sono buone, ma hai dei modi da scaricatore di porto.»

«Se non lo vuoi me lo riprendo.»

Penny si morse il labbro inferiore. Faceva freddo eccome.

«Ok, grazie.»

Lo indossò, e fu come portare addosso una cappa di metallo con lo strascico. Era enorme, pesante e lunghissimo. Ma teneva caldo, e profumava di Marcus.

Proseguirono in silenzio per un altro pezzo di strada. Il cielo si stava schiarendo, le stelle parevano schegge di vetro.

«Penso di sapere perché Rebecca ce l'aveva con te al liceo» disse Marcus dopo un po'.

«Lo so perché ce l'aveva con me. Perché non ero ricca e bella e si sentiva contaminata dalla mia semplice esistenza.»

«Anche, ma soprattutto perché piacevi a quel tipo... come cazzo si chiama?»

«A chi?»

«Il ragazzo coi capelli ricci.»

«Igor?»

«Ma che nomi di merda hanno tutti?»

«Finitela di dire che piacevo a Igor.»

«Chi altro l'ha detto?»

«Ehm... lui.»

«Ti ha detto che gli piacevi?»

«Sì, ma mi stava prendendo in giro.»

«E quando te l'ha detto?»

«Mentre tu facevi lo stronzo con Rebecca.»

«E ti ha detto che gli piaci ancora?»

«Cos'è? Un interrogatorio?»

«Voglio saperlo.»

«Vuoi, vuoi... tu ordini sempre. Comunque sì, gli piaccio ancora. Ma figurati se gli credo.»

«E a te?»

«Cosa?»

«Ti piace?»

«Smettila» brontolò lei, pensando a quanto fosse insensata quella conversazione.

No, non mi piace, perché mi piaci tu, brutto stronzo.

«In ogni caso, Rebecca era gelosa di te» concluse Marcus. Tirò fuori da una tasca il pacchetto di Chesterfield e prese una sigaretta. Lei pensò che non ne accendeva una da ore ed era strano vederlo senza quell'appendice bianca appesa alle labbra. Fumò furiosamente per qualche minuto.

«Una cosa del genere è assurda. Spero di non avere più a che fare con quelli, dal primo all'ultimo» sentenziò Penny.

«Compreso Igor?»

«Io mica sono scema, non mi faccio incantare da due occhi dolci.»

Lui si accese un'altra sigaretta, sembrava fossero fatte d'aria per come le finiva. Boccate d'ossigeno avvelenato. Dopo qualche minuto si voltò verso di lei e tornò a domandarle: «Ti ha fatto gli occhi dolci?».

«Oh sì, sono un tipo che piace, sai? Magari non faccio scoppiare i cuori all'istante, ma sulla lunga distanza resto impressa. Certo, finora si è trattato soprattutto di psicopatici, ma non è colpa mia.

Non fare quella faccia, come se ti domandassi cosa possono trovarci gli altri in me.»

«Hai la memoria corta.»

«Eh?»

«Mi pareva fosse chiaro che anche io ti trovo... come dire... *scopabile.*»

«Ah, vero sì, e siccome non ti attraggono tutti i buchi esistenti, dovrei sentirmi lusingata da questa concessione. Ma, chissà come mai, penso che ti includerò tra gli psicopatici.»

Marcus rise per la prima volta in quella strana serata.

«Non hai tutti i torti» ammise.

«Davvero ti piaccio... in quel senso?»

«Se ti scoperei? Sì, ma non lo farò.»

«Perché no?»

«Perché saresti una trappola.»

«Una trappola?»

«Non sei una da una botta e via. E io non cerco storie. Ce l'ho già.»

«E se ti giurassi di volere anche io la stessa cosa? Sesso e bye bye, intendo.»

Marcus aggrottò la fronte.

«Non giocare, Penny.»

«Chi gioca? Ho ventidue anni, non otto, e sono fatta di carne e di sangue. Certo, non mi faccio uno qualsiasi dietro le bettole, questo mai, ma a un certo punto posso avere anch'io bisogno di un... incontro veloce e senza complicazioni, non credi? E te ti conosco, abbastanza ma non troppo. Non saresti una cosa squallida, ma nemmeno importante. Una via di mezzo.»

«Ti ho detto di finirla.»

«La verità è che non ti piaccio. Sono solo scuse.»

Erano arrivati a casa. Il palazzo si stagliava nel buio come un vecchissimo monolite sbreccato. Mancava di nuovo la luce e Penny tirò fuori il cellulare dalla borsa.

C'erano diverse chiamate di Marcus, tre da numeri sconosciuti e altrettanti SMS. Li lesse, davanti al portone, mentre Marcus fumava e fumava con la foga di un pazzo.

Erano di Igor.

Come aveva avuto il suo numero di telefono?

Tutto ok, Penny? Sei rientrata a casa? Sono io, Igor.

Non farmi preoccupare, ti ho visto troppo sconvolta.

Se Marcus ti offende o ti fa arrabbiare, ricordati di me.

«Ecco, vedi? Visto che fai tanto il prezioso, come una principessina vergine, ho già trovato qualcuno con cui consolarmi. Magari Igor era sincero.»

Sollevò il cellulare, con aria divertita, mostrandogli i messaggi. Lui non li guardò, non guardò niente a parte i suoi occhi. Buttò a terra la sigaretta con un gesto che parve acrobatico e quella finì in una pozzanghera lontana. Quindi afferrò Penny per un polso e da una distanza minacciosamente ravvicinata le disse: «"Principessina vergine" non me l'ha mai detto nessuna. Ok, hai vinto tu. Vieni su che ti faccio vedere chi è la principessa».

Erano nella mansarda da dieci minuti, e il cuore di Penny rischiava di strangolarle la gola. Marcus si era tolto le scarpe e il maglione e girava per casa mezzo nudo. I suoi tatuaggi, nella penombra, sembravano oscuri segnali di pericolo. Non indossava più la collana e, quando le diede le spalle, Penny notò un'altra manta maori, più grande di quella sul petto, che dispiegava le ali fino al fondoschiena. Lo osservò ipnotizzata: a ogni suo movimento, quei segni tracciati sulla pelle bronzea parevano prendere vita.

«Vuoi un caffè?» le domandò mentre armeggiava con una vecchia macchinetta elettrica. «Io sì. Intendo darci dentro parecchio, stanotte.»

Penny rispose con un cenno di assenso, ma senza parlare. Si era tolta il cappotto e le scarpe a sua volta, e rimaneva in piedi, in mezzo alla stanza, come un appendiabiti vuoto e malfermo.

«Mettiti comoda» la invitò ancora Marcus. Aveva un tono ironico e gli brillavano gli occhi come brillano ai rapaci nel buio.

«Mi metto comoda quando mi va» gli rispose con un borbottio.

Lo so cosa stai facendo. Mi provochi. Pensi che non avrò il coraggio di portare a termine questa follia, che non verrò mai a letto con te. Mi spaventi per farmi scappare. Ma io non scappo. E poi, c'è una cosa che non sai. Non sai che ti amo.

Quella confessione le sfuggì dai pensieri, rapida come una pistolettata.

Ti amo.

Quando era successo? Come? Perché? Non lo sapeva, ma sapeva che era successo. Era la prima volta che lo ammetteva con tanta franchezza. Non era che quello: un sentimento nuovo, implume, atterrito, che partiva dalla dannata mela sanguinante nel suo petto e rimescolava tutto il resto.

Se aspetto che mi ami anche tu, morirò vergine. Dunque mi farò bastare la mia parte di sentimenti e mi accontenterò delle tue sensazioni.

Allora, con passo sfrontato, raggiunse il letto e si sedette. Marcus stava versando il caffè nelle tazze e non la notò subito. Quando la vide si accigliò, invece di compiacersi. Il caffè colò sul tavolo.

«Che diamine...»

«Me lo porti quel caffè? Anch'io intendo darci dentro stanotte.»

Lui avanzò, serio e furioso.

«Dimmi che stavi scherzando e la finiamo qui.»

«Non stavo scherzando affatto. Non farti un'idea sbagliata di me. Non sono una fatina alata e non voglio il tuo amore, voglio solo un po' di sesso. Scopami come fai con le altre, e smettila di farti tutti questi scrupoli.»

«Penny, tu non ti rendi conto di che fuoco stai facendo bruciare.»

«Me ne rendo conto eccome. Lo intravedo, il fuoco.»

Indicò i suoi jeans, e vide il segno esplicito del fuoco di cui parlava. Un'erezione lampante tendeva la stoffa dei suoi pantaloni.

Per me?

Allora, Marcus si sedette sul letto. Le rivolse un ultimo sguardo pieno di collera e poi, senza altre parentesi, le strinse la nuca con una mano e la baciò. Penny finì distesa, con la sua lingua che, nell'arco di poche stranissime ore, le solcava di nuovo le labbra, la bocca, i denti. Morbida, penetrante, deflorante. Lo lambì a sua volta, ansimando come una che sa quello che vuole, anche se non era del tutto lucida. Forse doveva dirgli che era vergine ma, se l'avesse fatto, lui si sarebbe tirato indietro, ne era certa. E non voleva che si tirasse indietro.

Marcus la frugò sotto il vestito, che frusciò come uno sciame di api. Doveva aver spogliato molte donne, lo stronzo. O forse una sola, ma con attenzione. Si muoveva come se sapesse dov'era ogni cosa, cerniere, gancetti, cose da alzare e cose da far scivolare. Le sfilò l'abito dalla testa e Penelope rabbrividì d'amore assoluto e di paura nascosta. Le batteva il cuore come batte l'attimo prima di morire, con la forza di un addio stentoreo. Si ritrovò in slip e reggiseno dinanzi ai suoi occhi che la fissavano, e si domandò se fosse un sogno, uno dei tanti che aveva fatto nelle notti dell'ultimo mese. Le sue mani che le toglievano tutto e la sua lingua che le assaggiava la pelle, lenta ma impetuosa, le dissero che era vero, fin troppo vero. Le addentò delicatamente i capezzoli. Li accarezzò con la punta delle dita, riempiendola di brividi sottili che palpitavano allo stesso ritmo del cuore.

Poi scivolò fino all'inguine. La baciò anche lì, schiudendole le gambe. Per un po' Penny perse il senso della realtà, dei luoghi, del tempo. Con lo sguardo fisso sulla finestra orizzontale bagnata da una pioggia leggera e muta – senza vederla, in realtà, perché aveva le palpebre piene di minuscole scintille di piacere e felicità – godeva di quel tocco vorace al centro del suo corpo offerto come un calice pieno, e non le importava di nient'altro: se avesse potuto, sarebbe rimasta così per il resto della vita. Dopo un po', però, Marcus si staccò da lei. Si alzò in piedi e la fissò con gli occhi di un predatore affamato. Rimase così, accanto al letto, nella penombra. Infine emise un sospiro che fu quasi un rantolo e si tolse i pantaloni. Penny tremò per un attimo, come era successo nel vicolo. Ma la paura di averlo dentro fu meno forte del bisogno di averlo dentro.

Marcus tirò fuori un preservativo da un cassetto. Lo scartò coi denti, velocemente. Fece per indossarlo, ma Penny lo fermò.

«Posso farlo io?» gli domandò.

In quale parte di me stessa era nascosta questa creatura spudorata? Da quale romanzo, film o telenovela ho imparato tanta impudenza?

Lui annuì, e lei vide la sua gola che si contraeva deglutendo, come se guardasse accadere qualcosa di nuovo e di misterioso, anche se doveva essere la milionesima volta. Penny cercò di trattenere il tremore delle sue mani maldestre. Cercò di non sembrare una stupida, una che non lo ha fatto mai. Non lo aveva fatto mai, e si sentiva un po' stupida, ma fu più brava del previsto.

Poi tornò a stendersi. Marcus la baciò ancora, baciava così bene che avrebbe potuto arrivare all'orgasmo solo con la sua lingua intrecciata alla propria. Quindi le strinse i fianchi, sollevandola un poco, ed entrò nel suo corpo.

Dopo un istante il piacere scomparve, sostituito da un dolore tagliente. Fu come se le avessero ferito la pelle con una lama di metallo arroventato. Avrebbe avuto tutto il diritto di urlargli: "Fermati, aspetta, fai piano, sono fatta di vetro".

Però non lo disse. Emise solo un piccolo grido, che poteva essere scambiato per un verso appagato, e frenò le lacrime.

Marcus prese a muoversi con l'impeto di un uomo che non sta penetrando una vergine. Viaggiava dentro di lei, avanti e indietro, come un ariete inesorabile, e allo stesso tempo la baciava, le leccava la gola, le stringeva il seno, le serrava le cosce per farla inarcare. Penny teneva gli occhi aperti per vederlo: le sue braccia, il suo petto, il suo addome incollato al proprio, la sua chiave vivissima che la apriva per la prima volta nella vita.

A un tratto le sussurrò: «Sto venendo» e Penny gli disse sì, emozionata, quasi stesse per farle un dono prodigioso, e lo sentì andare più a fondo, e le parve che bussasse alla porta delle sue costole, e poi il ritmo si fece ancora più concitato. La sua voce era un ringhio, la sua lingua una lancia, e alla fine le esplose dentro come una stella.

Marcus le cadde addosso respirando con l'affanno di un atleta che taglia il traguardo. Penny trattenne il bisogno vitale di dirgli: "Ti amo ti amo ti amo".

Rimasero così per un po', fusi in un groviglio di pelle e sudore, fino a quando Marcus rotolò su un fianco e si stese sul letto, vicinissimo.

Penny si domandò: "Devo andare via subito o posso aspettare? Posso dirgli grazie o sembro una scema? Quanto tempo ci metterà a dimenticarsi di me?".

Fu allora che accadde qualcosa che interruppe quel fragile incanto. Marcus si mise a sedere. Fece per sfilarsi il preservativo e il suo sguardo ancora offuscato divenne una maschera d'ansia.

«Penny!»

Anche lei saltò su e non capì subito, non capì il senso di quell'orrore dipinto fra le sue sopracciglia e le labbra.

«Cosa...»

Poi comprese.

Il preservativo era sporco di sangue e fra le sue gambe ancora socchiuse si allargava una chiazza cremisi. Colava dalla pelle, macchiando la coperta sul letto, abbastanza copioso da tradire un segreto.

«Penny!» esclamò ancora Marcus. «Dimmi che non è quello che penso.»

Lei scrollò le piccole spalle.

«È quello che pensi, mi sa.»

Marcus si posò entrambe le mani sul viso, aperte, e iniziò a respirarvi dentro a scatti, sconvolto senza finzioni.

«Sei arrabbiato perché ti ho sporcato la coperta?» domandò Penny sforzandosi di sorridere. «Te la pago io la lavanderia.»

«Cosa vuoi che mi importi della coperta!» sbottò lui mettendosi in piedi.

«Se non è un problema per me, non dovrebbe esserlo neanche per te. Non sono mica morta. È una cosa del tutto naturale.»

Marcus prese a muoversi per la stanza come un leone incazzato e incatenato. Penny si vestì in un attimo, rimanendo senza niente sotto. Coprì la propria ferita, sperando che, non vedendo più nulla, Marcus la smettesse di odiarla in quel modo.

A un tratto lui si fermò, e lei si incantò a osservarlo e pensò a quello che era successo, al suo corpo affondato nel proprio, a loro due che prima erano distanti e poi sembravano una cosa sola, e sulle prime non ascoltò la domanda. La sentì solo quando la ripeté per la seconda volta.

«Ti ho fatto male?» La voce gli venne fuori come un ansito sussurrato.

«Non tanto. Davvero.»

Marcus si mise a frugare in cerca di una sigaretta. Girava per casa, nudo e bellissimo, e gli tremavano le mani per la rabbia. Ne accese una dopo tre scatti a vuoto dell'accendino e aspirò il fumo in una lunga tirata.

«Dovevi dirmelo.»

«Non è successo niente di tragico, sono ancora viva, no?»

«Maledizione, non me ne sono accorto. Cioè, lo sentivo che eri molto stretta, ma ho pensato che fosse perché non lo avevi fatto spesso, e non che non lo avevi fatto *mai*. E poi, non avevo una pietra di paragone. Di solito le tipe in cui mi infilo hanno le porte spalancate.»

«Davvero?»

«Ti sembro uno che si scopa le vergini?»

«Allora, stanotte ognuno di noi ha avuto la sua prima volta.»

«Perché mi hai detto tutte quelle cazzate?»

«Ho una fantasia sfrenata. Ma lo so che sono stronzate.»

«Certo, stronzate.»

«So distinguere un sogno dalla realtà e so che non sarebbe mai successo in quel modo. Il principe azzurro, la musica, i fiori, i cuori che battono, lo so che queste cose non esistono.»

«E cosa esiste? Uno che ti apre in due senza tante parole?»

«Per me è stato bello, davvero.»

«Hai goduto anche un solo istante mentre...»

Penny si morse le labbra.

«Io... ehm... credo di no, non nel senso che intendi tu.»

«C'è un solo senso, Penny. Hai provato piacere?»

«Ero felice di...»

«Non parlo di felicità. Parlo di orgasmo.»

«No, quello no, però...»

Marcus cadde a sedere sul letto. Prese a stropicciarsi la fronte con una mano. Penny si mise in piedi, raccolse le sue poche cose e si lisciò i capelli spettinati.

«Me ne vado» gli disse, esibendo un sorriso. «Stai tranquillo, io sto bene, e sono felice lo stesso.»

«Ma felice di cosa, dannazione?» esclamò lui, infastidito.

Di averlo fatto con te. Che sia stato tu il primo. Di avere ancora il tuo sapore in bocca.

«Di essermi tolta il pensiero. A quasi ventitré anni era diventata una cosa ridicola. Adesso sarà tutto più facile. Spero di non essere stata deludente io, piuttosto.»

Marcus la seguì con lo sguardo mentre si avvicinava alla porta.

«Non sei stata deludente, un uomo non può mentire.»

Lei non gli disse che non intendeva riferirsi al suo corpo. Lo sapeva che il suo corpo l'aveva desiderata. Avrebbe voluto chiedergli come si sentiva, se baciandola aveva provato una sensazione di appartenenza, se sentendo il sapore della sua lingua gli era parso che nessun sapore potesse essere più dolce di quello, se entrandole dentro si era sentito parte della sua anima.

Ma non poteva domandargli niente del genere. E soprattutto non voleva conoscere le risposte. Era sicura che l'avrebbero uccisa.

Così si limitò ad aprire la porta e a dire, un secondo prima di uscire: «Grazie Marcus».

Sedici
Marcus

Mi scansa, si divincola, si sottrae come una gazzella impaurita. Se la lascio fare scappa di nuovo, sarebbe capace di svignarsela dall'autobus in corsa. Non voglio che scenda così bagnata, se non si asciuga al più presto rischia seriamente di ammalarsi.

Ma perché mi devo sempre prendere cura di questa qui? Ho la netta impressione che stia superando di molto i limiti concessi dalla misera somma che mi paga. Devo proteggerle il culo da Grant e fingermi un bravo fidanzato, e non occuparmi pure della sua salute.

Forse mi fa pena. Sì, è sicuramente questo, mi fa pena. A volte è davvero patetica. Adesso lo è in particolar modo. Sembra un gatto sotto il temporale. Certo, non è niente più di questo: una pietà che pure gli stronzi come me ancora provano.

Così, la porto al Gold Cat. Mentre Penny si asciuga di là, Sherrie mi viene vicino e mi strizza l'occhio. «Questa mi piace» mi dice sorridendo. Ha sempre avuto un debole per me. È per merito suo se ciò che è accaduto ha avuto effetti meno gravi del previsto sul mio destino.

«Cosa intendi?»

«Questa ragazza è quella giusta.»

«Non è la mia ragazza.»

«Lo so, la tua ragazza è Francisca e bla bla bla. Stronzate, sei solo abituato a Francisca. È l'unica cosa stabile che hai avuto da anni, avete condiviso dei momenti difficili per entrambi, e questo ti porta a credere di amarla. Ma non è amore una cosa che ti distrugge.»

«Francisca non mi distrugge.»

«No, ma ti fa finire in galera.»

«Ti prego, Sherrie, finiamola. Comunque Penny non è niente di niente.»

«Non mi è sembrato dal modo in cui la guardavi.»

«Io?» esclamo, sinceramente perplesso. Benché sia un'ex prostituta, Sherrie non mi risparmia le sue lezioni di romanticismo spicciolo. Tra lei e mia madre formavano una bella coppia di puttane piene di sogni ridicoli. «Come la guardavo?»

«Con tenerezza.»

«Tenerezza è una parola che non conosco, vecchia mia. Compassione è il sinonimo più giusto, fidati. L'hai vista com'era conciata?»

«Ho visto tante cose nella mia vita e di una sono sicura. La compassione può diventare amore, ma la vendetta mai.»

«Vai a prepararle del caffè caldo e qualcosa da mettere sotto i denti, piuttosto, altrimenti con tutta questa compassione rischia di beccarsi una polmonite.»

Non sopporto quando parla di Igor. Ma lei insiste a scherzare su questa cosa, e a me lo scherzo non fa ridere.

Se fossi meno stanco e stressato dopo una serata merdosa passata a rincorrere una scema per spiegarle – come se ne avessi il dovere – che non mi sono scopato la sua ex compagna di scuola, un barlume di intelligenza mi indurrebbe a domandarmi perché diamine mi dia fastidio. Ma sono stanco e stressato e non mi pongo domande, penso solo a stare attento a non rivelarle niente dell'offerta di duemila dollari, che ho rifiutato senza battere ciglio: non vorrei si convincesse che c'è qualche ragione romantica dietro il mio no. Niente romanticismo, solo un po' di buonsenso. Mi facevano comodo quei soldi, ma di denaro sporco ne ho avuto tanto per le mani, ed è forse venuto il momento di guadagnarselo senza sotterrare la propria coscienza.

Non so bene come accade, ma a un tratto la nostra conversazione prende una strana piega. Non provocarmi, baby, non lo fare. Non aspetto altro da settimane.

Se poi aggiungo a questa frustrazione anche i messaggini merdosi di quel cretino, e lei che se ne vanta e fa di tutto per farmeli leggere, mi viene voglia di alzarle il vestito e ficcarglielo dentro adesso.

Non provocarmi Penny, ho bisogno solo di una scusa. Di una sfida. E poi non torno più indietro.

La voglio. Ma le lascio la libertà di andarsene. Tanto, fra un po' ci ripensa e si rende conto della cazzata che sta per fare, e che io non sono l'uomo adatto a una che cerca prìncipi azzurri e violini. Io non conosco parole appassionate. Se ti aspetti sussurri e poesie è meglio che sloggi.

Comincio a svestirmi, convinto di spaventarla.

Ma lei non si spaventa. Mi osserva come se fossi un enigma senza soluzione, si stende sul letto e mi chiama con gli occhi.

E allora basta. Non è mica una ragazzina. E se va bene a lei, chi sono io per dire di no?

Le metto la lingua in bocca, e che buon sapore ha, è dolce e succosa, e la divoro, affondo tra le sue labbra, e vorrei rimanere così per un'ora, un'ora a baciarla, a morderle i capezzoli, a leccarle la fica, a frugarla, e tutto il resto della notte a scoparla in ogni angolo del letto.

Ma non è possibile, no, non c'è tempo e sarebbe assurdo e non devo assecondare queste stronzate, devo solo fotterla. I preliminari troppo lunghi sono roba da checche.

Mentre la spoglio sento i polmoni espandersi, come se inalassi tonnellate d'aria tutte in una volta. Quando rimane nuda davanti a me, so di avere una delle erezioni più smisurate di tutta la vita. Sento il sangue nelle orecchie, lo sento scorrere dai pensieri alle gambe. Non capisco più niente, letteralmente.

È stretta, così stretta e sensuale che mi moltiplico dentro di lei. La guardo, è una calda conchiglia, e spingo ancora e ancora e ancora, più forte che posso, e poi vengo, vengo e grido, vengo e ho voglia di chiamarla per nome, il suo nome per intero, Penelope, ma mi freno e trasformo la tentazione in un rantolo senza promesse.

Non voglio che vada via ancora. Dobbiamo rifarlo. Non mi basta, così non mi basta. Ho ancora tante cose che...

Allora vedo il sangue.

Sangue sul preservativo, sul letto, sulla sua pelle.

Rimango paralizzato per un attimo, a guardare questo segnale inequivocabile. Era vergine.

La memoria rimanda indietro il film del nostro amplesso, e rivedo la mia foga, la violenza con cui sono entrato, il ritmo al quale mi sono mosso, e mi sento come uno che ha squartato a mani nude un agnello.

«Dovevi dirmelo!»

Il pensiero che possa odiarmi, il sospetto di farle schifo, mi fa incazzare e mi indebolisce allo stesso tempo. Ho bisogno di una dannata sigaretta, devo fare qualche tiro. Devo pensare.

Pensare a cosa?

Sto qui ad affondare in una palude di paranoie, ma non è mica colpa mia! Mi aveva detto di averlo già fatto. Per giunta, non ci prova nemmeno a farmi sentire in colpa.

E allora perché diamine mi sento in colpa?

Mentre si riveste, mi trattengo dalla voglia di avvicinarmi. Vorrei abbracciarla.

Non mi è mai successo prima, di voler abbracciare una donna dopo il sesso. Perfino con Francisca, alla fine, ognuno di noi si separa, si isola, come se, dopo esserci concessi la più estrema intimità, volessimo recuperare i nostri spazi. Adesso, invece, la guardo e mi sembra piccola, mi sembra ancora più fragile di prima, e ripenso alla sua pelle bianchissima, ripenso al suo sangue color rubino, e mi viene in mente l'attimo esatto in cui ha gridato: gridava perché le facevo male, gridava perché le rubavo l'infanzia anche senza saperlo.

Devo smetterla di fissarmi con questa cosa. È fatta, è finita, è successo.

Abbiamo scopato, non è più vergine, pazienza, l'ha voluto lei, ha fatto una scelta. A me è piaciuto, e tanto basta. Quando mai mi preoccupo dei sentimenti delle tipe che fotto?

Tuttavia, quando se ne va, vestita in modo sommario, con le scarpe in mano, i capelli spettinati e quel sorriso *da Penny*, quel sorriso solo suo, e mi ringrazia perfino, sto quasi per cedere alla tentazione di dirle: "Aspetta, rimani ancora, dimmi come ti senti davvero, permettimi di toccarti di nuovo, ma piano, pianissimo, senza dolore. Permettimi di farti godere".

Per fortuna non lo faccio. La guardo sparire dietro la porta e fumo e abbasso gli occhi e smettila, Marcus, smettila, e chiudi qui questa cosa che è durata anche troppo.

Diciassette

Penny non riuscì a chiudere occhio per tutta la notte. Arrivò a casa con le gambe che tremavano, e non era soltanto una sensazione interiore. Le facevano male, come se avesse fatto una spaccata da ballerina sulle punte.

Ho fatto una spaccata da ballerina.

Si coricò col vestito della festa, nuda sotto, e non si lavò: voleva ancora qualche traccia di Marcus addosso. Ripensò a ogni istante di quegli istanti appena trascorsi, ed era strano che i loro corpi che si fondevano non fossero più soltanto il frutto della sua immaginazione ma una cosa reale, accaduta proprio a lei.

Pianse come piange una donna pentita, anche se non era pentita, anche se quella follia era stata il frutto di una decisione consapevole.

Non sono più vergine. Sono diversa? Sono migliore o peggiore?

Non lo sapeva, non ne era certa. Forse era soltanto se stessa, con l'imene intatto, con l'imene infranto. Cosa cambiava?

Ripensò anche alla sua espressione quando aveva fatto *quella* scoperta. Turbamento? Disgusto? Cosa aveva negli occhi? Avrebbe voluto capirlo meglio, interpretarlo subito, e invece non le era stato facile: pareva dispiaciuto, sì, ma per quale colpa? Quella di averle fatto del male o quella, ignominiosa per certi uomini, di non averle procurato un orgasmo?

A lei non importava niente di quell'assenza. Le importava solo di quanto sarebbe stato difficile vivere da quel momento in poi. Non per ciò che era successo al suo corpo, ma al suo cuore. Marcus avrebbe fatto finta di nulla: per lui, a parte il disagio per quel sangue inatteso, era stata una scopata come tutte le altre. Quasi tutte.

Non sarò mai come Francisca. Ma non è una grande scoperta. Lo sapevo già e ho scelto lo stesso quello che ho scelto.

Per questo pianse, non per il dolore di quella ferita speciale. Come si sarebbe comportata domani? Di cosa avrebbero parlato tornando a casa di notte? Lui avrebbe fatto sesso con altre donne qualsiasi?

Sono qualsiasi proprio come la tipa che si è fatto dietro il locale?

Tutte quelle che non sono Francisca si equivalgono?

E dopo che sarà andato via con lei, come farò a respirare?

Non riuscendo a dormire, si alzò all'alba. Mise ordine in casa e preparò la colazione per la nonna. Si cambiò, finalmente, e si lavò, ma non per cancellare Marcus, solo per tentare di cancellare la malinconia.

Mentre pettinava i lunghi capelli di Barbie, come faceva sempre, le venne spontaneo domandarle: «Nonna, ti ricordi di John?».

La nonna sorrise e Penny la vide riflessa nello specchio rotondo che teneva in mano.

«Certo che me lo ricordo. Come potrei dimenticarlo? I grandi amori non si dimenticano.»

«Lui era innamorato di te?»

«Ma certo, piccola mia, altrimenti non avrei fatto quello che ho fatto.»

«Cosa hai fatto?»

«Una cosa che tu non devi fare. Mi vergogno un po' a dirtelo. Non l'ha mai saputo nessuno.»

Penny smise per un istante di pettinarla.

«Cosa? A me puoi dirlo, lo sai.»

La nonna emise un sospirone da languida adolescente.

«Lui è stato il mio primo amore in tutti i sensi.»

«Vuoi dire che voi...»

«Sì, proprio quella cosa.»

«Non me lo avevi mai detto.»

«Perché non ti eri mai innamorata.»

«Ma io... non so se... se sono innamorata.»

«Sì che lo sei, ma ricordati: senza anello niente baci. Altrimenti poi lui va via e sei costretta a sposarti con un altro perché sei incinta.»

A Penny cadde il pettine di mano. Finì a terra e lei si chinò per raccoglierlo con sconvolta lentezza.

«Cosa? Eri incinta?»

«Sì, ma non l'ho mai detto a nessuno. Ho accettato di sposare subito tuo nonno, così nessuno ha avuto niente da ridire.»

«Vuoi dire che mio padre... non era figlio di nonno Ernest ma... di John?»

La nonna si voltò e la guardò con due occhioni lucidi.

«Ti sei arrabbiata, bambina mia? Forse non dovevo dirtelo?»

Penelope si inginocchiò davanti a lei e le prese le mani.

«Stai tranquilla, è tutto a posto, se eri innamorata hai fatto bene, e io sono felice quando ti confidi con me.»

Barbie tornò a sorridere e Penny le profumò i capelli con il talco alla rosa. Intanto pensava a quanto potesse esserci di vero in quelle confidenze. Probabilmente poco e forse nulla: Barbie rielaborava spesso i ricordi a suo modo, attorcigliava il passato e il presente insaporendoli con una buona dose di fantasia. Forse John non era esistito neanche, forse era proprio John Wayne, un attore del quale si era innamorata da ragazza e che aveva trasformato in un mito per rendere più leggero il proprio passato. Non era stato facile vivere per Barbie: Penny aveva perso i suoi genitori, ma era troppo piccola per ricordarsene. La nonna aveva perso un figlio quando ancora ricordava tutto benissimo. Chissà che il graduale declino della sua mente non fosse cominciato proprio allora, da quando aveva dovuto sopportare quel dolore insopportabile. E che l'ischemia avesse dato un'ulteriore scrollata alla sua mente già gravida di pesi. Portandola, adesso, a raccontare una storia, mille storie, sempre nuove, sempre arricchite di qualche sfumatura non rivelata prima.

Tutto era possibile.

Una sola cosa era impossibile: mantenere la promessa che le aveva fatto. Perché, anche in assenza di un anello e di un giuramento, aveva già dato a Marcus tutto quello che c'era da dare.

Vide la lettera mentre usciva di casa per andare in biblioteca. Era lì, a terra, forse infilata dal postino sotto la porta. Non ebbe dubbi: era di Francisca.

La prese e fissò la scala che portava alla mansarda di Marcus. Avrebbe potuto fare la stessa cosa del postino, ma non la fece. Mise la busta in borsa e andò a lavorare.

Per tutto il pomeriggio si sentì come se nascondesse un ordigno che ticchettava. Colpevole, quasi potesse far saltare in aria la biblioteca. Colpevole, perché per un istante l'aveva assalita l'ignobile tentazione di bruciarla e dire di non averla mai ricevuta.

Si appartò in una zona poco frequentata, quella dedicata agli scrittori russi che quasi nessuno leggeva, e la tirò fuori. La annusò: era priva di qualsiasi profumo. La grafia di Francisca era appuntita, fortemente calcata sulla carta. Chissà cosa c'era scritto ma, soprattutto, chissà cosa le avrebbe risposto lui. Le avrebbe detto di lei?

Sai, mi sono fatto quella cretina che è venuta a trovarti in carcere. Che vuoi, per il favore che ci fa, un contentino dovevo pur darglielo. Ma non preoccuparti, non è stata un granché. La tipa era più rigida di una statua. E, pensa un po', era pure vergine! Mi ha anche macchiato la coperta, la stronza!

No, Marcus non le avrebbe detto nulla, e non pensava di lei quelle cose. Penelope era convinta che, a suo modo, le volesse bene. Quella strana notte di sesso casto e selvaggio – sicuramente non memorabile per lui, se non per il dettaglio scoperto alla fine – sarebbe stata il loro segreto.

Abbiamo un segreto.

Mentre posava di nuovo la lettera nella borsa, sentì una voce maschile che le diceva «ciao» dietro la schiena.

Il suo primo pensiero fu: Grant. Era sparito da settimane, ma non significava che si fosse arreso. Non aveva che un'arma per difendersi, la solita di quel luogo: i libri. Avrebbe potuto colpirlo con una copia di *Guerra e pace*. Si sarebbe fatto molto male. Allungò un braccio e afferrò il tomo voluminoso, poi si voltò di scatto.

Allora scoprì che si trattava di Igor.

Rimase talmente sbalordita che, per trenta secondi esatti, lo fissò come se fosse un'allucinazione bizzarra. Fu Igor a interrompere quella paralisi.

«Mi sa che sei sorpresa di vedermi» constatò con un sorriso. «Ma non so quanto piacevolmente. Pensavi di darmelo in testa?»

Penny, rimasta nella posa di una lanciatrice del peso sul punto di scagliare la propria sfera metallica, scosse la testa e posò il libro sullo scaffale.

Igor aveva un sacchetto in mano, con il logo di un negozio di dolci molto noto in città: un cupcake trasformato in corona. Era vestito con uno stile simile a quello che usava quando andava a scuola, un misto di creatività e tradizione: jeans e giacca di tweed su una maglietta stampata col viso di Monna Lisa che faceva la linguaccia.

«Ehm... sì» ammise Penelope. «Pensavo non ti avrei più rivisto.»

«E perché hai pensato una cosa del genere? Credevo di averti fatto capire che... insomma...»

«Non ho dato alcun peso alle cavolate di ieri sera.»

Igor non commentò le cavolate alle quali si riferiva, ma le domandò: «Come va con Marcus?».

Penny scrollò le spalle in un tentativo di noncuranza.

«Non lo so.»

«Comunque non è successo niente con Rebby.»

«E tu che ne sai?»

«Perché dopo che siete andati via è tornata su dalla cantina con un diavolo per capello. Insomma, non aveva l'aria di una che si è divertita, non so se mi spiego.»

«Ti spieghi.»

«Scusami se poi ti ho mandato quei messaggi. Ero un po' preoccupato.»

«Come hai fatto ad avere il mio numero?»

«Lo aveva Rebecca, gliel'ho preso di nascosto.»

«Mi sa che dovrò cambiarlo, non si sa mai che le venga l'idea di invitarmi a qualche altra festa.»

«Non temere, nel caso verrebbe a dirtelo di persona, per renderti più difficile dirle di no e nel frattempo verificare quanto fra molto e moltissimo sei diventata brutta. Infuriandosi a morte perché invece sei bellissima.»

«Preferirei evitare commenti sul mio aspetto. Mi sembrano cazzate anche queste, sai com'è.»

«Prima o poi capirai che non voglio prenderti in giro. In ogni caso, non sono venuto solo per dirti che ti trovo splendida. Sono venuto a portarti due cose.»

«A me?»

Igor si avvicinò a uno dei lunghi tavoli da lettura, completamente vuoto in quella zona deserta. Tirò fuori dal sacchetto una scatola bombata di cartone, simile a uno scrigno del tesoro, e il suo soprabito.

«Oh, grazie!» esclamò Penny, ben contenta di riavere il suo cappottino. «E lì cosa c'è?»

Igor le strizzò l'occhio e spinse la scatola verso di lei. Su di essa risaltava la stessa illustrazione impressa sulla busta. Penelope sollevò il coperchio e non poté fare a meno di sorridere. Dentro l'involucro, adagiate su un letto di sottile carta velina, c'erano nove tortine, grandi quanto palline da tennis, su cui in pasta di zucchero erano riprodotte in modo perfetto le copertine di altrettanti libri famosi.

«Si mangiano?» domandò Penelope, stupita da quella bellezza che sembrava delittuoso perfino toccare.

«Sì, e sono anche buone. Da quale vuoi cominciare? *Piccole donne* o *Harry Potter*?»

«Penso che assaggerò *Il mastino dei Baskerville*. Mi sa che c'è il cioccolato.»

Si sedettero attorno al tavolo, molto vicini, e cominciarono a conversare e sbocconcellare dolcetti. Non parlarono della festa né del passato. Penny scoprì che Igor si era appena laureato in storia dell'arte e dipingeva scenografie per una piccola compagnia teatrale.

«Non l'avrei mai detto, pensavo saresti diventato avvocato.»

«Come mio padre? Mai e poi mai! E tu, invece?»

«Io niente, lavoro qui e lì, e cerco di mettere da parte qualche soldo.»

«Per realizzare cosa?»

«Per averli e basta.»

«Non è vero, per un istante ti sono brillati gli occhi. Tu hai un sogno segreto e non vuoi dirmelo.»

«Non rivelo i miei sogni segreti alla prima persona che incontro.»

«Ma se ci conosciamo da quando avevamo sedici anni!»

«Ma non siamo mai stati amici.»

«Allora diventiamolo, e poi ti chiederò di rivelarmi cosa nascondi.»

«Chissà cosa nascondi tu, Igor.»

«Niente, ti giuro. Non sono qui in missione per conto di Rebecca, se è quello che pensi. Mi fa pure un po' schifo quella lì, lei e quel drogato del suo fidanzato.»

«È drogato? Pensa te che progresso: credevo fosse solo un coglione.»

Risero insieme, e Igor le indicò una tortina con sopra la copertina di *Anna Karenina*.

«Questa mi sembra adatta, non trovi?» disse, mostrando la scritta NARRATIVA RUSSA affissa un po' storta appena sopra lo scaffale alle sue spalle.

«D'accordo, tanto comunque non farebbe una bella fine. Meglio nella mia pancia che sui binari della ferrovia.»

Su quelle parole diede un morso al libro di pasta di zucchero e un ripieno di morbida crema le schizzò sul mento. Igor allungò un braccio, indicandole la chiazza vicino alla bocca, con aria divertita.

«Hai Anna Karenina sulla coscienza!»

«Non io, ma quello stronzo di Vronskij.»

Igor tirò fuori dalla tasca un fazzoletto, un fazzoletto vero, di tessuto e non di carta.

«È lì, sotto la bocca. Lascia fare a me.» Con estrema delicatezza, le tamponò la grossa lacrima gialla che la sporcava.

«Grazie.»

«Adesso tocca alla *Divina Commedia.*»

«E poi a *Hansel e Gretel* scommetto. Sei come la strega che vuole farmi ingrassare?»

«Mi piace una donna che non vive di aria e anfetamine. Per quanto, a vederti, non si direbbe che mangi tanto.»

«Stiamo tornando ai complimenti, e io odio i complimenti.»

«D'accordo, anche perché ammetto di avere una discreta paura di Marcus.»

«Perché?»

«Non offenderti, ma ha un'aria pericolosa.»

Penny posò la tortina con la scritta INFERNO DI DANTE e scosse la testa.

«No, ti sbagli su di lui. Non è pericoloso affatto. È la persona più buona del mondo.»

Igor sorrise.

«Quando arriva la cecità finiscono le altrui speranze.»

«Speranze? Che speranze?»

«Niente, citavo il verso di un'opera teatrale per la quale sto creando la scenografia in questi giorni. Si intitola *I cardi non sono fiori*. E adesso dividiamoci *Il mago di Oz*, c'è dentro la marmellata di albicocche.»

«Va bene, ma prima di farlo esprimo un desiderio. Il leone codardo voleva il coraggio, l'uomo di latta il cuore e lo spaventapasseri il cervello. Anche io voglio una cosa.»

«Cosa?»

«I desideri espressi non si rivelano, altrimenti c'è il rischio che non si avverino.»

Abbassò le palpebre ed espresse il suo, prima di divorare una squisita tortina con il cuore di marzapane.

«Grazie per i dolcetti e il cappotto. Però adesso devo lavorare.»

Igor annuì. Le porse la mano e strinse la sua.

«Hai il mio numero di cellulare. Se ne hai voglia, chiamami. Senza impegno, lo so. Io, in ogni caso, ci spero.»

Offrì i dolci rimasti alla signorina Milligan, che li accettò con una gioia pudica decisamente d'altri tempi. Mentre addentava l'ippogrifo sulla copertina del *Prigioniero di Azkaban*, l'anziana direttrice le domandò: «Che voleva quel ragazzo?».

«È un mio ex compagno di scuola che ho rivisto dopo tanto tempo. Abbiamo fatto due chiacchiere.»

«No, non mi riferivo al tipo in giacca di tweed che ti ha regalato questi gustosi dolcetti. Parlavo del giovanotto alto, muscoloso, con il giubbotto blu.»

Penelope sussultò e la osservò stranita.

«Chi... chi intendi?»

«Quello che è venuto quando eri di là a chiacchierare col tuo compagno di scuola. Mi ha chiesto dov'eri e gliel'ho indicato.»

«Io non... non l'ho visto... È andato via?»

«Non lo so, penso di sì.»

Col cuore in gola, Penny interruppe il proprio lavoro e si mise a girare per la biblioteca in cerca di Marcus. Non lo trovò da nessuna parte. Sentiva le orecchie fischiare, mentre si domandava perché era venuto, e soprattutto perché era andato via senza parlarle.

Voleva dirmi qualcosa di importante?

Era preoccupato per me?

Il suo sorriso fiducioso si smorzò appena si ricordò dei soldi che ancora gli doveva.

Forse voleva solo chiederle i duecentocinquanta dollari pattuiti.

Illudersi che fosse venuto a cercarla per qualche ragione vagamente collegata a un pizzico di apprensione per la sua salute, o al semplice piacere della sua compagnia, era il modo migliore per raccontarsi una favoletta destinata a farla cadere col culo per terra.

Era di fronte alla porta chiusa della mansarda, già vestita per andare al Well Purple. In una mano teneva la lettera di Francisca, e nell'altra una busta coi soldi. Aveva già percorso quei gradini, a salire e poi a scendere e ancora a salire, senza prendere una decisione.

Busso o non busso?

Si sentiva terribilmente imbarazzata.

A un tratto decise di infilare tutto sotto la porta e rimandare a un altro momento la necessità di affrontare il *dopo* imbarazzante che si crea quando due che erano amici, o quasi amici, fanno sesso.

Ma proprio mentre si chinava, la porta si aprì di colpo.

Marcus le apparve davanti, e le sembrò più enorme di sempre. Era a torso nudo e doveva aver fatto sport, perché era sudato e aveva i palmi delle mani fasciati da lunghe bende bianche.

«Cazzo, Penny!» esclamò. «Evita di fare rumori sospetti fuori della mia porta! Stavo per colpirti!»

«Non ho fatto rumori sospetti...»

«Per me passi e respiri dove dovrebbe esserci il silenzio sono rumori sospetti.»

«Hai un udito eccezionale. Posso entrare?»

Lui aggrottò la fronte ed entrò in casa lasciando la porta aperta, chiaro invito a non andarsene.

Per qualche minuto non la degnò di alcuna considerazione. Si mise a pestare a sangue il sacco di cuoio rosso, coi pugni e i piedi, e Penny udì solo i sussulti del suo respiro che seguiva il ritmo del corpo e il pavimento della mansarda che vibrava. Lo guardò per tutto il tempo: i muscoli che si tendevano e scaricavano una mostruosa energia, il sudore sulla schiena, il viso contratto, i tatuaggi che parevano danzare.

Quando finì, lo vide che entrava in cucina e beveva ampie sorsate d'acqua direttamente dalla bottiglia. Si passò il dorso di una mano sulle labbra e poi parve ricordarsi della sua presenza.

La fissò, e Penny provò il disperato bisogno di essere di nuovo nuda sul suo letto. Deglutì, si morse le labbra e si ricordò del vero motivo per cui era salita.

«Ti ho portato questi» disse, allungando le braccia e mostrandogli il suo piccolo bottino. «Ti ha scritto Francisca. E qui ci sono i duecentocinquanta dollari per quello che hai fatto ieri.» Subito sentì le guance caldissime, pensando all'osceno significato di quell'affermazione. Sembrava che lo stesse pagando per le sue prestazioni sessuali. «Per avermi accompagnato alla festa, intendo» si affrettò a specificare, agitata.

Marcus aveva uno sguardo duro, freddo come il ferro.

«Metti tutto sul tavolo» le ordinò. Lei annuì, e quando fece per posare la lettera le parve che non volesse staccarsi, che le si fosse incollata ai polpastrelli.

«Ok, allora vado.»

Mentre si stava avviando verso la porta, Marcus la raggiunse in tre ampi passi. Era sudato, ma il suo odore non era sgradevole: semmai aveva qualcosa di pericoloso. Le piaceva. Le piaceva un po' troppo. Se lo ritrovò quasi addosso, tanto alto che per guardarlo dovette inclinare la testa come un fiore nel vento.

Aveva sperato che accadesse, ma come sempre Marcus la sorprese. Doveva rassegnarsi, lui e il romanticismo non erano fratelli e neppure lontani parenti. O forse, lui e il romanticismo si disdegnavano a vicenda quando non era innamorato. E siccome non era innamorato, non perse tempo in chiacchiere. Bloccandola quasi contro la parete, ma senza toccarla, le disse: «Ho voglia di scopare. Ti va?».

Avrebbe dovuto dirgli: "No, ieri è stato uno sbaglio, è meglio se lasciamo perdere, non si scherza con queste cose" e bla bla bla. Invece gli rispose soltanto: «Sì».

Una mano di Marcus, ancora ricoperta dalle bende, le si posò su una spalla e la attirò contro di sé. La sua lingua la esplorò come le dita di un ladro in un cassetto segreto. L'altra mano prese ad armeggiare con i suoi indumenti intimi e in un attimo Penny si ritrovò di nuovo senza calze e senza slip, la gonna sollevata fino all'ombelico, a rivelare il suo ventre nudo.

Non capì come era arrivata sul divano, ma di fatto finì lì, seduta sulla coperta blu zaffiro, le gambe spalancate come petali di un iris, e le labbra di Marcus che baciavano le pieghe umide tra le sue cosce. Inginocchiato sul pavimento, col viso immerso dentro di lei, le parve un dio bellissimo e buono, e gli accarezzò i capelli.

Reclinò la testa sulla spalliera del divano, ed emise un sospiro di puro piacere. Si sentiva madida come l'erba all'aurora, fluida come oro fuso, e la bocca di Marcus nel suo corpo sembrava fatta apposta per farle dimenticare tutto, tutto tranne la sua lingua che la conquistava.

A un certo punto, lui la prese in braccio e la portò sul letto. La coperta col sangue era sparita, c'era solo un lenzuolo bianco. La fece adagiare con la testa sul cuscino, si stese accanto a lei, le schiuse di nuovo le gambe e la sfiorò con le dita. Penny si morse le labbra e non riuscì a trattenere un sussurro confuso, quando un indice entrò nella sua carne tenera. Ma non le procurava dolore. Era una sensazione indescrivibile, un formicolio, un tremore, un palpito, un desiderio ansimante. Il dito di Marcus si mosse piano, da principio, piano, tanto delicato da non sembrare far parte della stessa mano che, poco prima, aveva inferto quei pugni possenti al sacco di cuoio.

A malapena sentì la sua voce nell'orecchio che le domandava: «Ti dà fastidio?».

Gli sussurrò un no assolutamente sincero.

Allora, lui si mosse con maggiore decisione, toccandola dentro come se avesse cento mani in un solo dito. Penny chiuse gli occhi di fronte a quelle sensazioni, a quel piacere che si schiudeva come una rosa, prima bocciolo poi fiore aperto, vivo e pulsante. Fu come avere un cuore laggiù, un cuore nascosto. L'orgasmo le trasse un grido stupefatto e le venne fuori un verso strano, sensuale, il verso antico di una donna che gode. Mentre emetteva gli ultimi respiri affannati, Marcus la baciò sulle labbra, come se volesse ingoiare la sua voce, e fu difficile, così difficile non urlargli "ti amo" direttamente in bocca.

Lo pensò, però, lo pensò.

Ti amo ti amo ti amo ti amo.

Su quei pensieri, aprì gli occhi e lo osservò e vide che la osservava.

«Ti dovevo un orgasmo» le disse, e aveva uno sguardo strano, eccitato e smarrito allo stesso tempo.

Fece per alzarsi, ma Penny gridò un «aspetta!» che le veniva dall'anima.

«Io voglio... anche io voglio...»

Lui aggrottò la fronte e scosse la testa.

«Tu non mi devi niente.»

«Non è per dovere! Io voglio farlo! Voglio toccarti... come tu hai fatto con me.»

Senza dargli il tempo di dire altro, lo trattenne per un braccio e lo fece stendere e gli sfilò il sottile cordoncino intorno ai pantaloni della tuta. Trattenne il fiato mentre lo toccava e provò una sensazione sublime: era come stringere un prezioso oggetto di radica rivestito da una fodera di velluto sottile. Voleva baciarlo, voleva sentirne il sapore. Voleva conoscerlo in ogni ansa, nascondiglio e segreto. Si sentiva irriconoscibile, si sentiva una donna perduta per quel desiderio osceno ma, allo stesso tempo, non voleva tornare più indietro. Si avvicinò con il viso e poi guardò Marcus e gli disse: «Perdonami se non sarò all'altezza. Non l'ho mai fatto prima ma... ci voglio provare».

Lui sussurrò un disperatissimo: «Penny, mio Dio» di cui lei non capì il senso.

«Non vuoi?» gli domandò stupita e un po' triste.

«Non hai mai fatto neppure questo?»

«No. Mi dispiace.»

Così, con coraggio, fece ciò che non aveva mai fatto. Era imbarazzata, insicura, e il suo desiderio superava di gran lunga la sua abilità. Tutto le piaceva di Marcus, ogni angolo del suo corpo, ogni più recondito anfratto. Cercò di non pensare se e quanto stava sbagliando, se e quanto lui potesse essere infastidito dalla sua inesperienza. Lo guardò un istante e capì che non era infastidito affatto.

Stava sollevato sui gomiti, le possenti gambe socchiuse, la testa reclinata, un gemito rauco in fondo alla gola, e godeva dei suoi baci impacciati, e godeva della carezza delle sue dita, come se, nonostante tutto, riuscisse a trarne un po' di effimera felicità.

A un tratto, Marcus posò una mano intorno alla mano di Penny, imprimendo al suo gesto un ritmo più rapido, quasi volesse incitarla a portarlo all'orgasmo. Lei annuì, e nell'assecondare la sua silenziosa richiesta lo osservò, con dedizione e incanto, le labbra socchiuse, il respiro frenato, come se fosse un'opera d'arte vivente, come se quel movimento e i suoi versi sempre meno sommessi, sempre più sonori, fossero ricordi preziosi da raccogliere, momenti eterni da non dimenticare mai più.

Alla fine, dopo aver emesso un gemito rauco più lungo e più aspro, Marcus cadde con la schiena sul letto. Si passò una mano sulla testa, sfregandosi la fronte, le palpebre, le guance.

Penelope pensò che, forse, voleva invitarla ad andarsene senza dirglielo troppo apertamente.

Perché le cose belle durano tanto poco e, quando finiscono, il buio sembra ancora più buio?

Scivolò giù dal letto e recuperò le calze e il resto. Si sarebbe data una sistemata a casa propria. Nel suo petto, il cuore pareva un usignolo che muore dopo aver cantato la sua ultima nota.

Mentre si dirigeva verso la porta, Marcus la chiamò: «Penny».

Si voltò di scatto, quasi spaventata da quel suono che non si aspettava.

«Cosa?»

Lui si era messo a sedere e la fissava. Era così provocante, nudo e forte, così simile a una statua decorata da segni ancestrali, che avrebbe voluto replicare ogni gesto, tornare su quel letto e ripetere almeno un milione di volte tutti i baci, e le mani addosso, e la lingua dentro, e il suo corpo ovunque. Ma si sarebbe anche accontentata di scattargli una foto e conservarla per sempre.

Marcus aprì le labbra come se intendesse aggiungere qualcosa di importante.

Ma disse soltanto: «Niente» e ricadde pesantemente sul letto.

Glielo domandò quella notte, al ritorno dal lavoro, sotto un cielo insolitamente stellato, cos'era venuto a fare in biblioteca. Erano in silenzio, Marcus che fumava e Penny che pensava. Poi glielo domandò e il silenzio si ruppe.

Lui aspirò un gran boccata di fumo e disse: «Volevo capire come mai non era ancora arrivata la risposta di Francisca e ricordarti di portarmi quei soldi. Ma ti ho vista così impegnata che ho preferito togliermi dalle palle».

«Non ero impegnata. Stavo solo parlando con Igor del fatto che...»

Marcus le lanciò un sorrisetto antipatico, narici allargate a espellere il fumo, angolo delle labbra tirato in su, occhi senza alcuna luce, se non quella stancamente riflessa dai lampioni.

«Cosa vuoi che mi importi di quello che dite tu e Igor?»

«Potevi restare.»

«Oh, no, ho capito il tuo giochino e ho preferito lasciarti fare.»

«Che giochino?»

«È evidente che sei a caccia di un ricco imbecille anche tu, come quella gran troia di Rebecca. Ci hai provato con Grant, ma ti è andata male. Così adesso ti stai buttando su Igor. Mica ti biasimo, eh? Tutti i sistemi sono buoni per andare via da questa merda di posto, quando non hai abbastanza cervello per riuscirci in un altro modo.»

Penelope trasalì con tanto impeto che dovette allargare leggermente le braccia per non perdere l'equilibrio.

«Ma che stai dicendo?»

«Non fare quella faccia sconvolta, mica me la bevo.»

«Io non mi sto buttando su Igor, così come prima non mi sono buttata su Grant! Come ti permetti? Sei davvero uno stronzo!»

«Sai che gran novità.»

«A volte sembri quasi umano Marcus, ma a volte mi fai pentire di...»

«Di avermelo succhiato?»

«Smettila!»

«È quello che hai fatto, no? E devo ammettere che, nonostante si intuisse la totale mancanza di pratica, non te la sei cavata mica male. Si vede che sei portata per questo genere di lavoretti.»

Penny si voltò di scatto, il braccio sollevato pronto a colpirlo. Ma Marcus fu più veloce e più forte e la bloccò, portandole lentamente il polso dietro la schiena.

«Ho capito il tuo gioco, Penelope, e sappi che mi va più che bene» le disse. Erano fermi in mezzo al marciapiede, in una porzione d'ombra che rendeva cupi i loro volti.

«Non sto facendo nessun gioco! E lasciami stare il braccio.»

«Ti ripeto che mi va bene. Mostri a Igor la tua faccia da brava ragazza, e usi me per scopare. Un uso migliore di me non potresti trovarlo. Siamo in perfetta sintonia. Certo, forse avresti fatto meglio a farti sverginare da lui, giusto per dargli un po' di soddisfazione. Sono sicuro che ti saresti guadagnata un bell'anello e chissà quanti altri regali costosi.»

Penny spalancò le labbra e lo fissò inorridita. Sentiva le guance in fiamme e nel cuore una cosa simile a una spada infilzata. Ma non intendeva farlo vincere piangendo o umiliandosi. Voleva contraccambiarlo col suo medesimo cinismo, per non sembrare debole e sconfitta. Preferiva essere considerata una puttana piuttosto che una vittima.

«Lasciami il braccio» gli intimò ancora. E poi aggiunse, cercando di mantenere la medesima aria sicura: «Sono contenta che ci troviamo d'accordo almeno su un punto, e cioè il fatto che il sesso è piacevole. Tu usi me e io uso te. Tutto il resto, sono affari nostri».

«Mi piace quando si mettono le cose in chiaro. Detto questo, andiamo a farlo?»

«Sì.»

Cominciarono a toccarsi lungo le scale. A ogni piano, nel solito buio di quell'ora, Penny sentiva le mani di Marcus sotto la gonna. Per la prima volta nella sua vita, non ebbe paura dell'oscurità. A un tratto lui la appoggiò con la schiena contro una parete qualsiasi e la baciò in un modo che infiammava il sangue. Le braccia spalancate sopra la testa, addosso al muro, tenute ferme dalle sue mani, una gamba tra le gambe, la sua lingua morbida come cioccolato denso, profonda e caldissima, le sue labbra che le mordevano le labbra.

Poi salirono le scale ed entrarono nella mansarda raggiungendo rapidamente il divano. Lì le abbassò i collant con forza, quasi con dispetto, strappandoli in sottili brandelli di nylon. Tirò fuori da una tasca un preservativo e lo scartò con la solita furia. Penny provò un istante di rabbia al pensiero che se lo fosse portato dietro e si domandò se ne avesse altri nella stessa tasca e se avesse già fatto sesso e lei fosse soltanto l'ultima della notte. Nonostante quelle domande che la riempivano di ferite e disgusto, lo fece entrare dentro di sé, e stavolta fu più facile. Scivolò senza resistenza né dolore. A ogni colpo, era come se il mondo si fosse contratto, come se l'universo fosse sparito e non esistesse nient'altro oltre quell'ingordo pezzo di lui che la inondava di brividi. Vennero insieme e i loro respiri si mescolarono in un unico grido.

Subito dopo, Penny si alzò e raccolse da terra il cappotto. Marcus era ancora seduto sul divano, i pantaloni scesi fino alle cosce, che cercava l'accendino in tasca. Una sigaretta gli penzolava già fra le labbra, sghemba da un lato.

Penny si sforzò di ignorarlo. Uscì dalla mansarda in silenzio, senza un bacio, senza un sorriso, senza una parola, chiudendo la porta con forza sufficiente a fargli notare in modo simbolico che lo disprezzava, nonostante gli avesse appena dato se stessa.

Eppure, era sicura di amarlo.

Come le due cose fossero compatibili – provare in ugual misura un odio lacerante e un lacerante bisogno non solo fisico di lui – doveva ancora scoprirlo.

Diciotto
Marcus

Appena mi alzo, esco a correre. Mi sfianco di fatica. Non voglio pensare proprio a niente, e soprattutto non voglio pensare a Penny e al sangue che le ho rubato. Quando rientro e salgo le scale, mi fermo per un attimo davanti alla sua porta.

Che cosa intendo fare?

Bussare?

Per dirle cosa?

Ti fa ancora male visto che ieri ti ho sfondata neanche fossi uno stupratore? Come stai? Ti fa schifo solo guardarmi?

Che poi, se le faccio schifo, sai quanto me ne importa! Non l'ho mica violentata davvero. Se me lo avesse detto sarei stato meno aggressivo. No, se me lo avesse detto le avrei aperto la porta e l'avrei fatta andare via. Uno come me non può prendersele certe responsabilità. Non ho tempo da perdere con delicatezze e baci da sedicenni. Che gusto c'è se non puoi fottere duro?

Non busso, salgo in mansarda e mando affanculo la stupida tentazione di farlo.

Lo sguardo mi cade sulla coperta ancora macchiata. La tiro via con rabbia, la infilo nella doccia e la lavo. Poi mi lavo anch'io. Rimango sotto il getto per almeno mezz'ora, a tratti fermo come una statua e, anche se ci provo e ci provo, e sono stanco e dovrei avere una lavagna nera e vuota in testa, non riesco proprio a schiodarmi Penny dai pensieri.

Che. Cosa. Mi. Sta. Succedendo?

Esco di nuovo e vado da Sherrie a mangiare un boccone. Il locale è pieno di gente. Si mangia bene, si paga poco. Mi siedo a un tavolo libero e Sherrie mi si avvicina strizzandomi l'occhio.

«Oggi sei da solo, baby?» mi domanda, allungandomi un menù plastificato che ormai conosco a memoria.

«Sono sempre solo» replico. «Portami una bistecca non troppo cotta e un boccale di birra. E poi una fetta di quella meravigliosa cheesecake che prepari tu.»

«D'accordo, tesoro. Però la prossima volta porta anche Penny.»

«Non voglio darti una delusione, zia Sherilyn, ma tra me e Penny c'è lo zero assoluto. Non solo non la porterò qui, ma da nessun'altra parte.»

«E fai male. Quella ragazza è... aria fresca. Pulita. È come l'alba di marzo, in Montana, quando ero bambina. Mi alzavo presto per aiutare i miei nella stalla e per cinque minuti buoni restavo all'aperto, sulla neve che ancora resisteva al sole, e facevo certe boccate di ossigeno! Anche adesso, quando qualcuno mi chiede qual è la cosa più buona che abbia mai mangiato, io penso a quell'aria lì. L'aria della mia infanzia. Ma lasciamo stare... ti volevo dire: lo sa quel tipo, il tuo supervisore, che bazzichi da queste parti?»

Storco la bocca al pensiero di quell'impiccione di Malkovich.

«Lo escludo. Mica mi pedina. Sa che avevo scritto a Francisca perché gliel'ha riferito l'amministrazione del carcere, ma non è che può andare dietro a tutti quelli che escono sulla parola.»

«Se lo sapesse, non sarebbe contento.»

«Tu sei la mia famiglia, Sherilyn» obietto fermamente. «E se quel coglione mette becco, giuro che si ricorderà il motivo per cui sono tornato dentro.»

«Non dire cazzate, bambino, comportati bene. Hai tutta la vita davanti, e adesso c'è Penny a cui pensare. Non fotterti il futuro per colpa del passato, non di nuovo.»

«Lo sai che ci tengo a te, però smettila con questa menata su Penny. E portami da mangiare che ho fame.»

Sherrie sorride e si allontana. La guardo: ha superato i sessant'anni anche se ne dimostra molti di più. Da giovane era bella, mi ha fatto vedere alcune sue foto conservate in una scatola di metallo: era una bambola da cinematografo. E ci ha anche provato a fare l'attrice. Ha lasciato le montagne, e quell'aria che adesso rimpiange, e si è trasferita a New York. Ma invece di diventare una star del grande schermo è diventata una troia. Il passo tra un sogno e un incubo può essere pericolosamente breve, e quando si ha fame e non arriva altro ci si adatta. Poi ha conosciuto mia madre e le loro strade si sono unite. Chissà da quanto tempo il destino aveva deciso di trasformarle in puttane. E quando dico puttane intendo proprio quello che dico.

Divoro la bistecca e tutto il resto. Poi Sherrie mi porta una tazza di caffè. Si siede al mio stesso tavolo, davanti, e mi guarda in modo strano.

«Ti ho osservato, bambino» mi dice.

«In che senso?»

«Sei qui da un'ora e ti ho tenuto d'occhio.»

«Ho fatto qualcosa che non ti è piaciuto?» le domando, con un sorriso provocatore.

«Be', innanzitutto hai una faccia tremenda. Due occhiaie che adesso che ti sto di fronte le vedo bene e mi fanno quasi spavento.»

«Il tempo consuma anche me.»

«Oh, no, temo sia qualche brutto pensiero a consumarti. Non cacciarti in nessun guaio, me lo prometti? Niente risse, niente gentaglia, niente alcol.»

«Non frequento nessuno, sono onesto come un chierichetto.»

«Finché non esce quella.»

«*Quella* sarebbe Francisca?» domando infastidito.

«Ovvio. Appena esce si ricomincia, vero? Così farai un altro po' di villeggiatura a spese dello Stato e ti rovinerai per sempre.»

«Sei come Malkovich, non capisci una cosa fondamentale: io ero rovinato già prima di incontrare Francisca.»

«Non è vero. Eri problematico, sì, e ribelle, e fondamentalmente disperato, ma non avevi mai ucciso nessuno.»

«Per puro caso. Quella merda l'avrei uccisa se non fossi intervenuta tu.»

«Quella merda voleva fare del male a tua madre e tu l'hai difesa.»

«Anche la merda che ho ucciso voleva fare del male a Francisca. Solo che lei non la sopporti.»

«Non è che non la sopporto, piccolo, cerca di capire: penso che nella vita ciascuno di noi debba cercare la sua parte mancante. La conosci quella storia? No? Dicono che ogni essere umano all'inizio, tanti secoli fa, fosse una specie di mostro. Due teste, quattro gambe, quattro braccia, e via dicendo. Ma pure così, stavamo bene e ci sentivamo completi. Respiravamo anche meglio, come respiravo io nel Montana, e so di cosa parlo. Poi un dio geloso, uno di quelli che se vedono gli esseri umani felici gli viene l'ulcera, ci ha divisi in due. Da una persona due, con due sole braccia e due gambe e una testa, ma soprattutto un cuore soltanto, intendi? E ha mandato una metà da una parte e l'altra metà lontana, come un mago che rimescola le carte. Così, quelle parti prima unite adesso si cercano per tornare insieme e finché non si trovano sono mezze mele, mezze arance, mezze qualcosa. Ecco, vedi, io non ce l'ho con Francisca; sono solo certa che non sia lei la metà che prima ti completava. È come quando prendi i pezzi di un puzzle e ti fanno ammattire perché non riesci a farli combaciare e allora li forzi, unisci una striscia di cielo alla punta della coda di un gatto, ma è chiaro che viene fuori un disegno assurdo, che non significa niente. Mi capisci?»

«Io capisco soltanto che dovresti aprire un'agenzia matrimoniale invece di una tavola calda. Con 'ste storie assurde qualcuno lo freghi.»

«Non sono storie assurde, dammi retta.»

«E la mia metà sarebbe Penny?»

«Sì, penso proprio di sì. Ho avvertito una bella tensione fra voi.»

«Non era tensione, era un principio di broncopolmonite.»

«Allora rispondi a questa domanda.»

Rido per le bizzarrie di Sherrie. Lei mi osserva con un mezzo sorriso e poi mi fa una domanda strana: «Non ti girare, rimani come sei e dimmi questo. Come sono vestite le due belle ragazze sedute proprio al tavolo vicino al tuo, sulla destra?».

Rido ancora, senza capire dove voglia andare a parare.

«Non c'è nessuna bella ragazza seduta al tavolo alla mia destra. Che è? Una domanda trabocchetto?»

«Ragazzo mio, da quando sei entrato quelle due non hanno fatto altro che mandarti segnali. È chiaro che volevano le invitassi al tuo tavolo. Ma nemmeno le hai notate. Sei da un'ora con un'espressione sospesa fra la tristezza, la stanchezza e un'incazzatura bestiale. Per non notare due come quelle, o stai diventando cieco, o hai altro per la testa. E ho la sensazione che questo *altro* si chiami Penny.»

Scuoto la testa per l'ennesima volta. Non che abbia tutti i torti, ho pensato davvero a Penny, ma non nel senso che intende lei. E non c'è nessuna bella ragazza, me ne sarei accorto. Ho un radar per le fighe, ovunque si trovino e con chiunque io mi trovi. Spesso con Francisca giocavamo, lei individuava la più bella del locale in cui eravamo entrati e mi domandava se era più bella di lei. Finora nessuna è mai stata più bella di lei.

Ancora perplesso guardo alle spalle di Sherrie e per poco non mi strozzo con l'ultimo sorso di caffè.

Al tavolo sulla mia destra ci sono davvero due tipe. Vent'anni, vestite con il minimo indispensabile e piuttosto appariscenti. Non sono arrivate adesso, lo capisco dai resti del pranzo. Sono qui da almeno mezz'ora, se non addirittura da prima di me.

E io non le ho notate.

Da quando sono entrato, non ho fatto altro che pensare a Penny e a quello che è accaduto ieri notte.

Non vorrei ripetermi ma...

Che. Cosa. Cazzo. Mi. Sta. Succedendo?

Ci perdo un po' di tempo ma poi decido. Non ho la più pallida idea di cosa le dirò, ma non riesco a non entrare. La biblioteca è calda e accogliente e ha un'atmosfera strana, quasi sacra, come in una chiesa. Mi guardo intorno ma non la vedo. Tutti mi fissano e mi seguono con gli occhi, come se fossi un alieno. È la mia condanna, non passare inosservato. Se tentassi di fare una rapina, il mio corpo mi tradirebbe.

A un tratto sono costretto a chiedere informazioni a una donna anziana, e quella mi manda nel reparto della letteratura russa. Mi sento un perfetto idiota. Sono sempre in tempo ad andarmene. Mica abbiamo grandi cose da dirci, io e Penny.

Mi infilo nel reparto vicino, dedicato alla letteratura fantasy. Due ragazzini se ne stanno coi nasi incollati alle pagine. Sembrano innamorati di ciò che leggono. Un rapido ricordo, come un flashback accecante, mi riporta indietro nel tempo, a molti anni fa, quando anche io mi rifugiavo tra i libri in cerca di un posto migliore per vivere. Non frequentavo la scuola con regolarità e non potevo considerarmi un genio, ma mi piaceva leggere. Fino a una certa età, prima di capire quanto fosse insensato cercare di svignarsela dalla vita vera perché tanto la vita vera ti stana sempre, fuggivo come questi bambini ipnotizzati. Leggevo e andavo oltre la mia stanza impolverata, e mi sembrava che tutto fosse più sopportabile, meno intriso di merda e di sangue. Non è durato molto: ben presto sono passato dalla fase Marcus-che-sogna-di-avere-le-ali-e-scopre-tesori-nascosti-e-viaggia-sul-fiume-con-una-zattera, a Marcus che ficca-una-forbice-nella-schiena-flaccida-di-quel-fottuto-pezzo-di-merda. Spero che questi tredicenni non facciano mai il mio salto mortale.

Accostandomi agli scaffali, sbircio nello spazio vuoto fra due volumi. E non posso fare a meno di sentire lo stomaco che mi si aggroviglia come se stesse decidendo di vomitare la bistecca consumata per pranzo.

Penny è insieme a Igor, se si chiama così quel coglione. Parlano, ridono e mangiano non so cosa. A un tratto lui le accarezza perfino le labbra. Stringo forte fra le dita un libro sottile fino ad accartocciarlo completamente.

Stronza.

Non riesco a pensare ad altro.

Stronza.

L'ho capito che gioco fa. Mica è scema. È una troia ma non è scema. Guardala come sorride. Vuole quello coi soldi.

Le donne sono tutte così, è proprio vero. In definitiva sono tutte puttane. E io che mi preoccupavo. Ma no, non vale proprio la pena.

Adesso che ho capito, ti darò quello che vuoi. Ti rovino. Ti consumo. Alla fine, per questo qui, resterà molto poco da gustare della tua innocenza perduta.

Torno a casa incazzato nero. Il sacco diventa un mio nemico mortale. Lo percuoto come se volessi ucciderlo. Annullo tutti i pensieri, rimane solo un vuoto assoluto, nero come l'asfalto.

A un tratto sento dei rumori fuori della porta e la spalanco all'improvviso. Penny trema talmente che sembra sul punto di cadere all'indietro.

Entra, ma per un po' la ignoro. Continuo a colpire il sacco per lenire la rabbia che mi divora. Alla fine sono davvero stremato, sudato e, finalmente, più calmo. Lo sport mi ha sempre aiutato a non uccidere tutti quelli che vorrei uccidere. Igor in questo caso. Lui e i suoi riccioli d'oro del cazzo.

Guardo Penny come a chiederle che diamine vuole, e lei mi mostra la lettera di Francisca e i soldi. Soldi? Che soldi? Ah, i soldi per ieri. Duecentocinquanta dollari ben meritati.

Per un istante mi balena di nuovo in mente il sangue di Penny, la sua smorfia di sofferenza, la mia inconsapevole brutalità, e faccio una rapida scelta.

Le devo un orgasmo. Le devo un po' di piacere che annulli il dolore di ieri.

E dopo comincio a scoparmela come si deve, senza troppe smorfie.

Faccio finta di avere sedici anni. Faccio finta di essermi fermato in seconda base. La tocco con la lingua e con le dita. Ha il sapore e la morbidezza di un angelo.

È assurdo ma mi piace. Mi piace. Mi eccita pensare alla sua carne che solo io ho toccato, solo io ho violato. Penso che ogni uomo, una volta nella vita, voglia farsi una vergine, per provare il gusto pulito e perverso di essere l'unico.

Ma la cosa più sconvolgente accade dopo, dopo che è venuta con un sussurro che mi seduce, da solo, più di cento gemiti urlati. Accade quando, di sua spontanea volontà, senza che io le abbia detto nulla, mi chiede di prendermelo in bocca. Lo fa in un modo insicuro e incredulo, le guance paonazze, spaventata e audace allo stesso tempo, e questo, invece di smontarmi, mi accende ancora di più. La sua fragilità e la sua sfrontatezza mi fanno quasi esplodere.

Che cos'è questa cosa che provo, io non lo so.

Non lo so.

Non lo so.

Non è la solita cosa.

Va oltre il sollievo del mio pene stretto fra le sue dita, sfiorato dalla sua lingua.

È una misteriosa sensazione senza nome.

Solo mezz'ora fa ero furioso, e adesso la guardo e non capisco più niente. È una stronza, è senz'altro una stronza, ma è una stronza che mi piace più di quanto è giusto che mi piaccia una donna che non è Francisca. Mentre va via, devo soffocare la tentazione di chiederle di rimanere, di dirmi cosa c'è tra lei e Igor, di ordinarle di non vederlo mai più.

Ma non lo faccio, dannazione, non lo faccio. Non sono mai stato geloso. Sarebbe assurdo se cominciassi adesso. Gli sconfitti sono gelosi, i deboli, gli insicuri, quelli che hanno bisogno di reti di sicurezza per non farsi inghiottire dai vuoti della bastardissima vita, ma io non sono così. Io mi basto da solo, io non ho dubbi, io non soffro di vertigini, io riempio qualsiasi spazio e rinnego qualunque paura, e vincerò su queste sensazioni sconosciute che tentano di fottermi.

Però ci penso per tutta la sera, al locale, anche durante il lavoro. Ripenso a Penny come un pazzo. Una tipa bella e provocante me la sbatte sotto il naso, e io dico no. *Io dico no?* Lo faccio senza pensarci. *No, grazie, togliti dalle palle che ho da fare*. Quella va via guardandomi storto. Io mi guardo più storto di lei. Era uno schianto, come le ragazze della tavola calda che nemmeno ho notato.

Mi sto rincoglionendo di brutto.

Ho sempre davanti agli occhi le labbra di Penny, le sue palpebre abbassate, il suono del suo respiro, il profumo della sua pelle. Non riesco a schiodarmela dalla testa. Anche in mezzo alla musica assordante, alla gente che sgomita, al casino di una serata pesante, il film del suo corpo nudo, dei suoi brividi, dei suoi sospiri, mi passa in testa in modo maniacale. Sono fuori, proprio fuori.

Forse devo passare alle maniere forti.

Nessuna violenza, no, ma deve finire questa inutile parentesi di confusione e turbamento e menate varie.

Da ora si fotte.

Dove capita, come capita, con chi capita.

Non più soltanto con lei. E con lei nessuna delicatezza, nessun riguardo, nessuna pausa, nessun ricordo. Si scopa, mica si fa l'amore.

In tutto ciò, la cosa più sconcertante è che, alle sei di mattina, quando Penny va via, non ho ancora letto la lettera di Francisca.

Diciannove

Ovunque. Lo facevano ovunque. Di pomeriggio, prima di andare in biblioteca, Penny saliva in mansarda e non parlavano, non dicevano nulla, scopavano e basta.

Lui la aspettava e la spogliava e la prendeva e godeva dentro il suo corpo.

Lei saliva e lo spogliava e lo prendeva e godeva con lui nel suo corpo.

Di notte, ripetevano le medesime scene. Sesso, solo sesso, affamato, maleducato, ansimante, era quello e niente di più.

Penny se lo ripeteva continuamente, senza sapere che Marcus se lo ripeteva più spesso di lei, perché una cosa più la dici più ti sembra vera.

Ormai il corpo di Marcus non aveva più segreti per lei. Aveva imparato a decifrare i suoi tatuaggi e aveva scoperto, tramite Internet, il senso di molti di quei segni tribali. Esprimevano, come aveva immaginato, potenza e coraggio. Non aveva capito ancora il significato del cuore trafitto ma non pensava fosse il caso di chiederglielo. Dopotutto, lui si comportava come se la odiasse, come se usasse la sua carne e mandasse affanculo quello che c'era intorno. Le dava piacere e questo bastava.

Tanto, fra tre settimane esatte andrà via.
Chissà cosa c'era scritto nella lettera di Francisca.
Perché non le ha ancora risposto?
Fra tre settimane esatte andrà via.
Ma adesso non ci voglio ancora pensare.
Adesso voglio solo questo.
Fra tre settimane esatte andrà via.

Barbie volle andare dal parrucchiere e Penny l'accompagnò. Nell'ultima settimana l'aveva trascurata e quel giorno si dedicò completamente a lei. Le regalò una stupenda mattinata di coccole, una bizzarra manicure e un rossetto color fragola. A se stessa regalò una nuova ciocca colorata: al posto del rosa di prima, ormai miseramente sbiadito, esibiva adesso un vivido e speranzoso verde smeraldo.

Al ritorno, però, il destino le regalò anche qualcos'altro. Mentre Penny preparava da mangiare e la nonna si rimirava le unghie dipinte a fiorellini, qualcuno bussò alla porta.

Penelope sussultò non poco nel vedere Marcus. Era appoggiato allo stipite con un braccio ed esibiva un'espressione iraconda. Le fece un cenno, invitandola a uscire sul pianerottolo.

Quella novità, di per sé, non le spiacque: almeno parlavano e non si limitavano a rotolarsi su qualsiasi superficie in grado di sostenerli mentre si regalavano i loro orgasmi. Ma la faccia di Marcus tradiva un disagio, e questo la spaventò.

«Che succede?» gli domandò, asciugandosi le mani bagnate su un grembiule bianco legato in vita.

Era strano accoglierlo così, con un'aria da casalinga virtuosa, dedita a cose semplici e sane come nutrirsi e nutrire un'anziana parente. Era strano, dopo quegli ultimi giorni traboccanti di gemiti sudati e baci profondi.

«Il signor Malkovich vorrebbe vederti. È su da me. Puoi salire un istante?»

«Va bene, arrivo subito, ma è successo qualcosa?»

«È successo che se non continua a rompermi l'anima non è contento.»

Il commento di Marcus fu presto spiegato. Il supervisore, infatti, appena vide Penny, le espresse in poche parole il motivo della sua visita.

«Io e mia moglie vorremmo invitarvi a cena a casa nostra.»

Penny fissò Marcus con stupore, mentre lui, addossato con la schiena contro la porta del bagno, sollevava sardonicamente gli occhi al cielo senza farsi notare dal suo ospite.

«A casa vostra? Ed è... insomma, è una procedura normale?»

L'uomo annuì con un gran sorriso.

«Ma certo, come supervisore alla condotta dei detenuti usciti sulla parola, mi è capitato talvolta di prenderne qualcuno, come dire, sotto la mia ala. In special modo i ragazzi che ho ritenuto più meritevoli, quelli che ho intuito essere buoni nell'animo e capitati sulla cattiva strada per una serie di sfortunati eventi. Questo fa sì che li controlli con maggiore attenzione, ma anche che li gratifichi con qualche accorgimento speciale. Mia moglie mi aiuta e mi sostiene. E visto l'affetto che la lega al nostro ragazzo, mi pare naturale estendere l'invito anche a lei, signorina Miller.»

«Oh... ehm... certo, mi sembra un'idea grandiosa.»

Dietro le spalle di Malkovich, Marcus fece una smorfia e sollevò il dito medio.

«Dunque, se non siete impegnati stasera, vorreste? Potreste? Prometto che non farete tardi al lavoro, per le dieci sarete fuori.»

«Allora per me va bene. Io... vado dove va Marcus. Ormai siamo uniti da un amore indissolubile» commentò Penny, sperando che il supervisore non notasse il rossore sulle sue guance. Il supervisore lo notò, invece, ma lo interpretò nel modo giusto: non come il chiaro indizio di una menzogna, ma come espressione timida di un sentimento verissimo. Marcus, sempre alle spalle dell'uomo, sillabò un silenzioso «stronza bugiarda» all'indirizzo di Penny. Lei trattenne la voglia di contraccambiare quell'occhiata con un'altra uguale. O simile. Perché tanto non ci sarebbe mai riuscita a dimostrare il suo stesso distacco.

Così, si misero d'accordo per incontrarsi la sera e, quando l'ospite andò via, Marcus si accese una sigaretta e disse tra i denti e il fumo: «Sta cercando il modo migliore per rimandarmi dentro, ma ancora non l'ha trovato».

Penny scosse la testa. Non la pensava allo stesso modo. Le era parso di cogliere una segreta gentilezza nel gesto dell'uomo appena andato via.

«Pensi questo perché vedi sempre il male ovunque, negli altri e in te stesso. Non concepisci che qualcuno possa avere delle delicatezze nei tuoi confronti perché non le avresti tu e non sai nemmeno cosa sono. Io, invece, credo che, a suo modo, voglia proteggerti e rimetterti sul serio sulla buona strada. A me pare solo un impiegato solerte e un uomo buono, uno che fa più del suo dovere per aiutare un ragazzo.»

«Hai capito questo, tutto in una volta?»

«Se dessi più fiducia agli altri, anche tu resteresti sorpreso.»

«Non ci penso nemmeno.»

«Già, per te è tutto merda. Per te contano solo tre cose. Francisca, scopare e mettere insieme dei soldi, e non necessariamente in quest'ordine.»

«Tu, invece, hai dei grandi ideali» commentò Marcus con tono ironico. Con la sigaretta fra le labbra, la barba un po' lunga e uno sguardo senza tenerezza, sembrava uno che, anche se si sforza, non riesce a cavare da sé nient'altro che odio. Nell'ultima settimana era addirittura peggiorato. Tutto quel sesso lo aveva definitivamente allontanato da lei: entrandosi dentro e toccandosi in tutti i modi possibili, erano saliti su due pianeti a distanze astronomiche l'uno dall'altro.

Penelope scosse la testa, avvertendo dentro il solito dolore, quello che le incrinava il cuore, ormai fragile come un bicchiere di vetro, ogni volta che si ricordava che Marcus non sarebbe mai stato davvero suo.

«Io credo in qualcosa di buono. Voglio amare ed essere amata, fare qualcosa per gli altri, e realizzare il mio sogno.»

Marcus rise. Una risata senza allegria.

«Ma non mi dire. Chissà come mai, penso che in tutti questi bei sogni siano inclusi un mucchio di soldi.»

«Cosa vuoi insinuare? Sì, se avessi dei soldi sarebbe tutto più facile, ma ce la farò ugualmente, anche se non ho niente.»

«Se te lo coltivi, il tuo Igor dai riccioli d'oro, magari i soldi li trovi.»

«È del tutto normale che mi consideri una puttana, visto che mi sto comportando come una puttana. Ti prego, però, di non aggiungere altro. Non voglio odiarti, perché potrei non essere in grado di fingere, davanti ai Malkovich, che sono pazza di te.»

Lui spense il mozzicone di sigaretta in un bicchiere.

«Fatta questa premessa, spogliati, che ho bisogno di sfogare un po' di stress.»

Penny si avvicinò risolutamente alla porta.

«No» gli rispose. «Se hai bisogno di scaricare lo stress fai da solo. Sono una donna, non una bambola gonfiabile.»

Si vestì in modo semplice e casto, per dare l'impressione d'essere una brava ragazza, anche se sapeva di non esserlo più. Gonna a pieghe e camicetta da collegiale, capelli pettinati lisci fino alle guance, poco trucco e scarpe basse. In uno zaino aveva messo i vestiti molto meno casti, che le sarebbero serviti, dopo, per andare a lavorare. Sembrava una di quelle assassine pericolose che vanno in tribunale, all'udienza che deciderà se devono essere assolte o spedite sulla sedia elettrica, vestite in modo dimesso per tentare di ingannare la giuria.

Marcus, invece, se ne fregò del tutto dell'apparenza. Indossò dei jeans neri, stracciati su un ginocchio, stivali di cuoio e una giacca di pelle che faceva pensare a una banda di motociclisti teppisti. Non si era fatto la barba, e così sembrava ancora di più un mascalzone un po' stronzo.

I Malkovich abitavano in un quartiere periferico, non lussuoso ma immerso nel verde, e questo li rese più simpatici a Penny. Chi sceglieva di avere per vicini degli alberi non poteva essere una persona cattiva.

Marcus entrò in casa fumando, come per fare un dispetto. Penny porse alla signora un vassoio di biscotti che aveva preparato per lei, e la padrona di casa si illuminò di gioia. Era una donna piccola e grassa, con una pettinatura anni Venti, morbide onde scolpite da chissà quanta lacca e bocca truccata a cuore. Aveva due occhi sinceri.

Portò Penny in giro per la casa, mostrandole con orgoglio le sue piccole cose, la sua collezione di cigni di vetro, le belle tappezzerie della camera da letto e le foto del figlio. Soprattutto le foto del figlio.

Penny vide un ragazzo robusto, con due vividi occhi scuri, e per un istante ebbe la sensazione di conoscerlo già. Poi capì. Aveva uno sguardo simile a quello di Marcus. Incazzato col mondo.

Quando la signora le fece sapere, con voce un po' triste, che Cameron, così si chiamava, non c'era più, Penny capì che non era semplicemente partito ma era morto. Le dispiacque talmente tanto che le venne da piangere. La signora vide i suoi occhi lucidi e si commosse.

«Quanto sei carina, Penelope. Quando Monty mi ha detto che il nostro Marcus aveva trovato finalmente una brava ragazza, non ci ho creduto subito. Ma adesso che ti vedo sono felice. Ne ha bisogno, sai, ha sofferto tanto.»

Penny avvertì un fremito. Probabilmente non era giusto, anzi, sicuramente non era giusto, perché se Marcus avesse voluto parlarle del proprio passato lo avrebbe fatto da solo, ma non resistette alla curiosità. Non conosceva altri modi per sapere qualcosa di più su di lui e, visto che erano sole e la signora pareva propensa a parlare, buttò lì: «Lo so, mi ha raccontato qualcosa di... di sua madre».

Annie Malkovich annuì tristemente.

«Una donna non può fare la... insomma... fare *quel lavoro lì*, se vogliamo chiamarlo lavoro, in casa, con un bambino nell'altra stanza. Quel poverino è andato a malapena a scuola. La casa era frequentata da gentaglia, uomini spesso violenti, perché chi fa quel tipo di cose non può certo definirsi una brava persona. In più, Mary, così si chiamava ma di sicuro lo sai già, beveva. Che infanzia tremenda per il nostro povero Marcus.»

«Deve essere stato terribile...» sussurrò Penny, credendoci profondamente. Immaginò Marcus bambino, chiuso in una stanza, a tapparsi le orecchie mentre, non troppo lontano, sua madre, magari ubriaca, era preda di uomini violenti. Non le fece antipatia quella donna, non come ne faceva chiaramente ad Annie Malkovich. Le fece pena. Le parve, anche lei, una vittima di circostanze infelici. Come il piccolo Marcus.

Non riuscì a impedire alle lacrime di allagarle le guance.

«Eh sì, bambina» continuò la padrona di casa. «Anche io, ogni volta che ripenso a questa storia mi metto a piangere. Soprattutto quando è successo quello che è successo. Ma come stupirsi se un ragazzino cresciuto in questo modo, che assiste alla madre presa spesso a botte dal cliente di turno, a un tratto, diventato più grande, tenta di ucciderne uno?»

Penny tremò, senza smettere di piangere.

«Per fortuna non l'ha ammazzato, ma solo ferito, però da quel momento i servizi sociali si sono svegliati, si sono resi conto dello schifo che succedeva in quella casa, e le hanno tolto il ragazzo.

Non hanno fatto male, intendiamoci, non poteva continuare così, ma non sono sicura che quell'istituto sia stata la soluzione migliore, considerando anche che è lì che ha conosciuto Francisca Lopez.»

«Anche lei era...» le sfuggì.

«Non te lo ha raccontato, questo? Non mi sorprendo, forse temeva di farti ingelosire o qualcosa del genere. Però Francisca Lopez, invece di aiutarlo, lo ha portato ancora più a fondo. Era una ragazzina aggressiva, pensa che aveva mandato a fuoco la casa in cui viveva con il patrigno dopo la morte della madre, ed era una vera delinquente, di quelle che si divertono a picchiare la gente anche senza un motivo. Insieme a lei, Marcus ha tirato fuori il peggio di sé. Per questo io e Monty siamo stati felici quando sei arrivata tu. Tu saprai dargli l'amore che non ha mai avuto. Francisca gli ha dato solo odio.»

Penny si portò una mano sul cuore. Li immaginò entrambi, soli come due fiori lontani in un deserto di sabbia, reduci da un'infanzia violenta, immersi in un buio perenne, che si incontravano e si avvicinavano e sbocciavano. Ricordò la loro foto: quei visi senza giovinezza anche se erano giovani e la rabbia che trapelava dai loro occhi. Capì una volta per tutte, con lo stesso dolore di un bambino che assiste alla morte di Babbo Natale, che nulla di ciò che lei poteva dire o fare avrebbe mai sostituito tutta quella complicità. Marcus e Francisca si erano tenuti a galla quando il mare in tempesta li tirava sotto, si erano nutriti e dissetati, erano cresciuti insieme, ed erano destinati a stare insieme per sempre, qualunque fosse la durata di quel "per sempre".

Le venne ancora da piangere, perché il suo era un amore ordinario, un amore egoista. Lo voleva per sé e basta. Ma non lo avrebbe mai avuto.

Annie Malkovich le posò una mano sul braccio, mettendo in pausa i suoi pensieri tristissimi.

«La vita non è facile per nessuno. Ciascuno di noi ha la sua zavorra. Ma adesso Marcus ha te. E ora scendiamo, mia cara, la cena è pronta.»

Penny aveva lo stomaco chiuso ma si sforzò di rendere onore alle pietanze cucinate dalla signora Malkovich. Aveva l'impressione che, a tratti, Marcus la guardasse in modo interrogativo. Gli rispondeva con ampi sorrisi, tutti a beneficio dei padroni di casa che interpretavano quegli sguardi come scambi d'amore ed erano più che soddisfatti di ciò che vedevano.

Dopo la cena, si ritrovarono in salotto a parlare di cose qualsiasi.

«Mi raccomando, ragazzo mio, continua così» disse a un certo punto Monty Malkovich. «Lavoro, casa e Penny. Ho scritto al magistrato di sorveglianza una relazione molto soddisfacente sui tuoi progressi. E posso darti una buona notizia. Ho garantito che non tenterai di abbandonare lo Stato. E ho avuto questa per te.»

Da un cassetto estrasse un cartoncino rigido. Era la patente di Marcus.

Lui emise un brontolio, che forse era un grazie e forse niente, e si mise in tasca il documento.

«Grazie» disse apertamente Penny al suo posto.

«Certo, lo so che una patente senza un mezzo di trasporto non serve a nulla. Perciò, ho già contattato un rivenditore di auto usate molto conveniente. Questo è il suo indirizzo. È una persona fidata e onesta, avrai un ottimo trattamento.» Gli porse un biglietto da visita col disegno stilizzato di un'automobile.

Marcus lo prese e continuò a tacere.

Penny ringraziò ancora per lui e si convinse di una cosa: i Malkovich sicuramente cercavano di salvare ragazzi dalla strada della perdizione, ma avevano per Marcus un senso di protezione speciale perché gli ricordava il figlio morto in chissà quali circostanze.

Verso le dieci, chiamarono un taxi e Malkovich pagò la corsa fino a destinazione. Prima di andare, Penelope, di slancio, abbracciò moglie e marito con sincero affetto. Marcus si limitò a due silenziose strette di mano.

Mentre andavano via, Penny si voltò a guardarli, e le parvero vecchi, le parvero due genitori abbandonati che tentano di salvare i figli degli altri perché non sono riusciti a salvare il proprio.

Sul taxi, Marcus la guardò incuriosito.

«Si può sapere che hai? Sei pallida come una morta. Cosa hai fatto con quella, di sopra, per mezz'ora? Non tornavate più, mi sono dovuto sorbire un milione di stronzate da parte di Malkovich.»

«È brava gente, non parlare male di loro.»

«Voglio sapere perché, quando sei scesa, avevi pianto.»

«Forse mi ha commossa la collezione di cigni di vetro della cara Annie?»

«Stronzate. Cos'è successo?»

«Niente di grave. Solo... mi ha raccontato del figlio morto, e non sono riuscita a trattenere le lacrime.»

Marcus la osservò non troppo convinto di quella risposta.

«Sicura che non ti ha propinato anche qualche storia strappalacrime sul mio conto?»

«Ma no, certo che no.»

Lui stava per replicare quando Penny vide qualcosa, oltre il finestrino, che attirò la sua attenzione. Si allungò dal lato di Marcus, scavalcandolo letteralmente, le mani a coppa intorno agli occhi per guardare meglio.

«Si fermi!» ordinò al tassista che frenò d'impulso.

«Ma che succede?» domandò l'uomo, un indiano dall'aria stanca.

«Tenga pure il denaro per il resto della corsa. Noi scendiamo qui.»

Trascinò Marcus verso il luna park che si estendeva, colorato e grandioso, per lo spazio di due o tre isolati. Una musica allegra si spandeva nell'aria e, anche se era appena novembre, a Penny sembrò che fosse Natale.

«Ci andiamo?» gli domandò, con gli occhi che brillavano.

«Scordatelo. Sarà tutto un casino di bambini e coppiette. E poi, devo lavorare.»

«Ok, allora tu vai, io rimango» disse lei, con la voce appena oscurata da un velo di tristezza. Non aveva intenzione di andarsene. Adorava l'idea di girare in un luna park così grande, come quelli dei film. Certo, rimanere da sola non era il massimo, ma si sarebbe adattata.

Marcus si fermò in mezzo al piazzale davanti all'ingresso, dove una piccola folla faceva la fila per entrare, una mano sul fianco e l'altra a tenere una sigaretta appena accesa.

«Sei una stronzetta molesta» mormorò.

«Ci si vede dopo!» esclamò lei dirigendosi verso la coda.

Lui la trattenne da un polso per un momento.

«Per le undici andiamo via però.»

«Vuol dire che resti?»

Non le rispose, si limitò a osservarla. La brace della sigaretta vibrò mentre tirava, senza staccarle gli occhi di dosso.

«Sei un mistero a tuo modo» le disse infine.

«In che senso?»

«Non riesco a capire cosa c'è in quella testa. In certi momenti sei perfettamente adulta, cazzo se lo sei, ma poi, come adesso, metti su una faccia assurda e mi viene il tremendo sospetto di avere fatto sesso con una bambinetta camuffata. Li hai davvero ventidue anni?»

«Tranquillo, non andrai in galera per corruzione di minore. Compio ventitré anni il venti dicembre. In ogni caso, nessuno di noi è una cosa soltanto, no? Anche tu, che pensi di essere tutto d'un pezzo, hai un bel casino di personalità dentro, ne sono sicura. E adesso andiamo, non perdiamo tempo in chiacchiere.»

Istintivamente, lo prese per mano, senza pensare al senso di quel gesto e alla sua possibile reazione, e solo dopo che furono dentro si accorse che non aveva ritirato il braccio. Lo strinse più forte e pensò che la felicità aveva odore di zucchero filato e notte fredda e di Marcus che fumava e brontolava ma le restava accanto.

Penny si divertì da matti. Non c'era il tempo, e nemmeno i soldi, per fermarsi davanti a tutte le attrazioni e giocare a ogni cosa, ma anche guardare era piacevole, e si permise il lusso di sparare con un fucile di legno contro una pila di barattoli, vincendo un papero di peluche a batteria che, se lo schiacciavi sulla schiena, diceva con voce querula: "Ma quanto sono figo". Non lo tenne per sé, lo regalò a un bambino che piangeva perché lo zucchero filato gli era caduto a terra, facendolo nuovamente sorridere.

A un tratto si trovarono di fronte a due alti palazzi di cartapesta. Uno, dipinto di rosa, riportava un'insegna scintillante, TUNNEL DELL'AMORE, e l'altro, tutto nero, la scritta sghemba LABIRINTO DELL'ORRORE.

«Non pensarci neanche, e dico sul serio» disse Marcus, osservando il castello rosa come se fosse un'informe montagna di letame fumante.

«A entrare nel tunnel dell'amore, dici? Proprio no» lo rassicurò lei. «Ma quello dell'orrore fa al caso nostro. Vediamo se sei abbastanza coraggioso?»

«Di cosa dovrei avere paura? Di qualche scheletro di plastica?»

Lei rise.

«Non si sa mai, magari scopri che sei più fifone di quanto pensi. Se vieni, ti prometto che dopo andiamo via.»

«D'accordo, ma se è tutta una scusa per toccarmi, sappi che non hai bisogno di scuse. Basta che lo dici e ti tolgo le mutande.»

«Sei il solito gentiluomo, Marcus. Delicato come pochi. Ma non preoccuparti, non ho voglia di farti nulla. Oggi ho appena dieci anni e desidero solo divertirmi e mangiare lo zucchero filato. E adesso andiamo?»

La clientela del luna park doveva essere molto romantica, poiché il labirinto dell'orrore era deserto, eccezion fatta per qualche mummia bendata e un paio di zombi finti che vennero fuori all'improvviso dal buio. Penny e Marcus seguirono un lungo corridoio che ogni tanto si diramava e li faceva imbattere in vari tipi di mostri, accompagnati da un sottofondo registrato di risate diaboliche e musica d'atmosfera.

A un tratto, però, in un punto appena rischiarato da un neon lampeggiante, Penny cacciò un urlo. Quando si rese conto di cosa l'aveva spaventata scoppiò a ridere nervosamente. Era se stessa, riflessa in uno specchio deformante. Sembrava tre volte più alta e più grossa.

Riflesso nello stesso specchio, Marcus, già grande e grosso di suo, appariva gigantesco.

«Te lo avevo detto che era tutto un pretesto» disse lui.

Penelope trasalì, accorgendosi solo adesso di essersi abbarbicata al suo petto.

«Scusami» mormorò, spostandosi.

«Non ti devi scusare» replicò lui con tono beffardo. «Di cosa, poi? Ti ho dato l'impressione di non voler essere toccato?»

Lei non gli rispose. Si addentò un labbro andando avanti. Scortati dalla stessa musica che si ripeteva in modo ossessivo, per un po' camminarono in silenzio nel labirinto. A tratti sbucava qualche nuovo mostro, ma non metteva paura. Penny aveva più paura di ciò che stava per dirgli.

«Prima, ti ho mentito» sussurrò, come se non volesse farsi davvero sentire.

«Quando?» domandò Marcus, in un tono vagamente allarmato.

«La signora Malkovich mi ha parlato di te, e io l'ho assecondata per sapere. Perdonami. Sono stata invadente. Se vuoi uccidermi e seppellirmi qui dentro, fai pure.»

Marcus non disse nulla. Cercò una sigaretta da qualche parte ma non ne trovò nessuna.

«Che ti ha detto?» le domandò.

Penny gli fece un rapido riassunto di quelle rivelazioni, senza infierire e senza sottolineare i commenti negativi sulla madre e su Francisca.

«Scusami» ripeté alla fine.

Lo vide scrollare le spalle nella penombra.

«Quindi piangevi per me.»

«Anche.»

«Non c'è niente da piangere. Risparmiati la compassione.»

«Non è compassione.»

«Ah no? E cos'è?»

È amore, stronzo.

«Mi dispiace perché hai...»

«Accoltellato alla schiena quel figlio di puttana? Peccato che non l'ho ucciso. Ma non è dipeso da me. Se mi avessero lasciato fare, gli avrei tranciato la giugulare. Purtroppo si è messa di mezzo Sherrie.»

«Viveva con voi?»

«Vicino a noi. Stava con uno e aveva smesso di battere. Ha sentito le grida ed è arrivata e mi ha tolto di mano le forbici. Le avevo affilate apposta. Era un omicidio premeditato, sai. Quel tipo aveva già provato a farle del male, così mi sono preparato. Quando ho visto il sangue schizzare mi sono pure divertito. Era una merda inutile. Uno che va a puttane e le prende perfino a calci.»

«Hai ragione.»

«Cosa?»

«Hai ragione, uno così è una merda di sicuro. Se fosse morto non sarebbe stata una gran perdita. Però sono contenta che Sherrie te lo abbia impedito.»

«Da quel momento mi hanno chiuso in quel fottuto istituto. Uno schifo di posto. Per fortuna, un paio d'anni dopo, lì ho incontrato Francisca. Non volevano che stessimo insieme, ma di notte scavalcavamo i cancelli che separavano l'area maschile da quella femminile e facevamo quello che ci pareva. Mica era un carcere di massima sicurezza. Quella parte lì è stata un vero sballo.»

«È lei la prima ragazza con cui...»

Marcus rise.

«Oh, no. La prima volta lo avevo fatto a quattordici anni con una troia di venti. Una troia vera, intendo, una delle tante tipe che frequentava mia madre. Ma non immaginarti che sia stato costretto o chissà cosa. Erano puttane perbene, quelle. Non mi toccavano nemmeno per sbaglio. Sono stato io a chiederglielo. Tanto ho insistito che alla fine mi ha accontentato. Con Francisca è successo molto dopo. Ci siamo divertiti moltissimo, io e lei, eravamo una cosa sola, e quando scopavamo ci dimenticavamo di tutto quello che avevamo intorno. Così scopavamo tanto, perché le cose da dimenticare, anche per lei, non si contavano mica sulle dita di una sola mano.»

«Hai mai fatto sesso solo per amore? Solo per il piacere di stare con qualcuno, non per dimenticare, non per toglierti il pensiero?»

Lui rise di nuovo, tanto forte che la sua voce, mescolandosi alla musica inquietante, parve quasi macabra.

«Il sesso serve a questo, Penny. Mentre godi ti dimentichi dello schifo che hai dentro. Non c'è un altro tipo di sesso.»

Penny abbassò lo sguardo sulla pavimentazione sconnessa del labirinto, ricoperta da un lungo tappeto nero. Sentì il cuore che si faceva minuscolo, tanto da perdersi nello spazio siderale del costato.

«E poi, hai rivisto tua madre?» gli domandò, cambiando discorso.

«Sì, dopo che sono uscito dall'istituto. Ma stava morendo.»

«Stava morendo?»

«Si era beccata il cancro. All'utero, pensa, come se qualche demonio avesse voluto punirla.»

«E tuo padre?»

«Il figlio di una puttana può mai sapere chi è suo padre? Nemmeno lei ne aveva la più pallida idea. Non che me ne sia mai fregato qualcosa.»

«E tu e Francisca...»

«Siamo rimasti insieme. Una vita pazzesca con lei. Facevamo le cose più stupide e pericolose. Poi è successo quel casino e siamo finiti dentro.»

«E sei arrivato qui.»

«E sono arrivato qui.»

«Manca poco ormai.»

«Al ritorno di Francisca?»

Penny scosse la testa debolmente. Il pensiero del loro legame fortissimo le aveva tolto le forze. Non voleva più ascoltare, non voleva più sapere niente. Non esisteva alcuna possibilità che il presente potesse essere all'altezza di quello straordinario, pazzo, violento, erotico e sanguinante passato.

«No, alla fine del labirinto. Vedo una luce e la musica è terminata. Meglio sbrigarsi o mi licenziano e, non so tu, ma io non me lo posso permettere.»

«Ok, io scendo qui, ci si vede dopo» gli disse Penny saltando giù dall'altro taxi che erano stati costretti a prendere per non fare tardi. Era ancora vestita da educanda e doveva cambiarsi.

Appena smontò dall'auto, tuttavia, si sentì come catapultata all'improvviso in un pozzo pieno di cenere. Davanti all'ingresso del

Well Purple c'era Grant e, ne era sicura, stava aspettando lei. Si aggirava nervosamente, guardando l'orologio da polso e forse domandandosi come mai non fosse ancora arrivata.

Penelope rimase paralizzata davanti allo sportello.

«Tutto ok?» le domandò Marcus.

«Sì» mentì lei, fissando Grant che ancora non l'aveva notata.

Ma Marcus dovette percepire qualcosa nella sua voce, un sottofondo di bugia bianca, una vibrazione forzata, perché uscì anche lui fuori dall'auto e guardò in direzione di Grant.

«Che succede?» le domandò ancora. «E non dirmi cazzate.»

Penny si costrinse a sfoderare un sorriso.

«Nulla, davvero, è solo che è tardi. Vado o mi fanno un casino.»

Accelerò, slacciandosi dalla stretta di Marcus che le aveva posato una mano su una spalla, e sorpassò Grant sperando che non la notasse e se ne andasse, pensando che per quella sera non si era fatta viva. Ma lui si girò e la beccò proprio mente varcava la soglia, e sulla bocca da bravo ragazzo si dipinse un sorriso da serpe.

Penny attraversò la marea umana che già riempiva il locale ed entrò nella minuscola stanza destinata al personale per cambiarsi. C'era una porta a soffietto, senza chiave, e per tutto il tempo di quell'operazione frenetica rimase con lo sguardo incollato a quel gigantesco ventaglio di plastica dipinta di giallo ottico, temendo che Grant le facesse qualche brutta sorpresa. Stava indossando le scarpe, un po' sollevata, quando all'improvviso lo vide davanti a sé. La musica e le voci nella sala avevano sovrastato il sibilo prodotto dalla porta mentre si apriva. Adesso era lì di fronte e la fissava col suo solito sorrisetto minacciosamente ipocrita.

«Amore mio» le disse. «Mi ero preoccupato.» Si avvicinò, lento e armonioso come un uomo che vuole offrire fiori recisi: tuttavia dai suoi occhi trapelava la ferocia di un demone con un'aureola fatta di fiamme.

Lei si alzò e tentò di non mostrargli la sua profonda paura.

«Togliti dalle palle, devo lavorare.»

Ma Grant non si fermò. Le andò più vicino, e Penny dovette arretrare anche se detestava essere una preda e una vittima.

«Sei sempre più bella. Hai fatto qualcosa? Odori di sesso. Sei sexy da morire.»

«Se non ti sposti...»

«Mi sposto, mi sposto, mica voglio farlo qui. Era solo per informarti che non sono sparito, ci tengo tanto a te e prima o poi te lo metto dentro a sangue.»

Penny piegò la testa da un lato, odiava perfino essere sfiorata dal suo alito. Aveva addosso un profumo intenso e costoso, che le diede la nausea più di un vero e proprio tanfo. Era troppo furbo per aggredirla lì, dove poteva entrare qualcuno, ma la sua vicinanza era ugualmente aggressiva e le faceva comunque schifo. Così, quando Grant allungò le mani per toccarle le spalle, anche se quel gesto non preludeva a un preciso attacco, Penny, ricordando ciò che le aveva insegnato Marcus, scattò con entrambe le braccia, spinse lateralmente quelle di lui, sollevò un ginocchio e gli diede un calcio dove era certa di fargli più male. Grant gridò, piegandosi su se stesso e vomitandole addosso una gragnola di insulti misti a lamenti.

A quel punto, Penny si sarebbe aspettata che piombasse giù, rantolando come un insetto avvelenato, ma Grant non si buttò a terra, anzi, rimase in piedi e si mosse all'indietro come se si stesse cimentando in una retromarcia sgraziata. Fu allora che Penny vide Marcus spuntare dietro Grant, troppo più alto e imponente per non notarlo: lo acchiappò per una spalla, gli piegò un braccio dietro la schiena e lo sbatté contro una parete con tale violenza da farle pensare che l'avrebbe sfondata.

«Ma cosa...» biascicò Grant, col naso e la bocca spiaccicati contro il muro, quasi volesse baciarlo. Da una narice gli colava una riga di sangue, mentre le lacrime del dolore che gli aveva inferto lei continuavano a lavargli le guance.

Marcus lo tenne premuto con forza in quella posa.

«Pezzo di merda» gli disse in un orecchio, con un tono che, anche senza quella stretta mostruosa, faceva paura solo a sentirlo, «adesso ti sgozzo, ti faccio a pezzi e ti brucio, e di te non troveranno neanche un dente.»

Grant continuò a farfugliare, piagnucolando come un vigliacco col naso rotto e i testicoli ammaccati. Penny mise una mano sul braccio di Marcus e lo strinse.

Negli occhi di lui c'era un assassino armato, c'era un ragazzino che vuole tagliare di netto la testa dell'uomo che sta aggredendo sua madre, solo più grande – molto più grande – e più letale.

Ma Penny non poteva permetterglielo. Avrebbe fatto ciò che aveva fatto Sherrie molto tempo prima. Gli tolse le forbici dalle mani, simbolicamente. Gli disse: «Ti prego, lascialo andare».

Marcus allentò la presa sul braccio di Grant. Fissò Penny che lo fissava supplicandolo in silenzio di non andare oltre, di non distruggersi distruggendolo. Gli occhi di Penny erano lucidi, trasparenti e materni. Grant, intanto, approfittò di quella parentesi per divincolarsi e darsi alla fuga. Scappò senza neppure voltarsi indietro, passandosi una mano sul naso e zoppicando vistosamente.

Marcus si proiettò verso di lui, come se volesse riacciuffarlo, ma Penny lo trattenne con entrambe le mani.

«Se gli fai del male sei tu che paghi di più. È una merda ma non mi ha fatto nulla.»

«Non ancora! Cazzo, Penny, con certa gente non c'è che una soluzione. Deve morire. Se non muore, prima o poi ti farà del male, a te o a qualcun'altra.»

«Allora speriamo che muoia, ma non per mano nostra. Vai a lavorare, sono certa che non tornerà.»

Marcus scosse la testa.

«Ho già telefonato al Maraja per avvertirli che stasera non vado. Rimango qui e se torna, te lo giuro, lo porto in un vicolo e gli fracasso la testa contro un muro. Non scherzo, Penny.»

«Lo so che non scherzi ma... non farai niente del genere. Non ti permetterò di fotterti la vita. Fra due settimane arriva Francisca, devi pensare solo a questo, e ve ne andrete da questa merda di posto. Io me la caverò come ho sempre fatto. Adesso lascia che vada a lavorare, o Debbie diventa una vera strega.»

Si mosse per raggiungere il locale. Si accorse di traballare: aveva solo una scarpa. Indossò anche l'altra, e si sentì stanca, così stanca che le parve di sostenere tutto il peso di quel palazzo, compresa la gente e i loro cuori, i loro pensieri, e l'alcol che avevano bevuto. E Marcus, che la fissava senza distogliere lo sguardo, Marcus coi suoi occhi omicidi, che le sussurrò, un attimo prima di uscire dalla stanza: «Se ti tocca muore, e questa è una promessa».

Come annunciato, Marcus non andò a lavorare quella notte. Rimase lì fino a che Penny finì, sempre presente, attento e incazzato. Lei, che già era turbata per motivi più seri, dovette assistere a innumerevoli tentativi di abbordarlo da parte di altre ragazze. Tutte, però, a un certo punto andavano via, come rassegnate.

A un tratto, due di loro si avvicinarono al banco per ordinare da bere.

«Ma come hai fatto?» le domandò una, dopo averle chiesto un gin tonic.

«Scusa?» le chiese Penny di rimando, senza capire.

«A metterti con quello schianto» le spiegò quella, facendo un cenno verso Marcus. «E deve essere pure innamorato. Non ha voluto darmi nemmeno il numero di telefono. Ha detto che sta con te. Mi spieghi come hai fatto?»

Penny sussultò e per un istante provò la stupida ebbrezza di essere veramente la compagna di quello schianto e non un'invenzione per tenere lontane le ragazze, quella sera che non aveva voglia di intrattenerle.

«Ho delle doti nascoste» rispose freddamente, resistendo alla tentazione di sputare nel suo drink.

Grant non si rifece vivo, e il ritorno a casa fu tranquillo. Eccettuato il furore di Marcus che, sebbene diminuito, era ancora lì, caldo sotto la cenere calda.

«La sera ti accompagno e poi ti vengo a prendere. Se succede qualcosa voglio che mi chiami sul cellulare» le disse in tono assoluto.

«Marcus...»

«Non fare obiezioni, o si fa così o si fa così.»

«Il nostro contratto sta per scadere, sei autorizzato a non occupartene più.»

«Non prendi sul serio questa cosa.»

«La prendo sul serio eccome, dopotutto ne va della mia pelle» protestò lei. «Ma è un problema mio, non tuo.»

«È un problema anche mio!» sbraitò Marcus, fermandosi sulla strada. La strinse a sé, e Penny si ritrovò tra le sue braccia, all'improvviso, senza un avvertimento, senza una preparazione per il suo povero piccolo cuore così pieno e così vuoto.

«Perché?» gli domandò, sottovoce.

Lui le rispose in un modo incomprensibile.

«Non lo so perché, ma è così e basta.»

«Grazie perché ti preoccupi per me ma... non farlo più, ok? E adesso andiamo a casa. Ho freddo da morire e sono stanchissima.»

Marcus annuì, scuro in volto. Camminava con le mani nelle tasche, senza neanche fumare. Pareva immerso in un miliardo di pensieri tutti suoi, solo suoi.

Quando arrivarono al palazzo, le fece luce fino alla porta di casa, aspettò che entrasse e poi andò via, senza una sillaba e senza un cenno e senza nemmeno averle proposto di salire da lui.

Penny si cambiò e si mise a letto in tempi da record. Era davvero distrutta. Quante emozioni concentrate in una sola giornata. Ripensò a ciò che aveva saputo su Marcus, e pianse con la testa sotto il cuscino.

Dopo un po' un rumore la fece sobbalzare. Si mise a sedere e lo vide ancora una volta sulla scala antincendio. Ebbe paura che fosse accaduto qualcosa di grave, che fosse andato a cercare Grant e lo avesse ucciso, e gli aprì piena di terribili presagi. Lui entrò: odorava di sapone e di freddo.

«Vieni, ti congeli» gli disse, notando che indossava solo una maglietta e un paio di jeans, e le scarpe slacciate sui piedi scalzi. «Cosa è successo?»

Lui si passò una mano sulla fronte, con energia, come se volesse mettere ordine in un mare di pensieri ammassati proprio lì, alla rinfusa. Poi se lo ritrovò davanti, così alto da sembrare un pilastro in mezzo alla stanza, che le diceva sottovoce: «Promettimi che anche quando andrò via, farai attenzione».

Penny annuì, cercando di non pensare a quel momento così vicino. «Promesso.»

«Prima del mio arrivo ti ha toccata? Ti ha fatto qualcosa?»

«Ci ha provato, ma l'ho fermato. Cosa è successo, Marcus?»

«Niente. Cioè... non so.» Rimase in silenzio per qualche minuto, lo sguardo perso in un punto indefinito, tre rughe orizzontali che gli marchiavano la fronte. Dopo un po' la fissò e le domandò in un unico fiato: «Io sono come quello lì?».

Penny non riuscì a impedirsi di sussultare.

«Come Grant? Ma che dici?»

«Ci ho pensato e, a conti fatti, non mi pare di essere migliore di lui. Anzi, sono addirittura peggio. Ho combinato un mucchio di casini, Penny. Ho tanta di quella merda dentro.»

«Ognuno di noi ne ha, fidati. E non ti paragonare a Grant, per favore. Lui è un pazzo maniaco.»

«E io no? Sono una bestia, Penny, e lo sai.»

«In effetti non spicchi per raffinatezza. Sei prepotente, sboccato e fondamentalmente stronzo e a letto sei un... un teppista. Però... sei te stesso, non ti presenti come un gentiluomo per poi forzarmi se dico di no. Sono sicura che se te lo dicessi, di no, ti fermeresti. E, anche se può sembrare strano, hai le tue gentilezze. Mi chiedi sempre se mi va di fare una cosa, non a parole, me lo chiedi con gli occhi, me ne accorgo. E vuoi... vuoi farmi stare bene quando... quando lo facciamo. Non pensi solo a te stesso. Tu desideri che anche io... insomma, provi piacere. Inoltre, sai che ti dico? Se sei bestiale tu, evidentemente lo sono anche io, perché mi piace quello che fai e come lo fai. E anche io, quando mi va, non ho peli sulla lingua, no? Per cui non paragonarti a quello, d'accordo?»

Marcus le sorrise, e fu come se una luce improvvisa avesse illuminato un angolo dapprima invaso dal buio.

«Quindi se ti dico che in questo momento mi va di farlo, non mi giudicherai male?»

Penelope soffocò una risata fra le dita. Chiuse a chiave la porta e tirò le tende alla finestra. Poi tornò al centro della stanza, da Marcus che la osservava, e si sollevò sulla punta dei piedi baciandogli le labbra. Un bacio leggero, innocente come la neve appena caduta.

Lui, per tutta risposta, la prese in braccio. Si sedette sul letto e la adagiò sulle proprie gambe. Tenendola così, con delicatezza, sbottonò la camicia del suo pigiama e prese ad accarezzarle il seno. La fissava mentre lo faceva, guardava la sua pelle nella quieta penombra della stanza, i suoi capezzoli erti, la sua testa reclinata all'indietro. Poi scese più giù, le sfiorò l'addome, i fianchi, il ventre setoso. Le abbassò i pantaloni e continuò a lambirle le gambe coi polpastrelli. Continuò così a lungo, a lungo, senza penetrarla in alcun modo, se non con la forza del suo sguardo.

Dopo la svestì completamente, e si svestì. Si ritrovarono nudi, sul letto di Penny, un letto non abituato a quegli incontri, sotto le coperte, a toccarsi come se non si conoscessero e come se dovessero imparare una mappa per salvarsi la vita.

«Non ho portato un preservativo» le mormorò in un orecchio «non posso venire dentro.»

Lei annuì ma per un istante, uno solo, pensò che lo avrebbe voluto dentro comunque, voleva la sua carne e il suo seme e suo figlio.

Subito dopo pensò che era pazza e si accontentò delle sue dita. Quando venne, Marcus le chiuse le labbra con un pollice, sorridendole in modo malizioso mentre muoveva i fianchi in preda a quegli spasmi squisiti. Quando lui venne tra le sue mani, Penny lo zittì con un bacio.

Era certa che non avrebbe mai ottenuto di più, ma quella notte, quel rapporto lento e muto, quei baci, quelle carezze, furono la cosa più simile all'amore che Marcus avrebbe mai potuto concederle.

Venti
Marcus

Scopiamo quasi senza sosta, io e Penny. Mi basta guardarla per non capire più niente. Non riesco a pensare ad altro. Quando sono al lavoro, desidero tornare a casa al più presto per stare con lei. Mi sveglio di mattina, aspettando che arrivi, e quando lo fa, la trascino dentro e la spoglio e la prendo come se non lo facessi da anni.

Consumo due scatole di preservativi in una settimana: è un record perfino per me. A tratti mi fermo a riflettere: è assurdo che stia fottendo come un dannato con una che non è nemmeno tutto questo granché e che fino a otto giorni fa era vergine, eppure è così. Non ragiono, sul serio, non ragiono. Non penso che a lei e a quello che vorrei farle, e quando lo faccio penso a quello che le farò la prossima volta.

Mi piace, mi piace fin troppo. È solo sesso, naturalmente, ma mi sorprende perché non mi è mai capitato di scopare così a lungo con la stessa tipa. Tranne che con Francisca, s'intende. Ma Francisca è Francisca: è bellissima, è la mia donna e ci unisce un maremoto di cose e bisogni.

Penny, invece, chi è? Cosa vuole? Un po' di sesso umido e caldo, qualche orgasmo per dimenticare la fottuta vita lì fuori? O magari un modo per passare il tempo prima di farselo mettere dentro dal suo principe azzurro?

Quando ci penso la rabbia mi acceca, e mi scarico ammazzando di botte il sacco invece di Igor. Non ho ancora capito perché mi faccia infuriare così, non c'è una sola ragione per la quale debba perdere la bussola immaginando Penny insieme a un altro.

Eppure... lei è mia, cazzo.

Sto impazzendo, sto sicuramente impazzendo. Non c'è altra spiegazione. E più questa frase – *lei è mia* – che è venuta su come gramigna nel mio cervello, mi tormenta, più la scopo come se fosse una puttana, senza una parola né un bacio, sperando che questo mi porti a disprezzarla, sperando che questo mi trattenga dal sussurrarle in un orecchio, proprio mentre le vengo dentro: «Ti prego, dimmi che vuoi solo me».

Bussano alla porta ma non è Penny. È quel rompicoglioni di Malkovich. Vuole invitarci a cena a casa sua. E Penny accetta come se nulla fosse, come se le facesse piacere.

Mentre parla con lui, la odio con tutto me stesso. Stronza! Che finge di essere innamorata di me e intanto si tiene caldo quel figlio di papà. E mi dà pure lezioni su come si vive, sulla fiducia, sull'amore e altre boiate. E alla fine, si rifiuta perfino di darmela. Stronza assoluta.

Dai Malkovich è tutto un sermone su come comportarsi e su chi frequentare. A un tratto Penny sparisce con la moglie, e Monty mi prende da parte per farmi due coglioni così sulla straordinaria ragazza che mi sono scelto, su quanto è dolce e buona e giusta per me. Che poi, cosa vuol dire che è giusta per me? Che dovrei fare, secondo il suo Dio? Sposarla, andare a vivere insieme a sua nonna, concepire una mezza dozzina di bambini e fare un lavoro da impiegatuccio del cazzo? Questa sarebbe la vita giusta per me? Rimanere in questa merda di città? Questa è morte, non vita. Da sempre ho voglia di scappare, di rimanere nei luoghi il meno possibile, a maggior ragione adesso che sono stato dentro per quattro anni e respirare sempre la stessa aria mi fa sentire come sepolto vivo.

Se Monty Malkovich ha in serbo per me un futuro di questo tipo, mi sa che rimarrà deluso, perché appena torna Francisca ce la squagliamo.

Penny la dimenticherò presto. Ne sono sicuro. Appena rivedrò Francisca e potrò stringerla fra le braccia, tutto si azzererà, la smetterò di sentirmi come mi sento adesso, e tornerò quello che ero, quello che sono: il solito Marcus Drake che cerca di fottere la vita prima che la vita fotta lui.

Penny ritorna e noto subito che ha pianto. Che cosa è successo? Per tutta la cena vorrei sapere cos'ha, ma non c'è modo di rimanere soli. 'Sti due sono una seccatura colossale.

Glielo chiedo quando andiamo via e mi dice che la signora Malkovich le ha raccontato del figlio morto. La conosco quella storia. Una volta l'ha raccontata pure a me. Si chiamava Cam, mi pare. Era un bravo ragazzo inizialmente, stando alle parole della madre, ma poi, per una delusione d'amore, è caduto in depressione e ha cominciato a frequentare un brutto giro. Droga, alcol, corse clandestine, roba di questo genere. Una volta ha tentato pure una rapina ed è morto ammazzato dal tizio che stava ripulendo, che era armato e si è difeso. Una storia come tante. Tragica sì, ma non capisco perché Penny debba piangere per uno che nemmeno conosce.

Mentre siamo in auto, cambia discorso quasi tuffandosi fuori dal finestrino. Non so cosa ha visto, fatto sta che ordina al tassista di fermarsi: sembra una matta.

Le luci di un luna park le si riflettono sul viso e lei ha il sorriso di una bambina.

Se pensa che l'accompagni si sbaglia di grosso. Non ci sono mai stato in un posto del genere, neppure da piccolo, figurarsi se ci entro adesso.

Quando glielo dico, leggo la delusione nel suo sguardo, è come un luccichio. Che fa, si mette a piangere? No, non si mette a piangere, mi dice di andare via, ma ha in fondo agli occhi quella luce ferita. Dovrei fregarmene, ho da lavorare io, che torni indietro da sola. Ma, dannazione, non ce la faccio. Spero che questa tendenza a farmi condizionare dalle lacrime delle donne, anche le lacrime che non sgorgano, quelle che immagino e non vedo, finisca al più presto. Sto diventando un coglione. Uno che non riesce a dire di no a una ragazzetta che lo prende per mano e lo trascina dentro, ridendo come se fosse Natale.

Che poi, tutto sommato, il luna park è pure divertente. C'è casino ma è pieno di gente felice. Bambini, genitori, ragazzi, innamorati che si imboccano di zucchero filato. La gente è proprio patetica, ma almeno non rompe le scatole. La guardo, guardo Penelope, immersa in tutte queste luci, e la tengo per mano perché ho paura di perderla. Lei gioca, mi mostra questo e quello, ha un'aria pericolosamente innocente, e mi confonde, mi rimescola, mi sento sull'orlo di qualcosa, qualcosa che potrebbe distruggermi. Devo stare attento, devo mantenermi razionale, non devo cadere nella sua trappola.

Non so neppure che trappola sia, a essere sincero. Però la osservo e, mentre mi conduce nel labirinto dell'orrore, penso che ho paura. Non di questi fantocci che sbucano dal buio accompagnati da risate isteriche: ho paura di lei. Ho paura dei suoi occhi splendenti, del modo in cui mi tiene per mano, delle sue labbra che hanno baciato solo me, ho paura di quanto la voglio, ho perfino paura del fatto che, confessandomi di avere indagato sul mio passato, non se ne dimostri affatto inorridita. Dovrei farle schifo ma non le faccio schifo. Ha pianto per me. Nessuno ha mai pianto per me, neppure Francisca, così come io non ho mai pianto per lei. La vita è questa, si va avanti, ridiamo alle spalle di chi è morto, noi che siamo vivi, perché non sappiamo per quanto tempo lo saremo ancora.

Penny invece piange. E mi ascolta. E mi tiene per mano. E mi stringe più forte quando il racconto è più duro.

Che vuole da me?

Cosa cazzo vuole da me questa qui?

Appena arriviamo al Well Purple mi accorgo subito che qualcosa non va. Un attimo prima era felice, un attimo dopo è sconvolta. Mi sta mentendo, mentre dice che non è successo nulla, mi sta mentendo. Allora, ripenso alla descrizione che ha fatto di quello stronzo che la perseguita, Grant. Un fighetto mezzo pazzo. Sono sicuro che è quello che aspettava all'ingresso. Lo ha guardato come se avesse visto l'inferno. Per giunta, mi pare una faccia nota, e subito la mia mente cataloga e ricorda. Lo stronzo, qualche settimana fa, era al Maraja e dava fastidio a Grace, una cameriera. Jason l'ha buttato fuori e gli ha intimato di non farsi più vedere. Questa merda ce l'ha per vizio.

Telefono velocemente per dire che non andrò a lavorare stasera. Se non gli sta bene che si impicchino. Intanto seguo lo stronzo che entra nel locale. Lo perdo di vista un attimo in mezzo alla folla, e poi lo ritrovo mentre si infila nella zona destinata al personale. Mi sale il sangue al cervello.

Lo becco quasi addosso a lei, che le dice qualcosa in un orecchio. Lo sbatto contro il muro, sento le sue ossa che scricchiolano come biglie di vetro, e adesso lo porto fuori e lo ammazzo e lo brucio e libero il mondo dalla feccia.

Ma poi Penny mi supplica con gli occhi.

Quando ho preso alla gola il coglione che voleva fare del male a Francisca, lei mi ha aizzato, mi ha incitato: «Finiscilo, finiscilo, finiscilo!» continuando a prenderlo a calci a sua volta. Penny mi prega di lasciarlo andare. E mentre lo stronzo si divincola e scappa, lei mi trattiene.

Non si rende conto che ci riproverà. I tipi del genere non devono vivere. Faranno sempre del male a qualcuno. I tipi del genere meritano solo la morte.

Rimango qui, ma non sto in pace. È tutto uno sbattermi in faccia chilometri di fica. In un altro momento ne approfitterei, ma non adesso, adesso devo tenere d'occhio Penny, devo stare attento che quello stronzo non torni. Se le succedesse qualcosa mentre mi faccio una qualsiasi, non me lo perdonerei.

E poi, a dirla tutta, non ho voglia di farmi nessuna.

A un tratto mi scopro perfino a dire: «Senti, sono qui con la mia ragazza, non mi interessi proprio».

«Mica ci credo» mi fa quella. «Vuoi farti desiderare? E chi sarebbe?»

Le indico Penny che in quel momento sta servendo un cocktail a un idiota che le fissa la scollatura. Però che fatica. Devo impormi di rimanere dove sono. Quante scollature ho fissato io? Mica è un reato se uno guarda soltanto.

La ragazza osserva Penny.

«Quella lì?» domanda, sbalordita.

«Quella lì. Qualcosa in contrario?»

«No, è che... non mi pare il tuo tipo.»

«Lo so io qual è il mio tipo.»

«Magari mi lasci il tuo numero di telefono?»

«Senti bambola, non ti scopo né ora né mai, quindi sloggia.»

La ragazza va via, paonazza e perplessa, e sono sicuro che mi odia, ma non me ne importa. Posso finalmente tornare a controllare la situazione. Se Grant torna, è un uomo morto.

Ma non torna. Non che questa cosa mi renda tranquillo. Ho paura che possa farlo quando non ci sarò.

Rientrando a casa sono distratto. Mentre ripenso a quello che è successo, una domanda scomoda mi schianta.

Vorrei far fuori Grant, sì, ma sono davvero migliore di lui?

Quando rimango da solo, cerco di ricordarmi come mi comporto quando io e Penny stiamo insieme.

La forzo? La costringo? Le ho mai fatto fare qualcosa contro la sua volontà? Non riesco a ricordare, dannazione, non riesco a ricordare. Il sospetto di essere stato, se non violento, anche solo fin troppo persuasivo, di avere ignorato qualche segnale di fastidio, qualche cenno di rifiuto, così come ho ignorato il suo dolore la prima volta, mi fa sentire talmente male che esco dalla doccia, praticamente bagnato, mi rivesto in tutta fretta e vado da Penny.

Non posso bussarle a casa, sua nonna sentirebbe. Esco dal palazzo e la raggiungo dalla scala antincendio. Quando mi apre, sorpresa e spaventata, lo noto subito che ha pianto di nuovo.

Per un uomo, ammettere di essere peggiore del suo nemico non è facile. Ma lo ammetto. Faccio più schifo di Grant. Io che mi atteggio a giustiziere, faccio più schifo di lui. Non è sufficiente non usare una prepotenza spicciola, fatta di percosse e ferite, per potersi definire uno che non viola le donne. L'ho violata in mille altri modi e mi sento proprio una merda.

Lei, però, nega e continua a difendermi. Il mio orgoglio spera che sia vero, ma dentro di me so che ho sbagliato.

Penny...

Ho un tale casino dentro da quando sei arrivata. Le cose logiche si sono capovolte, creando un puzzle pieno di follia. Vivo come se camminassi su un filo teso fra due palazzi, su cento metri di vuoto. Non mi riconosco e mi spavento a leggermi dentro. Per questo cerco di non farlo, nascondo la testa sotto strati di sabbia e ignoro le parole che mi gridano in mente. Non voglio capire esattamente cosa accade. Voglio tornare com'ero prima.

Intanto la guardo. Mi piace accarezzarla. È mia, per adesso è solo mia. Stasera niente fretta, niente bisogno ringhioso di godere. Stasera andiamo piano.

Ci tocchiamo in silenzio, per non farci sentire al di fuori della stanza. Lo facciamo in un modo diverso, meno affamato, anche se la fame non mi manca. Ma l'orgasmo è uguale, l'orgasmo mi scuote dai talloni alle tempie. Quando mi tocca e mi guarda con un sorriso quasi stupefatto, il piacere si amplifica in un modo che non so spiegare. Vengo nella sua mano bianca, sul suo letto vergine.

Alla fine la abbraccio. Vorrei fermarmi, e questa necessità mi sconcerta. Vorrei tirare su le coperte e dormire con lei, e rifarlo appena svegli.

Ma è troppo, così è troppo. Posso ammettere che lei mi piaccia più del previsto, ma non posso ribaltare la mia vita. Non posso morire e resuscitare in un giorno. Non posso seppellire la mia natura, così, violentemente. Non posso farlo per nessuno e per nessuna ragione.

Così, anche se il bisogno di restare è una tempesta che mi rimescola dentro, mi rivesto e vado via da dove sono arrivato.

Ventuno

Si risvegliò col rumore assordante della grandine. Era come se Dio stesse versando sulla terra una vagonata di confetti. Penny rabbrividì, aprendo gli occhi, e pensò a Marcus, a quanto sarebbe stato bello osservare quella tempesta di ghiaccio insieme a lui.

Ma sarebbe stato anche folle aspettarselo. Per quanto le avesse donato un intermezzo simile all'amore, Penny sapeva che dell'amore imitava i modi ma non i battiti profondi. Rimanere coi piedi per terra era il modo migliore per non ritrovarsi con il cuore spezzato di lì a pochi giorni.

Ce l'hai già il cuore spezzato, piccola.

Perciò, contemplò da sola la grandine che rintoccava.

A un tratto la nonna provò a entrare nella stanza e trovò la porta chiusa.

«Penny? Che succede?»

Lei aprì e le sorrise in modo rassicurante.

«Niente, ieri ero talmente stanca che ho chiuso per sbaglio.»

Barbie le sorrise inclinando la testa da un lato, come un passero.

«Sei molto innamorata di quel ragazzo, vero?»

Penny arrossì con la stessa velocità con cui un batuffolo di cotone s'impregna d'acqua, e si domandò se la nonna avesse capito, avesse sentito.

La guardò e le rispose con un semplice: «Sì».

Nonna Barbara le scoccò un bacio con le labbra, nell'aria, rumorosamente. Poi cambiò discorso, come faceva sempre: quando sembrava fissa su un pensiero e subito dopo le sgusciava dalla mente.

«Vieni di là che ho preparato i pancake.»

Penelope si preparò a fingere di assaggiare delle frittelle dolci farcite con la salsa di pomodoro o, peggio, con una colata di dentifricio. Invece si ritrovò davanti a una tavola apparecchiata con cura e una pila di pancake dall'aspetto goloso. Anche il profumo diffuso in cucina sembrava un normale aroma di dolci.

Rassicurata da quella presentazione, ne assaggiò un pezzetto. Era buono. Era un vero pancake senza aggiunte strampalate.

«Sei stata bravissima, grazie!» disse alla nonna, abbracciandola.

«Però ci serve lo sciroppo d'acero, non ne abbiamo più» mormorò Barbie un po' delusa.

«Non ti preoccupare, vado a chiederlo in prestito alla signora Tavella.»

Indossò il cappotto sul pigiama e uscì di casa. Era felice di quelle sorprese così ravvicinate: Marcus che le donava un fugace granello d'amore e la nonna che non combinava disastri in cucina. C'era decisamente di che festeggiare.

Quando fu sul pianerottolo, assecondò la tentazione di salire su, in mansarda. Non per chiedere a Marcus lo sciroppo d'acero in prestito, ma per invitarlo a fare colazione con loro. Probabilmente avrebbe rifiutato, pentendosi di essere stato tanto gentile con lei, la notte precedente, da indurla a credere di voler condividere qualcosa di più di un po' di sesso affettuoso. Una volta si era autoinvitato a pranzo, ma la prima colazione aveva un valore diverso. La prima colazione non si spartisce con un ospite qualsiasi.

Si lisciò i capelli con le mani e si chiuse bene il cappotto.

Come se non ti avesse già vista in pigiama, e senza pigiama, e tutta sottosopra. A volte letteralmente sottosopra.

Bussò alla sua porta. Il pensiero che, solo poche ore prima, fossero stati così vicini, pieni di baci e carezze e sospiri soffocati tra le mani e le labbra, la fece arrossire. Il cuore le batteva talmente forte che aveva paura di perderlo lungo le scale, come un frutto maturo caduto.

Ma non rispose nessuno. Escludeva che potesse dormire tanto profondamente da non sentirla. Che fosse andato a correre nonostante la grandine?

Un po' rattristata, andò dalla signora Tavella. La vicina, in una rattoppata vestaglia viola, la accolse tutta contenta e le prestò volentieri lo sciroppo.

«Come va con Marcus?» le domandò infine strizzandole l'occhio.

Penelope si domandò se quella strana nidiata di vecchietti, molti dei quali parevano quasi ciechi e sordi, non avesse invece occhi fin troppo attenti e orecchie più acute di quello che sembrava. O se l'amore che trasudava da lei fosse talmente evidente – una specie di marchio sgargiante, un eterno fragoroso cardiopalmo – che tutti potevano vedere e udire e capire. Non le rispose, ringraziò per lo sciroppo e tornò rapidamente verso casa propria.

A un passo dalla porta, la gioia di quella mattinata svanì in una scintilla. Dalla casa le giunse un frastuono assordante, come di piatti e stoviglie che franano.

Aprì in fretta e si ritrovò davanti a uno scenario agghiacciante.

Barbie giaceva a terra, forse svenuta o forse morta. Nella caduta aveva trascinato con sé la tovaglia e tutto ciò che c'era sopra. I pancake, i piatti, le posate e perfino un vasetto con dei fiori finti che aveva messo al centro come decorazione, l'avevano seguita. Penny gridò. La bottiglia cadde e rimbalzò e lo sciroppo schizzò tutt'intorno, colando come sangue dorato e unendosi a quello sfacelo.

L'ospedale era grigio e angosciante. Penny, ancora in pigiama e col cappotto sopra, un paio di scarpe da tennis velocemente calzate, pallida e spaventatissima, aspettava che qualcuno le facesse sapere come stava sua nonna.

Sentiva ancora in testa la propria voce che urlava, e a seguire quelle dei vicini accorsi in massa per capire cosa stesse succedendo. Sentiva la sirena dell'ambulanza e rivedeva la mano fredda di Barbie sotto la propria, le sue guance senza colore, le sue palpebre serrate.

Non è morta, ha perso i sensi, ma sembra morta.

All'ospedale l'avevano portata via, lasciando Penny da sola in un corridoio con le pareti bianco ghiaccio e qualche sedia di plastica. Si era seduta in attesa. A intervalli transitavano dei paramedici, in sottofondo si udivano voci confuse, che Penny non ascoltava. Ogni suo pensiero era annullato, ricordava sempre la stessa tragica scena.

Dopo un tempo interminabile, una dottoressa apparve, letteralmente apparve davanti a Penny che aveva isolato mente e orecchie, chiudendosi in una specie di mondo ibernato.

«Ha avuto un ictus.»

«Posso vederla?»

«Sì, ma è ancora senza conoscenza.»

«Si riprenderà?»

«Non è stato un attacco fortissimo ma, considerato che non è nuova a eventi di questo tipo, occorrerà valutare l'entità delle conseguenze. Potrebbe avere difficoltà di parola e di movimento. Dovremo fare accertamenti per determinare il danno e la terapia. Mi segua.»

La dottoressa andò avanti e Penny le tenne dietro. Entrarono insieme in una stanza silenziosa e in penombra, il cui unico rumore era quello delle macchine che monitoravano lo stato dei pazienti. La nonna era stesa su un letto, con gli occhi chiusi. Appariva così pallida da sembrare morta. Che non fosse morta si intuiva dal lento battito del suo cuore, evidenziato da un apparecchio posto accanto a lei.

Penny rimase in ospedale per ore, seduta su una sedia scomoda, a tenere la mano dell'unica persona che le fosse rimasta sulla terra. Praticamente non si mosse, congelata dalla paura di perderla, come se spostandosi anche di un solo millimetro potesse permettere alla nera signora di aprirsi un varco nella stanza e nel suo corpo. Poi, a poco a poco, il bip della macchina la tranquillizzò. Il cuore non smetteva di battere. La nonna era ancora viva.

Dopo qualche ora cominciò ad avere freddo, e si ricordò di essere ancora in pigiama, con un cappotto non abbastanza pesante e addirittura senza calze. Osservò un orologio a muro e si rese conto, con sorpresa, che era già pomeriggio. In quella stanza non c'erano finestre, ma era certa che, fuori di lì, il sole stesse per tramontare.

La dottoressa la invitò a tornare a casa e Penny accettò, ma solo perché temeva di ammalarsi. Chi avrebbe badato alla nonna se le fosse accaduto qualcosa?

Grandinava ancora. Il rintocco di quelle lacrime di ghiaccio non era più ipnotico e aggraziato, come la mattina, osservato dalla propria stanza, ma intimidatorio. Per giunta, per la fretta di salire in ambulanza, Penny non aveva portato neanche un dollaro con sé.

Come torno a casa? Mi toccherà chiedere un prestito alla dottoressa?

I piedi le si stavano congelando e cominciava a venirle da piangere. Almeno le lacrime erano calde e le intiepidivano le guance.

E in mezzo a quei gelidi colpi, a un tratto, ebbe la sensazione di perdere l'equilibrio. Per un attimo pensò di essere scivolata sulla strada bagnata e attese di avvertire il tonfo delle proprie ossa sul marciapiede. Ma poi si rese conto che si trattava di qualcosa di completamente diverso.

Marcus, giunto come per magia, la stava prendendo in braccio. Così, sospesa, patì quasi un assalto di vertigini. Non era abituata a volare tanto in alto. Non era abituata a volare affatto.

«Andiamo» le disse con decisione.

«Ma tu, come...»

Non le rispose e percorse un centinaio di metri continuando a portarla in braccio, in mezzo alla gente che sciamava, sotto la grandine incessante. Infine si avvicinò a una vecchia Camaro rossa parcheggiata accanto al marciapiede. Riportò Penny a terra e aprì lo sportello. Lei lo guardò stranita.

«Non è rubata, se è quello che pensi.»

Penny, un po' confusa, non se lo fece ripetere due volte. Salì sulla macchina, chiedendosi vagamente di chi fosse, mentre Marcus montava dall'altro lato e metteva in moto.

Le domandò come stava sua nonna.

Poi le domandò come stava lei.

Poi ancora, mentre guidava, le prese una mano.

«Accidenti, sei gelata.»

Benché ingranasse le marce, non la lasciò fino all'arrivo.

Tutti gli abitanti del palazzo vollero sapere di Barbie. Penelope diede le sommarie informazioni in suo possesso e ottenne in cambio tante parole d'incoraggiamento. Appena varcò la soglia di casa e rivide la montagna di pancake, le stoviglie e lo sciroppo d'acero disseminati sul pavimento, fu come rivivere lo stesso trauma e lo stesso dolore e dovette trattenere un grido tra le dita.

Marcus si chiuse la porta alle spalle entrando con lei. Penny avvertì la sua sagoma incombente dietro la schiena, e subito dopo la sua voce.

«Adesso vai a farti una doccia bollente» le disse, o meglio le ordinò.

Lei annuì debolmente e si chiuse in bagno. Rimase sotto il getto fino a quando l'acqua calda finì. Sentiva i muscoli finalmente sciolti, e riusciva di nuovo a piegare le dita dei piedi e delle mani. Si frizionò i capelli con un asciugamano e indossò dei calzettoni pesanti, i pantaloni di una vecchia tuta e una felpa gialla con un coccodrillo stampato.

Quando raggiunse la cucina, ebbe un piccolo sussulto di sorpresa. Marcus aveva raccolto ciò che era franato sul pavimento, buttato quel che c'era da buttare e pulito il resto. Era in piedi davanti al fornello e stava preparando qualcosa.

Lo guardò come se fosse un abbaglio.

«Cosa...»

Lui si accorse della sua presenza e si voltò.

«Siediti. Non sono un cuoco raffinato. Spero che una frittata con dentro di tutto ti piaccia.»

Penny si accomodò con gesti meccanici, ancora turbati. Marcus le servì un'abbondante porzione di frittata.

Nonostante quanto era accaduto, Penny scoprì di avere fame e mangiò con avidità. Marcus le versò in un bicchiere del latte al cioccolato, e lei lo bevve fino all'ultima goccia. Per tutto il tempo rimase a osservarla, con la schiena appoggiata contro i fornelli e le braccia incrociate sul petto.

Dopo l'ultimo sorso, gli domandò: «La macchina, l'hai presa oggi?».

«Sì, sono andato da quel rivenditore di auto che mi ha suggerito Malkovich.»

«È carina.»

«Più che altro è utile.»

«Grazie per tutto questo.»

«Smettila. Non sopporto quando mi ringrazi.»

«Ok, allora facciamo così: brutto stronzo, non dovevi venire a prendermi all'ospedale, ripulire e cucinare per me.»

Marcus sorrise.

«Così va meglio.»

«Come hai fatto a sapere dov'ero?»

«Quando sono tornato me lo ha detto ogni abitante di questo palazzo.»

«Sono care persone.»

«Come ti senti adesso?»

«Meglio. Sono preoccupatissima per mia nonna, ma sto meglio.»

«Si rimetterà.»

«Lo spero tanto.»

«Intanto, se non vuoi che al suo ritorno ti trovi più ammalata di lei, stenditi sul divano e copriti.»

«Sì, è meglio. Tanto più che fra qualche ora devo andare a lavorare.»

Marcus la seguì sul divano, sedendosi accanto a lei. Occupava lo spazio quasi per intero e una delle sue ginocchia la toccò con risolutezza, come se fra loro ci fosse – e c'era – una confidenza che non temeva più contatti.

«Mica ci torni a lavorare in quel posto di merda.»

Penelope si accigliò.

«Certo che ci torno.»

«No, ti trovi un altro lavoro, e non di notte.»

«Ma sentilo. Quello è il mio lavoro e ci torno eccome.»

«Ti piace?»

«In che senso?»

«È la tua passione? Il tuo sogno segreto?»

«No, ovvio che no, ma non sempre si possono assecondare i sogni! Fare il buttafuori è il tuo sogno segreto?»

«No, e infatti non lo farò ancora per molto.»

«Non credevo fossi uno che crede ai sogni.»

«Diciamo che ne ho piene le palle di tutti i tipi di prigione. Inclusi i lavori di merda malpagati.»

«Ok, ma il tuo caso è diverso. Fra pochi giorni andrai via. Vivrai sotto le stelle, nelle stalle, dove ti pare. Io devo rimanere e devo lavorare, che mi piaccia o no.»

«Troverai un altro lavoro.»

«Sai che sei proprio assurdo? Pensi che se lo avessi trovato sarei finita al Well Purple? Ma non ho nessuna qualifica, non ho fatto il college, e non penso che lì fuori stiano tutti spasimando per assumermi e pagarmi anche bene.»

«Cosa ti piacerebbe fare?»

«Quello che piacerebbe fare a me non si può fare qui.»

«Cosa?»

Penny tirò su le gambe, rannicchiandosi sul divano. Si morse per un attimo le labbra e poi scrollò le spalle.

«Vivere in campagna. Badare agli animali, tagliare la legna e vendere i prodotti della terra per vivere.»

Per un istante Marcus rimase in silenzio, a fissarla, come se stesse assimilando quella rivelazione. Infine disse: «Mi sembra un ottimo sogno».

«Sì, e come lo realizzo? Comincio coltivando basilico sulla scala antincendio?»

«No, trovando un altro lavoro che sia una via di mezzo tra la merda e il sogno.»

«In questo quartiere non c'è nulla, Marcus. L'ho già battuto a tappeto.»

«Vorrà dire che cambierai quartiere.»

«Ma sentilo che tono! Se dovessi spostarmi spenderei gran parte di quello che guadagno per pagare i mezzi di trasporto, ma soprattutto ci metterei una vita a tornare. Devo stare il più vicino possibile alla nonna, a maggior ragione adesso.»

«Ti accompagno io.»

«Ma certo! Mi accompagni tu! E fino a quando? Fino alla prossima settimana. E dopo? Ti prego di smetterla con questi discorsi, ho mal di testa.»

Accese il televisore su un programma qualsiasi. Aveva una voglia folle di prenderlo a cazzotti. Facile il suo discorso, facile per uno che, dopo qualche giorno, se ne sarebbe andato con la sua magnifica Francisca.

Per qualche minuto la TV gracchiò nel silenzio. Penny se ne stava seduta con le gambe piegate da un lato e le braccia conserte, in una posa bellicosa. A un tratto sentì un fruscio accanto a sé, e Marcus le andò più vicino, passandole un braccio intorno alle spalle.

«Non voglio che tu vada più al Well Purple, Penny» ribadì testardamente.

«Non hai nessun diritto di volerlo.»

«E invece ce l'ho.»

Lei gli puntò addosso due occhi ringhiosi.

«Ah sì? E come mai?»

Marcus non le rispose. La scrutò anziché darle qualche spiegazione, in un silenzio pieno di cose che urlavano per essere dette, e stese l'altro braccio verso di lei. Le adagiò una mano sulla guancia, sfiorandole le labbra con il pollice. Non fece altro: solo quel movimento leggero, solo quel dito che, per un incantevole attimo, le solcò la bocca imbronciata.

Penny non cedette alla suggestione, e tornò all'attacco: «Hai una terribile faccia di culo. Te l'hanno mai detto?».

«È praticamente il mio secondo nome.»

Lei emise uno sbuffo esasperato.

«Ti ricordo che devo pagarti ancora due settimane. Pensi che i soldi cadano dagli alberi? Mi fa strano che proprio tu faccia certi discorsi.»

Marcus continuò a tacere. Rimase fermo, col braccio intorno alle sue spalle, la mano che prima la accarezzava stretta davanti a sé, in un pugno ruvido, gli occhi fissi sul televisore che mandava un vecchio film in bianco e nero. Penny sentì una fitta al cuore quando si accorse che si trattava di un western con John Wayne. Pensò alla nonna e al suo misterioso John che si arricchiva di un segreto a ogni racconto, e avrebbe tanto voluto chiamarla, dirle: «Barbie, vieni, guarda chi c'è in TV!».

Di colpo, capì come sarebbe stato vivere senza di lei. Solitudine e silenzio. Nessuno da amare e da cui essere amata. Non aveva fratelli, sorelle, zii, non aveva altro che Barbie. Senza alcun preavviso da parte delle lacrime, scoppiò a piangere con la testa sulle proprie gambe.

Non se ne accorse subito, tanto era il dolore che la devastava per quel pensiero infausto, ma solo dopo, quando i singhiozzi si fecero meno forti: Marcus la stava stringendo con entrambe le braccia. Si abbandonò contro il suo torace, tirando su con il naso, guardando John Wayne che imbracciava un fucile, il cappello per traverso, sul viso un sorrisetto storto e ironico.

«Facciamo così» le propose Marcus. «Almeno per stasera ti riposi. E domani ne riparliamo.»

«Non dobbiamo riparlare di nulla noi due» mormorò Penny, intervallando la frase con ripetuti singhiozzi involontari. «Non capisco. Nemmeno ti importa di me.»

«Mi importa molto di te.»

«Lo so che vuoi consolarmi dopo quello che è successo oggi. Ma le bugie non le sopporto mai, nemmeno in momenti come questo.»

«Non è una bugia. Mi importa moltissimo di te.»

Penny si scostò un attimo per osservarlo.

«Sei troppo gentile stasera, devo farti una pena assurda» mormorò con tristezza.

«Approfittane, non durerà per sempre.»

«Sono preparata alle cose che non durano, Marcus, non ho bisogno di avvertimenti. Il "per sempre" non esiste. È più probabile che esista Babbo Natale.»

«Adesso basta pensare e parlare. Adesso chiudi gli occhi e dormi un po'.»

«Non posso, devo rimanere sveglia nel caso mi chiamino dall'ospedale.»

«Rimango sveglio io.»

Lei lo osservò meravigliata.

«Tu resti qui?»

«Non vuoi?»

«E il lavoro?»

«L'hai detto tu stessa, non è il mio sogno fare il buttafuori. Se mi licenziano, chi se ne frega.»

«Qual è il tuo sogno?»

Sentì una mano di Marcus che le accarezzava una ciocca di capelli.

«Essere libero» le rispose. «Ma libero davvero. Di andare, di fare, di avere ma anche di non avere niente. Sono stanco di catene. Vivi per quindici anni in un bordello, e lo dico in senso letterale, senza mai un attimo di pace. Vivi per tre anni in un istituto per orfani, anche se non sei orfano, solo perché tua madre è una puttana. Vivi quattro anni in prigione, a ringhiare sottovoce per uscire prima possibile. È un marchio. Una condanna. Ora sembro libero ma non sono libero. Non sarò mai perdonato, sarò per sempre il ragazzino che ha accoltellato un tizio e l'uomo che ha ucciso un ragazzo. Che è vero, sono quello, dopotutto buon sangue non mente.»

«La libertà parte da dentro, Marcus. E il perdono viene dalla tua coscienza. Datti tempo, smettila di vederti come il figlio di una prostituta condannato a essere un farabutto perché ce l'ha scritto nel DNA. Parli di tua madre solo in questi termini ma... chi era lei per davvero?»

Penny pensò che non le avrebbe risposto. Quella domanda era un azzardo. In sottofondo, nel silenzio che seguì, John Wayne impugnò il fucile e sparò montando un cavallo al galoppo.

Ma Marcus continuò a sorprenderla.

«Era una donna semplice. Aveva un sogno: fare l'attrice. Non c'è riuscita.»

«Ti voleva bene?»

«Credo di sì.»

«Te ne voleva sicuramente. Non pensare a lei con rancore. Pensa a qualcosa di bello che avete fatto insieme. Ricordati solo quello.»

Inaspettatamente, Marcus infilò due dita nello scollo del maglione e ne tirò fuori il laccio di cuoio al quale era agganciato l'anello.

«Questo era suo» le spiegò, e il cuore di Penny palpitò forsennatamente. «Quando è morta aveva diverse piccole cose di valore da parte. Non ho preso nulla, tranne questo. Questo lo portava a diciotto anni, quando è partita dal paese in cui viveva per raggiungere la grande città in cerca di fortuna. Non vale niente, ma ci era affezionata. Pensa che un giorno, quando avevo una decina d'anni, mi disse che avrei dovuto donarlo alla mia sposa. Ha usato proprio questa frase ridicola: "Donarlo alla tua sposa". Aveva mantenuto un'assurda ingenuità.»

Penelope provò a immaginare Francisca con quell'anellino che, a guardarlo bene, era davvero poco più di un ninnolo per bambine. Era una cosuccia d'argento, una specie di grazioso coccodrillino arrotolato, con qualche residuo di smalto verde intorno al muso e due schegge di pietra rossa al posto degli occhi. Non riuscì a figurarsi la bellissima ragazza bruna che aveva incontrato nel parlatorio della prigione con quel cerchietto al dito. Dava piuttosto l'impressione d'essere lei il coccodrillo gigante, destinato a divorarlo.

È la gelosia a farmi pensare questo, la gelosia, l'invidia, e un milione di altri brutti sentimenti.

«Grazie di avermelo raccontato, alla fine» gli disse. «La prima volta ti sei arrabbiato tanto.»

E stavi per baciarmi.

Ed eri bellissimo, e arrogante, e fragile.

E non avevo paura.

E volevo fare l'amore con te fin da allora.

«Non avevo capito che...»

«Che?»

«Che ti interessava saperlo *davvero*.»

«Tu mi interessi *davvero*, Marcus.»

Silenzio, e John Wayne che salvava i buoni dai cattivi. Penny seguì una scena del film per qualche attimo. Il volume era basso, i suoni attutiti. Sentiva la mano di Marcus fra i capelli. L'altro braccio che la stringeva. Il suo grande corpo vicino, come quello di un angelo di pietra. Non aveva l'aspetto dell'angelo, decisamente no, ma la sua presenza la faceva sentire bene. Tutto in una volta, fu sicura che Barbie ce l'avrebbe fatta, che Marcus sarebbe rimasto lì con lei, che avrebbe trovato un nuovo fantastico lavoro e la vita sarebbe stata bellissima, piena di "per sempre".

Si addormentò con quelle illusioni, infantili come l'anellino al collo di Marcus.

Ventidue
Marcus

Non riesco a dormire. Penso a Penny e non riesco a dormire. Si fida di me, *lei si fida di me*. Di solito le donne mi offrono quel poco che chiedo e vanno via prendendo quel poco che do. Francisca non mi ha mai dato tutta se stessa, c'è sempre una riserva, un segreto, un'ostilità nel suo modo di farsi penetrare. È più che naturale dopo quello che è successo, e io non le ho mai chiesto altro.

Con Penny accade qualcosa di così straordinario che ne ho paura. Lei mi dà la sua anima. Quando la tocco è come se sentissi il suo cuore che batte in ogni centimetro di pelle. I suoi occhi mi parlano anche se sta zitta. Il suo sorriso è un pugno allo stomaco. Entro dentro di lei e mi pare di entrare in un mondo sconosciuto. Non mi riferisco a quello che ha tra le gambe, ma a quello che provo quando sono lì. I miei bisogni si amplificano, e improvvisamente quello che ho non mi basta, quello che sono non mi basta. Voglio di più, ma non so cosa sia questo "di più". O forse lo so e lo nego, perché ammetterlo sarebbe una sconfitta per il mio orgoglio.

Una cosa è sicura: non permetterò che quello stronzo le faccia del male. Al pensiero che possa non dico sfiorarla, ma anche solo pensare a lei in modo volgare, sento venire fuori la mia parte primitiva. Sento che posso uccidere di nuovo. Ma senza istigazioni, senza risse:

premeditatamente, come volevo fare con l'uomo che ha aggredito mia madre. Affilare un'arma, prepararmi, appostarmi e colpire. Non c'è altro modo. Dovrò ripartire, e non posso lasciarla da sola con questo pericolo.

Dovrò ripartire.

Non posso lasciarla sola.

Perché *dovrò*?

Io *voglio* ripartire.

E quanto al fatto che sia sola... perché, senza di me, dovrebbe essere sola?

Sono il solito arrogante. Non sarà da sola, io non sono nessuno per lei.

Ma se non sono nessuno, perché si offre in quel modo, perché apre gli occhi e mi fa entrare nelle sue emozioni, perché quando gode sembra che lo faccia con me, per me, e non soltanto per se stessa?

Dannazione, forse ho un tumore al cervello. Altrimenti non si spiegano questi pensieri assurdi.

E non si spiega come mai, pensando a Francisca, la prima frase che mi salta in testa è: «Devo dirglielo, devo parlarle».

Di cosa dovrei parlarle?

Parleremo solo di noi o non parleremo affatto. Scoperemo come disperati, dopo quattro anni che non lo facciamo. Andremo via, e fanculo a Malkovich e a chi ci vuole coi ceppi alle caviglie.

Sì, forse Francisca è la cura per questo male ignoto che mi tormenta.

Esco presto di casa e raggiungo quel rivenditore di auto usate. Acquisto una vecchia Camaro, concordiamo un prezzo vantaggioso e un pagamento rateale. Il tipo si fida perché è stato Malkovich a garantire per me. Se sapesse che tra poco più di una settimana mi tolgo di mezzo non sarebbe così contento.

Poi vado al Maraja. Di giorno il locale è chiuso al pubblico, ma non al personale. Cerco Jason e lo trovo. Mi è d'aiuto il fatto che abbia una mezza storia con Grace e che abbia mal sopportato le moine di quello stronzo di Grant. Quando gli chiedo se si ricorda di lui, annuisce subito e spara una sfilza di parolacce. Lo conosce sì, è una merda che ogni tanto bazzica da queste parti e insulta le cameriere. Abita nel tal quartiere, e se ne vanta sempre quando vuole fare il figo perché è un posto da ricchi.

Poi parliamo d'altro, gli dico che per qualche notte sarò assente, ho da fare, e lui non mi chiede niente.

Ho da fare sì, voglio tampinare quel pezzo di merda, voglio capire che movimenti fa, dove va, e qual è il momento opportuno per spaccargli la faccia.

Intanto vediamo di capire dove vive. Con la grandine è perfino più facile. Tutta quest'acqua ghiacciata nasconde le cose e, visto che non sono un tipo che passa inosservato, mi aiuta a non spiccare come una macchia di colore acceso in mezzo al più totale bianco e nero.

In effetti abita in una zona che puzza di soldi lontano un miglio. Percorro la via avanti e indietro più volte nell'arco di un'ora, cercando di fare dei giri lunghi per farmi notare il meno possibile. A un tratto mi convinco che anche Giove, o chiunque sta lassù, ammesso che ci sia qualcuno, abbia voglia di vederlo a pezzi, questo stronzo, perché mi passa sotto il naso proprio lui, uscendo da un cancello che fa a gara con quello della villa di un petroliere, su una Mercedes SL. Ha ancora il naso gonfio, e chissà cos'ha detto ai suoi per giustificarsi: non la verità intera e neppure una mezza bugia, considerato che nessuno è arrivato a casa ad accusarmi dell'ennesima colpa. Forse sa che, se si mette a scoperchiare la pentola merdosa in cui vive, ne finirà sepolto. Chissà quante altre ragazze, finora trattenute da milioni di paure, verrebbero fuori per accusarlo di averle infastidite e anche peggio. Non è un pazzo, è un perfido calcolatore.

Butto la sigaretta fuori e lo seguo. Si allontana dal suo quartiere e raggiunge quelli che, ne sono certo, per lui sono i bassifondi. Una zona simile a quella dove abitiamo io e Penny. Sta andando di nuovo a caccia. Cerca le sue prede tra le ragazze che considera inferiori, ragazze come Penny o Grace, o come questa qui.

La commessa di un negozio che vende oggetti usati. Una specie di antiquaria che però commercia in paccottiglia. Niente di prezioso, tutte porcherie Made in China e, se lo capisco io che non sono un intenditore, deve trattarsi proprio di schifezze.

Non posso entrare nel negozio, non voglio che si accorga di me, ma attraverso una vetrata colgo al volo l'atmosfera. La ragazza è lusingata dalle sue attenzioni. Non le sembra vero che uno così l'abbia notata. Penso a Penny. Immagino come si sia sentita lei, immagino la sera in cui l'ha portata non so dove tentando di metterle le mani addosso con prepotenza, immagino la sua paura, e stringo i pugni intorno al volante. Quando verrà il momento, pagherai tutto, pezzo di merda. Pagherai per il solo fatto di averla costretta a scappare. Ti riduco a una maschera di sangue.

Ma devo farlo bene. Nessuno deve sospettare di me e, soprattutto, nessuno deve intuire un legame con Penny. Lei non ne saprà niente. Le lascerò questo regalo prima della mia partenza.

Ucciderò questo rifiuto della società, così non avrà più paura.

Se avessi un aspetto comune lo seguirei per tutta la mattina, ma rischierei di farmi scoprire. Quindi, dopo un po', sono costretto ad andarmene. Tornerò molto presto, e troverò il momento adatto per fargli capire cosa si deve e cosa non si deve fare nella vita prima di morire.

Appena arrivo a casa, però, trovo un casino. Tutto il palazzo è in fermento, sembrano formiche. Quando capisco cos'è successo, mi faccio dire subito in quale ospedale hanno portato la nonna di Penny.

"Subito" per modo di dire, con gli anziani c'è sempre qualche interminabile premessa. Alla fine scopro che è non troppo distante e scappo fuori.

Penny. Ormai non faccio che pensare a lei, per una ragione o per l'altra. La penso mentre facciamo l'amore, la penso quando sono solo, la penso quando medito di uccidere chi le fa del male, la penso anche adesso, dopo averla pensata da quando mi sono svegliato. Anzi, da quando ho tentato di dormire, visto che non ho chiuso occhio. Ho la dannata sensazione di non aver fatto altro che pensare a lei da quasi due mesi. Un tempo infinito per uno che di solito pensa pochissimo.

E mentre la penso, la vedo. Da sola, sul marciapiede bagnato, indossa ancora il pigiama di ieri notte, quello che le ho tolto con queste mani. Ha un paio di scarpe da tennis fradicie e si stringe in un cappotto rosso. Risalta come una macchia di sangue sullo sfondo della grandine che cade annebbiando la strada. Batte i denti. Ha freddo e si guarda intorno sperduta.

Non aspetto altro, scendo, mi precipito, la prendo in braccio, la porto via.

Penny, devi smetterla di costringermi a pensarti in ogni istante. Devi smetterla. Non posso continuare così, non posso: qualsiasi cosa tu stia facendo alla mia vita, smetti di farla o sono fottuto.

Ha pianto, è intirizzita e spaventatissima. Mentre fa una doccia calda, cerco di rimettere ordine in quelli che sembrano gli avanzi di una rissa. Guardo un po' in frigo e trovo delle uova. Come cuoco non sono un granché, ma una frittata sono in grado di prepararla. Quando arriva, mi dico che devo essere messo proprio male se una donna vestita in questo modo, con i calzettoni da notte, una tuta larga tre volte lei, e nessun pezzo che sia abbinato all'altro o che lasci intravedere un millimetro qualsiasi di pelle, mi eccita al punto che sono sempre su di giri. Eppure è così: anche quando è conciata come una profuga, anche quando ha il viso stanco e il sorriso forzato e i capelli umidi e neanche un'ombra di trucco, non riesco a smettere di volerla. Si siede e mangia e mi ringrazia, e io penso che mi dispiace vederla così, mi dispiace per sua nonna, mi dispiace per tutto lo stramaledettissimo mondo ma... se solo mi desse un cenno, me la farei subito sul tavolo. Sono malato, sì, decisamente sono malato.

In ogni caso, non le rivolgo proposte tanto fuori luogo. Me le tengo dentro. Ma una cosa non riesco proprio a trattenerla: non voglio vada più a lavorare in quel locale schifoso. Non so a che titolo posso permettermi di non volerlo, non ne ho alcun diritto, ammesso che qualcuno possa avere un diritto su un'altra persona. Ok, non ho diritti, ma se torna lì mi incazzo a morte. Però mi piace come mi tiene testa, mi è sempre piaciuto questo lato di lei. La sua fragilità solo apparente, la sua fierezza, il modo in cui mi manda affanculo senza nascondersi, lo sguardo combattivo che mette su, la forza con cui stringe i pugni e si prepara a tutte le guerre del mondo. Mi piace, mi attira, mi fa venire ancora più voglia di contraddirla. Ciò non toglie che lì non ci torna, non reggo al pensiero che Grant vada a romperle le scatole di nuovo, non sopporto che uno qualsiasi la guardi come se immaginasse mille e uno modi per infilarsi nelle sue mutande. Proprio non ce la faccio. Anche se non mi è chiaro il perché di questa confusione che mi trasforma la mente in una casa devastata da un tornado, di questa fame perenne che ho di lei, del bisogno di proteggerla.

E soprattutto, mi sfugge la ragione esatta per cui le racconto tutto di me. Penny domanda e io rispondo. La mia lingua davanti a lei non riesce più a stare ferma, in ogni senso. Le dico dell'anello, di questo nulla d'argento che tengo al collo, in ricordo dell'unica cosa innocente che mia madre mi ha lasciato, l'unica che non sia stata comprata coi soldi di qualche puttaniere di passaggio. E includo anche mio padre fra i puttanieri arrivati e scomparsi. Lei mi ascolta, mi ascolta sempre con un'attenzione che sembra sincera. Mi parla nello stesso modo e le sue parole mi fanno ricordare delle cose, dei momenti accantonati in fondo a un cassetto.

Lei mi ascolta, e mi parla, e poi si addormenta, e la prendo in braccio e la porto sul suo letto, lasciando il televisore acceso, in un sottofondo ronzante. Dovrei andarmene, dovrei superare la soglia di casa, o il davanzale della finestra, come è giusto e come mi grida il mio cervello da dentro.

Maledizione, Marcus, smamma. Hai fatto quello che potevi fare. Di più è da pazzi. Di più è da perdenti.

Sarà così, ma quando, nonostante tutte le voci e i discorsi da un milione di dollari che mi faccio da solo, decido di rimanere e mi stendo sul letto accanto a lei e la guardo respirare, non mi sento come se stessi perdendo qualcosa. Mi sento, sì, sul bordo di un baratro profondo, proprio lì, come uno che manca poco e ci cade dentro con tutte le scarpe. Ma rimango sospeso su quel bordo del cazzo, e non indietreggio, non torno sulla terra sicura, perché ho come l'impressione che se lo facessi perderei davvero.

Intanto rimango sveglio, nel caso suoni il cellulare, come le ho promesso. E mi domando cosa succederà domani, e il giorno dopo ancora, che piega prenderà la mia vita, che senso avrà, che scelte dovrò fare, se ho voglia di farle, se ho paura di farle. Non dormo, dormo pochissimo ormai, raccatto brevi manciate di ore e non tutte le notti. Resto vigile fino all'alba. Nessuno chiama. Prima che si risvegli vado via, con la sensazione fortissima che quel baratro sarà il principio di qualcosa, e la mia fine.

Ventitré

Prese la metro per raggiungere l'ospedale, di mattina presto. Marcus era andato via, in un momento qualsiasi tra il sonno e il risveglio, e Penny scelse di non chiamarlo e di non coinvolgerlo. Non voleva abituarsi ad avere bisogno di lui anche per le cose piccole, come farsi accompagnare con l'auto in un posto che avrebbe potuto benissimo raggiungere con la metropolitana. Doveva cominciare a organizzarsi da sola: il lavoro, le uscite, la cura della nonna. Lui non aveva a che fare con la sua vita, era un regalo di passaggio, un sole abbagliante acceso per un periodo di tempo limitato. Presto sarebbe andato via, insieme a ciò che lei era stata in quei due mesi. Penny che ama per la prima volta. Penny che diventa una donna. Penny che desidera. Penny dotata di un corpo fatto anche per provare sensazioni piacevoli e non solo per sentirsi un anatroccolo sgraziato. Penny che sente una tenerezza sconfinata per qualcuno che non dovrebbe suscitarla, qualcuno con un aspetto da barbaro, da guerriero e da domatore di draghi. Penny un po' principessa, desiderata, accarezzata, toccata, guardata come si guarda una donna. Quella Penny lì, presto avrebbe aperto un baule pesante e vi si sarebbe tuffata dentro, addormentandosi come un vecchio vestito da sposa lasciato nella canfora.

Doveva abituarsi, e così uscì sotto una pioggia testarda.

La nonna aveva ripreso i sensi. Le notizie da parte della dottoressa furono rincuoranti. Nessuna conseguenza fatale, per fortuna e forse per miracolo. Sarebbe rimasta in ospedale ancora qualche giorno e al ritorno a casa avrebbe dovuto assumere una montagna di farmaci.

Nel vederla, la dolce Barbie pallida pallida, così somigliante a lei fuorché per i lunghi capelli adesso un po' accartocciati, Penny versò un piccolo fiume di lacrime.

«Grazie di essere rimasta con me» le sussurrò, ma Barbie non la sentì, sentiva soltanto il rumore dei suoi singhiozzi.

«Penso di essere stata un po' male» le disse la nonna con un sorriso sbarazzino. «Forse ho mangiato troppa torta per la mia festa di compleanno. Però diciott'anni si compiono una volta sola.»

«La prossima volta ne mangerai di meno, d'accordo?» bisbigliò Penny. «Dovrai restare qui per qualche giorno, così ti riposi e ti rimetti in sesto, e poi torniamo a casa.»

«Va bene, ma tu chiudi bene a chiave la porta di notte, e spegni la bombola del gas, e di' a Marcus di farti compagnia.»

«Ti ricordi di Marcus?» le domandò Penelope un po' turbata dalla strana selezione fatta dalla mente della nonna. Credeva d'essere una diciottenne fin troppo golosa, reduce dai bagordi della propria festa di compleanno, però Marcus era ancora lì, nei suoi pensieri.

«Ma certo, tesoro, è quel bel ragazzo che vive al piano di sopra. Quello innamorato di te.»

«Ehm... sì...» biascicò Penny. Sarebbe stato meglio se lo avesse dimenticato, per non doverle spiegare, di lì a qualche giorno, come mai non c'era più.

Lasciò l'ospedale dopo un paio d'ore, più tranquilla e più speranzosa. La pioggia cadeva e si fermava e poi cadeva ancora. Imbacuccata in un montgomery rosso, il cappuccio alzato da cui fuoriusciva la ciocca verde acceso, pensò alle ultime parole della dottoressa. Impossibile lasciare la nonna da sola. Aveva bisogno di assistenza continua. Tornare al Well Purple era fuori discussione, avrebbe dovuto trovarsi un altro lavoro. Una vicina poteva fare compagnia a Barbie di giorno, ed era certa che le signore del palazzo si sarebbero prestate volentieri a darle una mano, ma era impensabile trovare qualcuno che la assistesse di notte, se non a pagamento. Alla fine aveva vinto Marcus.

Non si rese subito conto di dove stava andando, se non quando si ritrovò dinanzi alla vetrina col gatto dorato che sorrideva sotto le lunghe vibrisse. Il Gold Cat a quell'ora era pieno. L'aria vintage che lo caratterizzava, con la carta da parati giallo senape decorata di fiori psichedelici, i grandi lampadari a forma di scatole rettangolari, i ripiani di fòrmica e, lungo le pareti, numerosi poster che ritraevano locandine di film degli anni Settanta, attirava una clientela giovane e vivace. Sherrie serviva ai tavoli, aiutata da una signora sulla quarantina, vestita con lo stesso abito giallo e con una pettinatura cotonata simile alla sua. Molte clienti erano donne, e Penny pensò che si sentissero a loro agio in un ambiente gestito da altre donne né giovani né belle, che non creavano un clima di competizione, neppure estetica.

Appena entrò, Sherrie la riconobbe subito e le andò incontro con un sorriso.

«Accomodati, tesoro, c'è un tavolo libero tutto per te. Io arrivo subito.»

Si sistemò verso l'interno del locale, tra il bancone e un jukebox dorato, forse non funzionante, messo lì solo per creare la giusta atmosfera. Diede una scorsa al menù, ma non era venuta per mangiare. Dopo un po' Sherrie si avvicinò al suo tavolo, vivace come una ventenne a dispetto delle chiome color guscio d'uovo, e la prima cosa che le disse fu: «Marcus non è con te?».

Penny arrossì come una ragazzina colta in flagrante mentre sta per sbaciucchiare la foto del suo divo preferito.

«Ehm... no.»

«Peccato. Volevo chiedergli una cortesia. Stamattina mi hanno consegnato un oggetto molto carino che ho comprato su Internet, e volevo chiedergli se me lo portava a casa. Per me è un tantino pesante e so che lui adesso ha un'automobile. Ma come mai non siete insieme?»

Penelope scrollò le spalle: si sentiva talmente stanca dentro che quel ridicolo movimento le parve un sisma. In poche parole le raccontò di sua nonna, e la buona Sherrie, che chissà per quale misteriosa ragione dimostrava di avere un debole per lei, le si sedette accanto e le strinse un braccio con una piccola mano ossuta.

«Oh, tesoro bello, vedrai che presto starà meglio e tornerà a casa. Il peggio è sicuramente passato.»

«Lo so, lo spero, ma ho solo lei e non riesco a non avere una paura folle di perderla.»

«C'è anche Marcus. In due è più facile. Ti aiuterà. Ha spalle larghe e un cuore immenso. Hai tua nonna ma hai anche lui adesso. E me, se ti accontenti.»

Penelope la guardò come una bambina spaventata guarderebbe la foto di una madre lontana. In un attimo soltanto, senza il benché minimo preavviso da parte dei pensieri, sentì un calore frizzante sul viso, e gli occhi le si inondarono di lacrime sincere. Quella donna, un'ex prostituta che avrebbe avuto più di un milione di motivi per sviluppare una cinica personalità, era invece una delle persone più dolci che le fosse capitato di incontrare. Che le avesse offerto il suo affetto, le parve un dono meraviglioso. Ma più meraviglioso fu il suo dare per scontato che Marcus volesse donarle il proprio. Sia lei che il signor Malkovich dimostravano di non aver capito cosa Marcus volesse fare del proprio futuro. Pensavano sul serio che si sarebbe fermato in quella città, prigioniero di una vita ripetitiva, solo per stare con lei? Fu quasi tentata di dirlo a Sherrie, di spiegarle, con lo stesso tono di un adulto che racconta a un bambino la verità sulla fatina dei denti, che gli specchi magici, le principesse con le scarpette di cristallo e i fagioli da cui germogliano piante rampicanti in grado di toccare il cielo smettono di esistere oltre la soglia dei sette anni. Ma Sherrie era così convinta e così romantica che le parve crudele disilluderla. Così tacque e ordinò una porzione di cheesecake.

Quando Sherrie tornò, con una fetta ciclopica di dolce bianco latte guarnito di mirtilli, Penny raggranellò il coraggio e le domandò: «Non è che vi serve un'altra cameriera qui?».

Sherrie afferrò subito il senso della sua domanda e le sorrise con benevolenza.

«Hai bisogno di un lavoro?»

«Sì, ma non prima di qualche giorno. Quando mia nonna si sarà un po' assestata. Pensi che potresti trovare un buchino per me?»

«Ne parlo con Lorna e ti faccio sapere. Comunque direi proprio di sì. Dove c'è posto per due, c'è posto per tre. E poi, se sei speciale per Marcus, sei speciale anche per me, te l'ho detto.»

Penelope la ringraziò con due occhi spalancati e limpidi, due occhi talmente pieni di riconoscenza che Sherrie le diede un buffetto delicato sui capelli e poi raggiunse un altro tavolo, dal quale la stavano chiamando.

Mentre mangiava la torta con più gusto, rassicurata dalla speranza di avere un lavoro, udì lo squillo del cellulare. Frugò nella borsa, fra i soliti milioni di cose che la riempivano, e rimase non poco stupita nel riconoscere, sul display, il numero di Igor. Rispose dopo un attimo di titubanza, e per un po' parlarono del più e del meno. A un tratto Igor esclamò tutto d'un fiato: «Ci vieni con me a teatro?».

«Cosa?»

«Domani sera c'è la prima dello spettacolo per il quale ho curato la scenografia. Ti va di accompagnarmi?»

«Ehm... io... non posso. Ho mia nonna in ospedale e...»

Igor si accertò dello stato di salute di Barbie, ponendo alcune domande sensate, e infine commentò: «Magari distrarti ti fa bene, visto che non devi andare in ospedale anche di notte, no? Invece di stare a casa da sola, stai con me e ti rilassi un po'. Che ne pensi?».

«In verità io...»

«Ho capito, il problema non è tua nonna ma Marcus. C'è già lui che ti fa compagnia, suppongo. Confesso di avere sperato che vi foste lasciati. Ma state ancora insieme evidentemente.»

«No, lui non c'entra ma...» Si fermò. Come se il solo pronunciare il suo nome avesse messo in moto il meccanismo di un incantesimo, fu proprio Marcus, umido di pioggia, a sedersi di fronte a lei, allo stesso tavolo. Aveva un'espressione imbronciata e la osservava senza neppure provare a guardare altrove. Indossava un giubbotto impermeabile, blu scuro, con una lunga cerniera rosso fiamma. Teneva in mano il solito pacchetto di Chesterfield, e lo capovolse per farsi cadere una sigaretta sul palmo. Se la portò alla bocca ma non la accese. Penny rimase completamente muta per qualche attimo, e Igor la chiamò con insistenza.

«Sei ancora lì?»

«Sì, sono qui, soltanto...»

Udì un sospiro dall'altro capo del telefono.

«D'accordo, ti capisco. Ma se cambiassi idea sai dove trovarmi.»

«Ti consiglio di invitare un'altra ragazza.»

«Non voglio invitare un'altra ragazza, voglio invitare te.»

«Ma non ha senso aspettare che...»

Lui le rispose con tono sempre allegro, ma venato da un sottofondo di rissosa fermezza: «Penny, ti aspetto da sei anni e cinque mesi. Posso aspettare un altro giorno. Il miracolo potrebbe sempre accadere. Io non dispero».

Quando riattaccò, imbarazzata da quell'affermazione che l'aveva fatta un po' arrossire, notò che Marcus continuava a osservarla. Si era appoggiato al tavolo con un gomito, il mento sulla mano, e giocherellava con la sigaretta battendola a scatti sul ripiano di fòrmica, con fare nervoso.

«Ciao» gli disse, semplicemente. Era seduta con la schiena contro la parete, il viso rivolto alla sala, e non poté non notare che gli sguardi delle altre clienti, nessuna esclusa, erano puntati da quella parte, verso di lui. Sorrisetti, gomitate, parole pronunciate a bassa voce, commenti di sicuro salaci. Una tizia leccò con simbolica lentezza il cucchiaio col quale stava mangiando uno yogurt. Penny si domandò se Marcus se ne fosse accorto entrando, e cosa ne pensasse di solito Francisca: riusciva a sopportare il desiderio che trasudava da tutti gli occhi estranei che si posavano su di lui, come se volessero spogliarlo coi pensieri, prima, e coi denti, dopo? Ma subito si rese conto che di sicuro Francisca attirava occhiate gemelle da parte degli uomini. Erano pari, quei due. Erano una coppia a dir poco splendida.

«Sei stata in ospedale?» le domandò Marcus rompendo il silenzio, con una voce strana, come se dietro quel tentativo di gentilezza si celasse il ringhio di un lupo. «Tutto ok?»

«Sì, tutto sommato va bene.»

«Potevo accompagnarti io, bastava chiederlo.»

«Vorrei poter dire che sei gentile, ma hai un tono che fa spavento.»

Marcus si accese la sigaretta, fregandosene del divieto, a caratteri cubitali, che brillava come un semaforo rosso su una targa di metallo appesa alla parete proprio sulla sua testa.

«Stavi parlando con Igor?» le domandò fra due boccate, mentre Penny cincischiava con gli avanzi della torta.

«Proprio così.»

«Ho provato a chiamarti tutta la mattina, ma non mi hai mai risposto.»

«Oh... scusa. Ho abbassato il volume del cellulare in ospedale e non ho sentito.»

«Igor lo hai sentito invece.»

Marcus si protese in avanti, attraverso il tavolo. Stava per dirle qualcosa e, dallo sguardo che aveva, non sarebbe stata una cosa simpatica, ma Sherrie arrivò proprio in quel momento e lo interruppe.

«Il mio ragazzo!» esclamò. «Quanto sono felice quando vi vedo insieme! Però devi spegnere quella sigaretta, qui non si fuma. Diglielo anche tu Penny, fumare fa male.»

«Temo che se glielo dicessi, fumerebbe il doppio solo per farmi dispetto» commentò Penny. «Quanto ti devo per la torta?»

«Niente, piccola. Piuttosto, bambino mio, puoi farmi un favore grande? Ho di là un regalino che mi sono fatta, comprato su eBay. Potresti metterlo in macchina e portarmelo a casa? Ti do le chiavi. Ma fai attenzione, è fragile ed è fatto di specchi, e se lo rompi sarai sfortunato per sette anni!»

Marcus, con la sigaretta ancora accesa fra le labbra, annuì lentamente. Mentre parlava con Sherrie, strinse Penny per un braccio impedendole di andare via. Solo per quel contatto, nonostante la pioggia fredda che cadeva fuori, il sole entrò nel sangue di Penny e la invase.

Sherrie abitava proprio sul mare. Su eBay aveva ordinato una di quelle enormi palle da discoteca, atterrata direttamente dagli anni Settanta, col suo bagaglio di lustrini e specchietti scintillanti. Nel raccomandare ai due di non romperla, Sherrie sfoderò uno sguardo apprensivo, come quello di una madre che non sa se la sua creatura sarà al sicuro.

Durante il viaggio in auto, la pioggia continuò a cadere, a scrosci cadenzati. Dopo qualche attimo, quasi serbasse quella domanda da un pezzo e non riuscisse più a tenersela dentro, Marcus le chiese senza giri di parole: «Cosa voleva?».

«Chi?»

«Lo sai chi. Igor.»

Penny scosse impercettibilmente la testa, guardando fuori dal finestrino.

«Perché ti sei fissato con lui?»

Lui se ne fregò della sua domanda e, anzi, le indirizzò un'occhiata brusca, luccicante di collera.

«Ti ha invitato a uscire?» insisté.

«Sì.»

«Quando? Dove?»

«Io non ti chiedo quando vai e dove vai.»

«E io sì. Cosa pensi di fare?»

«Non penso di fare niente. Voleva che ci incontrassimo domani sera. Gli ho risposto di no.»

Marcus strinse forte il volante. Penny lo osservò di soppiatto. Appariva stanco, con due occhiaie profonde che non gli aveva mai notato, come se avesse dormito poco e male, e non da una notte soltanto. Trattenne l'impulso naturale di sfiorargli la mano che si muoveva sul cambio.

«Prima che tu te ne vada, posso farti una fotografia?» gli domandò.

Lui si voltò, con uno scatto stranito, come se non capisse cosa intendeva. Poi, mentre tornava a osservare la strada, il suo sguardo si fece ancora più oscuro.

«Ne ho bisogno» gli spiegò Penny. «La conserverò solo per me, e ti prometto che non ti ruberò l'anima.»

Senza neanche guardarla, Marcus mormorò aspramente: «Forse me l'hai già rubata».

«Non sono una strega. Desidero solo un ricordo...»

Per quanto fosse certa che non lo avrebbe mai dimenticato, non voleva correre il rischio di finire come la nonna, che faceva affidamento soltanto sulla sua memoria scapestrata. Aveva bisogno di una prova, qualcosa che, anche fra cinquant'anni, le dimostrasse in modo concreto che Marcus era esistito e non era stato solo frutto della sua fantasia romantica.

In quel momento arrivarono alla spiaggia. La casa di Sherrie era una specie di palafitta di legno piantata direttamente sulla sabbia, quasi lambita dalla lingua del mare. La pioggia si era concessa una tregua, e il cielo sfoggiava uno stentato raggio di sole. Penny si domandò cosa provasse Sherrie a svegliarsi, ogni giorno, con tutta quella bellezza davanti agli occhi. Forse, dopo anni di compromessi fra il bisogno e l'orrore, si era voluta concedere la perfezione innocente della natura.

Marcus portò l'enorme scatola fin dentro casa. L'abitazione di Sherrie era piccola e gradevole, dipinta in toni accesi – arancio, rosso, blu di Persia – con numerosi pezzi ispirati agli anni Settanta. Su un divano a strisce multicolori, un gatto dorato, che somigliava a quello dipinto sulla vetrina del Gold Cat, rivolse loro uno sguardo assente e prese a leccarsi languidamente le zampine.

Quando tornarono fuori, in procinto di rientrare nell'auto, Penny prese Marcus per un polso e gli disse con tono supplichevole: «Facciamo una passeggiata?».

Lui la osservò come aveva fatto fino a quel momento, con il medesimo sguardo che pareva sanguinare.

«Ok» disse. Alla luce naturale e diretta, il suo viso le sembrò ancora più stanco.

Si incamminarono lungo la spiaggia bagnata. L'oceano era furente e mugghiava sui ciottoli della riva. Penny tirò su il cappuccio, mentre i capelli le serpeggiavano intorno e la ciocca verde smeraldo le finiva in bocca. Si strinse al braccio di Marcus, che camminava senza parlare, le mani infilate nelle tasche, gli occhi bassi, rivolti alle proprie scarpe che affondavano nella sabbia.

Senza rendersene conto, cominciò a parlargli. Se si fosse soffermata sulla propria vita, sulla nonna malata, sulla sua prossima partenza, su ciò che le sarebbe rimasto di quei due mesi strabilianti, si sarebbe messa a piangere, a piangere davvero, non solo lacrime e singhiozzi ma qualcosa di più, qualcosa di peggio. Forse sarebbe caduta su quella sabbia di talco e gli avrebbe detto: "Ti amo"; gli avrebbe detto: "Non andartene!"; e gli avrebbe detto: "Come farò a vivere senza più il cuore?".

Così, per non avere tentazioni, scatenò altre parole, commentando la bellezza dell'oceano, del cielo, del porticciolo che s'intravedeva a distanza, dei pescherecci e dei gabbiani e delle conchiglie che immaginò abbandonate sulla riva dalle sirene.

A un tratto, in mezzo a quel frullare di chiacchiere vane, proprio mentre ricominciava a piovere, Marcus si fermò di colpo. Penelope trasalì, temendo di aver detto qualcosa di spiacevole, anche se aveva parlato solo di futili vaghezze. Se lo ritrovò davanti, così alto e massiccio da proteggerla dal vento che gli colpiva le spalle. Con le mani ancora in tasca, la fissò come se volesse e dovesse dirle qualcosa di importante.

«Tutto bene?» gli domandò lei, sempre più preoccupata da quelle occhiaie brune, da quella barba ormai abbastanza lunga da non essere più frutto del calcolo ma dell'abbandono, da quelle labbra serrate.

Per un po' lui non disse né fece nulla. Continuò a guardarla, e Penny vide l'oceano burrascoso riflesso nei suoi occhi argentei. Poi, all'improvviso, Marcus tirò fuori le mani dalle tasche, la abbracciò tanto stretta da trasformarla in una parte di sé e la baciò sulla bocca.

Penny si abbandonò, legata alla sua lingua e alla sua anima, sentendolo vicinissimo, come se lo avesse dentro, come se fossero nudi e allacciati.

Alla fine, la tenne ancora stretta, contro il suo petto, una mano sulla nuca, e Penny non riuscì più a non domandargli: «Cosa c'è?».

«Non lo so» fu l'unica risposta che ottenne.

«Mi sembri strano. È successo qualcosa?»

«Ho l'inferno in testa, Penny.»

«Vuoi parlarmene?»

«No. Devo cercare di venirne fuori, in un modo o nell'altro, altrimenti soffoco.»

«Ho sbagliato in qualcosa?»

«Sono io che ho sbagliato.»

«In che senso?»

«A venire in questa città. In quel dannato palazzo. A permetterti di fottermi la mente.»

Penelope trasalì come se l'avesse schiaffeggiata.

«Cosa intendi?»

Marcus la interruppe, posandole un dito sulla bocca. Aveva un'espressione tutt'altro che romantica, a dispetto del bacio che le aveva appena donato. Appariva furioso e infelice. Senza consentirle di parlare, disse con tono perentorio: «Andiamo via, prima che il demonio mi induca a dire cose di cui mi pentirò per la vita».

Sull'auto non le disse più nulla, nonostante ripetute sollecitazioni, e appena arrivati al palazzo Marcus si rifugiò nella sua mansarda come se scappasse da lei. Penny non smise di pensarci. Anche mentre era in biblioteca, rifletteva sulle sue ultime parole. A cosa si riferiva? Cosa intendeva?

Fu mentre riponeva sullo scaffale una delle copie di *Jane Eyre*, che Rochester le fece balenare in testa un'idea assolutamente folle. Ripensò ai modi bruschi di Edward verso Jane. Al suo falso interesse per la bellissima Blanche. Ripensò al suo tormento e al suo dolore segreto. Alla sua gelosia a causa di St. John.

Nel cuore cominciò a lievitarle un'emozione rosa e pericolosa.

È innamorato di me?

Forse Marcus è innamorato di me?

Lavorò con la testa tra le nuvole, eccitata, agitata, speranzosa. Il cuore le batteva dentro come un martello pneumatico. La sfortuna volle che ci fosse del lavoro straordinario da fare, ma era così felice che non le pesò. La nonna stava meglio e sarebbe presto ritornata a casa. E forse Marcus la amava.

Marcus, Marcus, Marcus.

Arrivò all'ora di cena col sorriso sulle labbra, un sorriso talmente fermo da sembrare tatuato e pieno di brividi. Appena rientrata non passò dal proprio appartamento, raggiunse direttamente la soffitta, ingoiando i gradini della scala a chiocciola con l'emozione di un'adolescente.

Bussò alla porta piena di energia.

Appena apre gli salto al collo, lo bacio, gli dico che lo amo!

E lì, su quel pianerottolo, davanti a quella porta, la sua felicità si sciolse come una treccia scompigliata dal vento. Non fu Marcus ad aprirle.

Fu Francisca.

Era tornata. Bella, bruna, incazzata.

Portava una T-shirt di Marcus, la stessa che indossava lui sotto la maglia quella mattina sulla spiaggia, e nient'altro. Tra le dita aveva una sigaretta accesa, e il fumo le filtrava tra le labbra naturalmente scarlatte.

Sul pavimento, alle sue spalle, giaceva una lunga corte di vestiti. I jeans, il maglione, le calze, le scarpe. La biancheria intima era volata ovunque, sparsa a caso sulle superfici.

Oltre lei, nella stanza, seduto sul margine del letto, stravolto come uno che ha appena fatto l'amore per la prima volta da quattro anni e due mesi, c'era Marcus. Nudo, a parte i tatuaggi e le nocche fasciate dalle lunghe bende che usava per prendere a pugni il sacco.

Francisca le rivolse uno sguardo che non tentava neppure di celare un'espressione di silenzioso trionfo. Penny socchiuse le labbra, sentendosi improvvisamente debole e imbarazzata ai limiti del soffocamento.

«Io... ehm... scusatemi... non... volevo... di... disturbare. Ben... bentornata» balbettò.

Per un attimo, le parve che Marcus la fissasse. Fu come se le avesse infilato una mano tra le costole e le avesse estirpato il cuore. Lo vide quasi, ferito nel suo pugno, stritolato e poi scagliato lungo la scala.

Allora, muta e sconfitta, diede loro le spalle e scese i gradini di ferro. La sua mente era un dipinto, un tempo sgargiante e adesso corroso dall'acido. Non fece che ripetersi: "Stai attenta a non cadere, stai attenta a non cadere", ma appena entrò in casa cadde subito, sul pavimento, come una marionetta coi fili recisi da un colpo di lama.

Ventiquattro
Marcus

Ormai non dormo più. Sono stanco e stressato. Provo cose che non ho mai provato prima e non voglio, maledizione, non voglio. Non sopporto di essere dominato da un sentimento che non riesco a dominare. L'amore per Francisca non mi ha mai trasformato in una preda, non mi ha mai fatto sentire come se fossi sul punto di rompermi, o di soffocare. Avevamo bisogno di rafforzarci e ci sostenevamo a vicenda, facendo branco. Con un passato così simile, ci guardavamo e ognuno vedeva se stesso riflesso negli occhi dell'altro.

Ma non ho bisogno di Penny per sopravvivere. Non mi serve, non mi dà nulla che non possa trovare altrove. Non è come me: ha un passato diverso dal mio, non ci unisce niente di niente. Parliamo lingue diverse, siamo diversi in tutto. Ci conosciamo da due mesi, non ci lega neppure il tempo.

Eppure mi manca. Eppure devo rivederla, devo toccarla, devo sentirla parlare, devo prenderla.

Non va bene, così non va bene. Voglio essere libero, mangiare, bere, fumare, dormire, fottere. Partire per qualsiasi angolo del mondo. Smetterla di pensare cose che mi annientano. Cose come: "Se rimanessi?".

Rimanere dove? Qui? Non esiste.

Non. Esiste. Nemmeno. Se. Mi. Impiccano.

Anche morto voglio svignarmela da questo posto e non tornarci mai più. Tra qualche giorno lo faccio, e non c'è Cristo che tenga.

Intanto, però, la cerco ovunque. In casa, in ospedale, in biblioteca. La chiamo sul cellulare ma non mi risponde. Alla fine vado al locale di Sherrie, per caso, e la incontro.

È seduta a un tavolo, col telefonino a un orecchio. Intuisco che sta parlando con quello stronzo di Igor. Le mie telefonate le ignora e a lui risponde. Una furia animale mi monta dentro. E questa è un'altra di quelle sensazioni inspiegabili che mi indeboliscono. Sono geloso? Non ha senso. Non sono mai stato geloso di Francisca, che solo a vederla toglie il fiato e le basta camminare per trasformare i maschi in armi cariche, e sono geloso di questa qui? Di una ragazzina qualsiasi, bassa, magra come un chiodo, con dei capelli ridicoli e due occhi da cerbiatto orfano?

Non va bene, no, decisamente non va bene. Ho voglia di uccidere Igor con queste mani.

Accetto di passeggiare sulla spiaggia. La ascolto mentre parla e sorride e mi indica l'acqua e le conchiglie. Mi assale una voglia furiosa di baciarla. Vorrei buttarla giù, sulla sabbia bagnata, sfilarle i pantaloni e venire ringhiando nel suo corpo solo mio. Ma devo fermarmi. Non posso andare avanti così, già così è troppo. Devo trovare un modo, uno qualsiasi, per sradicarmela da dentro e tornare me stesso, perché altrimenti rischio di impazzire.

Non mi resta che massacrare il sacco. L'esercizio fisico mi calma un poco, distrae il mio sangue, sposta il corso dei miei pensieri. A un tratto, qualcuno bussa alla porta. Non può che essere Penny. Le dirò di non salire più, le dirò che vado via domani, le dirò di togliersi dal cazzo, e mentre lo penso ho solo voglia di arrivare alla porta, farla entrare, metterla in un angolo e baciarla.

Poi apro la porta.

Ma non è Penny.

È Francisca.

La osservo per una manciata di secondi come se fosse un'apparizione. Lei mi guarda sorridendo, piega la testa da un lato e poi scaraventa a terra la sacca di tela che ha sulla spalla. La sua bellezza è devastante. Gli occhi neri e tirannici, il naso fremente, le labbra rosse come il fuoco, il corpo da puledra selvaggia. Con un balzo mi salta addosso, avvinghiandosi ai miei fianchi con le gambe. Non dice niente, non chiede niente, mi bacia come se avesse sete da un secolo. Avevo dimenticato il sapore della sua lingua, la frenesia della sua bocca, le sue unghie che mi graffiano la schiena.

Finiamo sul pavimento, e si sfila il maglione, i jeans, le scarpe, ed è nuda sopra di me, e mi lecca e mi inghiotte. Poi si spalanca e mi prende e si muove come fa solo lei, con una danza spavalda.

Alla fine mi fissa, sudata e scatenata, più bella di quanto ricordassi.

«Ti sono mancata?» mi domanda.

«Sei uscita prima?» le domando a mia volta.

Aggrotta la fronte e assume quell'espressione battagliera che conosco bene, quel cipiglio da pistolera che sta per sparare a qualcuno.

«Ti ho fatto una domanda, *mi amor*» mi dice, coi suoi splendidi occhi assassini puntati sulla mia faccia. «Ti sono mancata?»

«Mi sei mancata» replico, ma mentre lo faccio capisco che è la prima volta che le dico una bugia. A dire la verità, nelle ultime settimane non ho fatto che pensare ad altro. Ma vedendola, ricordandomi improvvisamente di tutto ciò che ci unisce, mi rendo conto che è lei la mia donna, solo lei. Abbiamo cento universi in comune. Lei è la mia salvezza, la cura dal male che mi ha devastato negli ultimi tempi. La cura da Penny. «Io sono te e tu sei me» aggiungo, accarezzandole un fianco. Ce lo dicevamo spesso, prima, era il nostro modo speciale per dire "ti amo". Lo dico e penso che sono libero, che per me esiste solo Francisca, ecco, e adesso lo so.

Francisca sorride e si rimette in piedi. Si muove nuda per la stanza, flessuosa, muscolosa, solida, eccitante. Prende una delle mie sigarette dal pacchetto sul tavolo, se la porta alle labbra, la accende e la fuma.

«Sei uno schianto, *mi amor*» commenta, infine, osservandomi. «Eh sì, sono uscita prima, così ho deciso di non dirti niente, di farti una sorpresa. E per fortuna non l'hai fatta tu a me. Pensavo di trovare quella piccola *chica* nelle tue mutande.»

Rido, e mentre rido mi pare di fare fatica, come se i muscoli delle guance non collaborassero.

«Te la sei scopata?» è la sua domanda successiva, mentre mi osserva attenta, con la sigaretta fra due dita, soffiando il fumo da un angolo delle labbra.

Allora prendo una sigaretta dallo stesso pacchetto e la accendo toccando l'estremità della sua. Quindi mi siedo sul bordo del letto e sento la mia voce tagliente risponderle: «Ho solo tenuto al caldo il cazzo. Ma adesso finiscila con l'interrogatorio, o mi pare d'essere ancora in quella fottuta galera».

Francisca emette una risatina divertita. Subito dopo qualcuno bussa alla porta.

Non faccio in tempo a ragionare che lei indossa al volo la mia maglietta stesa sul divano, e apre con un'urgenza quasi violenta.

Dietro la porta c'è Penny, con un sorriso radioso stampato sulle labbra, un sorriso che subito muore. Guarda Francisca, guarda me, poi guarda ancora Francisca. Capisce in tre secondi spaccati che è tutto finito. Ammesso che qualcosa fosse iniziato, s'intende. Balbetta alcune parole confuse, poi va via scusandosi.

E mentre va via sento la mia mente gridare: "Penny!", stringo un pugno con una forza dannata, assassino la voglia istintiva di andarle dietro, di fermarla sulle scale. Non avrebbe senso. Non le devo nessuna spiegazione. La mia donna è Francisca, questa statuaria guerriera dalle lunghe gambe, non la piccola, fragile cosa che è appena andata via. Ci siamo solo divertiti, era chiaro fin dal principio. Non le devo niente, men che meno delle spiegazioni. Non la vedrò mai più, il gioco è finito per sempre.

Venticinque

Rimase ferma dov'era, addossata alla porta d'ingresso, rannicchiata su se stessa, per un tempo infinito. Per quel tempo, le parve di non essere riuscita a pensare a nulla, forse di non avere neppure respirato. Aveva la mente oscurata dal dolore e dal panico. Era tutto finito, tutto finito. Non lo avrebbe mai più rivisto, mai più baciato, mai più toccato. Marcus e Francisca sarebbero ripartiti prestissimo. Erano una coppia perfetta insieme. Una dannata coppia perfetta.

E lei era una vera idiota. Solo un'idiota avrebbe potuto credere, sia pure per una manciata di ore abbaglianti, che un uomo come Marcus potesse provare per lei qualcosa di più di una vaga lussuria a scadenza. Da cosa si era lasciata ingannare? Dai segreti tormenti di Edward Rochester? Che stupidaggine abissale...

Dopo quel tempo infinito, in cui ogni più piccolo scricchiolio la fece sobbalzare, per colpa della solita coriacea speranza – la speranza che Marcus scendesse le scale e le dicesse che la amava, la amava, la amava, a dispetto di Francisca, contro Francisca, contro tutto il cazzo di mondo – si alzò e si chiuse in bagno.

Restò sotto la doccia finché l'acqua non divenne una cascata di pioggia freddissima. Poi si asciugò con gesti lenti e meccanici. Poi si infilò nel letto della nonna. Non voleva stare nella sua stanza, c'erano troppi ricordi imprigionati fra quelle mura e la scala antincendio.

Rintanata sotto le coperte, nel letto di Barbie, pianse tutte le lacrime inventate da Dio. Ripensò a ogni momento trascorso: il loro incontro, le prime baruffe, il primo bacio, la prima volta.

Benché le facesse male, si domandò cosa stessero facendo in quel momento. Facevano di nuovo l'amore? Dormivano abbracciati? Cenavano insieme ridendo e raccontandosi i loro quattro anni di lontananza? Quando sarebbero ripartiti?

Marcus penserà a me qualche volta?

Smetterò di piangere prima o poi?

Uscì di casa prestissimo per recarsi in ospedale. Aveva dormito a malapena un'ora, suddivisa in centinaia di minuti di sonno leggero e agitato.

Trascorse con Barbie l'intera mattina. Non mangiò nulla, bevve soltanto una quantità spropositata di caffè preso al distributore automatico dell'ospedale. La nonna alternava lunghi sonni a momenti di chiacchiere confuse, e durante un risveglio si mise a piangere disperatamente, gridando che suo figlio era morto, come se fosse accaduto solo un istante prima e non da quasi vent'anni. Penny la abbracciò e pianse con lei.

Al rientro a casa, si sentiva debole come una bambina che ha avuto la febbre alta e ha vomitato per tutta la notte. Percorse le scale con lentezza, temendo di incontrare Marcus, sperando di incontrare Marcus. Quando fu sul proprio pianerottolo, tuttavia, invece di entrare in casa e chiudersi dentro e lasciare fuori tutto, si lasciò sviare da una tentazione delirante.

Salì la scala a chiocciola, in silenzio, e accostò l'orecchio alla porta della mansarda. Ciò che udì fu la fine assoluta di ogni più pallida speranza. Marcus e Francisca stavano facendo sesso, quei versi erano inequivocabili. Non dubitò che lo stessero facendo da ore: ore dedicate a riaversi dopo anni di separazione forzata.

Si posò una mano sulla bocca per impedirsi di urlare. Voleva fare il suo nome, anche se non sapeva bene perché, forse perché pronunciandolo si sentiva come se lui esistesse ancora e non fosse soltanto la parte piccolissima di un passato morto e sepolto in una notte soltanto.

Ma rimase zitta. Rientrò a casa tremando. Le veniva da rimettere. Vomitò il caffè e un mare di acido. Poi si guardò allo specchio: vide i suoi occhi presi a pugni dalla tristezza. Le labbra gonfie ed esangui. Il naso che sembrava una prugna violacea. La ciocca verde smeraldo che cominciava a sbiadire, virando al grigio azzurro, più grigio che azzurro. E pensò che non se lo meritava. Troppo dolore tutto insieme: non se lo meritava.

Così, fece una cosa che in un altro tempo non avrebbe fatto.

Telefonò a Igor. Si misero d'accordo per vedersi quella stessa sera. Lui parve felicissimo della chiamata, inneggiando al miracolo.

Nelle ore che passarono, Penny si preparò con cura – si truccò perfino – indossando l'unico vestito provocante che possedeva. Quello che Marcus aveva criticato, il tubino di velluto verde utilizzato impropriamente per andare a trovare Francisca in prigione. Si piacque, guardandosi allo specchio, era abbastanza attillato e corto da suggerire una precisa intenzione: sarebbe andata a letto con Igor – per disperazione, per vendetta, per oblio – e non sarebbe tornata indietro.

Igor arrivò puntuale, con un sorriso esultante stampato sulla bocca. Scese dall'auto e le porse il braccio, aprendole lo sportello del passeggero come un gentiluomo. Indossava un trench sopra i jeans e portava un cappello tipo borsalino.

Mentre stava per salire, il cuore di Penny saltò arrivandole fino alla gola. La mano di Igor le impedì di cadere, senza capire perché stava cadendo o forse pensando che fosse per colpa degli stivali coi tacchi alti. In verità, a distanza di qualche metro, sul marciapiede, c'erano Marcus e Francisca. Camminavano vicini, imbracciando dei sacchetti, come se avessero fatto la spesa. Quel dettaglio familiare, che urlava: "Non facciamo solo sesso insieme ma mangiamo insieme, respiriamo insieme, siamo una cosa soltanto", le fece più male dei loro gemiti rubati attraverso la porta.

Tuttavia, Penny finse di non averli visti. Finse di essere una ragazza felice che esce per un primo vero appuntamento con l'amore dei suoi sedici anni e non vede nient'altro che lui. Finse di essere una disinvolta ventiduenne che indossa un abito verde e una ciocca verde sbiadito, e un cappotto rosa abbinato al cappello, ed esprime con tutti questi colori la propria felicità. Si sporse, perfino, e baciò Igor su una guancia, pericolosamente accanto alle labbra. L'auto si spostò veloce, allontanandola dalla tentazione di osservarlo nello specchietto retrovisore.

"Chissà quando partiranno", si domandò in un soprassalto di nostalgia.

Ma poi si disse che non voleva saperlo, non doveva saperlo. Doveva vivere e basta. Divertirsi con Igor, quella notte, divertirsi fino in fondo, e ricominciare tutto daccapo.

Ventisei
Marcus

Francisca dorme ma io non ci riesco. È quasi l'alba e giro per casa e mi sento come una belva in una gabbia strettissima. Fumo e fumo e ancora fumo e un paio di volte mi fermo davanti alla porta, sul punto di aprirla per andare al piano di sotto. No. Non devo farlo. La mia donna è qui, non da un'altra parte. L'ho attesa per quattro anni, non manderò tutto a puttane per una stronzetta qualsiasi. A tratti, vorrei prendermi a pugni sul cranio, per farla uscire dai pensieri. Tutto questo non ha alcun senso, davvero, è una follia totale, è una malattia. Sono qui, con la donna più sexy del mondo, e non faccio che pensare a quella cretina. Bastano due mesi per trasformare un uomo in un essere farneticante che ha perduto se stesso? No che non bastano, non possono bastare, e siccome non bastano, non può essere quello che credo che sia, e non può durare. È una follia momentanea, se la tengo a bada, passa.

In frigo ho delle bottiglie di birra. Ne stappo una e la bevo. Francisca si alza dal letto e mi raggiunge. Fumiamo e beviamo e ridiamo e scopiamo. Questa è la vita che voglio. Domani partiamo senza avvisare nessuno. Domani non ci siamo più. Non potremmo farlo, sono libero sulla parola, ma ce ne sbattiamo delle regole. Ok, sono sbronzo, dopo quattro birre e un po' di caro vecchio Johnnie

Walker, ma se una cosa è vera da sobri è vera anche da ubriachi: è meglio morire scappando che vivere in galera.

Ho dormito, finalmente, stordito dall'alcol e dal sesso. Mi risveglio che è buio. O è ancora notte o è di nuovo notte. Mi sa che abbiamo dormito per ore. Mi alzo e mi gira la testa: una volta reggevo meglio il whisky ma adesso, dopo quattro anni e due mesi di sobrietà, ammetto di sentirmi una merda. Una doccia fredda è la cosa migliore. Mi tocca uscire per comprare qualcosa da mangiare.

Mentre mi vesto, anche Francisca si sveglia.

«Aspettami, faccio una doccia e vengo con te.»

Scendiamo le scale e, nel farlo, ignoro deliberatamente la porta di casa di Penny. Tengo fra le dita una sigaretta e tiro dritto e vaffanculo a qualsiasi cosa ci sia dietro quella porta. Per fortuna non incontriamo nessuno, non ho voglia di incrociare qualche vecchio decrepito in vena di farsi i cazzi miei.

Fuori non piove ma l'aria è ghiacciata. Il negozio è vicino e ci andiamo a piedi. È strano percorrere questa strada con Francisca, è strano vederla di nuovo accanto a me. Ringrazio Johnnie per il favore che mi ha fatto: mi ha lasciato abbastanza confuso, ancora, da impedirmi di soffermarmi su cose superflue, cose che comprendono Penny.

Ma mentre rientriamo, ciascuno di noi reggendo un sacchetto di carta pieno di hamburger formato bisonte, patatine, pomodori, cracker e crema di formaggio, aggirare l'argomento "pensare a Penny" diventa impossibile.

Perché me la vedo davanti, sotto casa. E non è sola. Sta entrando in un'automobile, e Igor le apre lo sportello per farla salire. Lei sorride, lui sorride, e io smetto di sorridere. La stronza è vestita come il giorno in cui siamo andati alla prigione, e si è truccata, e lo bacia su una guancia, ed entra in macchina, e lui pare un atleta che ha vinto una gara. Poi partono e voglio sapere dove vanno, lo voglio sapere subito, e cosa hanno intenzione di fare, e se la tocca gli strappo le braccia. Macino questi pensieri veloci nell'arco di mezzo minuto, fermo sul marciapiede, osservando l'auto che si allontana. Il whisky non basta più, mi sento improvvisamente snebbiato, come se avessi bevuto ettolitri di caffè, e mi sento improvvisamente annebbiato nello stesso infernale momento. Ma è una nebbia diversa, che non ha a che fare con l'alcol. Ha a che fare con una gelosia omicida che mi invade come una guerra mondiale.

Mi avvio verso casa, salgo le scale, e non mi accorgo di Francisca fino a che non sono di nuovo dentro e mollo il sacchetto sul tavolo e sembro in preda a una specie di febbre. Allora la vedo vicino a me, che mi fissa.

«Sei innamorato di quella ragazza?» mi domanda, diretta, senza mezze misure.

Mi metto a ridere, una risata che gronda sale e vendetta.

«Che cazzo dici?» esclamo, e cerco una sigaretta.

Dove ho messo il pacchetto? Dove ho messo quel fottuto pacchetto?

Lo trovo e ne tiro fuori una e la accendo e la fumo e rido mentre Francisca non ride per niente.

«Di quella? Ma l'hai vista?»

«L'ho vista sì, e ho visto anche come la guardavi.»

«Come la guardavo?» domando, con tono sfottente. Tra lei e Sherrie fanno a gara a chi spara la cazzata più grossa.

«Come avresti dovuto guardare me quando sono tornata.»

«Non dire stronzate, Fran.»

«E allora si può sapere che hai?»

«Niente, non ho niente, ok?»

«Hai scopato con qualche altra, a parte lei?»

Questa domanda mi fa trasalire.

«Cosa...»

«Non mi pare una risposta complicata. Da quando te la sei fatta, hai scopato con altre o solo con lei?»

«Solo con lei» ammetto, «ma non significa niente.»

«L'hai baciata durante il sesso?»

«Fran, adesso basta, comincio a rompermi i coglioni di questo terzo grado.»

«No, se c'è una persona qui che ha i coglioni rotti, quella sono io. E non è un terzo grado, voglio solo capire che ti sta succedendo. Non ti ho mai visto così.»

«Così come?»

«Stravolto. Ti tremano le mani. Hai due occhi che nemmeno quando abbiamo ammazzato quel tipo. L'hai baciata mentre la scopavi?»

«Sì, ma che vuol dire?»

«Non lo so, ma voglio sapere se ho ancora un posto nella tua vita.»

«Certo che ce l'hai! Ok, ho scopato solo con Penny e l'ho baciata. Ma da questo a domandarmi se...»

«Quindi, ad esempio, se ti dicessi partiamo adesso, subito, cancellala, non saprai mai dov'è andata stasera e cos'ha fatto con quel tipo e non la vedrai più, che mi risponderesti?»

Rido, spegnendo nervosamente la sigaretta in una lattina di birra vuota.

«Ti risponderei ok! Partiamo anche subito! Preparo la sacca e ce la battiamo! Ma davvero pensi che io... che me ne importi di... di quella lì? Sei fuori, Fran, sei fuori di brutto. Ci siamo frequentati solo perché mi pagava! E me la sono fatta tra una cosa e l'altra. Qual è il problema? Non pensavo ti importasse dove parcheggio il cazzo quando non ci sei.»

«Del cazzo, no. Ma mi importa dove parcheggi il cuore.»

Rido ancora più forte, e mi faccio paura da solo, perché questa voce, questa voce affilata, che in una sola risata pare capace di segare un diamante, sembra quella di un diavolo senza nessuna speranza.

«Preparo le mie cose e ce ne andiamo, ok? Così la smetti di sparare stronzate» dico con decisione.

Prendo la sacca e comincio a riempirla con gesti furiosi, dimostrativi. E mentre lo faccio, dando le spalle a Francisca che rimane in silenzio, non riesco a schiodarmi dalla testa l'immagine di quei due, sotto casa. Lei rideva, rideva! Era felice, e lo ha baciato accanto alle labbra, e ci metto la mano sul fuoco, entro stasera quello proverà a farsela, e siccome non è un cretino non sarà violento come Grant, e lei gli dirà di sì, lei gli dirà di sì, si aprirà per lui come si è aperta per me.

Mi fermo e scaravento la sacca contro il muro con una violenza bestiale. Una bestemmia diabolica mi esce dalla bocca mentre colpisco il sacco con tanta forza da buttarlo giù, sul pavimento che vibra e scricchiola, come per lo schianto di un albero.

Francisca è immobile in mezzo alla stanza, alta, fiera, lucida come un bisturi. Impietosa, come è sempre stata, ritorna all'attacco: «Sei innamorato di lei, Marcus?».

E allora è inutile, è inutile girarci intorno, è inutile sollevare polvere, nebbia, difese e dare un senso diverso a una cosa che ha un senso soltanto. Non le ho mai mentito, e non volevo farlo oggi, solo che non avevo capito. Dannazione, non avevo capito.

A questo punto, finalmente, sento la mia voce affannata e disperata che dice soltanto: «Sì» e poi aggiunge «perdonami». Quindi, senza voltarmi, afferro un giubbotto e le chiavi dell'auto ed esco da casa correndo come uno che se non corre muore.

Ventisette

Lo spettacolo per il quale Igor aveva allestito la scenografia le fece più male che bene. Era la storia di una donna che va in cerca del vero amore e prima di trovarlo sperimenta una lunga lista, a tratti tragica, a tratti esilarante, di amori posticci. Il tutto arricchito con musiche eseguite da un'orchestra che suonava sulla scena, e da un'ambientazione dipinta a mano, in uno stile che imitava le ricche e vive pennellate di van Gogh.

Seduta in seconda fila, accanto a Igor, in un piccolo, accogliente teatro tutto tappezzato di blu, Penny si sforzò di sorridere. Aveva silenziato il cellulare per non dare fastidio in sala. Ogni tanto lo guardava nel timore di ricevere una chiamata dall'ospedale, e si stupì non poco di trovare il numero di Marcus. La tentazione di ritelefonargli fu grande, ma non cedette a quella piccola battaglia interiore. Forse voleva solo sapere come stava, forse voleva scusarsi, forse voleva salutarla perché stava partendo.

A suo modo mi ha voluto bene. Non ha colpa se non sono Francisca. Ma non ho più voglia di sentirlo.

Qualsiasi fosse il motivo di quelle chiamate, non le importava. Non avevano più niente da dirsi.

Al termine dello spettacolo, Igor le presentò la compagnia teatrale e Penny strinse mani e sorrise a guance tese, accorgendosi con tristezza che la recita stava continuando a oltranza e adesso era lei a sostenere la parte principale. Fingeva di essere allegra e simpatica, in quel maledetto vestito troppo corto che solo a fare un passo le arrivava alla cintura, con le labbra truccate e il cuore in bianco e nero. Per fortuna Igor non sembrava notarlo: era il vantaggio di non essere mai stata una ragazza particolarmente vivace, di quelle che stanno al centro dell'attenzione del gruppo e, se e quando tacciono, il loro silenzio rimbomba. Dopo tutti quei convenevoli e pacche sulle spalle e complimenti reciproci e sorrisi tirati con le funi, uscirono fuori.

«Ti va di venire a cenare a casa mia?» le domandò Igor. «Sono un bravissimo cuoco, mettimi alla prova.»

Penny accettò subito, pensando che il destino era un ruffiano bastardo. Favoriva la sua decisione di fare sesso con Igor. O forse, semplicemente, visto che si era vestita come una che a stento indossa le mutande, gli aveva trasmesso un messaggio chiaro che lui aveva colto al volo.

Così, raggiunsero il suo appartamento, e Penny notò subito che era piccolo ma colorato ed estroso. Quadri astratti, dipinti certamente da lui, con le medesime pennellate dense della scenografia, un tavolo basso fatto con la porta di un fienile, una parete tutta piena di scritte – frasi tratte da poesie famose – tracciate a mano su un muro che era un mosaico di mattoncini in rilievo. Perfino i bicchieri erano stravaganti, alcuni sembravano alambicchi, altri enormi cubetti di ghiaccio cavi all'interno, altri ancora avevano la forma di sinuosi corpi di donna senza teste.

Penny si accomodò su un divano e Igor le porse una bottiglia di birra stappata. Poi si sedette vicino a lei e le domandò con schiettezza: «Allora, vuoi dirmi cos'è successo?».

«In che senso?»

«Come mai sei qui con me invece che con Marcus? Mi sei sembrata così categorica ieri e la tua telefonata di oggi mi ha spiazzato.»

«In senso positivo, spero.»

«Positivissimo, però... come mai questo cambiamento repentino?»

«Noi... ehm... abbiamo rotto.»

«Posso chiederti cosa è successo, o sembro impiccione?»

Penny inghiottì un sorso di birra e tentò un sorriso disinvolto.

«Niente di che. Non andavamo d'accordo.»

«All'improvviso? Mi era parso che andaste molto d'accordo, invece.»

«Ci stavo... ci stavo pensando già da un po', in effetti. Era solo attrazione fisica, niente di più. E io voglio di più.»

Inaspettatamente, Igor allungò un braccio e le prese una mano.

«I miracoli accadono, dunque. Sappi che io sono un tipo a cui chiedere di più. Lo so che è presto ma...»

«Non è mai troppo presto» rispose lei, un po' agitata, domandandosi cosa diavolo significasse quel commento buttato lì, più che altro per riempire un vuoto e nascondere un batticuore.

«Dunque se, ad esempio, ti baciassi, non penseresti che sono uno stronzo che ci sta provando, approfittando della tua vulnerabilità?»

«Non sono vulnerabile affatto» obiettò lei con fermezza, sentendosi fragile come un castello fatto di sabbia bagnata.

Igor sorrise, continuando a tenerla per mano.

«Ci sto provando davvero, beninteso, ma non voglio solo *quello*. Mi piaci sul serio, mi sei sempre piaciuta, da quando ti ho vista la prima volta. Avevi sedici anni e portavi una treccia su una spalla e un cappotto blu cielo con dei grossi bottoni lungo il bordo.»

«Te lo ricordi ancora? Me lo aveva cucito mia nonna. Dopo aver visto come lo osservava Rebecca, però, non l'ho più indossato. Mi ha fatto sentire come se fossi una profuga disgraziata.»

«Eri deliziosa, invece, e così originale, così diversa dalle altre. Tanto diversa che mi sono bevuto la bugia di Rebecca. Ero un ragazzino. Sono stato stupido, avrei dovuto avvicinarmi comunque.»

Penny gli rivolse il migliore sorriso a cui riuscì a dare forma in quel momento.

«Avvicinati adesso» lo esortò.

Igor non se lo fece ripetere ancora. Si sporse verso di lei e la baciò sulle labbra.

Penny aspettò che il mondo si capovolgesse, che il cuore diventasse gola e mani e gambe, ma non accadde nulla del genere. Malgrado ciò non si fece sconfiggere dalla voglia di scappare. Doveva rimanere e arrivare fino in fondo. Perciò, posò a terra la bottiglia di birra e si avvicinò ancora di più a quell'angelo coi ricci biondi e gli occhi color fiordaliso. Lo osservò come se lo implorasse di buttarle una corda mentre stava cadendo nell'abisso. Igor, nonostante il suo aspetto da principe fiabesco, era pur sempre un uomo, un uomo che, per giunta, aveva sempre avuto un debole per lei, e non si fermò a pensare al senso di quel precipitarsi impulsivo tra le sue braccia. La accolse e basta.

Sul divano, diversissimo da quello che si trovava nell'appartamento di Marcus, non un logoro due posti rattoppato ma una sorta di comoda *dormeuse* a strisce giallo cedro e indaco, si ritrovarono uno sull'altra: Igor a stringerla con foga educata, Penny intensamente intenta a sostituire ai ricordi una lavagna senza una sola scritta. Non fu brutto quel lungo bacio: ma fu solo un bacio. Su quella totale consapevolezza, su quel non essere riuscita a perdere la memoria, su quel ricordare Marcus senza pause, domandandosi perché diamine lo amasse tanto e come fosse possibile amarlo tanto e se bastassero due soli mesi per amare tanto chiunque, Penny cominciò a piangere come una stupida senza speranze. Igor non poté non notarlo: si tirò indietro preoccupato.

«Che succede?» le domandò.

Lei, stesa sotto il suo peso, si divincolò come una falena dentro un bicchiere capovolto. Lui si scostò e Penelope si alzò, gli occhi allagati di lacrime veloci, e non fece che ripetere: «Scusami, scusami, scusami». Lo ripeté mentre indossava il cappotto e si avvicinava alla porta e usciva da quella casa e usciva per sempre dalla vita di Igor.

Scese le scale di corsa, continuando a ripetere mentalmente la stessa parola. Igor non aveva alcuna colpa. Era tutta colpa sua e del suo modo d'amare soffocante, del suo bisogno esclusivo di Marcus, anche se lui non lo meritava, anche se era l'ultimo uomo sulla terra che potesse offrirle la speranza di un nido e di sollievo e di un futuro.

Arrivò a casa stravolta. Appena dentro si tolse le scarpe, scagliandole via come se scottassero. In quel momento udì un distinto bussare alla porta. Si precipitò ad aprire con uno slancio infantile, sperando, senza alcuna ragione per sperarlo, che fosse Marcus.

Ma non si trattava di lui.

Sulla soglia c'era Francisca, ed era da sola. Vedendola, Penny non riuscì a trattenere un moto di spontaneo stupore. Socchiuse le labbra e strizzò gli occhi, fissandola con aria un po' ottusa.

«Posso entrare?» chiese Francisca, entrando senza attendere il suo permesso.

Penelope si mise sulla difensiva.

«Cosa vuoi?»

«Dovrei essere io a dire la stessa cosa, *chica.* Cosa vuoi tu da Marcus?»

«Io non voglio niente.»

Non era vero, voleva tutto ma, per una che desidera imprigionare un arcobaleno in una scatola, il tutto è come il niente.

Francisca si sedette sul divano, tirando su le gambe flessuose, strette in un paio di jeans slim che facevano risaltare il suo corpo perfetto. Penny provò un senso di fastidio per quella confidenza, e allo stesso tempo di sollievo. Francisca aveva un'aria naturalmente minacciosa, così forte e solida com'era, con la mascella volitiva e gli occhi più neri dell'ebano, e per un attimo aveva temuto che volesse aggredirla. Invece sembrava che la sua strana ospite fosse lì per parlare. Parlare di cosa?

«Io e Marcus abbiamo un legame speciale» continuò Francisca. Se ne stava comoda sul divano come se fosse lei la padrona di casa, mentre Penny, scalza, rimaneva in piedi: nonostante la sua apparente posizione di supremazia, si sentiva più bassa e indifesa.

«Lo so. Perché ci tieni tanto a ricordarmelo?»

Francisca non rispose alla sua domanda ma continuò su quella strada sibillina: «Lui ha bisogno di sentirsi libero, non oppresso da niente e da nessuno. Ha vissuto in gabbia da quando è nato. Ci sono tanti tipi di gabbie, lo sai?».

«Davvero, non capisco cosa...»

Francisca ignorò ancora la sua interruzione.

«Noi ci amiamo a modo nostro. Noi non ci soffochiamo, non ci mettiamo paura, non ci costringiamo a stare insieme.»

«Io continuo a...»

«... non capire, lo so. E adesso ti spiego.» Francisca si tirò su una manica del maglione e le mostrò la cicatrice che Penny aveva già notato in carcere. «Questa me la sono fatta io, tentando di uccidermi quando avevo dodici anni. Il mio patrigno abusava di me in modi che vorrei tanto non ricordare. Era un uomo schifoso ma, dopo la morte di mia madre, ero stata affidata a lui. Purtroppo sono sopravvissuta, ma gliel'ho fatta pagare. Ho dato fuoco alla casa con lui dentro. Non è morto, ma almeno mi hanno mandato fuori di lì. La casa famiglia è stata la mia salvezza. Marcus è stato l'unico al quale ho mai raccontato la mia storia squallida. Tutti gli altri hanno creduto che fossi soltanto un'adolescente ingrata e ribelle. Pensavo che non sarei stata mai in grado di fare sesso con un uomo. Ma lui... lo vedi, sembra un assassino, sembra un toro da monta, ma ha curato le mie ferite con pazienza. In cambio del suo amore speciale gli ho donato il mio amore speciale: un amore fortissimo ma segreto, mai geloso, mai dichiarato. Perché sapevo che, se glielo avessi gridato, se avessi cercato di trattenerlo, di dirgli ti voglio solo per me, sarebbe scappato. Lui ha questa debolezza: ti rimane accanto con tutta l'anima fintanto che vede una porta spalancata, una via di fuga, l'aria, il vento, la strada. Ha avuto altre donne, non ho mai preteso l'esclusiva. Se lo avessi fatto, magari mi avrebbe dato ascolto per un po', ma dopo se la sarebbe data a gambe. Per trattenerlo ho dovuto evitare di trattenerlo.»

Per quanto non comprendesse il senso di quel lungo racconto, Penny non poté fare a meno di esserne colpita fin nella parte più profonda del suo cuore. Osservò Francisca reprimendo la tentazione di piangere. Per un secondo non vide davanti a sé una ragazza due volte superba – per il suo aspetto e per il suo modo di fare – ma una bambina in balìa di un uomo crudele. Una bambina che cerca di uccidersi per salvarsi. Immaginò Marcus che si prendeva cura di lei. Il pensiero di quanto l'avesse amata scatenò la sua debolezza. Le parve d'essere fatta di acqua sparsa su quel pavimento di ceramica a buon mercato. Acqua e polvere. Si erano amati, e si amavano ancora. A modo loro, ma era un modo speciale e diverso da un milione di altri. Solo, le sfuggiva il senso del suo mettersi a nudo.

«Mi dispiace per te» disse in un sussurro, «mi dispiace per voi. E forse dovrei dispiacermi anche per me, perché non capisco cosa vuoi, e di sicuro sono poco perspicace.»

Allora, Francisca, alzandosi in piedi, di nuovo alta, tronfia e guerriera, le disse: «Voglio che, quando ti dirà che vuole rimanere qui con te, tu lo lasci andare via».

Penny vibrò, e dovette sostenersi a una sedia per non cadere. Sentì il fuoco sulle guance e un crampo alla base del cuore. Osservò Francisca come se fosse pazza o ubriaca, domandandosi se lo stesse facendo per vendetta, se volesse punirla per aver desiderato il suo uomo.

«Cos'è? Uno scherzo?»

Francisca scosse la testa: era così scura in viso e in quegli occhi notturni, che pareva tutto fuorché una che scherza.

«Nemmeno un po'. Marcus è convinto di essere innamorato di te. Forse è così e forse non è così. Non lo so, ma la cosa che più mi preme sapere è: tu sei innamorata di lui?»

Penny non le rispose subito. Era troppo concentrata su ciò che Francisca le aveva appena detto.

Marcus è innamorato di me?

Forse è ubriaca?

Di cosa sta parlando?

Marcus è innamorato di me?

Senza riuscire a impedirlo, permise alla speranza di cominciare a pasteggiare coi suoi pensieri. Il cuore prese a batterle a perdifiato arrivando a farle fischiare le orecchie.

«Lo ami?» le domandò ancora Francisca.

«Sì» fu la sua risposta sicura.

Francisca, paradossalmente, sorrise.

«Bene. Così lo farai andare via. Se lo ami non gli permetterai di rimanere in questo buco di posto, in questo palazzo merdoso, a fare un lavoro merdoso e a condurre una vita merdosa. Se lo ami non lo farai prigioniero. Il suo sogno più grande è sempre stato quello di essere libero. Vuoi massacrare il suo sogno? Lui ha il fuoco sotto le scarpe. Dopo quattro anni di galera vuoi farlo sprofondare in una galera ancora peggiore? Cosa farebbe qui? Il bravo ragazzo che obbedisce agli ordini del suo supervisore e fa un lavoro di merda, torna a casa presto la sera e guarda alla TV qualche stupido programma per vecchi? Ma se anche fossi così egoista, ti rendi conto che pagheresti con gli interessi? Perché io lo conosco, si strapperebbe le catene di dosso prima o poi, e se ne andrebbe comunque. Perché lui vuole una finestra sempre spalancata, una via di fuga, e in questa vita che via di fuga avrebbe? Sarebbe la sua morte interiore, sarebbe un lupo alla catena, una tigre in una gabbia per criceti. Decidi tu cosa fare. Se tenertelo e rischiare di ucciderlo e uccidere te stessa quando ti mollerà comunque o lasciarlo andare e dimostrare che ci tieni davvero. E che sei meno stupida di quanto sembra.»

Su quelle parole, senza aggiungere altro, Francisca si avvicinò alla porta per uscire. Penny la chiamò in un sussurro soffocato.

«Che bugiarda che sei» le disse.

Francisca scosse la testa.

«Non ti ho mentito su nessuna cosa.»

«Su una sì. Hai detto di non averlo mai costretto a rimanere con te. Non è quello che stai facendo adesso? Solo che non vuoi sporcarti le mani.»

Francisca la osservò con due occhi pieni di rabbia. Per un attimo Penny pensò che stesse per mettere da parte quella specie di pacata violenza, per assalirla in modo esplicito con le parole e le azioni. Invece Francisca continuò su quella strada sottilmente ricattatoria, con quella salomonica sfida.

«Se lo ami come dici, saprai cosa fare. Lascio a te la decisione.» Quindi abbandonò la sua casa, e la sua vita, per sempre.

Ventotto
Marcus

Non so esattamente che intenzioni ho, so che voglio Penny. La devo trovare, le devo parlare. Provo a chiamarla sul cellulare ma non risponde. Non sente o mi ignora?

Giro con l'auto senza una meta, come un pazzo che ormai ha capito di essere pazzo e non fa più niente per nasconderlo. Mi fermo un attimo al Well Purple e al Maraja, ma inutilmente.

Penny non c'è e non so dove sia. Potrebbe trovarsi ovunque, insieme a quello stronzo che la vuole da sei anni e spera di prendersela stanotte. Se lo trovo gli cambio i connotati.

E siccome sono incazzato e non so dove andare e non voglio rientrare a casa da Francisca che mi osserva come se fossi un estraneo e devo scaricare questa rabbia dolorosa che mi fa sentire più ubriaco di quando ho mandato giù le birre e il whisky, decido di passare davanti al negozio di quella tipa, la sfigata che vende carabattole.

Sono fortunato, o sfortunato, dipende dai punti di vista. Comunque il negozio è in chiusura e Grant è lì, che aspetta la ragazza e si finge un signore mentre pensa a come fotterla con violenza. Li vedo allontanarsi insieme sulla macchina di lui, e sono così furioso con 'sti tipi che sfoggiano transatlantici da arricchiti per compensare il fatto che ce l'hanno piccolo, che li seguo e stop.

A un tratto l'auto si ferma in una zona collinare, in periferia. Una specie di parco, dove di sicuro le coppie vengono a scopare se non possono farlo da un'altra parte. Mi ricordo subito del racconto di Penny: penso che è lo stesso posto in cui ha portato lei e la rabbia diventa un incendio.

Li perdo di vista per un attimo, è tutto buio, ha spento i fari e si è rintanato chissà in quale buca, e prima di ribeccarlo passano dieci minuti. Ma poi eccoli: non gli hanno detto che se vuoi fare del male a qualcuno devi usare una macchina che si fa notare di meno?

Parcheggio anche io e scendo. Noto un certo movimento dentro l'abitacolo, e delle voci. In apparenza sembra che si stiano solo dando da fare, ma io lo so che non è così. Poi sento la ragazza gridare, e non è un grido di piacere. Penso a Penny, che forse ha gridato allo stesso modo, e spalanco la portiera. Il coglione non ha nemmeno abbassato la sicura dal suo lato. Sono certo, invece, che dal lato di lei non c'è scampo.

Quando apro, mi si presenta davanti una scena prevedibile. La ragazza è atterrita, spettinata, sudata: ha due occhi grandi e traditi. Lo stronzo ha l'uccello di fuori, moscio come un verme, e l'espressione di un pervertito. Ok, adesso gliela faccio passare io.

Lo afferro per il colletto della camicia e lo tiro fuori con una mano soltanto. Non penso, non ragiono, non calcolo i possibili effetti: se lo ammazzo finisco di nuovo dentro, e se lo massacro senza ammazzarlo pure. Ma non me ne frega un cazzo in questo momento. Voglio soltanto fargliela pagare. Per Penny. Per questa tipa che nemmeno conosco. Per mia madre. Per tutte le donne costrette ad accettare attenzioni che non vogliono.

Lo sbatto contro l'auto e comincio a dargliene di santa ragione. Non prova neanche a difendersi, al massimo scalcia, terrorizzato, stralunato, e non è escluso che si stia pisciando sotto. La ragazza scende dall'auto, piangendo, il trucco sbavato, il panico negli occhi. Mi fissa senza dire niente, e per un attimo mi pare di vedere

Penny, Penny che mi supplica di smetterla, come ha fatto nel locale, Penny che mi prende un braccio e lo trattiene.

Allora, inaspettatamente, mi fermo. La rabbia evapora dal mio corpo come un gas. Appena allento la presa, Grant cade a terra. È un sacco vuoto che puzza di urina e sudore. Non sembra più un principino, per quanto fasullo. Sembra un pezzo di merda fracassato. Lo lascio lì, come lo schifo a cui somiglia, e poi mi rivolgo alla ragazza: «Vuoi che ti accompagni in ospedale?».

Lei sussurra un debole no. E aggiunge: «A casa, voglio andare a casa».

Quando sale sulla mia auto volontariamente e senza sospetto, vorrei dirle un paio di cose sul non fidarsi di nessuno, neppure di uno che forse ti ha salvato la pelle. Ma non le dico niente, la spaventerei, penserebbe che voglio farle del male anch'io. È più facile pensarlo di me che di Grant. Rimane in silenzio per tutto il tragitto, tirandosi giù una gonna da quattro soldi, le mani sulle ginocchia, lo sguardo fisso avanti, verso la strada. Mi indica il portone davanti al quale devo fermarmi, e quando scende barcolla un attimo, come una bambola con una gamba segata.

«Sicura di stare bene?» le domando ancora.

«Sì, tutto ok.»

«C'è qualcuno in casa?»

«Mia madre.»

«Vai, allora, aspetto finché non entri.»

Annuisce e fa per avviarsi verso il portone. Dopo due passi si ferma e si china e mi parla attraverso il vetro abbassato del finestrino.

«Sei un angelo?» mi chiede.

Anche Penny me lo ha chiesto, la prima volta che ci siamo incontrati, nel buio della scala. No, non sono un angelo. Mai stato. Non c'è niente di angelico nella mia vita. Sono più che altro un fottuto diavolo. Ma non dico niente, abbozzo un sorriso vago, mentre lei se ne va. La lascio con l'illusione di avere incontrato uno spirito protettore, un buono, anche se dentro di me c'è solo odio e vendetta.

E poi penso che no, non c'è solo questo. C'è anche amore. Un amore per il quale non ero preparato, imprevisto e assurdamente violento. Diverso da ciò che provo per Francisca. Nuovo e pericoloso, perché mi fa sentire senza protezione, come un soldato senza armi e senza scudi. L'ho fatto entrare dentro di me e nella mia vita incasinata, l'ho fatto entrare e adesso non riesco più a mandarlo via.

Salgo le scale di casa correndo. Busso alla sua porta, come uno che è stato sepolto vivo e tenta di sfondare la bara. Sono agitato, nervoso, incazzato. Poi lei mi apre. La rivedo e mi sembra di non incontrarla da secoli. Indossa ancora il suo vestito corto, è scalza e ha pianto. Mi accorgo subito che ha pianto. Non un pianto da poco, non due sole lacrime: ha il trucco intorno agli occhi completamente sciolto, le tracce del sale sulle pelle, le labbra gonfie. Entro e chiudo la porta e le domando senza tanti silenzi: «Cosa è successo?».

Lei scuote la testa, e mi osserva a sua volta con ansia.

«Cosa hai fatto alle mani?» esclama preoccupatissima.

Le mani? Mi guardo e solo adesso mi accorgo che sono macchiate di sangue. Il sangue di Grant, il lurido sangue che è schizzato dalla sua faccia.

«Niente di grave» mormoro, fottendomene delle mie mani. Voglio capire perché piange o divento pazzo.

«Non può essere "niente di grave". Hai del sangue anche sul giubbotto. Ti prego, mi dici cosa è successo?»

«Ho avuto uno scambio di opinioni con Grant.»

«Cosa?»

«Credo che non sarà mai più tanto bello.»

«Tu lo hai...»

«Non l'ho ammazzato. Purtroppo è ancora vivo, ma dovrà usare tutti i soldi di papà per rifarsi la faccia. Adesso dimmi cosa è successo a te. Igor ti ha dato fastidio? Sono già sporco di sangue, uno più uno meno...»

Scuote ancora la testa, con più decisione di prima. Mi avvicino e ho voglia di toccarla, di stringerla, ho voglia che mi dica che con Igor non è accaduto niente: niente in assoluto. Ma più vado avanti più lei va indietro.

Cosa mi hai fatto? Cosa vuoi da me? Perché mi tieni in sospeso con questi occhi che hanno pianto? Perché ti sposti con lo stesso panico di una farfalla che ha paura di un falco? Cazzo, Penny, mille volte cazzo, non ti farei mai del male.

Eppure lei va indietro, e a un tratto è con le spalle al muro, letteralmente.

«Devi andartene» mi dice, mentre è così, prigioniera. Eppure non la tocco: se ha paura di me, anche se non so perché ha paura di me, non la tocco. La guardo soltanto, la guardo e mi rendo conto che pure io ho paura. Dannazione, è piccola e fatta tutta di lacrime, e io, che potrei buttare giù il muro, ho una fottuta paura di lei. Allora, abbassando la voce, le dico: «Se ti dicessi... se ti dicessi che voglio rimanere qui?».

Vedo la sua gola muoversi, quasi mandasse giù un boccone indigesto. Stringe le labbra e per un attimo ho come la sensazione che tutto il dolore del mondo le passi attraverso. Infine sussurra: «Che stronzata» e il mio cuore si ferma.

«Che stronzata» continua subito dopo. «E per quale ragione?»

Mi accorgo di stringere i pugni mentre le rivelo: «Per stare con te».

Spalanca gli occhi, trattiene il respiro, abbassa il viso e sfugge il mio sguardo.

«Stronzate, Marcus» ripete.

Sento come una tempesta nel petto, una furia e una disperazione che si uniscono. Allungo un braccio e quasi lo conficco nella parete alle sue spalle. Con una mano le sollevo il mento. Il mio tocco la fa tremare. Mi scruta con aria sprezzante.

«E quando lo hai capito? Prima o dopo esserti scopato Francisca?»

Le tengo il viso alzato nonostante tenti di divincolarsi per scappare. Piccola, piccola Penny. Possono sessanta miserabili giorni, uno sputo di tempo, uno schiocco di dita, trasformare il mondo che uno ha dentro da venticinque anni?

«Dopo» le rispondo, e mi rendo conto di quanto la mia risposta le suonerà assurda. Ma è proprio così. La certezza l'ho avuta dopo. Prima era un tarlo, un'insinuazione, una ferita. Dopo è diventata una verità piena di sangue. «Ma voglio te adesso, voglio solo te.»

Trema, trema, trema. Provo ad abbracciarla ma mi allontana dibattendosi. Le faccio male? Le do fastidio? Cosa? Maledizione, cosa?

«Io invece ho capito il contrario dopo avere scopato con Igor» dice.

Ho una reazione immediata, istintiva. Le mie nocche percuotono il muro, diritte come un ariete. Subito mi allontano da lei, mi allontano perché ho un terremoto dentro, mi allontano perché sono io il terremoto. Colpisco una sedia qualsiasi e la faccio balzare in aria violentemente. Sento le braccia che bruciano. Il pensiero di loro due insieme è insopportabile. Per qualche minuto la luce della mia ragione si spegne. Giro per casa come un orso con una freccia piantata nel cuore. Lei mi dice qualcosa ma non la ascolto. Sono assordato dai suoni del mio corpo: le arterie che pompano sangue, i battiti nel petto, perfino lo stridore dei denti, il flettersi dei muscoli e lo scricchiolare delle ossa.

Dopo un po', però, mi impongo di ritrovare quel lume smarrito. Non ha senso arrabbiarsi così. Da quale pulpito viene la predica? L'ho fatto con Francisca solo poche ore fa e non una volta soltanto.

Ma come faccio a spiegarle che l'ho fatto solo perché sono un uomo e mi è saltata addosso e l'ho amata e dovevo capire? Ho amato Francisca, anche se in un modo diverso da questo. La amerò per sempre, anche se in un modo diverso da questo.

A un tratto mi rendo conto che la cosa peggiore appena accaduta non è la scoperta che Penny è stata a letto con Igor. La cosa peggiore è ciò che ha detto dopo. *Lei ha capito il contrario*. Il contrario di cosa?

«Il *contrario* di cosa?» sbraito.

Penny fa una smorfia che non riesco a interpretare – che non intendo interpretare – e afferma con decisione, a voce alta, con un tono che ha qualcosa di isterico: «Non ti voglio».

Mi fermo in mezzo alla stanza. Strizzo gli occhi, come se volessi inquadrare meglio una scena sfocata. La guardo e lei mi guarda e annuisce e poi aggiunge: «Abbiamo scopato, Marcus, ed è stato bello, ma io ho bisogno di uno come Igor. Mi fa sentire sicura. Tu sei bravo a letto e sei indubbiamente uno schianto ma, ammettiamolo, sei stato in galera, hai un lavoro di merda, fai a botte con tutti, e non abbiamo niente in comune. Igor lo conosco da tanti anni, te da quando? Due mesi scarsi? Il tempo giusto per un'avventura eccitante, non certo per un grande amore».

Non ha neanche finito di parlare che le sono addosso. La inchiodo di nuovo in un angolo. Nella mia testa lampeggia una sola parola. *Stronza. Stronza. Stronza.* E poi... *maledizione, ti amo, stronza*. Ti odio ma ti amo. Le stringo il collo con le dita di una mano. Sento la sua gola che si muove. Siamo così vicini che i nostri respiri si sfiorano.

Vorrei fare qualcosa, qualsiasi cosa – baciarla, scoparla, insultarla – ma non faccio niente. Mi sento esattamente come un albero colpito da un fulmine. Ho un incendio nel petto e i pensieri che si scontrano fra loro e non mi fanno capire più niente.

So solo che non mi vuole.

Allora, esplodo in una risata – falsa, perché non ho nessuna voglia di ridere – indietreggio, abbandono la sua gola sottile e la fisso per un istante che mi ammazza quanto un secolo. La fisso e penso che è l'ultima volta che la vedo – i suoi capelli infuocati, le sue labbra color pesca, gli occhi pieni di tenerezza e tempesta, soprattutto tempesta adesso, il suo corpo che non è più solo mio – è l'ultima volta che la vedo e mi sento come se il mondo fosse un pozzo nel quale cadrò, tra un minuto esatto, appena andrò via di qui. Esco di casa sbattendo la porta. Non la vedrò mai più.

Raggiungo la mansarda trattenendo il respiro. Francisca è qui, che aspetta. La guardo e le dico: «Andiamo via, subito» e penso che per morire ho tempo domani.

Ventinove
Francisca

Appena l'ho vista, l'ho odiata. Senza sapere bene perché. O forse lo sapevo. Mi dava fastidio che Marcus le avesse parlato di sé, di noi. Ma non potevo dimostrarmi gelosa. Non l'ho mai fatto. Quando gli ho scritto, infatti, non ho espresso il fuoco che avevo dentro. Ho soffocato l'incendio. Gli ho parlato genericamente di noi, gli ho detto com'era la vita in gabbia, l'ho informato di ciò che gli avrei fatto appena uscita. Tutto, lo avrei mangiato tutto.

Ricevendo la sua risposta, avrei voluto spezzare le sbarre che mi tenevano dentro e uscire subito. Perché la sua lettera era un concentrato spinto di inutili cazzate. Cazzate sulla sua vita, cazzate sulla sua casa, cazzate su quanto mi aspettava. Nemmeno un cenno a quella faccina da fottuto angelo. Una pagina in croce di cazzate all'apparenza ardenti ma frenate. Come se avesse paura che, lasciandosi andare, potesse farmi capire qualcosa di troppo. Cosa dovevo *non* capire? Che si stava innamorando di quella lì?

Non credo lo abbia fatto apposta. Non credo. Ma non si vive per ventiquattro anni in un mondo merdoso in cui impari a stare attenta anche alle virgole, perché se non stai attenta ci lasci la pelle, senza capire al volo quello che c'è da capire. Diventi furba. E quando ami così tanto, diventi furba due volte.

Io non rido più da tredici anni.

Marcus è l'unico uomo che ha toccato il mio corpo senza sporcarlo.

Non sopporto di essere toccata da nessun altro, nemmeno per sbaglio. Figurarsi da chi lo fa apposta. Se non lo avesse ucciso lui quel bastardo fuori dal locale, lo avrei fatto io.

Odio perfino la gente che mi fissa per strada.

Odio essere fotografata.

Odio qualsiasi persona mi voglia rapire, rubare, fermare, frugare.

Ho solo lui.

Ma lui non ha più soltanto me, adesso.

Esco qualche giorno prima del previsto e lo raggiungo, sperando di fargli una sorpresa. Ma la sorpresa la fa lui a me. È stupito, sì, ma non nel senso che vorrei. Ha due occhi che nascondono un milione di rebus. Fa l'amore come se fosse un compito che gli tocca.

Di notte lo guardo, fingendo di dormire. Fuma ed è immerso nel fuoco dell'inferno. Poi prende delle birre fredde dal frigo. Beviamo come ai vecchi tempi, e finalmente è libero. Ma non mi consola. Che mi scopi alla grande solo da ubriaco non mi consola.

Andiamo a comprare qualcosa da mettere sotto i denti, e lì, su quel marciapiede, il quadro diventa così chiaro che per poco non vomito. A qualche metro da noi riconosco la faccetta da fottuto angelo. È insieme a un ragazzo. Salgono su un'auto e vanno via.

Marcus ha lo sguardo di un assassino che vuole spargere sangue come altri spargono semi di grano. Vedo come li guarda, vedo come guarda lei. Mi tremano le gambe, mi sento improvvisamente vuota,

vuota, vuota, e incazzata, e più sola di una bambina stuprata che si taglia le vene con una lametta da barba. Quando saliamo su, glielo chiedo. Inutile girarci intorno e fare finta che non siano trascorsi quattro anni e due mesi, soprattutto due stramaledetti mesi. All'inizio continua a muoversi su quella dannata parete di specchi. Ma poi scivola. Quando ammette di amarla mi sento come se non avessi un domani. Sono ancora in galera. No, peggio. Sono ancora nella mia stanza da letto col mio patrigno addosso.

Lo ama. Faccetta di fottuto angelo lo ama. La guardo e non mi resta altro da fare che usare questo amore contro di lei. Non mento nel dirle ciò che le dico, ma esagero, e non le rivelo il segreto più doloroso, non le rivelo ciò che gli ho letto negli occhi, l'amore affamato, la gelosia, un'imprevista e terrificante fragilità. Mi ascolta, mi crede, e ne ho la prova dopo.

Qualche ora più tardi, infatti, Marcus finalmente rientra a casa. Il ghiaccio e l'acciaio sono tornati nei suoi occhi. Raccoglie le sue cose nella stessa sacca che prima ha scaraventato contro il muro. Io raccolgo me stessa e andiamo via.

Trenta

Penny si voltò un attimo, verso la vetrina, a osservare il temporale che scrosciava con furiosa irruenza. Si domandò dove fosse finito il sole. Aveva perfino dimenticato la sensazione del calore sulle guance e la bellezza del mondo illuminato. Non vedeva altro che pioggia da giorni: quella città, senza il sole, diventava un unico vicolo grigio.

«Signorina, sto aspettando il mio pollo fritto» la chiamò una donna robusta. Penelope le chiese scusa e le depositò davanti al naso il piatto con la pietanza che aveva ordinato.

In quel momento lo vide davanti all'ingresso, che combatteva goffamente contro i capricci di un ombrello catturato dal vento. Era zuppo e il lungo impermeabile color cachi non era sufficiente a proteggerlo dall'inclemenza del tempo. Riuscì a chiudere l'ombrello solo dopo molti equilibrismi, e infine entrò nel locale, depositandolo in un angolo, a gocciolare.

La riconobbe subito, lì in piedi in mezzo alla sala, vestita di giallo, con la crestina sui capelli e la ciocca verde, ormai diventata grigio polvere. Le rivolse un sorriso bagnato e stanco. Penelope lo accolse come fa una padrona di casa, anche se non era casa sua e il signor Malkovich non era un ospite. Era di sicuro lì per lavoro. Se lo aspettava che arrivasse: anzi, la stupiva che ci avesse messo tanto. Lo fece accomodare nel posto vicino al jukebox e gli domandò se poteva portargli del caffè.

«Magari sì, molto caldo, grazie. Temo che mi beccherò un raffreddore. Però... sono qui per un'altra ragione.»

«Lo so» gli rispose Penny.

«Vorrei vedere anche la signora Gray. Finora mi sono limitato a tenerla sotto controllo, ho sempre saputo che Marcus veniva a trovarla. Ma adesso è proprio necessario che le parli.»

«Immaginavo anche questo, la vado a chiamare.»

«Aspetta, prima preferisco parlare con te. Puoi sederti un istante? Come mai lavori qui?»

«Ho lasciato il lavoro notturno per occuparmi di mia nonna che è stata male. Sherrie mi ha praticamente salvato la vita assumendomi. È una persona splendida.»

«Lo so, io non giudico la gente per il suo passato, ma per il suo presente.»

«Forse sarebbe meglio che non la giudicasse affatto.»

Penny prese il bricco del caffè e glielo versò in una tazza capace. Poi gli si sedette davanti, consapevole di ciò che stava per succedere. Marcus era partito da oltre una settimana. Era andato via di notte, silenzioso come un felino. Ma se anche avesse fatto rumore, Penny non avrebbe potuto sentirlo perché, mentre lui fuggiva insieme a Francisca, lei era stesa sul proprio letto a piangere singhiozzando. Quella sera, appena era arrivato, Penelope aveva capito che Francisca aveva ragione. Imprigionarlo sarebbe stato come ucciderlo, una morte lenta, uno stillicidio di privazioni, un lento procedere di giorni identici, che l'avrebbero portato ben presto a odiarla. I leoni devono essere liberi, anche di vivere in una savana violenta, anche di farsi uccidere, purché sia una morte selvaggia, una morte all'altezza della loro vita. Vederlo ferito per avere colpito Grant era stata la goccia decisiva. Se Grant lo avesse denunciato? Sarebbe finito di nuovo in galera? E allora che fuggisse, che inseguisse il vento. Non era stato facile. Aveva pianto per giorni. Piangeva ancora, ogni volta che tornava a casa e i suoi occhi si posavano sulla scala a chiocciola che saliva in mansarda. Piangeva per le menzogne crudeli che aveva dovuto sputargli addosso, piangeva per i suoi occhi tristi: perché erano tristi davvero, dietro lo scudo della collera.

«Dov'è Marcus?» le domandò il signor Malkovich dopo aver sorseggiato il suo caffè bollente.

Gli rispose con sincerità.

«Non lo so.»

L'altro scosse la testa con aria dispiaciuta.

«Speravo non commettesse una sciocchezza del genere, e temevo il ritorno di quella ragazza, Francisca Lopez. Gli ha sempre fatto fare le cose più stupide.»

«Lei... lei lo ama.»

«Se lo avesse amato non l'avrebbe fatto scappare così. Per uno che è fuori sulla parola, sparire senza dire niente al suo supervisore equivale a un'evasione. Se lo riprendono, torna dentro.»

«Magari non li riprendono. Non sono terroristi o serial killer. Non penso avranno la polizia, l'FBI e la CIA alle costole. Sono piccole pedine. Se fanno attenzione, non li prenderanno mai.»

«Ma che vita può essere, sempre in fuga?»

«Una vita eccitante.»

Il signor Malkovich assunse un'espressione sbalordita e un po' malinconica.

«Credevo ti stesse a cuore. Speravo che voi...»

«Dire che mi stava a cuore è poco» lo corresse Penny. «Ma nessuno può imporre a un altro uno stile di vita.»

In quel momento una voce li interruppe.

«Bambina mia, al tavolo cinque vogliono una zuppa di cipolle» disse Sherrie. «Gliela porti tu? Buongiorno signor Malkovich, mi pareva strano che ancora non foste arrivato a farci l'interrogatorio.

Non sappiamo dov'è Marcus, e anche se lo sapessimo non glielo diremmo. E non dia più fastidio a questa ragazza, che è già abbastanza sconvolta di suo. Non mangia quasi nulla, la vede quanto è dimagrita?»

Monty Malkovich annuì, come se notasse solo ora quanto stava male. In effetti aveva perso peso, era pallida e lenta nei movimenti. Penny scosse la testa, mentre il supervisore pareva rattristato.

«Io sto bene. E adesso vado a servire la zuppa di cipolle al tavolo cinque, prima che i clienti si spazientiscano.»

Poco prima che si allontanasse, l'uomo la fermò.

«Ti prego. Se dovesse farsi vivo, digli di contattarmi. Non ho ancora riferito niente al giudice, esponendomi io stesso a un procedimento disciplinare. Voglio bene a quel ragazzo, ma se non mi aiuta non posso aiutarlo ancora per molto.»

Penny annuì emettendo un esile sospiro.

«Se si farà vivo glielo dirò, ma non accadrà. Mi dia retta. Marcus è scomparso dalle nostre vite per sempre.»

I capelli di Barbie erano di nuovo setosi e profumati di rosa. Penny glieli pettinava a lungo, ogni giorno. Era quasi sera e il buio si posava sulle strade. Stavano sedute sul divano, nel tardo pomeriggio, al ritorno dalla biblioteca.

La nonna aveva bisogno di assistenza costante e i suoi vuoti mentali a tratti diventavano voragini. Una brutta mattina, risvegliandosi, aveva visto Penny e le aveva chiesto: «Tu chi sei?» e il cuore di Penny era caduto a terra e si era rotto. Per fortuna, dopo qualche ora, l'aveva riconosciuta di nuovo, ma da quel giorno Penny viveva con la costante angoscia di perderla. Non fisicamente, la dottoressa le aveva assicurato che con una certa terapia poteva vivere ancora a lungo, ma mentalmente. I suoi ricordi erano parte di lei, erano la sua famiglia, erano la certezza di avere un passato, erano perfino la certezza di esistere adesso, di essere qualcuno che contava per qualcun altro. Ma se Barbie fosse andata via, cosa le sarebbe rimasto? Un gigantesco e distruttivo buco nero.

Perciò rimaneva con lei ogni volta che poteva, addirittura dormiva con lei, e di giorno lavorava e poi scappava a casa con la fretta di una madre che ha dei bambini piccoli da accudire. Era stanca, Penny, stanca e fragile, ma non si arrendeva.

Due mesi erano trascorsi dalla partenza di Marcus. In quei due mesi aveva compiuto ventitré anni, era arrivato Natale, era passato Natale, era arrivato un nuovo anno, e la neve. Grant non si era più fatto vivo e neppure Igor. E neppure Marcus. Monty Malkovich le aveva fornito il suo numero di telefono, e ogni tanto Penny lo chiamava e sospirava di sollievo quando le diceva che Marcus era ancora libero, nessuno lo aveva catturato e riportato in prigione. Sperava che fosse libero per sempre. Vivo e libero.

Però le mancava. Le mancava come manca la luce a chi vive al circolo polare artico e sperimenta sei mesi di assoluta oscurità, senza neanche un'alba per centottanta giorni.

A un tratto, mentre continuava a pettinare le lunghe chiome di Barbie, la nonna le disse: «Oggi è arrivata una lettera per me. Forse è un messaggio d'amore di John?».

«Per te? Me la fai vedere?» esclamò Penny.

Con un gesto antico, da donna che conserva il denaro nella scollatura dell'abito, considerandolo il luogo più sicuro sulla terra, una cassaforte che nessun uomo perbene violerà senza consenso, tirò fuori una busta rettangolare. Non aveva l'aspetto di una lettera romantica. Era effettivamente indirizzata a lei, Barbara Rogers, ma tradiva l'aria di una comunicazione professionale. Forse un'intimazione di pagamento? Di cosa? Penny la aprì temendo precetti molesti. Era la lettera di un avvocato, che la invitava a recarsi al proprio studio legale, il tal giorno al tale orario, per comunicazioni importanti che la riguardavano. Penny non conosceva quel nome. Domandò alla nonna se le diceva qualcosa, confidando nella sua memoria che conservava intatto il passato remoto e certi strani dettagli, ma Barbie scosse la testa, sinceramente ignara.

«Peccato non fosse di John» aggiunse con rammarico.

Penny prese il cellulare per chiamare il numero indicato sulla pregiata carta da lettere. Le rispose la compassata segretaria.

Quando scoprì di cosa si trattava, osservò sua nonna che si passava la cipria profumata sulle guance e sorrideva alla propria immagine riflessa. Pensò che l'amore poteva essere tante cose, troppe cose. Una ferita che non smette di sanguinare. Un pesante bagaglio di ricordi. Un rimorso per ciò che hai fatto e un rimpianto per ciò che avresti voluto fare. Ma anche, soprattutto, un fazzoletto profumato di buono che asciuga le tue lacrime, quando la memoria perde il colore e la vita si accorcia. L'amore è quel quadrifoglio dorato, quella coperta calda, quella musica lontana, quel miracolo, che torna una sera, al tramonto, quando tutto sembra perduto per sempre, e ti fa sentire eterna per qualcuno che non ti ha mai dimenticata.

Trentuno
Francisca

Che febbraio di merda. Ma non credo dipenda solo da febbraio. Non è colpa del freddo e della pioggia. È colpa di Marcus. Stiamo ancora insieme ma non stiamo più insieme. Abbiamo attraversato sette Stati. Abbiamo fatto tanti piccoli lavori. Abbiamo percorso miglia a piedi e in autobus: con una macchina è più facile essere fermati. Abbiamo scopato in decine di motel. Nessuno ci ha cercato. Ma lui non è più mio.

Eppure, me lo faccio bastare. Non voglio perderlo. Mi accontento di ciò che avanza, della sua ombra, dei suoi sguardi con la nebbia dentro, di un sesso ringhioso e distante e di lui che subito dopo si alza e va a fumare lontano, e poi torna a dormire e perde i pezzi in perfetto silenzio. Una notte non resisto e mi avvicino. Marcus è davanti alla finestra con le tapparelle chiuse a metà, e fuori il tetro panorama di un parcheggio. Gli prendo la sigaretta dalle labbra e, tra due tiri, gli chiedo: «Stai ancora pensando a Penny?».

Incauta curiosità. Curiosità suicida. Stupido modo, non da Francisca Lopez, per umiliarsi e per ricordargli la sua accorata ammissione d'amore di due mesi fa. Ma sono così diversa adesso. Siamo entrambi così diversi.

Mi fissa, con gli occhi stretti come fessure.

«Che stronzate dici?» butta lì, e ha un'improvvisa espressione rabbiosa che spaventa persino me.

Dovrei mollare – chi me lo fa fare? – ma non mollo.

«Avevi detto che...»

Ride, prendendomi la sigaretta dalle dita e facendo dei tiri a sua volta. Il fumo lo circonda e poi scappa da uno spiraglio non visibile nella finestra.

«Ho detto una cazzata. Capita, no?» continua. «Nemmeno mi ricordo più che faccia ha, quella lì. Scopare è solo scopare. Mi sono tenuto in esercizio per due mesi, tutto qui.» Mi fissa, mi sorride con malizia, mi stringe un polso fra le dita.

Schiaccia la sigaretta contro il davanzale, lasciando il mozzicone accartocciato. Abbassa del tutto le tapparelle. Finiamo di nuovo a letto. Fare sesso con Marcus è come finire dentro un uragano.

Per me lui è tutto. Questo sesso affannato e sudato è tutto. Lui è il mio angelo e il mio demonio.

Ma quando mi penetra, ho paura. Vorrei piangere e vorrei tempestarlo di pugni. Non per la foga con cui lo fa: per gli occhi che mi guardano senza guardarmi. Per questi occhi metallici che non sanno chi sono. Sta scopando con Penny – o contro di lei, per vendetta – e non lo sa.

Piove a dirotto mentre camminiamo lungo la strada principale di una cittadina di cui non ricordo nemmeno il nome. Siamo usciti da un pub, dove ci siamo scolati qualche birra, ci siamo guardati intorno, abbiamo evitato guai. Marcus cammina davanti a me, con un passo lungo e inflessibile, non tanto lontano da dimenticarmi ma abbastanza lontano da ignorarmi. Nonostante il diluvio, si ostina a tentare di dare fuoco a una sigaretta.

«Ehi» gli dico, «col cazzo che ci riesci.»

Lui guarda il cielo, come se si rendesse conto solo adesso che Dio la manda di brutto. Strizza gli occhi, e l'acqua gli scivola addosso, sulle ciglia, sul naso, sulla barba più lunga del solito, sul giaccone di pelle.

«Vero, è fradicia» replica, e scaraventa la sigaretta lontano, nel fiume che scorre in mezzo alla strada.

Poi abbassa gli occhi e cambia espressione. Ha l'aria di uno che ha visto un fantasma. Guardo dove guarda e mi paralizzo anch'io.

Sulla strada, in mezzo all'acqua, c'è una ragazza. È lei? No, non è lei, ma le somiglia tragicamente. Piccola di statura, magra, impacciata, con degli assurdi capelli castani colorati di rosso e viola e chissà che altro. Le è caduto qualcosa a terra e si affanna come un cigno sgraziato, annaspando in una pozzanghera. Libri? Possibile siano dei libri? Cosa ci fa una cretina con dei libri in mezzo alla tempesta? Ma non conta chi sia e cosa faccia, conta che Marcus – dimostrando di ricordarsi benissimo di lei, visto che gli basta un equivoco per impazzire – si precipita, attraversa la strada, guada il fango, si lascia calpestare dalla pioggia e sembra un cavallo fra le onde del mare.

Mentre lo guardo che si china e la aiuta, e la sua schiena è un tamburo nelle mani del temporale, mentre penso che non c'è niente da fare, non c'è niente da fare, il suo cuore è rimasto lì, il suo corpo è rimasto lì, e cosa gli ha fatto, cosa mai gli ha fatto quella puttana innocente, dall'angolo della strada sbuca un'automobile. Chi la guida deve essere ubriaco, o pazzo. Sterza, sgomma, solleva acqua, poi va addosso a loro.

È un attimo.

Io grido.

La ragazza grida.

Marcus non grida e la scansa con forza, spingendola verso il marciapiede.

L'automobile lo prende in pieno.

I libri cadono a terra. Marcus cade come i libri, tra i libri, in mezzo a un'acqua insanguinata, mentre l'auto va a sbattere dall'altro lato contro un muro, nell'eco di un lungo, isterico colpo di clacson, e la mia voce urla a squarciagola la fine di ogni speranza.

Trentadue

La primavera, nel Vermont, era sospesa tra la neve e i fiori. La natura cercava di sconfiggere il freddo. Nell'uscire dall'emporio, con un sacchetto pieno di provviste tra le braccia, Penny fece attenzione a non scivolare sulla strada gelata.

Mentre stava per aprire la portiera dell'auto, Jacob la richiamò affacciandosi sulla porta del negozio: «Penny, hai dimenticato la cioccolata!».

Lei gli sorrise con gratitudine. Jacob era un ragazzone alto e biondissimo, con gli occhi color primula e due forti braccia da boscaiolo. Aveva una piccola cotta per lei, e qualche volta erano usciti insieme, ma quell'amicizia affettuosa non aveva mai spiccato il volo verso un sentimento dai risvolti romantici o passionali.

A Penny andava bene così.

Da due anni e tre mesi il suo cuore era diventato una bomboniera di ghiaccio. Un inverno sinistro si era insediato tra le sue costole e non era più riuscita a provare qualcosa che somigliasse, sia pure per difetto, all'amore. L'unico amore presente nella sua vita era stato quello per Barbie.

Ma adesso, anche Barbie era andata via. Da sei mesi era sola, senza legami se non quelli coi propri ricordi.

Salì sul pick-up con la solita scorta settimanale di cibarie. Si sistemò sul sedile, portando indietro la lunga treccia che sbucava dal cappellino di lana rosa.

Viveva nel Vermont da più di due anni ormai. Dopo aver accompagnato sua nonna da quell'avvocato, Penny era rimasta senza parole scoprendo l'entità della notizia che già le avevano anticipato al telefono; Barbie, invece, ne aveva spese molte, piene di dolcissima gratitudine ma senza troppo stupore, senza l'incredulità che si accompagna di solito a comunicazioni del genere. Forse perché aveva sempre saputo che John, o Thomas, esisteva davvero. Forse perché la sua mente abitava ancora in quel tempo, in quegli anni romantici. Così, non aveva patito lo stesso soprassalto di Penny nell'apprendere che il signor Thomas Macruder, defunto da poco, mai sposato e senza figli, aveva lasciato a lei, la sua amata e mai dimenticata Barbie, ogni cosa, ogni bene, ogni sogno coltivato nella sua vita solitaria. Una fattoria nel Vermont. Una casa di legno bianco. Un granaio rosso. Aceri e meli. Prati verdi e dorati. Spazio, aria, montagne boscose e un'immensità che consolava l'anima.

Così, si erano trasferite in fretta. Penny aveva disimpegnato il suo ciondolo e si erano spostate come le oche selvatiche. Lì, avevano vissuto in totale isolamento, soltanto loro e la natura, senza neanche un computer, solo un telefono per le emergenze.

Fino al suo ultimo giorno, Barbie aveva creduto di avere sedici anni.

Penny non aveva mai scoperto se le confidenze di sua nonna riguardo al passato, a Thomas che forse era il suo vero nonno, fossero reali. Però lui aveva folti capelli color rame bruciato, non biondi come quelli di Barbie, né castani come quelli dei suoi genitori. Non una prova scientifica, ma un indizio sufficiente per la fantasia.

Sapeva soltanto che, grazie a quell'uomo, il suo sogno segreto era diventato realtà. Forse esisteva davvero un Dio, da qualche parte, fra le montagne e la neve, un Dio che ascolta le preghiere mortali e mette un nodo al suo fazzoletto per ricordarsi di realizzarle, prima o poi. Forse era magia, destino, premeditazione degli angeli. Forse. In ogni caso, sperare era sempre meglio che morire di malinconia.

E continuò a farlo per due anni e tre mesi, ininterrottamente.

Penny attraversò l'arco di legno con l'insegna dipinta da lei, a caratteri rossi. Sotto la sagoma stilizzata di quella che pareva un'allegra sirena, risaltava la scritta: CASA DI BARBIE E THOMAS.

Percorse il vialetto circondato da meli. Parcheggiò vicino alla casa, in uno spazio che aveva spazzato da sola quella mattina, ammonticchiando la neve da un lato e trasformandola in un omino panciuto fuori stagione, in un impeto di follia, come se glielo avesse chiesto sua nonna quando voleva giocare. Scese dall'auto trasportando i sacchetti. Intorno a lei, per miglia, si alternavano spruzzi di neve e tentativi di germogli. C'era ancora tanto lavoro da fare. Le sarebbe piaciuto avere dei cavalli. Intanto si accontentava di un gatto rosso. Aveva seminato avena, mais, patate, orzo e grano. E raccoglieva le mele. Quel che non serviva a se stessa, lo vendeva. Un paio di persone salivano lì dal paese, durante la mietitura, e la aiutavano, e li ripagava con qualche libbra di cereali. Stava progettando di trasformare una vecchia stalla abbandonata in un piccolo appartamento da affittare a turisti amanti della natura e della quiete.

Entrò in casa e Tigre, il gatto, le si strusciò contro le gambe con una danza sinuosa. Penny gli fece una lenta carezza e posò il sacchetto sul massiccio tavolo della cucina. Mentre sistemava le provviste, le cadde lo sguardo su se stessa, riflessa sulla superficie del vecchio frigorifero d'acciaio.

Nessuno dei suoi vicini, in Connecticut, l'avrebbe riconosciuta. Il lavoro fisico l'aveva resa più robusta. Le sue guance erano cremisi per il freddo. Non aveva più tagliato i capelli. Le arrivavano fino alla vita, lisci, con riflessi castani e ramati, senza ciocche dai bizzarri colori. Li legava spesso, come adesso, in una treccia imperfetta, che le ricadeva su una spalla e sul seno. Indossava solo jeans, felpe e guanti di pile, giacconi a quadretti e stivali di gomma. Non che prima fosse una dama elegante, ma adesso era del tutto una contadina, senza un grammo di trucco, senza più neanche una stramba manicure. Le sue unghie erano corte e nude.

In quel momento si accorse che la legna per il camino era quasi finita. Uscì rapida di casa e raggiunse il retro. Tigre la seguì, come faceva sempre quando il tempo era clemente. Scansava la neve, balzava sulle aree verdi sempre più ampie, cercava una zona di sole, e si stendeva lì, come un pigro gatto un po' cane, a leccarsi e a fare le fusa al mondo. Penny prese dei ciocchi e li spaccò in due parti con un'accetta e un'energia impensabile. Il rintocco del legno sul legno era rilassante.

A un tratto, il gatto-cane si interruppe nel bel mezzo di un sonoro sbadiglio e si mise in piedi drizzando il pelo sul dorso. Faceva sempre così quando una volpe o uno scoiattolo transitavano da quelle parti, anche a distanza. Penny non gli diede troppa importanza. Raccolse fra le braccia la quantità massima di legnetti che riusciva a trasportare, sorrise al micio che continuava a darsi arie da leone nella savana e si voltò per rientrare a casa.

Fu in quel momento che allentò istintivamente la presa e i pezzi di legno le franarono intorno come una valanga di sassi. Allora socchiuse le labbra, spalancò gli occhi, e trattenne la voglia spietata di svenire e di piangere.

Trentatré

Era bello vivere al mare. Dopo le montagne della sua infanzia e l'inferno cittadino della sua giovinezza, la casa sulla spiaggia era una nuova parentesi. Non sarebbe ritornata in Montana mai più. Voleva ricordare quei luoghi con gli occhi di quando era bambina.

Seduta sulla scaletta davanti all'ingresso, Sherrie si godeva una domenica di sole, anche se il sole aveva i denti. Sulla spiaggia, qualche temerario correva sfidando il freddo. Le onde dell'oceano erano lunghe e alte, ripiegate su se stesse come azzurri artigli di falco. Il vento era piacevolmente carezzevole e faceva danzare i suoi capelli di zucchero.

A un tratto udì dei passi sulla sabbia.

Si voltò distrattamente, pensando al solito passante che, invece di fare il giro lungo, tagliava da quel lato per arrivare in spiaggia, ma non era il solito passante.

Il sorriso di Sherrie divenne una risata assoluta.

«Bambino mio!» esclamò balzando in piedi. Lo abbracciò, talmente commossa che le lacrime presero a rigarle le guance. Marcus le sorrise, sfiorandole una ciocca morbida e bianca.

«Quando sei uscito?»

«Qualche giorno fa.»

«Fatti vedere! Come stai? Mi sembri in forma. Fisicamente almeno.»

«Sto bene.»

«Vieni a sederti, stavo per preparare del caffè, ne vuoi?»

In breve si ritrovarono entrambi su quei gradini, con due grandi tazze di caffè forte e bollente tra le mani. Il vento portava ovunque l'acqua salmastra e la sabbia fine. Ogni tanto, a mano a mano che le nuvole si spostavano, il cielo si oscurava e tutto diventava come d'argento, per poi tornare a brillare di luce.

Sherrie, piegata di lato, lo osservava con attenzione. Il suo bambino era sempre bellissimo, anche se non era più un bambino, anche se aveva ormai ventisette anni ed era un uomo. Eppure appariva stanco, con profonde occhiaie intorno alle palpebre, che rendevano oscuri i suoi occhi speciali. Finito il caffè, lo vide tirare fuori una sigaretta da una tasca, accenderla e fumarla con lentezza. Un tiro e un pensiero. Un tiro e uno sguardo al mare.

«Raccontami un po' di te» lo esortò.

Marcus scrollò le spalle.

«Non ho molto da dire. Sono stato dentro. Non ho fatto vita mondana.»

«Che paura ho avuto, tesoro mio, quando mi ha telefonato quel tipo...»

«Ti riferisci a Malkovich? Che ti ha detto?»

«Che avevi avuto un incidente mortale. Per poco non mi veniva un infarto!»

«Per una botta contro un macinino guidato da un deficiente fatto di canne? Niente di così grave. Un trauma cranico, un polso slogato e qualche ferita superficiale. Al pronto soccorso, però, mi hanno subito individuato e, dopo avermi trattenuto per qualche giorno, mi hanno riportato dentro. Ma sai... è stato meglio così.»

«Meglio?»

«Sì, mi ero rotto di andare in giro come un vagabondo.»

«Credevo ti piacesse.»

Marcus diede una lunga tirata.

«Una volta, forse. Ma poi... non so... era diventata una cosa inutile. Una noia. Almeno, uno che sta in galera aspetta qualcosa. Io non aspettavo più niente. Mi pareva d'essere una lattina di birra vuota calciata di marciapiede in marciapiede. Se non ci fosse stato quell'incidente, avrei deciso io al posto del destino. Mi sarei costituito.»

«Non c'è niente di meglio della libertà, amore mio.»

«Così credevo. Ma la libertà è sopravvalutata, se non hai un posto dove andare e qualcuno con cui andarci.»

Sherrie sorrise tra sé, ma Marcus non se ne accorse. Continuava a fissare l'oceano.

«Come sta lei adesso?» gli domandò Sherrie d'impulso.

Marcus si voltò di scatto e la osservò aggrottando la fronte.

«Non lo so. Sono venuto per chiederlo a te.»

«Perché mai dovrei sapere come sta Francisca?»

Lui strinse le labbra, la sigaretta fra le dita, il fumo che gli usciva dal naso come dalle froge di un drago.

«Pensavo che parlassi di...»

«Di Penny? E come mai lo hai pensato, bambino mio? Mi riferivo a Francisca. So che ha abitato dai Malkovich per un po'.»

Marcus abbassò un attimo le palpebre, come se il sole lo abbagliasse. Infine mormorò: «È ancora da loro. Quando lui è venuto fino all'ospedale, aspettandosi di trovarmi mezzo morto, Francisca era lì, sola e disperata e più mezza morta di me. Così, dopo essersi consultato con la moglie, l'hanno invitata a rimanere da loro. Non so quale tipo di miracolo sia successo: fatto sta che, dopo averne dette di tutti i colori sul suo conto, adesso la adorano. Sono passato a trovarla. Lavora e studia e sembra un'altra persona. Non so se è felice, ma si sta tenendo lontano dai guai».

«È una buona cosa. Comunque, sapevo che Malkovich era venuto da te, mi ha informato di come stavi e del fatto che eri finito di nuovo dentro. Avrei voluto farti visita o scriverti, ma mi ha detto che era meglio se ti lasciavamo tutti in pace per un po'. Ha detto che eri stato tu a chiederlo.»

«Vero. Troppa gente intorno, troppa pressione. Francisca, la polizia che mi piantonava come se fossi un serial killer, Malkovich e sua moglie... Un'agonia. Mi ero rotto, ecco.»

«Rotto per chi c'era o per chi non c'era?»

Marcus la fissò negli occhi senza più distogliere lo sguardo.

«Per chi non c'era» ammise. «Dov'è? Sono andato a casa sua, ma ho trovato un'altra famiglia.»

Sherrie scosse sconsolatamente la testa.

«Vorrei poterti aiutare, ma non lo so. Ha lavorato da me per pochissime settimane. Un giorno, all'improvviso, se ne arriva per dirmi che lei e sua nonna stanno per trasferirsi, mi bacia su una guancia e mi lascia una busta con dei soldi per te.»

«Cosa?»

«Ha detto che erano cento dollari che ti doveva per un certo lavoro. Ha aggiunto: se torna e chiede di me, daglieli. Se non torna, dalli in beneficenza a chi vuoi tu.»

Marcus balzò in piedi scagliando la sigaretta lontano, sulla sabbia. Il suo viso, fino a quel momento intagliato in un pallido marmo, adesso era stravolto dalla furia.

«Cosa me ne faccio dei suoi fottuti soldi?» esclamò. «Speravo, dannazione, speravo che almeno tu sapessi dov'è finita! Come faccio a ritrovarla?»

Sherrie lo osservò con tenerezza e commozione. Il suo bambino. Il suo bambino senza cuore. Il suo bambino innamorato. Ripensò a Penny, a quando era andata via. Aveva pianto fra le sue braccia materne. Chissà dov'era adesso, chissà come stava.

«Vado a prenderti quei soldi. Poi, se vuoi, strappali in mille pezzi, ma io devo darteli. Gliel'ho promesso. Si è tanto raccomandata.»

Quando tornò, con la piccola busta che Penny le aveva lasciato, ancora chiusa, conservata in quegli anni dentro una copia della sua favola preferita da bambina, *La bella addormentata*, Marcus era in piedi. Afferrò la busta e si diresse a passo spedito verso la riva.

Sherrie non gli rivelò di averla messa in controluce più volte per cercare di capire se, invece dei soldi, contenesse piuttosto una lettera. Non gli rivelò di esserci rimasta malissimo quando, senza ombra di dubbio, aveva individuato il viso di Benjamin Franklin e numerosi altri dettagli di una banconota ripiegata da cento dollari, color foglia di tè. E niente altro.

Lo vide andare, e pregò che trovasse la sua strada. Perfino Francisca ci stava riuscendo. Non una strada faticosa come una pista di sabbia che porta a un mare incazzato, però. Il suo bambino aveva già sofferto abbastanza e meritava tutto il meglio dall'unica vita che gli uomini hanno.

Trentaquattro
Marcus

Non posso dire di non averci provato. Ma posso senz'altro dire di non esserci riuscito. Ho pensato a Penny senza una sola pausa da quando sono andato via, quella notte. L'incidente è stato una buona cosa.

Sono tornato dentro: il posto migliore visto che fuori non mi piaceva. Se vuoi qualcosa che non puoi avere, se la vuoi con una disperazione animale, se il mondo ti pare improvvisamente troppo piccolo, perché ti soffoca, e troppo grande, perché nessun luogo è abbastanza lontano da aiutarti a dimenticare, la galera diventa un buon compromesso.

Francisca mi ha scritto per un po', e stavolta Malkovich non glielo ha impedito. Le ho risposto una o due volte e poi basta. Penny non mi ha scritto mai. L'ho immaginata con Igor, felice e soddisfatta, e ho ringraziato di essere dov'ero per non correre il rischio di conciarlo come avevo conciato Grant. Non per il timore del carcere, ma per il timore che lei arrivasse a odiarmi.

Ho continuato a chiedermi cos'è questa cosa che provo. Avrei voluto essere più intelligente, per trovare una risposta in qualche libro, ma non sono intelligente: sono un bastardo che pensava di essere fatto solo di muscoli e di tentazioni e si è ritrovato a morire d'amore. Per una che nemmeno lo vuole. Sarebbe ridicolo, se non fosse tragico.

La prima cosa che faccio appena esco è tornare in quel palazzo, in quella casa. Lo so, è una stronzata, me lo ha detto chiaro e tondo più di due anni fa che siamo pianeti diversi, che preferisce Igor e quelli come lui, ma non resisto. Penny non abita più qui e non c'è nemmeno sua nonna: i vicini mi dicono soltanto che si sono trasferite qualche mese dopo che sono andato via io, ma nessuno sa esattamente dove.

Allora vado da Malkovich. Lui non c'è, e sua moglie mi trascina dentro e mi riversa addosso una lunghissima lista di lodi su Francisca. Prima era il diavolo incarnato, adesso è un angelo terreno. Mi racconta che si è iscritta a dei corsi, che studia tanto, che fa un lavoretto molto perbene in una caffetteria molto chic (parole sue) e lei e suo marito l'adorano. Dorme perfino nella stanza che è stata di Cameron.

Mentre mi parla, lei arriva dalla scala. La mia Fran. Bella come una pietra preziosa. Diamante e pietra lavica insieme. Sorride, e questo mi fa stare bene. L'ultima volta che l'ho vista piangeva perché credeva che stessi per morire.

Mi abbraccia e la abbraccio. Il mio cuore non si spacca. Il desiderio non mi travolge. Provo soltanto una profonda tenerezza.

«Piccolina» le dico, anche se non è piccola affatto, «sei uno splendore.»

«Anche tu. Come stai?»

«Sto bene.»

«Anche io, sai? È strano, e anche un po' inquietante a volte ma... è come se fossi tornata bambina. Mi trattano come una dodicenne con la febbre. Non so quanto durerà, può darsi che fra un mese esatto scapperò di notte portandomi dietro tutta l'argenteria, ma al momento... voglio avere dodici anni. Non li ho avuti mai.»

Allora, senza altri commenti, sparo la mia domanda diretta: «Prima di andarsene, Penny è passata di qui? Avete idea di dove sia?».

Francisca piega la testa da un lato e mi osserva.

«Sei ancora innamorato di lei» dice. Non è una domanda, è un'affermazione.

In un attimo, il suo sguardo perde la freschezza e si riempie di ombre. Non so cosa prova per me, dopo due anni e tanta acqua passata e finita chissà dove. Le ho impedito di scrivermi, l'ho respinta senza parole. L'ho abbandonata, ma non ho mai smesso di considerarla speciale: lei sono io, lei è mia sorella, lei è mia madre. Il pilastro dei miei giorni spezzati. La coperta nelle mie notti fredde. Senza di lei sarei morto a sedici anni. Mi ha salvato la vita quando avevo fame e quando il mio cuore era più fragile del guscio di un uovo. Mi ha offerto il suo corpo ferito. E adesso ha questi due occhi tristi, sembrano fatti di inchiostro versato, pare quasi che stia per piangere lacrime nere. E tuttavia, non posso né voglio mentirle. Basta cazzate, basta parole che dicono di no quando i pensieri e il sangue gridano il contrario. Così, semplicemente, annuisco fissandola negli occhi. È solo la verità: una verità che mi fa stare all'inferno da due anni e tre mesi.

Francisca abbassa le palpebre, lentamente, si morde le labbra e pare che insegua un'idea segreta. Per un istante torna la bambina guerriera di quel passato che entrambi, da adesso, vogliamo trasformare in leggenda. Infine, la sua nuova se stessa ammette con voce malinconica: «Non lo so, credimi. Da quanto ne so è andata via dopo pochissimo tempo, prima che tu tornassi dentro. Però...».

«Però?»

«Però, allora, ti amava.»

Mi porta fino a un divano, si siede e mi racconta una storia. La ascolto impassibile: sembro la fotografia di me stesso, anche se mi sento come se avessi mandato giù sette sorsi di fuoco. Ripenso a quella notte, alle sue parole, al suo viso e al suo corpo che tremava. Ho un bisogno lacerante di riaverla. Per un attimo chiudo gli occhi, i miei pugni diventano pietre, mi sento più solo di un naufrago. Intanto, Francisca mi osserva quasi con sospetto, forse si aspetta la mia furia. Le accarezzo una guancia, invece. Non posso avercela con lei, anche se quello che ha fatto probabilmente mi ha distrutto la vita. Ma non posso avercela con lei, con questi occhi da tristissima dea.

Mentre me ne vado penso: "Ti amo, mia piccola Fran, luce della mia gioventù. Tu mi hai aiutato a non morire quando ero un ragazzo. Eppure, non so com'è successo, non so perché... ma è senza Penny che, da uomo, non riesco a vivere".

Sparita, dissolta. Neanche Sherrie ha notizie. Ho provato a chiamare il numero di cellulare che avevo, ma risulta non più attivo. Di lei mi è rimasta solo una banconota piegata in una busta sgualcita. Vorrei incendiare il mare. Vorrei spaccare il cielo.

Tiro fuori il pezzo da cento e lo tengo da un lembo, fra due dita, nel vento. Sbatte e trema come un uccello ferito. Sto per farlo volare quando, tra gli schiaffi del vento, mi accorgo che ha una scritta sul retro. Aggrotto la fronte. Volto la banconota, che frulla e si dimena proprio come un uccello che vuole scappare. Il mio sguardo si inchioda su poche lettere, tracciate con un inchiostro rosa: "Ti amo. Se mi vuoi ancora io sono qui, P.".

Accanto c'è il nome di una città, insieme alla sigla del Vermont. Stringo il foglietto nel pugno. Mi porto una mano alla fronte e deglutisco affannosamente. Stavo per gettarlo via. Stavo per disfarmene. Il solo pensiero mi schianta e cado a sedere sulla sabbia con tutto il peso del mio corpo. Proprio adesso, il sole spazza via le nuvole. Rido, sembro un pazzo davanti al mare. Rido e ricomincio a sperare.

Non è difficile trovarla. Il paese è piccolo. Dopo un milione di casini, il destino mi strizza l'occhio. Penny sta uscendo da un negozio, in questo stesso istante, non un attimo prima né uno dopo. La riconosco subito, che si avvia verso un vecchio pick-up verde mela. La guardo e non respiro, non respiro sul serio. È cambiata, eppure è sempre lei. Vorrei sciogliere quella treccia con le dita, stringerle i capelli in un pugno, baciarla e toccarla per ore. Vorrei abbracciarla, dormire con lei, svegliarmi con lei, e farlo per questa vita e le prossime. La desidero con ogni goccia del mio sangue.

Poi il ragazzo dell'emporio la richiama indietro e vedo come la guarda, e ho paura. Se mi ha dimenticato? Se ha qualcun altro? Non mi nota nemmeno, ha lo sguardo legato a chissà quali pensieri, e io rimango indietro, oltre l'autobus fermo al capolinea.

Sono passati più di due anni. Le parole che ha scritto sulla banconota, hanno ancora un senso?

Trentacinque

Era proprio lui? Era Marcus?

Lo fissò incredula, rapita da quella visione. Due anni prima, andando via, aveva voluto sfidare il destino. Molto probabilmente Marcus non sarebbe mai più tornato e, se fosse tornato, chissà quando, chissà come e perché, avrebbe speso quella banconota in bevute. Oppure, l'avrebbe cercata.

L'aveva cercata.

Lì in piedi, in un giubbotto di pelle nera, con uno zaino di tela verde militare su una spalla, la fissava a sua volta, come se a sua volta non fosse certo di avere incontrato una persona reale o un'allucinazione. Ma Penny ne era certa. Era lui, proprio lui. I suoi occhi, le sue labbra, la gola sfiorata dai confini dei tatuaggi che gli affollavano il petto, le spalle imponenti, le gambe massicce fasciate dai jeans. Talmente alto da farla sentire piccola come l'ombra di un passero.

Il cuore di Penny non era più un cuore: era l'adunata di tutti i cuori del mondo. C'era il rischio che lo sentissero anche in Canada. D'istinto, si portò dietro le orecchie una ciocca di capelli, come se volesse darsi una sistemata, e pensò di essere orrenda, spettinata, vestita male, sudata dopo aver spaccato la legna, senza trucco, proprio in quel dannato e splendido giorno, proprio quando avrebbe voluto essere al meglio. Anche se era passato tanto tempo ed era una donna di venticinque anni che ha affrontato prove d'acciaio, si sentì debole e insicura e propensa alle stesse lacrime di una quindicenne che si turba per un soffio di vento.

Era come se le si fosse annodata la lingua. Non riusciva a dire niente di sensato. Infatti, dopo un silenzio interminabile, udì la propria voce, quasi fosse dotata di volontà separata, che pronunciava uno stupidissimo: «Mi aiuti a portare la legna dentro?».

Mi aiuti a portare la legna dentro?

Marcus tradì un secondo, e forse meno, di perplessità, ma dopo annuì.

Mentre si muovevano intorno alla casa, lei avanti con alcuni tronchi fra le braccia, lui dietro, con il resto del fardello, e il gatto che li seguiva evitando le chiazze di neve, Penny si maledisse un milione di volte per quella frase del cavolo. Avrebbe dovuto abbracciarlo, saltargli addosso, baciarlo!

Entrarono nell'abitazione, e Tigre si accomodò sul divano, in un punto in cui il sole tracciava il disegno cremisi di un perfetto spicchio di luce. Sistemarono i ciocchi in una cesta e poi Penny gli diede la schiena, sostando davanti al camino. Per un po' armeggiò con legnetti e fiammiferi, accendendo il fuoco. Fu allora che disse un'altra cosa insensata: «Passavi da queste parti?».

Cos'era successo al suo cervello? Aveva deciso di finire in catalessi? Sentiva di avere la scatola cranica quasi vuota, piena soltanto di nocciole bruciate, sassolini di marmo e qualche vago pensiero suicida. Dalla mensola di legno, la nonna e Thomas, in due foto diverse ma vicine come parti di un puzzle, le sorrisero in modo incoraggiante. Non riusciva a muoversi, non riusciva a fiatare, tranne per quelle parole dementi.

«No» le rispose Marcus con decisione. «Ho trovato il tuo messaggio e sono venuto. Sei felice di rivedermi? Voglio sapere se posso restare o devo andarmene.»

Insieme alla sua bocca, parlò anche il suo corpo. Nel dire, fece. In pochi passi la raggiunse dov'era, ferma e piena di lacrime trattenute, con quella lunga treccia su un seno, le guance dello stesso colore del sole, nel petto un tumulto d'amore. La strinse da dietro, le sue braccia intorno alle spalle, ad avvolgerla completamente, chinandosi per parlarle in un orecchio.

«Ti amo» le sussurrò, e le gambe di Penny tremarono. La nonna, dalla foto, le disse di non avere paura. Le disse ancora una volta che l'amore è un miracolo.

Allora si voltò per guardarlo, per dirglielo in faccia: «Mai quanto me».

Lui la fissò per un attimo dal sapore solenne, percorrendo con gli occhi ogni millimetro del suo viso, una mano sulla nuca, un pollice a solcarle le labbra, piano, come se dovesse colorarle col polpastrello. Quindi le tirò via l'elastico che teneva prigionieri i capelli, lasciandoli liberi, una cascata di rame liquido. Poi la baciò. Il cuore di Penny volò oltre le cime degli aceri che, lì intorno, erano assetati di primavera. I baci di Marcus erano così profondi e carnali da penetrarle in tutto il corpo. Le sue mani erano delicate e furfanti. Le sentì addosso, e desiderò sentire addosso tutto il resto.

Scivolarono a terra, su un tappeto patchwork a grandi scampoli dai colori sgargianti, sotto gli occhi pigri di Tigre che si godeva la sua fetta di sole. Marcus si sfilò la giacca e il maglione, e il suo immenso torace la turbò adesso com'era successo allora. Ricordava benissimo la sua pelle di seta, i muscoli solidi, i tatuaggi aggressivi, il laccio di cuoio al quale era aggrappato il coccodrillo d'argento, ma s'incantò come se fosse la prima volta. Lo sfiorò come si sfiora un quadro, avvertendo sotto le dita le morbide asperità della tela dipinta. I segni tribali, la manta, il cuore, quel cuore trafitto da spine...

«Cosa simboleggia, questo?» gli domandò.

«Me stesso» le rispose. «Una volta. Quando non sapevo niente, quando non c'eri. E adesso basta parlare.»

Le tolse la felpa quasi con furia. Dinanzi alla camicia interamente abbottonata, mormorò: «C'è altro sotto? Che so, uno scafandro? Diamine, Penny, se non ti scopo muoio».

«Sei sempre raffinatissimo» scherzò lei.

Ritrovarsi nuda dinanzi ai suoi occhi la fece sentire fragile, ma durò solo un istante. Rivederlo nudo davanti ai propri occhi accese in lei un desiderio puro e brutale. Negli occhi di Marcus luccicava una fame palpabile. E tuttavia lo vide fermarsi, fare una smorfia, come se all'improvviso avesse ricordato un dettaglio fondamentale, e mormorare con fastidio e dolore: «Se non entro dentro di te mi viene un infarto, giuro. Ma non ho un preservativo».

Lei lo attirò a sé, toccò il suo ventre coriaceo con il proprio.

«Fallo lo stesso.»

Marcus le strinse i capelli nel pugno e invase la sua bocca con la lingua. Poi disse: «Dici davvero?».

«Sì. Tranquillo. Ho avuto il ciclo pochi giorni fa e... non l'ho più fatto con nessuno dopo di te.»

Marcus continuò a tenerle i capelli in una mano, come un mazzo di gambi recisi, mentre emetteva un sospiro roco direttamente nel suo palato.

«Dici davvero?» ripeté. «Sei ancora soltanto mia? Cazzo, Penny, così mi diventa ancora più duro.»

«Ti ho aspettato, caro il mio poeta.»

«Lo sai che non sono un poeta. Sono eccitato e pazzo di te. Per due anni e tre mesi non ho fatto altro che pensare ai tuoi occhi, alle tue labbra e alle tue cosce, ogni fottuto giorno.»

«Vieni allora. Vieni.»

Lui non le disse nulla, si limitò a osservarla. Penny, dando a quel silenzio un significato reticente, provò una polverosa sensazione di tristezza. Marcus aveva ragione, era un atteggiamento saggio e prudente, ma ci rimase male, si sentì come derubata di una promessa.

«Ok... allora non...» sussurrò.

Per tutta risposta e continuando a tacere, Marcus la penetrò, con uno slancio impetuoso, muovendosi nel suo corpo in un delirio di spinte e gemiti e baci. Lì, sul tappeto arcobaleno, in preda a un piacere che superava la pelle e trascendeva la carne e le avvinghiava l'anima e le devastava la mente, Penny pianse lacrime di sincera felicità, mentre Marcus veniva dentro di lei, nudo nella sua carne nuda, le regalava quella parte di sé, gliela donava come pegno infinito. L'orgasmo la fece vibrare, la sollevò quasi da terra, parve uno spirito celeste che levita, e poi la fece atterrare tra le sue braccia.

Rimasero abbracciati davanti al camino acceso che cominciava a riscaldare l'aria, lei contro il suo petto, lui che continuava a baciarle la fronte e i capelli e a sfiorarla ovunque.

«Sbaglio o ti sono cresciute anche le tette?» le domandò a un tratto.

«Ti prego, Marcus, sei troppo galante, ti vorrei più rude» protestò ridendo. «Comunque no, non mi è cresciuto nulla, ho solo messo su qualche muscolo.»

«Prima spaccavi quei ciocchi come un taglialegna. La prossima volta lo faccio io. Se devo rimanere, mi tocca trovare un'occupazione. Mi assumi alle tue dipendenze? Posso alzarmi all'alba e spezzare tronchi, tirare su l'acqua dal pozzo, strigliare i cavalli, pulire le stalle e trascinare l'aratro. E ti prometto che, di notte, nonostante la stanchezza, ti scoperò fino a farti piangere.»

Penny si strinse più forte al suo corpo.

«Davvero vuoi rimanere?»

«Davvero me lo domandi? Penelope, voglio restare qui, aiutarti a realizzare il tuo sogno e toccarti fino alla fine dei miei giorni. E nel frattempo...»

«Nel frattempo?»

«Nel frattempo voglio darti due cose.»

Senza darle il tempo di chiedere cosa, Marcus si allungò verso il suo zaino abbandonato a terra e ne tirò fuori una busta. Gliela porse e Penny lo guardò con aria interrogativa. La aprì e rimase interdetta dinanzi a una quantità indeterminata di banconote. C'erano più di cinquecento dollari, a occhio e croce. Lo fissò, sempre più perplessa.

«Cosa...»

«Sono i soldi con cui mi hai pagato, più di due anni fa, quando ti accompagnavo» le spiegò Marcus. «Sono proprio quelli, compresi gli ultimi cento dollari che hai dato a Sherrie.»

«Non li hai mai spesi?»

«No, nemmeno un centesimo. Mi sentivo una merda ad accettarli, ma non volevo sapessi che ti avrei scortato lo stesso, anche gratis. Non volevo sapessi che mi avevi fottuto la testa semplicemente respirando. Ero incasinato, Penny, avevo dentro l'inferno. Non capivo perché mi facevi sentire come mi sentivo. Sono finito di nuovo in galera e me li hanno requisiti ma, all'uscita, me li hanno ridati. Sono proprio quei soldi lì, non altri dello stesso valore. Sono tuoi e basta. Non mi hai mai pagato, piccola, mai. Ho fatto tutto sempre e solo perché lo volevo fare.»

Penny gli sorrise e ripensò a quel tempo di paure e di bugie dette per paura. Sussurrò un flebile «grazie», e subito dopo: «E la seconda cosa?».

Senza parlare, Marcus si tolse dal collo il laccio di cuoio con l'anello a forma di coccodrillo. Lo sfilò e lo tenne fra le dita per un istante. Poi glielo infilò all'anulare della mano sinistra. Era perfetto, sembrava fatto per lei.

Penny diede un bacio leggero a quell'anellino senza valore, e le parve il gioiello più prezioso del mondo.

«Grazie» gli ripeté accarezzandogli il petto.

«E adesso che tutte le formalità sono state rispettate, direi di tornare a noi. Ho due anni e tre mesi da recuperare. Sono un bastardo affamato.»

Penny pensò che anche lei voleva recuperare il tempo perduto. E poi pensò che non esiste tempo perduto quando impari a conoscere te stessa e ti prepari, con l'anima, il cuore, il corpo, a chi verrà, un giorno, e li riempirà in ogni senso.

Aveva ancora tante cose da chiedergli, ma poteva rimandare.

In quel momento Marcus la baciò ancora, un bacio profondo come il cielo in un pozzo, e Penny pensò che, sì, *doveva* assolutamente rimandare.

Ringraziamenti

Ringraziare è la parte più complessa della storia che sta intorno alla storia, perché tante sono le persone il cui contributo, anche piccolo, mi ha spinto verso la meta, e temo sempre di dimenticare qualcuno. Ma è anche la parte migliore, perché mi rendo conto di quanti cuori ho intorno, di quanto aiuto ho ricevuto in dono. Scrivere è un'attività solitaria, ma è come un germoglio: per farlo sbocciare e risplendere occorre un grande lavoro di squadra.

Grazie a Laura Ceccacci, la mia agente sempre piena di idee e di premure; ad Alessandra Tavella, di Amazon Publishing, la cui gentilezza è qualcosa di magico, e doppiamente magico è il fatto che, senza ancora aver avuto contatti con lei, avessi inserito nella trama un personaggio col suo cognome. Insomma, non si chiama Rossi, e nel romanzo c'è una signora Tavella. Dunque era destino che ci incontrassimo. Grazie agli editor di Thèsis, i cui consigli sono stati preziosi. Grazie a Patty e Rosy, le prime ad aver letto una storia che credevo inservibile e ad avermi incoraggiata a non premere il tasto CANC sulla tastiera.

Infine, ultimi ma non ultimi, grazie a loro, Penelope e Marcus, che un giorno mi sono apparsi in mente e mi hanno chiesto di raccontarli.

Indice

13572389R00202

Printed in Germany
by Amazon Distribution
GmbH, Leipzig